ハヤカワ文庫 FT
〈FT428〉

エレニア記⑤

聖都への旅路

デイヴィッド・エディングス
嶋田洋一訳

THE SAPPHIRE ROSE

by

David Eddings

Translated by

Yoichi Shimada

Published 2006 in Japan by

HAYAKAWA PUBLISHING, INC.

This book is published in Japan by

arrangement with

RALPH M. VICINANZA, LTD.

through JAPAN UNI AGENCY, INC., TOKYO.

著者より

妻が本書の献辞を書きたいと言ってきた。
この作品は妻の力によるところが大きいので、
これはきわめて妥当な提案だと思う。

あなたは大きく手を伸ばし
空から炎を引き下ろした。

愛をこめて、
わたしより。

目次

ペロス海
ゼモック海
メージュク川
メージュク
アパリア
アーカ
エノタ
ドロカ
メージュク湾
ペロシア国
ヴィレタ
ゼモック
ヴェンネ
アーカ川
タリス川
パレル
ヴェンネ湖
ヴェルドス
アルバク
アエラ川
アグナク
ランデラ
ヴラーデン
ランデラ湖
フォラカク
ガナ・ドリト
カネアス
ラモーカンド国
ゼモック国
ラモーカ
ベラク
ドアール川
ラモーク湖
スンダ
ガンダ
モテラ
ダク川
クドゥ川
カドゥム
エブラシュ
ヴェッラ
ヴェッラ湖
カダク
カモリア湖
オナド
ハルガ
アルネク
カモリア
外の海
レプロス川
ゲラス川
ボラッタ
カム川
カモリア国
ゼンガ
ランドクス
マデル
レプロス
ミラスカム
サリニウム
ザハール
イオシア大陸
内の海
キップリア
国境
街道
道路と航路
マイル 25 50 75 100 200 300 400 500
リーグ 8 17 25 33 67 100 133 167

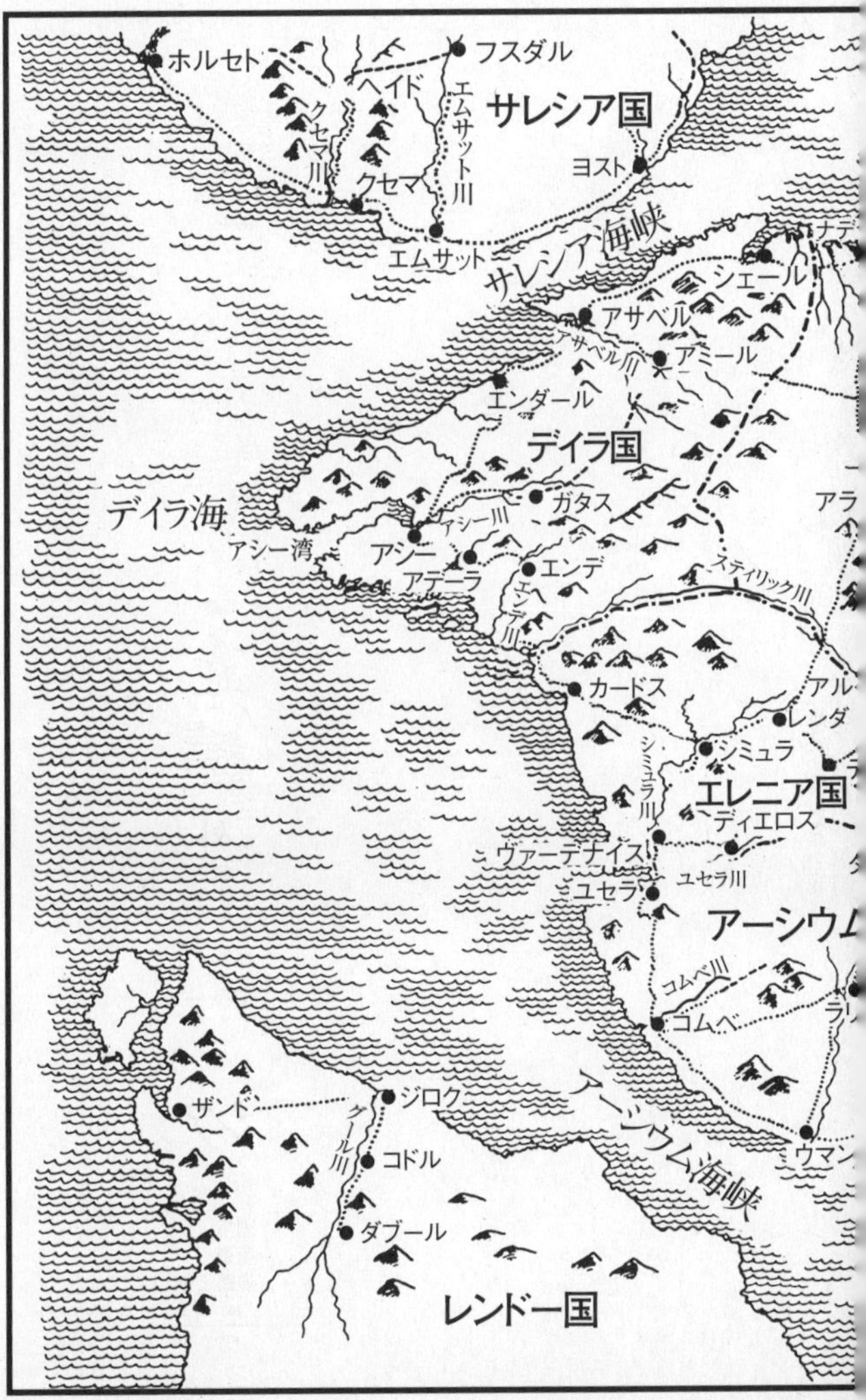

ホルセト
フスダル
ヘイド
クセマ川
エムサット川
サレシア国
ヨスト
クセマ
エムサット
サレシア海峡
シェール
アサベル
アサベル川
アミール
エンダール
デイラ国
ガタス
デイラ海
アシー湾
アシー
アシー川
アテーラ
エンデ
エンデ川
スティリック川
カードス
レンダ
シミュラ
シミュラ川
エレニア国
ディエロス
ヴァーデナイス
ユセラ
ユセラ川
コムベ川
コムベ
アーシウム海峡
ジロク
ザンド
クール川
コドル
ダブール
レンドー国

聖都への旅路

登場人物

スパーホーク…………エレニア国のパンディオン騎士。エラナ女王の擁護者
カルテン………………パンディオン騎士。スパーホークの幼馴染
ベヴィエ………………アーシウム国のシリニック騎士
ティニアン……………デイラ国のアルシオン騎士
アラス…………………サレシア国のジェニディアン騎士
セフレーニア…………パンディオン騎士の教母。スティリクム人
クリク…………………スパーホークの従士
タレン…………………シミュラの盗賊の少年
ベリット………………パンディオン騎士見習い
ヴァニオン……………パンディオン騎士団長
ペレン…………………パンディオン騎士
エラナ…………………エレニア国の女王
レンダ伯………………エレニア国の貴族
ウォーガン……………サレシア国王
ソロス…………………ペロシア国王
デレイダ………………総大司教近衛隊長
ドルマント
エンバン
オーツェル
マコーヴァ　…………大司教
プラタイム
ストラゲン　…………盗賊の頭領
リチアス………………エレニア国の摂政
アニアス………………シミュラの司教
マーテル………………元パンディオン騎士
クレイガー
アダス　………………マーテルの部下
オサ……………………ゼモック国の皇帝

序章

オサとアザシュである。

――『ゼモック史概要』からの抜粋
ボラッタ大学歴史学部編纂《へんさん》

東に広がる中央ダレシアの草原から侵入してきたエレネ語を話す民族は、そのまま徐徐に西へと移動を続け、イオシア大陸にまばらに居住していたスティリクム人に次第にとって代わっていった。ゼモックに住みついた部族は遅い時期の移民で、西方の仲間たちに比べるとその文化はずっと遅れていた。経済や社会機構は単純で、街は勃興しつつあった西方諸王国の都市に比べると、いかにも粗雑なものだった。さらにゼモックの気候は穏やかなときでさえ荒涼たるもので、生き物はいずれもぎりぎりの状態で生存していた。このような貧しく住みにくい地方には、教会もほとんど関心を示さなかった。その結果ゼモックの粗末な礼拝堂にはほとんど司祭がいなくなり、無知な信徒たちはただ放置されることとなった。かくしてゼモック人は、宗教的な衝動の充足をよそに求めることを余儀なくされた。異教徒であるスティリクム人との交流を禁じた教会の法令も、施行すべきエレネ人の司祭がほとんどいない中では守られるはずもなく、ゼモック人とスティリクム人のつきあいはごく普通のものとなった。やがて素朴なエレネ人の農民たちは、スティリクム人がその神秘的な術によって大いにみずからを利していることに気づいた。背教がはびこったのも当然といえるかもしれない。ゼモックにあるエレネ人の村が、丸ごとスティリクムの多神教に改宗するという事態が頻発した。村にはあの神やこの神を祀《まつ》る寺院が公然と建立され、いささか邪悪な神を信仰する者たちさえ現われた。エレネ人とスティリクム人の雑婚は当たり前となり、最初の千年紀が終わるころには、ゼモック国はもはやどう見てもエレネ人国家とは言えなくなってしまっていた。何世紀にもわたってスティリクム人と密接な交流を続けたため、ゼモック国ではエレネ語さえ大きく崩れて、その言語は西方のエレネ人にはほとんど理解できないものとなっていた。

十一世紀になって、ゼモック国中央部のガンダと呼ばれる山村に住む若い山羊飼いが不思議な体験をした。それがのちに世界を揺るがす大事件となったのである。迷子になった山羊を探して丘陵地帯を歩きまわっていたオサという名のその若者は、かつて無数にあったスティリクムの邪教の信徒が建立した、蔦《つた》のからまる隠された神殿を見つけ出したのである。祀られていたのは風化した石像だった。ねじくれた身体の、不気味な、だが妙に目をとらえて離さない石像だ。歩き疲れて一息ついていたオサの耳に、スティリクム語で話しかける虚《うつ》ろな声が聞こえた。

「そなたは何者だ、若者よ」とその声は尋ねた。

「おれの名はオサだ」若者はつっかえつっかえ、スティリクム語を思いだそうとしながら答えた。

「そなたはわしに敬意を表し、伏して礼拝するためにここを訪れたのか」

「いいや。迷子になった山羊を探してるだけさ」オサは柄にもなく正直に答えた。

長い間があって、やがてふたたび虚ろな、ぞっとするような声が響いた。

「ではそなたの敬意と崇拝を得るために、わしは何を与えればよかろうか。この五千年のあいだ、わしを崇《あが》める者たちは一人として神殿に詣《もう》でることがなかった。わしは崇拝に飢えておるのだ――そして魂にも」

ここまで聞いて、これは絶対に仲間の山羊飼いの誰かが自分をかつごうとしているのだとオサは思いこんだ。そこで裏をかいてやろうと、こう答えた。

「そうだな、おれは世界の王様になれて、永遠に生きられて、若いぴちぴちした娘が何千人も、何でも喜んでおれの言うことを聞いてくれて、あと黄金が一山あればいい。そうそう、それと山羊が戻ってきてくれればね」

「その望みと引き換えに、そなたの魂をわしに寄越すか」

オサは考えこんだ。自分に魂があるのかないのか、そんなことほとんど気にもしたことがない。だったら魂がなくなったとしても、これといって不都合はないはずだ。さらに考えてみると、もしこれが本当に誰かの悪ふざけではなく、相手が本気なのだとしても、さっき並べ立てたとても実現できるはずのない望みのどれか一つでも叶《かな》わなかったら、約束は無効だ。オサは小さく肩をすくめて答えた。

「いいよ、わかった。でもまず山羊を見せておくれよ。誠意の印ってことでさ」

「ではふり返るがよい」声が言った。「探しものをよく見るのだ」

オサはふり返った。確かにそこにはいなくなった山羊が立っていた。のんびりと灌木《かんぼく》の枝葉を食《は》みながら、不思議そうに青年の顔を見つめている。オサはすばやく山羊を灌木につないだ。この男にはやや心根の曲がったところがあった。無力な生き物を苦しめることに喜びを感じたり、度の過ぎた冗談を仕掛けたり、ちょっとした盗みを働いたり、あたりに誰もいなければ、独りで山羊の番をしている女に、口では言えないような振る舞いに及んだりすることさえあったのだ。オサは貪欲でだらしなく、それでいて自分の頭の良さを過大評価しているような男だった。山羊を灌木につなぎながら、オサの頭はすばやく回転していた。なるほどこの得体の知れないスティリクムの神は、求めに応じて迷子の山羊を見つけ出してくれた。だとしたら、ほかの望みも叶えられるのではないか。これは一生に一度の好機かもしれない。

「わかった」オサは無邪気を装って答えた。「とりあえずお祈りを一つ、山羊を見つけてくれた分だけだ。魂と帝国と富と不死と女のことは、あとで話し合おう。姿を現わしなよ。何にもない空気に向かってひれ伏すつもりはないから。そうそう、名前を聞いとかなくちゃ。ちゃんとしたお祈りをするには、名前を知らないとね」

「わしはアザシュ、古き神々のうちにあって、もっとも力強い者だ。そなたがわが僕《しもべ》となり、ほかの者たちをわが崇拝へと導くならば、わしはそなたの望んだ以上のものをもって報いよう。最高の地位に就かせ、そなたには想像もできぬ富を与えよう。もっとも美しい乙女たちがそなたのものとなり、命は尽きることなく、いかなる人の子も得たことのない、精霊界を統《す》べる力を与えよう。その見返りにわしが求めるのは、オサよ、そなたの魂と、そなたがわが元へ連れきたる者たちの魂だけだ。わしは切実に崇拝者を必要としており、わが孤独は深い。それゆえにそなたの報酬も大きなものとなるのだ。さあ、わが顔を見て、畏《おそ》れおののくがよい」

石像を取り巻く大気が揺らめき、粗雑に彫られた像のまわりにアザシュの実体が出現した。とつぜん目の前に現われた恐ろしい姿にオサは縮み上がり、地面にひれ伏した。まさかこれほど醜いとは。しかし根が臆病《おくびょう》なオサは、姿を現わしたアザシュに向かって思ったとおりのことを言ったら、即座にこの恐ろしい神の怒りを買って、ひどい仕打ちをされるに違いないと思った。わが身が何よりもかわいい男だったのだ。

「祈るがよい、オサ」石像はほくそ笑んだ。「わが耳はそなたの礼賛の言葉に飢えておる」

「おお、偉大なる――ええと――アザシュ、でしたよね。神の中の神、世界の支配者よ。わが祈りを聞き、つつましい賛美をお受けください。あなた様の前ではおれなどただの塵《ちり》にすぎず、あなた様は山のように、おれの前に聳《そび》えています。この憐《あわ》れな山羊を返していただいたことにつき、心の底からあなた様への崇拝と、称讃と、感謝を捧げます。家に帰ったらすぐ、いなくなった罰として、こいつはしたたかに打ちすえてやります」

オサは震えながら、この祈りにアザシュが満足してくれることを、せめて気をゆるめて、逃げだす隙《すき》を与えてくれることを願った。

「まずまずだな、オサ。いずれはそなたも、もう少しましな礼賛ができるようになるだろう。行くがよい。わしはしばらく今の粗野な祈りを味わうことにしよう。明日もまた来るのだぞ。そのときはわしの考えていることを、もう少し詳しく教えてやろう」

山羊を連れてふらふらと家に帰ったオサは、二度とあの神殿へは行くまいと心に誓った。だがその夜、住まいにしていた汚い小屋の粗末な寝床で寝返りをうちながら、青年は心の中で、富と、自分の思いのままに情欲のはけ口となる若い娘たちのことを思い描いた。

「もう少し成り行きを見てみるか」寝苦しい夜が明けるころ、オサはそうひとりごちた。

「逃げるのはいつだってできるんだから」

こうして一人の単純なゼモック人の山羊飼いと、あまりの恐ろしさゆえにオサの隣人のスティリクム人たちがあえてその名を口にすることさえない、古き神アザシュとの関係が始まった。幾世紀もの時が流れ、オサはいつしか自分が、抜きさしならないまでにアザシュに隷従してしまっていることに気づいた。アザシュは忍耐強くオサを導いていった。単純な礼拝から始まって、邪悪な儀式を行なわせ、さらには魂そのものを穢《けが》すような行ないまで。かつては無邪気で、ただ少しだけ性根の曲がった山羊飼いにすぎなかったオサは、恐るべき邪神に心と魂を冒され、とてつもなく陰気な男になっていた。人の一生の六倍ほどの時を生き終えたころには、手足はしなび、腹と頭は膨れ、毛髪はなく、太陽を忌み嫌ったために全身が青白くなっていた。巨万の富を手にはしたが、富に喜びを感じることはもうなかった。後宮では何十人という女たちが喜んでオサを迎えたが、その魅力にももはや興味は持てなかった。常闇《とこやみ》の世界に棲《す》む何十万という数の死霊や小鬼や怪物がオサのどんな小さな気紛れにも応《こた》えたが、それらに命令を下そうという気さえもはや起きなかった。ただ一つ残った楽しみは、取り巻きに命じて弱い者や無力な者の震える身体をねじ切り引き裂いて、そのもだえ苦しむ死に様を見物することだった。その点だけは、オサも昔と何ら変わるところはなかった。

三度目の千年紀の初め、ナメクジのようになったオサが齢《よわい》九百を数えるころ、極悪非道の手下たちが王の命を受けて、アザシュの粗野な神殿を北東の山岳地帯にあるゼモックの街に運びこんだ。神殿を囲んで醜悪な神の巨像が作られ、さらにそれを覆うように広大な寺院が建立された。寺院の隣にはオサの王宮が建てられ、両者は迷路のように入り組んだ通路でつなげられた。王宮は黄金で飾られ、真珠とオニキスと玉髄の象嵌《ぞうがん》が施され、柱には複雑な模様が彫りこまれて、ルビーとエメラルドの柱頭が置かれていた。その宮殿でオサは冷めた調子で、自分がゼモック全土の皇帝であることを宣言した。アザシュの轟《とどろ》きわたるような、だがどこか嘲《あざけ》るような虚ろな声が寺院から響いてきて、オサの宣言を支持した。無数の悪霊たちが遠吠えの喝采《かっさい》を送った。

こうしてゼモックにすさまじい恐怖支配が始まった。敵対する宗派は、すべて情け容赦なく根絶された。犠牲《いけにえ》に捧げられた新生児と処女の数は数千にのぼり、エレネ人であるとスティリクム人であるとを問わず、誰もが剣の力でアザシュ崇拝を強要された。オサとその手下たちが、奴隷となった臣民たちからいっさいの良識を跡形もなくはぎ取ってしまうまで、一世紀ほどはかかったろう。血への渇望や残忍狂暴きわまる行為が蔓延し、アザシュを祀る祭壇や神殿の前で行なわれる儀式は、いよいよ頽廃《たいはい》と淫靡《いんび》の度を強めていった。

二十五世紀になると、オサはついに邪神の最後の目的を果たすべき用意が整ったと考え、人間の軍団とその闇の同盟軍をゼモックの西の国境に集結させた。それから間もなく、オサとアザシュは力を合わせて、ペロシアとラモーカンドとカモリアの平原へ侵攻を開始した。その攻撃の恐ろしさは、とてもここに書きつくすことはできない。ゼモック人たちは単なる残虐行為で満足することはなく、またその同盟者である人間ならざるものたちの残忍さは、まさに言語を絶していた。人間の首が山をなし、捕虜は生きながら焼かれて食われ、街道にも間道にも磔《はりつけ》の十字架や杭や獄門台が列をなした。空はハゲタカとカラスの群れで黒く陰り、どこへ行っても肉の焦げるにおいと腐臭が鼻を衝《つ》いた。

オサの軍団は自信満々で戦場へ向かった。この地獄の同盟の前には、どのような抵抗も無益な試みだと信じて疑わなかったのだ。だがそれは聖騎士団の力を考えに入れない計算だった。大激戦の舞台となったのはラモーカンドの平原、ちょうどランデラ湖の南のあたりだった。力と力の戦いも熾烈《しれつ》を極めたが、それ以上に激烈だったのは魔術による戦いだった。霊界からもあらゆるものたちがこの戦いに参加していた。闇が平原を覆ったかと思うと、無数の光があたり一面にあふれた。炎と稲妻が空から降り注いだ。一つの部隊がそっくり大地に呑まれ、あるいは突然の炎に骨まで焼きつくされた。耳をつんざく雷鳴が地平線から地平線までを駆け抜け、大地は地震に引き裂かれ、噴き出した溶岩が斜面を流れ下って、前進する軍勢を呑みこんだ。両軍とも一進一退のまま、この恐るべき戦場で何日ものあいだ激戦が続いた。と、やがてじりじりとゼモック軍が後退をはじめた。オサが戦いに投入した闇の世界の怪物たちも、一体また一体と聖騎士たちの力を合わせた反撃に敗れ、ゼモック軍は初めての敗北を喫した。ゆっくりと始まった退却はしだいに速度を上げ、ついには全面的な潰走《かいそう》となった。すでに戦う気のなくなった兵士たちは完全に浮き足立って、多少とも安全な国境の彼方へと逃げ去った。

エレネ人の完全勝利ではあったが、払った犠牲は決して小さなものではなかった。聖騎士の半数が死んで戦場に横たわり、各国の軍隊も何万という数の死者を出していた。勝利こそ手にしたものの、残った者たちは疲労困憊《こんぱい》しており、手勢も足りず、敗走するゼモック軍を国境の向こうまで追撃できるような状態ではなかった。

太りすぎの上に足腰の衰えていたオサは、もはや自分自身の体重を支えることさえできず、担架に乗せられてゼモックの迷路の奥、アザシュの神殿へと運ばれた。アザシュは激怒しており、オサはその石像の前に平伏して泣きながら慈悲を願った。

やがてとうとうアザシュは、恐ろしいほど静かな声でこう答えた。

「今度だけだぞ、オサ。今度だけは大目に見てやろう。わしはベーリオンを手に入れる。そなたはわしに代わってベーリオンを探し出し、ここへ持ってくるのだ。それができぬときは、そなたに対するわしの寛容もそれまでと思うがよい。褒賞ではわしの意に添えぬと言うのであれば、苦痛をもってわが意に従わせるまでのこと。行け、オサ。ベーリオンを探し出し、ここに持ち帰ってこい。その時こそわしは縛《いまし》めを解かれ、雄々しさを取り戻すであろう。わしを失望させたならば、そなたは死ぬことになる。その死は百万年の百万倍もかかる、苦しみに満ちたものとなるのだ」

オサは王宮に逃げ戻り、かくして敗戦による荒廃の中にありながら、西方のエレネ人諸王国に対する最後の侵攻の準備がはじまった。それは世界を災厄のただなかに突き落とそうとするものであった。

第一部　大聖堂

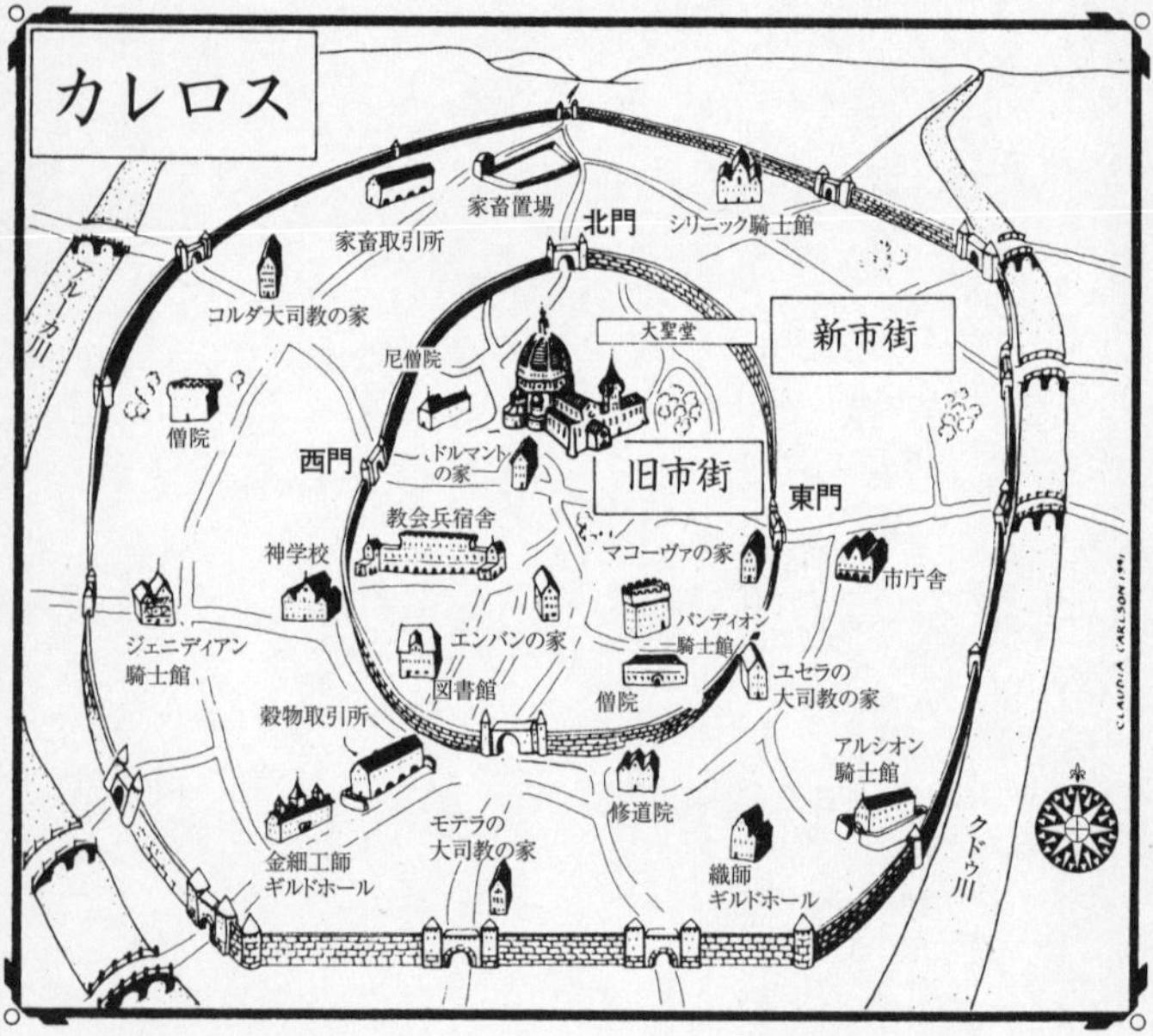

カレロス
家畜置場
北門
シリニック騎士館
家畜取引所
アルーカ川
コルダ大司教の家
大聖堂
新市街
尼僧院
僧院
西門
ドルマントの家
旧市街
東門
教会兵宿舎
マコーヴァの家
神学校
市庁舎
パンディオン騎士館
エンバンの家
ジェニディアン騎士館
ユセラの大司教の家
図書館
僧院
穀物取引所
アルシオン騎士館
修道院
モテラの大司教の家
金細工師ギルドホール
織師ギルドホール
クドゥ川

1

滝はグエリグを呑みこんだ割れ目に絶え間なく流れ落ち、ぶつかりあう水音は大きな鐘の余韻のような深い轟きとなって洞窟を満たしていた。スパーホークはベーリオンをしっかりと片手に握りしめ、深淵の縁にひざまずいた。頭の中はまっ白で、ただそうしてひざまずくことしかできなかった。頭上の地表から眼下の深淵へとまっすぐに落下する水の柱には、日光がまぶしいほどに反射している。耳は滝の轟音にふさがれていた。

洞窟は湿ったにおいがした。滝から飛び散る霧のような水しぶきが岩を露で濡らし、濡れた岩の上には流れに反射する光と、上昇するアフラエルを包んでいたまばゆい光の消えゆく最後の残光が溶けあって揺らめいていた。

スパーホークはゆっくりと目を落とし、手の中の宝石を見つめた。繊細で壊れやすそうに見えるものの、とても破壊できるようなものではないことを騎士は直感した。その紺碧《こんぺき》の石の奥深くに、光が脈打つように輝いている。花弁の先端の濃い青色は石の中央部でさらにその濃さを増し、濃紺の光を揺らめかせている。スパーホークの手は石の放つ力にうずくような痛みを覚え、奥を覗《のぞ》きこむと心の中で何かが警告の叫びを上げた。

スパーホークはぞっとして、誘いこまれそうなその輝きから視線を引きはがした。鍛え抜かれたパンディオン騎士はあたりを見まわし、薄れつつも矮軀《わいく》のトロールの洞窟の岩々に名残《なごり》を留めている光に、すがるような視線を向けた。まるでそうすれば幼い女神アフラエルが、長らく苦労を重ねてようやく手に入れながら、なぜか今や恐怖を感じはじめている宝石から、守ってくれそうな気がしたのだ。だがそれだけではない。無意識の奥底のあたりで、スパーホークはそのかすかな残光を永遠に留めておきたいと願っていた。あの小さな、気まぐれな女神その人を地上に留めておけないなら、せめてその心だけでも胸のうちに抱いていたかった。

セフレーニアがため息をついて、ゆっくりと立ち上がった。その顔は疲れていながら元気いっぱいだった。苦難の旅の末にこのサレシアの山奥のじめじめした洞窟にたどり着き、真の姿を現わした女神を目の当たりにするという歓喜によって、その苦労が報われたのだ。

「さあ、ここを出なくてはなりません」教母の声は悲しげだった。

「もう少しだけ、いけませんか」クリクが柄にもない、懇願するような口調で尋ねた。

たいていの場合、およそ感傷的なところなどこれっぽっちもないような男だというのに。

「やめておいたほうがいいでしょう。今ここで出ていかないと、何とか口実を見つけて長居をするようになってしまいます。そのうちにまったく出ていく気がなくなってしまうでしょう」白いローブをまとった小柄なスティリクム人は、嫌悪の眼差しでベーリオンを見やった。「それを見えない所にしまいなさい、スパーホーク。そしておとなしくしているよう命令するのです。それがあるだけで、わたしたちは穢《けが》されてしまいます」

ソーギ船長の船でサー・ガレッドの亡霊から託された剣を持ち上げると、短くスティリクム語をつぶやいて呪文を解き放つ。剣の先端が輝きだした。この光を頼りに、地上へと戻ることができる。

スパーホークは宝石の花を短衣《チュニック》の内側に押しこみ、アルドレアス王の槍《やり》を拾おうと身をかがめた。鎖帷子《くさりかたびら》はひどいにおいがして、肌触りも最低だ。できるものなら脱ぎ捨ててしまいたいくらいだった。

クリクは鉄の帯を巻いた石の棍棒を拾い上げた。醜くねじくれた矮軀のトロールが深淵に身を投げる前、スパーホークたちを相手に振りまわしていた棍棒だ。クリクはその野蛮な武器の重さを測るように二、三度振ってみてから、無造作に深淵に放りこんで持ち主のあとを追わせた。

セフレーニアが光を放つ剣を頭上に掲げ、三人は床に宝石の散乱するグエリグの宝物庫を横切って、地上に続く螺旋《らせん》状の通路の入口に向かった。

「もうあの子には会えないんでしょうか」通路に出たとき、クリクが物足りなそうに尋ねた。

「アフラエルですか？　さあどうでしょう。これまでも、いつも予測のつかないところがありましたから」セフレーニアの声は沈んでいた。

一行はしばらく黙ったまま、左に旋回する螺旋状の通路をたどって着実に地上へ近づいた。スパーホークは登りながら、妙な虚しさを覚えた。下りてくるときは四人だったのに、今は三人しかいない。しかし女神は置き去りにされたわけではなかった。その姿は全員の心の中に生きていたからだ。だが気になることはもう一つあった。

「外に出たら、この洞窟を封印してしまえないでしょうか」

セフレーニアは真剣な目で騎士を見つめた。

「望めばできます、あなた《ディア・ワン》。でも、なぜ封印したいのです」

「どうもうまく言葉にできないんですが」

「すでに目的は達しました。どこかの豚飼いがたまたまこの洞窟を見つけたとして、それがどうだというのです」

「いささかあやふやなんですが……」スパーホークは眉《まゆ》をひそめて、要点を見極めようとした。「サレシアの農民あたりがこの洞窟を見つけたら、いずれはグエリグの宝物庫も探し当てるんじゃありませんか」

「気長に探せば、ええ」

「そうなったら、たちまちここにはサレシア人があふれ返ることになります」

「だからどうだというのです。グエリグの宝を独り占めしたいのですか」

「違いますよ。わたしはマーテルと違って、欲の皮が突っ張ってはいませんから」

「では何が気になるのです。サレシア人がこのあたりをうろつくようになったとしても、別に構わないではありませんか」

「ここは特別な場所なんですよ、セフレーニア」

「どういうふうに？」

「神聖なんです」スパーホークは短く答えた。セフレーニアの詮索に、苛立ちが募りはじめていた。「アフラエル女神が、ここでわたしたちの目の前に姿を現わしたんですよ。そんな洞窟を、飲んだくれで強欲な宝探し連中なんかに踏み荒らされたくないんです。たとえばエレネ教会が誰かに踏み荒らされても、たぶん同じように感じるでしょうね」

「愛しいスパーホーク」セフレーニアは思わず騎士を抱きしめた。「それほどまでにアフラエルの神性を認めているのですか」

「あなたの女神はとても説得力がありましたからね」と苦笑して、「エレネ教会の聖議会の信仰だって揺るがしかねない。やれますか？　洞窟の封印のことですが」

セフレーニアは何か言いかけて口をつぐみ、顔をしかめた。

「待っていてください」教母はサー・ガレッドの剣を通路の壁に立てかけ、もと来た道を少し戻って、剣の切っ先からの光がちょうど届かなくなるあたりで足を止めた。しばらくじっと考えこんでから、またスパーホークたちのところへ戻ってくる。

「あなたには危険なことをやってもらわなくてはなりません、スパーホーク」真剣な口調だ。「大丈夫だとは思うのですが。あなたの心にはまだアフラエルの面影が強く残っていますから、たぶんそれが守ってくれるでしょう」

「何をさせようっていうんです」

「ベーリオンを使って洞窟を封印します。ほかの方法がないわけではありませんけれど、宝石があなたを主人として受け入れるかどうか、確かめておかなくてはなりません。たぶん受け入れるはずですが、念のためです。意志を強く持たなくてはいけませんよ、スパーホーク。ベーリオンは喜んで求めに応じるわけではありません。無理に従わせなくてはならないのです」

「頑固者の相手なら慣れっこですよ」スパーホークは肩をすくめた。

「侮《あなど》ってはいけません、スパーホーク。わたしが今までに使ったどんな術よりも、ずっと根源的な問題を含んでいるのです。とにかく先へ進みましょう」

三人はグエリグの宝物庫に落下する滝の轟音が次第に小さくなるのを聞きながら、螺旋通路を歩きつづけた。と、ちょうど滝の音が聞こえなくなるあたりまで来たとき、その音が変化したように思えた。間断なく続く一つの音だったものがばらばらに砕け、無数の音の破片から成る複雑な和音になったのだ——たぶん洞窟の反響の仕方がわずかに変わったのだろう。その音の変化とともに、スパーホークの気分も変化した。それまでは長いこと追い求めていた目標をようやく達成したという一種けだるい満足感と、女神の顕現に対する畏怖《いふ》の念が入り混じった気分を感じていた。なのにとつぜん、この暗くかび臭い洞窟が何か不吉な、脅迫的な場所に思えてきたのだ。それは幼い子供のころに感じて以来、長らく味わったことのない感覚だった。急に暗闇が怖くなったのだ。白く輝く剣の明かりの輪の外に、残虐な悪意に満ちた、顔のない怪異がひそんでいるような気がする。スパーホークはおそるおそる肩越しにふり返った。背後の闇の中で何かが動いたような気がする。ほんの一瞬、闇よりも黒い何かが闇の中で身じろぎしたような。見つめようとするともう見えないのに、横目でうかがうと確かにそこにいる——形さえ定かではないが、視野の隅のほうにぼんやりと浮かんでいるのだ。スパーホークは名状しがたい恐怖にとらわれた。「ばかばかしい」そうつぶやいて、一刻も早く前方の光の中に出ようと足を速める。

　地上に出たのは午後もなかばを回ったころで、暗い洞窟に慣れた目には太陽がひどくまぶしかった。スパーホークは深く息を吸いこみ、短衣《チュニック》の内側に手を入れた。

「まだです、スパーホーク。洞窟の天井を壊すのが目的だとしても、上に突き出ている岩壁が頭の上から崩れ落ちてきたのではたまりません。馬を置いてきたところまで戻りましょう。あそこからやるのです」

「呪文を教えてください」洞窟の前に広がる茨《いばら》だらけの水たまりを渡りながら、スパーホークが言った。

「呪文などありません。あなたには宝石と指輪があるのですから、ただ命令すればいいのです。下に着いたらやり方を教えてあげましょう」

三人は岩の峡谷を這《は》い下りて、前の晩に野営した草地に出た。天幕と杭につないだ馬のところに着いたときには、もう日が暮れかかっていた。スパーホークが近づくとファランは耳を伏せ、歯を剝《む》いた。

「どうかしたのか」スパーホークは癇癪《かんしゃく》持ちの軍馬に話しかけた。

「ベーリオンを感じているのです。気に入らないようですね。しばらく離れていたほうがいいでしょう」セフレーニアはたった今抜けてきたばかりの岩の峡谷を見上げた。

「ここなら大丈夫そうです。ベーリオンを出して、指輪が宝石に触れるように両手で持ちなさい」

「洞窟のほうを向くんですか」

「いいえ、ベーリオンにはあなたの考えがわかります。では洞窟の中を思い出して——

見た目、感触、においもです。次に天井が崩れるところを想像なさい。岩石が崩れ落ち、跳ね返り、転がって次々と積み重なり、山をなすはずです。大きな音もするでしょうね。もうもうたる土埃《つちぼこり》と突風が、洞窟の口から吐き出されるでしょう。洞窟の天井が崩れればその上の稜線は歪《ゆが》み、あるいは地崩れが起きるかもしれません。どうでもいいことに気を取られないように。はっきりした心象を思い描きつづけるのです」

「普通の呪文よりもいささか込み入ってますね」

「そうです。厳密に言えば、これは呪文ではありません。自然の持つ力を解き放つのです。意識を集中しなさい。心象が細かければ細かいほど、ベーリオンの感応も強力になります。場面をはっきりと心の中に思い描いたら、それを実現させるよう宝石に命令するのです」

「グエリグの言葉でですか」

「よくわかりません。まずエレネ語でやってごらんなさい。それでだめならトロール語に頼りましょう」

スパーホークは洞窟の入口を思い出した。入ってすぐのところに控えの間のようなものがあり、長い螺旋状の通路が下に延びていって、グエリグの宝物庫に続いている。

「あの滝の上の天井も崩したほうがいいですか」

「それはどんなものでしょうか。あの川は下流のほうでまた地上に顔を出しているかもしれません。それをせき止めてしまうと、流れが消えたことに気づいて調べはじめる人が出てこないとも限りません。それに洞窟のあのあたりは、とりわけ大切な場所だと言えるのではありませんか」

「そのとおりです」

「ではあの空洞の周囲を封鎖して、あの場所を永遠に守ることにしましょう」

スパーホークは洞窟の天井が轟音を上げて崩れ落ち、土埃が湧《わ》き上がるさまを思い描いた。

「何と言ったらいいのですか」

「〝青い薔薇《ばら》〟と呼びかけなさい。グエリグがそう呼んでいましたから、たぶん自分のことだとわかるでしょう」

スパーホークは命令口調で呼びかけた。「青い薔薇、洞窟を崩壊させろ」

サファイアの薔薇の色が濃紺に変わり、中心部に怒ったような赤い閃光が走った。

「反抗していますね。さっき警告したのはこのことです。あの洞窟はこれが生まれた場所なので、壊したくないのです。やらせなさい、スパーホーク」

「やるんだ、青い薔薇！」スパーホークは咆哮《ほうこう》し、両手で握った宝石に意志のすべてを注ぎこんだ。すさまじい力が湧き上がってきて、サファイアの薔薇が手の中で脈打つように感じられた。と、宝石の力が解き放たれ、騎士はいきなり荒々しい高揚感に包まれた。単なる満足感どころではない、肉体的な絶頂感に近いほどの激しさだ。

地の底から低く陰鬱な音が響き、大地が震えた。地震がいくつもの地層を次々に打ち砕き、地底の岩が割れて砕けているのだ。峡谷のかなた、グエリグの洞窟の入口にのしかかるように迫《せ》り出していた岩が、足許をすくわれた形になって前に傾き、まっすぐ落下して水たまりの中に突っこんだ。崖が崩落する音はこれだけの距離を隔てているにもかかわらず耳を聾《ろう》するばかりで、あとにはもうもうと土埃が上がった。土埃は北東の季節風に流され、山々のあいだに吹き散らされていった。そのときだった。洞窟の中のときと同じように、スパーホークの視野の隅で何かが動いた。何か暗く、邪悪な好奇心に満ちたものが。

「どんな感じです」セフレーニアが真剣な目つきで尋ねた。

「何だか妙な気分です。自分がとても強くなったみたいな」

「そのことを考えてはいけません。アフラエルに気持ちを集中させなさい。その妙な感じがなくなるまで、ベーリオンのことはいっさい考えないようにするのです。見るだけでもいけません」

スパーホークはサファイアを短衣《チュニック》の中に戻した。

クリクは峡谷を見上げ、グエリグの洞窟の前にあった水たまりの上に堆積《たいせき》した巨岩の山を見上げた。

「すっかりおしまいという感じですね」残念そうな口調だ。「そうです。これでもう誰も洞窟に入れません。さあ、ほかのことを考えましょう。今やったことをいつまでも考えていると、元に戻したくなるかもしれませんからね」

クリクはがっしりした肩をいからせ、あたりを見まわした。「火を熾《おこ》しましょう」そう言って、薪を集めに峡谷の入口のほうへ戻っていく。スパーホークは荷物をかき回して、調理道具と夕食の材料を探した。食事を済ませた三人は火のそばに腰をおろした。どの顔も沈んでいた。

「どんな感じでした、スパーホーク。ベーリオンを使うってことですけど」クリクはちらりとセフレーニアに目をやった。「もう話しても大丈夫でしょうか」

「すぐにわかるでしょう。お話しなさい、スパーホーク」

「あれは今までのどんな体験ともまるで違うものだった」スパーホークはクリクに向かって話しはじめた。「急に身の丈が百フィートもあるように思えて、この世にできないことなど何もないって気分になった。気がつくとあたりを見まわして、ほかにも何かやることがないかと探してるんだ——たとえば山を引き裂くとか」

「スパーホーク！　やめなさい！」セフレーニアが鋭く制止した。「ベーリオンがあなたの思考に干渉しています。あれを使わせようと、誘惑しているのです。使うたびにベーリオンは、あなたに対する影響力を強めていくでしょう。何かほかのことをお考えなさい」

「アフラエルのことなんかどうです」とクリク。「それもやっぱり危険ですか」

セフレーニアは微笑んだ。

「ええ、とても危険ですね。きっとベーリオンよりも素早く、あなたの魂を虜《とりこ》にしてしまうでしょう」

「ちょっと警告が遅かったみたいですね。あの子がいないと寂しくて仕方がないんです」

「寂しがることはありません。アフラエルはまだわたしたちといっしょです」

クリクはあたりを見まわした。「どこです？」

「心の中ですよ、クリク」

「それじゃあ同じとは言えませんよ」

「ベーリオンのほうは、今すぐ手を打っておくべきでしょう。思っていた以上に強い支配力を持っているようです」セフレーニアは考えこんだ。立ち上がって、身のまわりの品を入れてある荷物を取り上げ、中をかき回す。出てきたのは粗織りの布でできた小袋と大きな針、それに一巻きの赤い糸だった。教母は小袋を手に取り、その表面にまっ赤な縫い取りを施しはじめた。左右が非対称の、奇妙な模様だ。赤々と燃える焚火《たきび》の明かりに照らされたその顔は真剣そのもので、ずっと何か小さくつぶやきつづけている。

「合ってませんよ、小さき母上。左右で形が違ってます」スパーホークが指摘した。

「これでいいのです。話しかけないでください。集中しなくてはなりません」しばらく縫いものを続けたセフレーニアは、やがて針を袖に留め、小袋を火のほうに掲げた。スティリクム語で呪文を唱える。教母の呪文に合わせるかのように、炎がリズミカルに大きくなったり小さくなったりした。と、いきなり炎がうねるように大きくなり、小袋を呑み込もうとするかに見えた。教母が袋の口を開ける。「さあ、スパーホーク、ベーリオンをこの中へ。意志を強く持つのですよ。きっとまた抵抗しようとするでしょうから」

スパーホークは戸惑いながらも短衣《チユニック》の中から宝石を取り出し、小袋の中に入れようとした。かん高い抗議の悲鳴が耳いっぱいに広がったような気がして、実際に手の中で宝石が熱くなった。まるで固い岩の中に宝石を押しこもうとしているようで、心がぐらつく。おまえが今やろうとしていることは不可能なのだ、と声なき声が叫んでいる。スパーホークは断固として、さらに力を込めて宝石を袋の中に押しこんだ。ほとんど耳に聞こえてきそうな絶叫とともに、サファイアの薔薇が小袋の中に滑りこんだ。セフレーニアは袋の紐《ひも》をきつく引っ張り、複雑な結び目を作って、さらに針で赤い糸を結び目に縫いこんだ。

「こんなところでしょう」糸を歯で切って、「多少は違うはずです」

「何をしたんです」クリクが尋ねた。

「一種の祈りです。ベーリオンの力を弱めることは、アフラエルにもできません。でも宝石がわたしたちに影響を及ぼしたり、ほかの人々に力を振るったりしないように、封じこめることはできます。これで完璧というわけではありませんが、応急処置としては精いっぱいのところです。あとで何かもう少し永続的な方法を考えましょう。それはしまっておきなさい、スパーホーク。袋と肌のあいだに鎖帷子をはさむようにすれば、もっと効果的です。アフラエルの話によると、ベーリオンは鉄に触れるのを嫌うということですから」

「いささか神経質すぎるんじゃありませんか」とスパーホーク。

「何ともいえませんね。ベーリオンのようなものを扱うのははじめてです。力の限界がどのあたりにあるのか、わたしには見当もつきません。ただ、それがどんなものでも破壊してしまうほどの力を持っていることは承知しています。エレネ人の神でも、スティリクムの若き神々でも」

「アフラエルだけは別なんでしょう」とクリク。

セフレーニアは首を横に振った。

「深淵に落ちたベーリオンを持ってきてくれたとき、アフラエルさえ誘惑を受けたのです」

「じゃあどうして自分のものにしてしまわなかったんです」

「愛です。女神はわたしたちみんなを愛しており、その愛ゆえに喜んでベーリオンを諦《あきら》めたのです。ベーリオンには愛というものがまったく理解できません。最後の最後でわたしたちをベーリオンから守ってくれるのは、愛しかないのかもしれませんね」

その晩、スパーホークはよく眠ることができず、毛布の上で寝返りばかり打っていた。クリクは焚火の光の輪の端近くで見張りに立っていたので、騎士は独り悪夢にうなされる結果となった。目の前の空中にサファイアの薔薇が浮かんで、誘いかけるような、深く青い光を放っている。その輝きの中心から音が聞こえた——存在そのものを惹《ひ》きつける歌声。スパーホークの周囲には、肩に触れそうなほど近くを漂ういくつかの影があった。数ははっきりしないが、十体まではないだろう。その影には誘いかけるようなところは微塵《みじん》もなく、むしろ強烈な挫折感から生じた憎しみが満ちているように思えた。輝くベーリオンの向こうに、淫《みだ》らなほどグロテスクなアザシュの塑像が立っている。それはガセックでスパーホークが打ち砕いた、ベリナの魂を求めた像だった。像の顔が動いている。もっとも原始的な情熱に、醜く表情が歪むのだ。みずからの絶対的な力への確信から生まれているらしい、情欲と貪欲と憎しみと、激しい侮蔑の表情。

スパーホークは夢の中でもがきながら、あちらこちらへ引っ張られていた。ベーリオンに引っ張られ、アザシュに引っ張られ、憎しみに満ちた影たちに引っ張られる。どの力も強大この上なく、騎士の心と身体はばらばらに引き裂かれてしまいそうだった。

悲鳴を上げようとして目が覚めた。身体を起こすと、全身が汗まみれだった。悪態が口を衝く。骨の髄まで疲れきっているというのに、こんな悪夢に取り憑かれていては疲れなど取れるわけがない。むっつりとふたたび横になり、今度こそ夢も見ずにぐっすり眠りたいものだと願う。

またしても同じ悪夢のくり返しだった。スパーホークは夢の中でベーリオンと、アザシュと、背後の憎しみに満ちた影と格闘した。

「スパーホーク」耳慣れた声が小さく耳許に響いた。「あんな連中に脅されちゃだめよ。あなたを傷つけることなんかできないんだから。せいぜい怯《おび》えさせようとするだけよ」

「どうしてそんなことをするんだ」

「あなたを恐れているの」

「それはおかしいだろう、アフラエル。わたしはただの人間だぞ」

アフラエルの笑い声は、小さな銀の鈴を振るようだった。

「ときどきとても無邪気になることがあるのね、父上。あなたは今までこの世に生を受けたどんな人間とも違うの。ある意味では、神々よりも力があると言っていいくらい。さあ、おやすみなさい。あいつらに手出しはさせないから」

頬に柔らかな口づけの感触があり、頭が小さな腕に、不思議と母親のような優しさで抱かれるのを感じた。悪夢の中の恐ろしいものたちの姿が揺らぎ、やがて消えた。

どのくらいの時間が経ったのだろうか。クリクが天幕に入ってきて、スパーホークを揺り起こした。

「何時だ」スパーホークは従士に尋ねた。

「ちょうど真夜中ごろです。マントを羽織ったほうがいいですよ。かなり冷えこんでますから」

スパーホークは立ち上がり、鎖帷子と短衣《チュニック》を着け、剣帯を腰に締めた。小袋を短衣《チュニック》の下に突っこみ、旅のマントを羽織る。

「ぐっすり眠れよ」クリクにそう声をかけると、騎士は天幕の外に足を踏み出した。

星がとても明るい夜で、切り立った山頂が連なる東の稜線からちょうど三日月が昇ったところだった。目を闇に慣らそうと、焚火の残り火のそばを離れる。冷え冷えした山の空気に白い息を吐きながら、騎士は歩哨に立った。

まだ悪夢の名残《なごり》はあったが、それも薄れつつあった。あの夢で、鮮烈な記憶として確かに覚えているのは、頬に残るアフラエルの唇の柔らかな感触だけだった。スパーホークは悪夢の思い出が宿る心の部屋の扉をきっぱりと閉ざし、別の事柄に思いを馳せた。

幼い女神はもうおらず、時の経過を変化させる能力に頼ることができなくなった今、サレシア海峡を越えてディラ国へ渡る海岸に出るのに一週間はかかるだろうと思えた。

ための船も探さなくてはならない。ウォーガン王がエレネ人の王国のすべてに対して、スパーホークたちの逃亡を連絡しているのは疑いなかった。捕まらないように慎重な行動を取る必要はあるが、それでもエムサットを避けて通ることはできなかった。タレンを迎えにいくという目的もあるし、人気《ひとけ》のない海岸では船を調達するのが難しい。

北方の山岳地帯だけに、夏とはいっても夜はかなり冷えこむ。スパーホークはマントをしっかりと襟元で掻《か》き合わせた。気分は暗く、憂鬱だった。今日あった出来事は、どれもじっくり考えてみなくてはならないものばかりだ。スパーホークの信仰心はそれほど強固なものではなかった。身を捧げているのはパンディオン騎士団に対してであって、エレネ教会に対してではない。教会騎士の仕事は普通のエレネ人のために世の中を全体的に平和にして、聖職者たちが神を喜ばせると考える祭儀を行ないやすくすることだった。スパーホーク自身は、あまり神のことなど気にしない。だが今日の出来事は、相当はっきり霊的体験と言い切れるものだった。実際的な考え方をする人間というのは、今日この身に降りかかったような宗教的な体験を、本当に受け入れることなどできはしないのだ——スパーホークは悲しげにそう思った。と、両手がまるで独自の意思を持つもののように短衣《チュニック》の襟元に動きはじめた。スパーホークは決然として剣を抜き、切っ先を草原に突き立て、両手でしっかりと柄を握りしめた。宗教だの超自然だのといったことは、すべて頭から追い払う。

間もなくすべてが終わるのだ。女王がクリスタルに閉じこめられて過ごす時間も、今や何カ月や何週間という単位ではなく、何日という単位で数えられるようになっている。スパーホークと友人たちは、女王を癒《いや》すことのできるただ一つの品を探し求めて、イオシア大陸じゅうをめぐる長い苦しい旅を続けてきた。こうしてベーリオンを手にした今、行く手を阻むことのできるものは何もない。その必要があれば、サファイアの薔薇を使って全軍団を壊滅させることさえできるのだ。騎士ははっとして、その考えを頭から追い払った。

いかつい顔に暗い表情が浮かぶ。女王が快癒したならば、マーテルとアニアス司教をはじめ陰謀に加担したすべての者たちに、いささか恒久的な処置を講じなければならない。スパーホークは該当者の名前を心の中で数え上げはじめた。これなら夜の時間が楽しく過ごせるし、余計な事を考えて災いに巻きこまれることもない。

その六日後の夕暮れ、一行は丘の上から、サレシアの首都の煙を上げる松明《たいまつ》や、蠟燭《ろうそく》に照らされた家々の窓を見下ろしていた。

クリクがスパーホークとセフレーニアに声をかけた。

「ここで待っててください。ウォーガンはたぶんもうイオシアじゅうの街という街に、あなたがたの人相書きをばらまいてるでしょう。タレンはわたしが探してきます。船のほうも、どんなものがあるかちょっと見てきましょう」

「だいじょうぶですか」とセフレーニア。「あなたの人相書きも手配されているかもしれませんよ」

「ウォーガン王は高貴の生まれですからね。貴族ってやつは、召使ふぜいにはほとんど注意を払いませんよ」

「おまえは召使じゃない」スパーホークが反論する。

「世間から見れば召使ってことになるんですよ、スパーホーク。もちろんウォーガンだってそう見てます――まともにものが見えるくらいに素面《しらふ》のときにはね。旅人を待ち伏せするか何かして、服をいただくことにします。それでエムサットにもぐり込めるでしょう。賄賂《わいろ》が必要になるといけませんから、少し金を渡しといてください」

クリクが街へ向かって並足で馬を進めていってしまうと、スパーホークは教母を街道から離れた場所に引き戻した。セフレーニアはため息をついた。

「まったくエレネ人というのは。どうしてこんな不謹慎な者たちと関わりを持ってしまったのでしょうね」

ゆっくりと闇が落ち、樹脂を含んだ丈高い樅《もみ》の木々が、うっそうとした影に姿を変えた。スパーホークはファランと荷馬と、セフレーニアの白い乗用馬チエルを木につないだ。苔《こけ》むした斜面にマントを広げてセフレーニアを座らせる。

「何をくよくよしているのです、スパーホーク」

騎士は問いかけを軽く受け流そうとした。

「疲れたんでしょう。何かをやり遂げたあとには反動がくるものです」

「それだけではなさそうですが」

スパーホークはうなずいた。

「あの洞窟で起きたことに対して、心の準備ができていなかったんです。何もかもがとても親密な、個人的なことのように思えて」

セフレーニアがうなずき返した。

「批判するわけではありませんが、エレネ人の宗教はすっかり制度化されてしまっていますからね。制度を愛するというのはとても難しいことです。スティリクムの神々は、帰依する者たちともっと個人的な関係を結びます」

「だったらエレネ人でいるほうがいいですね。簡単そうですから。神々と個人的な関係を結ぶなんて、とても心穏やかではいられませんよ」

「でもアフラエルのことは愛しているのでしょう――ほんの少しでも」

「それはもちろん。ただのフルートだったときのほうが気安くつきあえたのは確かですが、愛していることに変わりはありません」騎士は顔をしかめた。「わたしを背教者にするつもりですか、小さき母上」

「そういうわけではありません。アフラエルが求めているのは、あなたの愛だけです。

崇拝しろとまでは言っていません――今はまだ」

「その〝今はまだ〟というのが引っかかるんですがね。でも神学の議論をするには、時と場所があまりふさわしくないようだ」

そのとき街道に馬の蹄《ひづめ》の音がして、姿の見えない乗り手たちが、スパーホークとセフレーニアの隠れている場所からさほど遠くないあたりで馬を止めた。スパーホークはすばやく立ち上がり、剣の柄をつかんだ。

「どっかこの近くにいるはずだ。やつの手下が街に入るのを見かけたんだ」がさつな声が聞こえた。

「あんたら二人はどうか知らんが、おれはあんまり見つけたいって気分になれないんだがね」別の声が言った。

「こっちは三人だぞ」最初の声の主は戦いにはやっているようだ。

「それで何か違いがあると、本気で思ってるのか。相手は聖騎士だぞ。おれたち三人を斬り伏せたくらいじゃ汗一つかかんさ。死んじまったら賞金も使えない」

「そいつの言うとおりだ」三番めの声が同意した。「いちばんいいのは、まず居場所だけ突き止めて、どっちへ向かうのか確認することだろうな。それがわかれば待ち伏せができる。聖騎士だろうと何だろうと、背中に矢でも食らえばおとなしくなるさ。とにかく探そう。女は白い馬に乗ってる。それがいい目印になるはずだ」

姿の見えない馬たちが動きだし、スパークホークは抜きかけていた剣を鞘《さや》におさめた。

「ウォーガンの手勢でしょうか」セフレーニアがスパークホークに囁《ささや》く。

「違うと思います」スパークホークも小声で答えた。「いささか突飛《とっぴ》なところはありますが、ウォーガンは金で雇った殺し屋を差し向けるような人間ではありません。むしろわたしを怒鳴りつけて、しばらく地下牢にでも放りこみたいと思っているでしょう。わたしを殺そうとするほど怒っているとは思えません――願わくは、ですが」

「では、誰かほかの者ですか」

「たぶん」スパークホークは眉根を寄せた。「といっても、最近サレシアで他人《ひと》の恨みを買った覚えはないんですが」

「アニアスの腕は長いですからね、ディア」

「そんなところかもしれません、小さき母上。クリクが戻るまで身を伏せて、耳を澄ましていましょう」

それから一時間ほどして、エムサットへ続く轍《わだち》のついた街道を、別の馬がゆっくりと近づいてくるのが聞こえた。馬は丘の頂きで足を止め、どこか聞き覚えのある声があたりをはばかる小声で呼びかけてきた。「スパークホーク?」

スパークホークはすばやく剣の柄に手を伸ばし、セフレーニアと目配せを交わした。

「このあたりにいることはわかってるんだ、スパークホーク。おれだよ、テルだ。かっかしないでくれよ。あんたがエムサットに入りたがってるって聞いて、ストラゲンに言われてきたんだ」

「ここだ」スパーホークが答えた。「待っててくれ。すぐ出ていく」スパーホークとセフレーニアが馬を引いて街道に出ると、グエリグの洞窟へ向かうときにヘイドの街まで案内してくれた、亜麻色の髪の盗賊が二人を待っていた。「街には入れるのか」とスパーホーク。

「簡単なんてもんじゃない」テルは肩をすくめた。

「街の門番はどうするんだ」

「別に。目の前を馬で通るだけだ。門番はストラゲンの手下でね。そのほうがいろいろと都合がいいから」

北方の都市エムサットの家々の屋根はどれも急勾配で、冬場の雪の多さを物語っていた。通りは狭く、曲がりくねっていて、人通りもまばらだ。それでもスパーホークは街の外にいた三人の殺し屋のことを思い出し、油断なくあたりに目を配った。

「ストラゲンの前に出たら気をつけろ」海に近いみすぼらしい街区に入ると、テルがそう注意した。「とある伯爵の私生児でね。自分の出生に関しては、少々神経質なところがある。自分のことは〝殿さま《ミロード》ストラゲン〟と呼べって言ってね。ばかばかしい気はするが、指導者としては一流なんで、みんなそれに付き合ってる」テルはごみの散乱した通りを指差した。「こっちだ」

「タレンはどうしてる」

「今はもう落ち着いたが、ここへきた当座は本気であんたに腹を立ててた。おれが聞いたこともないような言葉であんたをののしってたよ」

「想像はつく」この男なら大丈夫だろうとスパーホークは思った。まんざら知らない相手でもないし、絶対とは言えないまでも、ある程度は信用できそうだ。「われわれが隠れていた場所を、きみより前に通っていった者たちがいた。われわれを探していたが、あれはきみの部下だったのかな」

「いや、おれは独りで来た」

「だろうと思った。その男たち、わたしに矢を浴びせかける相談をしていたんでね。この件にストラゲンが関わっているということは考えられるか」

「論外だ」テルは断固とした口調で答えた。「あんたたち一行には盗賊の聖域が適用されてる。ストラゲンがそれを破るなんてことは考えられない。話はストラゲンに伝えておこう。その連中があんたの髪の毛一本傷つけられないように、うまくやってくれるだろう」テルは背筋が寒くなるような、小さな笑い声を上げた。「もっともストラゲンは、あんたが危険にさらされたことより、勝手に商売をはじめたやつがいるってことのほうに腹を立ててるだろうがね。エムサットではストラゲンの許可なしに他人の喉《のど》を掻き切ることは許されないし、たとえ一ペニーだろうと、盗みを働くことはできないんだ。そういう点にはとても厳しい人でね」

スパーホークたちが案内されたのは、通りの突き当たりにある板囲いの倉庫だった。三人は建物の裏に回って馬を下り、戸口で見張りに立っている屈強な二人の殺し屋に中に通された。

倉庫の内部は、みすぼらしい外観からは考えられない豪華さだった。王宮と比べてもほとんど見劣りしないくらいだ。深紅の長いカーテンが板張りの窓を覆い、紺色の絨毯《じゅうたん》が歩くときしむ床に敷かれ、綴《つづ》れ織りの壁掛けが粗末な板壁を隠している。木でできた半円形の階段は艶《つや》やかに磨き上げられ、二階へと続いていた。水晶のシャンデリアが蠟燭の柔らかい光を入口に投げかけている。

「ちょっと待っててくれ」テルは脇部屋に姿を消し、やがてクリーム色の胴衣《ダブレット》に青いズボンというでたちで現われた。腰には細身剣《レイピア》まで下げている。

「なかなかエレガントだ」スパーホークが感想を述べた。

「これもストラゲンのばかげた思いつきでね」テルは鼻を鳴らした。「おれは衣装掛けじゃなくて、仕事に生きる男なんだが。とにかく上に行こう。ミロードを紹介する」

これ以上贅沢《ぜいたく》にできるのかと思える一階よりも、二階はさらに贅をつくした造りになっていた。床はいかにも高価な込み入った寄せ木細工で、壁にはよく磨きこまれた光沢のある羽目板を使っている。建物の奥に続く廊下が何本も延び、シャンデリアとスタンド型の枝付き燭台が、広々とした広間を金色の光で満たしていた。どうやら舞踏会が催されているらしい。部屋の一隅ではあまり腕のよくない四重奏団《カルテット》が不器用に楽器の弓を引き、その楽の音に合わせて、華やかに着飾った泥棒や娼婦たちが、最新流行の小刻みなステップを踏みながら旋回している。服装こそ優雅だが、男たちは無精髭を生やし、女たちの髪はもつれ、顔はどれも薄汚れている。そのコントラストがさつなだみ声や野太い笑い声とあいまって、全体の情景は何やら悪夢めいた様相を呈していた。

部屋の中心人物は、手入れの行き届いた巻毛をひだ襟の上に豊かに垂らした、痩身《そうしん》の男だった。白いサテンの服を着て、部屋のいちばん奥に近い場所に置かれた椅子に腰をおろしている。椅子は厳密に言えば王座ではなかったが、きわめてそれに近い物だった。皮肉っぽい表情をして、落ちくぼんだ目にはかすかながら苦悩の色が浮かんでいる。

テルは階段を上りきって立ち止まり、上品な緋《ひ》色のお仕着せに身を包んで長い杖を持った、老齢の掏摸《すり》としばらく言葉を交わした。白髪の掏摸はふり返り、杖の先で床を叩くと、轟くような大声を張り上げた。

「ミロードに申し上げます。テル伯爵より、聖騎士にしてエレニア国女王の擁護者、サー・スパーホークをご紹介したいとのことでございます」

痩《や》せた男は立ち上がり、鋭く手を打ち鳴らした。音楽家が演奏を中止する。

「友人諸君、大切なお客人がお見えだ」その声は低く、意識して巧みな抑揚がつけられていた。「その力強い手によって母なる教会を守る無敵の騎士スパーホーク殿に、われらもしかるべき敬意を表わそうではないか。サー・スパーホーク、どうかこちらへお進みあって、われらが歓迎の挨拶をお受けいただきたい」

「うまいものですね」セフレーニアがつぶやいた。

「そりゃそうさ。たぶんこの一時間ばかり、あの挨拶を考えるのにかかりきりだったに違いないんだ」テルが渋い顔でささやき返した。亜麻色の髪の盗賊に導かれて、スパーホークたちは舞踏をやめた男女のあいだを通り抜けていった。男たちがぎこちなく会釈し、女たちが不器用に膝を曲げてお辞儀をする。

白い服の男の前で、テルは大きく一礼した。

「ミロード、パンディオン騎士サー・スパーホークをご紹介いたします。サー・スパーホーク、ミロード・ストラゲンです」

「盗賊の」ストラゲンは皮肉めかして付け加え、優雅に頭を下げて挨拶した。「このあばら屋に騎士殿をお迎えできるとは、光栄の至りです」

スパーホークもそれに応えて一礼する。

「光栄なのはわたしのほうです、ミロード」王宮のパロディのようなこの場の雰囲気に失笑しないよう、騎士は懸命に自分を抑えた。

「ようやくお目にかかれましたな、騎士殿。輝かしい偉業の数々を、タレンからさんざん聞かされていました」

「あの子は時として話に尾鰭《おひれ》をつける傾向がありましてね、ミロード」

「こちらのご婦人は……」

「わたしの秘儀の教母、セフレーニアです」

「親愛なるシスターにご挨拶することをお許しいただけますか」ストラゲンは完璧なスティリクム語でそう言った。

この風変わりな男がスティリクム人の言語を知っていることにセフレーニアが驚いたのだとしても、外からはまったくわからなかった。教母は両手を差し出し、ストラゲンは左右の掌《てのひら》に口づけした。

「野蛮なエレネ人だらけのこの世界で、文明人に出会うことがあろうとは驚きました、ミロード」

ストラゲンは笑った。

「面白いとは思いませんか、スパーホーク。あの清廉なスティリクム人にしてさえ、なおちょっとした偏見を持っているんですから」金髪の偽貴族は広間の中を見まわした。

「だがどうやら舞踏会の邪魔をしているようです。仲間たちはこうしたばか騒ぎが大好きでね。みんなが羽目をはずせるように、われわれは引き揚げるとしましょう」ストラゲンはよく響く声をわずかに大きくして、犯罪者たちの優雅な一団に声をかけた。「親愛なる友人諸君、まことに申し訳ないのだが、われわれは少々話し合うことがあるので、これで失礼させてもらう。だからといって今夜の楽しみに水を差すつもりは毛頭ないので、安心してくれ」そこでいったん言葉を切って、魅力的な黒髪の娘に目を向ける。

「前の舞踏会のあとで話し合ったことを忘れてはいないだろうな、女伯爵。今の仕事があなたの天職だということはじゅうぶんに尊重するが、ある種の交渉は舞踏室のまん中の床の上ではなく、もっと人目を忍んで行なわれるべきものだ。たいへん楽しく、教育的ですらあったが、舞踏をいささか混乱させたのもまた事実だ」

「あれも舞踏の一種なんだよ、ストラゲン」女の声はしわがれて鼻にかかっていて、豚の鳴き声のようだった。

「そうだろうとも、女伯爵。だが今は立って踊るのが流行でね。もっと流行の先端を行く社交会でさえ、寝て踊るというスタイルはまだ現われていないんだ。ここはスタイルを重視しないとな」ふり返ってテルを見る。「伯爵、今夜のきみの働きぶりはすばらしいものだった。それに見合うだけの褒賞を、どうすれば遣わすことができるだろうな」そう言ってもの憂い様子で、香水を染みこませたハンカチを鼻に押し当てる。

「お役に立てただけでじゅうぶんです、ミロード」テルは深々と一礼した。

「とてもいいぞ、テル。やはりおまえには侯爵の位を授けることにしよう」ストラゲンは踵《きびす》を返し、スパーホークとセフレーニアの先に立って舞踏室をあとにした。外の廊下に出ると、その態度が一変した。退屈そうな上品さは跡形もなく消え失せ、目に油断のない、厳しい光が宿る。それは非常に危険な男の目だった。「仮装舞踏会など見せられて面食らったかね、スパーホーク。われわれのような職業の者たちは、シミュラのプラタイムの地下室や、アシーのメランドの屋根裏部屋のようなところに住むべきだと思ったかもしれんな」

「そのほうが普通でしょうな、ミロード」スパーホークは用心深く答えた。

「〝ミロード〟はなしにしよう、スパーホーク。あれはただの見せかけだ。少なくとも、そういう意味も含んでいる。実はこれには、わたしの個人的な嗜好《しこう》を満足させるという以外に、もっと大きな目的があるんだ。上流階級は平民に比べて、大きな富に近づく機会が多い。わたしは仲間を訓練して、勤勉だが貧しい連中のかわりに、怠惰で金を持ってる連中を狙えるようにしてやりたいんだ。長い目で見れば、そのほうが利益は大きい。今のところまだ道は険しそうだが、テルはなかなかうまくやってるよ。あの女伯爵のほうは絶望的だがね。根っからの娼婦だし、それにあの声――」と身を震わせ、「とにかくわたしは部下に偽の爵位を与え、礼儀正しい言葉づかいをさせて、もっと実入りのいい仕事に備えさせているわけだ。もちろんわれわれが泥棒や娼婦や殺し屋であることに変わりはないが、取引相手としてもっと上の階層に狙いをつけようというわけなのさ」

明るく照らし出された広い部屋に入ると、クリクとタレンが大きな長椅子にいっしょに腰をおろしていた。

「いい旅でしたか、閣下」タレンがわずかに恨みがましさを感じさせる口調でスパーホークに尋ねた。少年は正式の胴衣《ダブレット》とズボンを身につけ、その髪にはスパーホークが出会って以来はじめて、きちんと櫛目《くしめ》が通っていた。タレンは立ち上がり、セフレーニアに向かって優雅にお辞儀をした。「小さき母上」

「すっかり鍛え直してくれたようですね、ストラゲン」セフレーニアが言った。

「ここへ来たばかりのころには、閣下にもまだいくぶん乱暴なところがありました」ストラゲンが答える。「それで少しばかり磨きをかけさせてもらったわけです」

「閣下？」スパーホークが聞きとがめる。

ストラゲンは笑いながら答えた。

「爵位を授けるについては、わたしのほうが有利な点もあるんだ。自然の成り行きで、その人あるいは単なる偶然で爵位が与えられる場合、受け取る人間の性格を考慮して、その人間にふさわしい地位を与えるというのは不可能だ。一方わたしはというと、爵位を授ける相手をじっくり観察して、適切な肩書きを選ぶことができる。タレンというこの若者がすばらしい人物であることは、一目見ればわかった。だから侯爵の称号を授けたのだ。もうあと三カ月も預からせてもらえれば、どこの宮廷に出しても恥ずかしくないようにしてやるんだが」ストラゲンは大きな、座り心地のよさそうな椅子に腰をおろした。

「どうか諸君、適当に座ってくれ。どんなお役に立てばいいのか話してもらおう」

スパーホークはセフレーニアのために椅子を引き、自分はストラゲンの近くに腰をおろした。

「とにかくまずディラの北岸に渡る船の用意を頼みたいんだが、隣人《ネイバー》」

「とくにその点を話し合いたいと思っていたんだ、スパーホーク。われらが敏腕なる若き泥棒から聞くところでは、最終目的地はシミュラだそうだな。また南方の諸王国では、面白くない事態が待ち受けてるかもしれないとか。この国の酔いどれ君主は友情に飢えていてな。裏切られるとひどく過激な反応を示すんだ。わたしの理解するところ、きみは大変な不興を買っているぞ。西イオシアじゅうに、きみのことを徹底的にこきおろした人相書きが出回ってる。というわけで、まっすぐ船でカードスまで行って、そこからシミュラに向かったほうが、速いし安全なんじゃないかと思うんだが」

スパーホークはしばらく考えこんだ。

「どこか人気《ひとけ》のない海岸でディラに上陸して、山の中を南に向かおうと思っていたんだが」

「それだとかなりの長旅になるし、逃亡中の身には何かと危険だ。人のいない浜などこにでもある。カードスの近くにも、われわれが上陸できる場所くらいあるはずだ」

「われわれ？」

「わたしも同行しようと思う。きみとは会ったばかりだが、大いに気に入った。それにどのみち、プラタイムと仕事の話があるんだ」ストラゲンは立ち上がった。「夜明けまでに、港に船を待機させておく。では、わたしはこれで失礼するよ。みなさん旅の疲れもあるだろうし、腹も減っているだろう。わたしも舞踏会に戻ったほうがよさそうだ。またあの女伯爵が、舞踏室のまん中で店開きをしたりする前にね」セフレーニアに向かって頭を下げ、スティリクム語で、「安らかな眠りを、親愛なるシスター。ゆっくりお休みください」

ストラゲンはスパーホークにうなずいて見せ、急いで部屋から出ていった。

クリクが立ち上がり、ドアの前に行って耳を澄ました。

「あの男、いささか正気とは思えないところがありますね」押し殺した声でスパーホークにささやく。

「とんでもない、正気そのものだよ」タレンが異を唱えた。「いろいろおかしなことを思いつくのは確かだけど、それだってうまくいくかもしれないんだ」少年はスパーホークに近づいた。「じゃあ、見せてもらおうか」

「見せる？　何を」

「ベーリオンさ。そいつを盗み出すのに、おいらも何度か危ない目に遭ったんだからね。

しかもいちばんいいところで置いてきぼりを食ったんだ。せめてこの目で見るくらいの権利はあると思うな」

「大丈夫でしょうか」スパーホークはセフレーニアに尋ねた。

「確かなことはわかりませんが、少なくとも部分的には指輪の制御が効くはずです。ちょっと見るだけですよ、タレン。とても危険なものなのです」

「宝石はみんなそうだよ」タレンは肩をすくめた。「だからこそ宝石なんだ。誰かが欲しがるものってのは別の誰かも欲しがるわけで、そこに盗みが出てきて、いずれは殺しにまで至るんだ。おいらなら金貨のほうがいいね。どれも見た目は同じだし、どこでだって使えるから。宝石は金に換えるのが難しいし、盗まれないようにしじゅう見張ってなくちゃならない。不便すぎるよ。見せてくれる、スパーホーク？」

スパーホークは小袋を取り出し、結び目をほどいた。袋を振って、光を放つ青い薔薇を右の掌に載せる。またしても視野の端に黒い影のようなものがちらつき、寒気が襲ってきた。ちらつく影が、なぜか悪夢の記憶を鮮やかによみがえらせる。一週間前のあの晩にしつこく眠りを妨げた、脅威を感じさせるいくつかの影が、ふたたび周囲を飛びまわるような気がした。

「うわっ、信じられないくらいだ」タレンは大声を上げ、しばらく宝石に見入った。だがやがて身震いして、「もうしまってよ、スパーホーク。これ以上見たくない」

スパークホークはふたたびベーリオンを小袋の中に滑りこませた。

「赤い色をしてないのが不思議なくらいだね。これのために流れた血の量を考えればさ」タレンはセフレーニアに顔を向けた。「フルートはほんとに女神だったの？」

「クリクから聞いたのですね。そう、あの子はスティリクムの若き神々のお一人でした。もちろん今もそうですが」

「フルートのこと、好きだったんだけどな。おいらのことをからかったりしてないときはだけど。でも神――というか女神だったんなら、自分の好きな歳になれるんじゃないの」

「もちろんです」

「だったらどうして子供に？」

「子供に向かって嘘をつく人はいませんから」

「おいらにはそうは思えないけどなあ」

「アフラエルはあなたよりも愛されやすいのですよ、タレン」セフレーニアは微笑んだ。

「それがあの姿を選んだ本当の理由かもしれませんね。アフラエルには愛が必要です。神々はすべてそうなのです――アザシュでさえ。幼い女の子なら、誰もが抱き上げて口づけしてくれますからね。アフラエルは口づけされるのが大好きなのです」

「おいらに口づけしてくれる人はそんなにいないよ」

「いずれはそうなるかもしれませんよ。行儀よくしていれば」

2

北方の王国はどこもそうだが、サレシア半島の気候は決して落ち着くことがない。翌朝も小糠雨《こぬかあめ》が降りつづき、黒っぽい雨雲の塊がサレシア海峡からディラ海のほうへと流れつづけていた。

「航海日和だ」ストラゲンがにこりともせずに言った。スパーホークと二人、一部を板で覆った窓から雨に濡れた下の街路を見ている。「雨は大嫌いだ。レンドー国に何か仕事の口がないものかな」

「勧められないね」陽射しで干からびたジロクの街路を思い出して、スパーホークが答えた。

「馬はもう船に積みこんだ。セフレーニアたちの準備が整えば、すぐにも出港できる」ストラゲンはそこでわずかに間を置き、不思議そうに尋ねた。「きみのあの葦毛《あしげ》の馬だが、朝はいつも気が荒いのか。港へ連れていく途中、うちの者が三人も噛まれたと報告があった」

「先に話しておくべきだったたな。ファランは世界一気立てのいい馬ってわけじゃないんだ」

「どうしてそんな馬を？」

「頼りになるという意味では最高だからな。気難しいところがあるくらい、それに比べればどうということはない。それに、わたしはあれが好きなんだ」

ストラゲンはスパーホークの鎖帷子《くさりかたびら》に目をやった。

「そんなものを着る必要はないだろうが」

「習慣だよ」騎士は肩をすくめた。「それに今は、敵意を持ってわたしを探している連中がうろうろしてる」

「ひどいにおいだ」

「慣れるさ」

「今朝は気分が乗らないようだな。何かまずいことでもあるのか」

「旅暮らしがずいぶん長くなってるからな。それに一つ、心の準備ができていない出来事にぶつかった。今は気持ちを整理しようとしているところだ」

「いずれもう少し付き合いが深くなったら、その話を聞かせてもらいたいものだ」ストラゲンは何事か考えこんだ。「そうそう、昨夜きみを探していたという三人のことでテルから報告があった。あの連中は、もうきみを探してはいない」

「なに、実はあれはわれわれの側の問題でね。わたしに断わりもなくきみを探しに出たことで、あの連中は基本的な規則を破った。そういう前例を認めるわけにはいかないんだ。ただ残念ながら、大したことはわからなかった。誰かサレシア国外の人間の命令で動いていたらしいんだが、息のあった一人からそれだけ聞き出すのが精いっぱいでね。さて、セフレーニアの支度ができたかどうか、見にいってみないか」

「ありがとう」

十五分後には倉庫の裏口を出たところに優美な馬車が止まって、一行を待ち受けていた。全員が乗りこむと、御者は巧みな手綱さばきで狭い路地を抜け、街路に出た。港に着くと、馬車はそのまま突堤に乗り入れた。そこには一見ごく普通の、沿岸貿易によく使われる種類の船が停泊していた。半分巻かれた帆にはつぎが当てられ、頑丈そうな手すりには、何度も壊れては修復された形跡があった。船腹にはタールが塗ってあり、船首に船の名前はない。

「海賊船ですね」全員が馬車から降りると、クリクがストラゲンに言った。

「実をいうとそのとおりだ。そっちの稼業に使う船をたくさん持っていてね。なぜわかった」

「速度が出るような造りになってますからね、ミロード。荷を積むにしては船幅が狭すぎるし、帆柱が補強してあるところから、たくさん帆を張れるようにしてあるのがわかります。ほかの船に追いつくための設計ですよ」

「あるいは逃げるためだな。海賊の生活というのは厳しいものでね。海賊は原則的に吊るし首にするという考え方の人間がうようよしているんだ」ストラゲンは雨のそぼ降る港を見まわした。「乗船しよう。こうして雨の中に突っ立って、海の生活の細かな点を議論していても始まらない」

一行は渡し板を渡り、ストラゲンの案内で甲板の下にある各自の船室に向かった。水夫たちが大綱を滑らせ、船は静かに雨の港をあとにした。だが岬を回って沖合いに出ると船はたちまち帆の数を増やし、船体を傾けて針路を変えると、デイラ沿岸をめざして飛ぶようにサレシア海峡を突き進んでいった。

午《ひる》ごろスパーホークが甲板に上がっていくと、ストラゲンが船首近くの手すりにもたれ、雨がまだら模様を作る灰色の海面をふさぎ込んだ様子で見つめていた。茶色い厚手の外套をまとっている。帽子の鍔《つば》からは背中に水が滴っていた。

「雨は嫌いじゃなかったのか」スパーホークが声をかけた。

「船室は蒸し暑くてね」盗賊が答える。「新鮮な空気に当たりたくなった。だがきみが上がってきてくれてよかったよ、スパーホーク。海賊どもはあまり面白い話し相手じゃないんだ」

二人はしばらくその場にたたずんだまま、索具や船材のきしみや、雨が海面に降りそそぐもの悲しい音に耳を傾けていた。

「クリクはどうしてあんなに船に詳しいんだ」ストラゲンがようやく口を開いた。

「若いころ、しばらく船に乗っていた」

「なるほど、それでか。ところで、サレシアで何をしていたのか、話す気分じゃないだろうな」

「ああ、申し訳ないが、教会の仕事だ」

ストラゲンは微笑んだ。

「われらが教会は口が堅い。秘密をたくさん作って楽しんでるんじゃないかと思うことがあるくらいだ」

「教会の判断は正しいと信じるのも、いわば信仰のうちだ」

「きみにとってはな。何しろきみは聖騎士だ。わたしはそういう誓いに縛られた身ではないから、いささか懐疑的になるのも自由というわけだ。もっとも、若いころには聖職者の道を歩もうと思ったこともあるんだが」

「きみなら出世していたろう。教会も軍隊も、貴族の才能ある若い息子たちにはいつも注目しているから」

「その言い方は悪くない」ストラゲンは微笑んだ。「〝若い息子たち〟のほうが、〝私生児〟よりもずいぶん響きがいい。もっとも、わたしにとっては別にどうでもいいことだ。この世界でやっていくなら、身分も嫡出も関係ないからな。教会とはあまりうまく折り合えなかったんじゃないかと思う。教会が要求する謙譲の美徳というやつを持ち合わせていないし、腋臭《わきが》のにおいをぷんぷんさせた会衆に恐れをなして、たぶん早々に誓約を破棄してたんじゃないかな」雨が降りつづけている海に目を戻す。「はっきり言ってしまうと、わたしの人生にはあまり選択の余地がなかった。聖職者としてやっていくには謙虚さが足りないし、軍隊に入るには従順さが足りない。貿易で身を立てようにも、わたしは商人気質《かたぎ》とは縁がなかった。それでも王宮にはしばらく関わったことがあるんだ。嫡出子かどうかに関係なく、政府はいつでも優秀な行政官を求めているからな。ところがあるとき、あまり頭のよくない公爵の息子と一つの地位を争うことになって、結局はわたしが勝ったんだが、その後そいつからいろいろ口汚く罵《ののし》られたことがあったんだ。当然わたしは決闘を申しこんだ。愚かなことに、そいつは鎖帷子と大剣《ブロードソード》を持って決闘の場に現われた。べつにあんたの気を悪くさせるつもりはないんだが、よく研いだ細身剣《レイピア》に対抗するには、鎖帷子は少しばかり小さな穴が多すぎる。決闘が始まると、相手もすぐにそのことに気づいたようだったがね。何度か剣を突き刺してやると、向こうは急にあらゆることに関心を失ったようだった。もう助からないだろうと思って、わたしはそいつをその場に放置した。予想が的中していたことはあとで知ったよ。だから政府の職も捨ててそのまま逃走したんだ。串刺《くしざ》しにしてやったその男、たまたまウォーガン王の遠縁でね。あの酔いどれ君主は、ユーモアのセンスとなると極めて許容範囲が限られているんだ」

「気がついていたよ」

「きみともあろう男が、どうして王の不興を買った」

スパーホークは肩をすくめた。

「南のアーシウムで起きている戦争に従軍しろと言われたんだ。だがこっちはサレシアに急を要する仕事があった。ところで、あの戦争はどうなった。このところ離れていたものだから」

「伝わってくるのは噂《うわさ》ばかりだ。レンドー人が皆殺しにされたと言う者もいれば、それはウォーガンの軍勢のほうで、レンドー人は燃やせるものをすべて燃やしながら北へ進軍していると言う者もいる。どっちの噂を信じるかは、世界の見方によるだろうな」ストラゲンは急に船尾のほうに目を向けた。

「どうかしたのか」とスパーホーク。

「あの後方の船だが」ストラゲンが指を差す。「外見は商船のようだが、進み方が速すぎる」

「海賊なのか」

「見覚えがない。同じ商売の船なら、わたしはすべて見分けることができる」ストラゲンはきびしい表情で船尾の方向を見据えたが、やがてすぐに緊張を解いた。「進路を変えたな」短い笑いを洩《も》らして、「神経質になりすぎだと感じたようなら、申し訳なかった。無神経な海賊というのは、港の絞首台を飾るようになることが多くてね。どこまで話したんだったかな」

ストラゲンはいささか質問が多すぎるようだった。少し話をそらしてやる必要がありそうだとスパーホークは思った。

「ウォーガンの王宮から逃げ出したあと、どうやって自分の王国を作ったのかというあたりだ」

「それにはしばらく時間がかかった。だがどうやら犯罪の世界に向いているところがあったようで、父と腹違いの二人の兄をこの手で殺して以来、良心の痛みというのは感じたことがない」

スパーホークはその告白に少々驚いた。

「父を殺したのは間違いだったかもしれない。あれは根っからの悪人というわけではなかった。わたしの養育費もきちんと払っていたしな。だが母に対する仕打ちは、どうにも我慢できなかったんだ。母は若くて気立てのいい女性で、家柄も悪くはなかった。父の正妻が病弱で、その世話係として屋敷に住みこんでいたんだ。そこでよくあることが起きて、その結果がわたしというわけだ。わたしが王宮から逃げ出すと、父はわたししたち親子と距離を置くことにしたようで、母も実家へ追い返してしまった。母が亡くなったのはそれから間もなくのことだった。これが心痛のあまり死んだのだというなら、わたしの父親殺しも少しは正当化できたかもしれないがね。だが実際には、魚の骨を喉に詰まらせて窒息したんだ。ともあれ、わたしは父の屋敷を短時間だけ訪問し、今やその称号を受け継ぐ者はいなくなったというわけだ。腹違いの二人の兄は、愚かにも父とわたしの話し合いに介入してきた。それで三人仲よく同じ墓に瞑《ねむ》ることになったのさ。きっと父は、わたしが剣術の稽古《けいこ》を受けるのに必要な金を払ったことを後悔しただろう。死んでいく父の顔には、明らかに何かを後悔している表情が浮かんでいたよ」ストラゲンは肩をすくめた。「当時はまだ若かったからな。今ならもっと違った方法を採っていたろう。肉親を片端から死体に変えていったところで、何の得にもならんじゃないか」

「それは何を得と考えるかによるな」

ストラゲンはちらりと笑みを見せた。

「そういうわけで路上生活を始めてみると、男爵と掏摸《すり》、あるいは女公爵と娼婦のあいだに、大した違いはないってことがすぐにわかった。そこで言葉をつくしてそのことを前任者に理解させようとしたんだが、その阿呆《あほう》は耳を貸そうともしないんだ。それどころか剣を抜いて向かってきたんで、その男を排除した。エムサットの泥棒や娼婦の訓練を始めたのはそれからだよ。みんなに架空の称号を与え、盗品で着飾らせ、付け焼き刃の行儀作法を教えて、貴族の真似ごとをさせたんだ。そして連中を貴族のあいだに放した。仕事は非常に順調に行ってね。おかげでわたしは前に属していた階級に、数々の無礼や侮辱をそっくりお返しできたというわけだ」そこで一呼吸置いて、「まだこの不満分子の口の悪さに辟易《へきえき》しないのか、スパーホーク。きみの礼儀正しさと心の広さは超人的だよ。そろそろこの雨にもうんざりしてきた。下へ行かないか。船室にアーシウムの赤の大瓶が一ダースばかり置いてあるんだ。いっしょに少しいい気分になって、気のきいた会話でも楽しもう」

ストラゲンについて階段を下りながら、スパーホークはこの複雑な男のことを考えた。といっても、もちろんストラゲンの動機は明快だ。その憤りと、激しい復讐の情熱はじゅうぶんに理解できる。ただ並みの人間と異なるのは、自己憐憫がまったくないという点だった。スパーホークはこの男を好ましく感じた。当然のことながら信用することはできない――それは愚かというものだ――が、それでもこの男のことは気に入った。

その晩、スパーホークが船室でストラゲンの話をかいつまんで話してきかせ、あの男が気に入ったと打ち明けると、タレンは大きくうなずいた。

「おいらもだよ。でもそれって当たり前のことかもしれない。ストラゲンとおいらには、共通点がいっぱいあるからね」

「わたしに対する当てつけのつもりか」とクリク。

「そっちに向かって石を投げたんじゃないよ、父さん。ああいうことって起きるときには起きるもんだし、おいらはストラゲンほどくよくよする性質《たち》じゃないからね」タレンは小さく笑った。「もちろんエムサットにいるあいだは、二人がよく似た境遇だってことをうまく利用させてもらったけど。おいらのことを気に入ってくれて、いい話を持ってきてくれたよ。自分のところで働かないかっていうんだ」

「輝かしい未来が待ってるってわけだ」クリクの声は刺々《とげとげ》しかった。「プラタイムかストラゲンか、どっちかの跡を継げるんだからな。その前に捕まって、吊るされなければの話だが」

「おいらはもっとでっかいことを考えてるんだ」タレンは胸を張った。「ストラゲンと二人でいろいろ考えてみてね。盗賊議会は今でもう、政府によく似た組織を構成してる。あと必要なのは全体の指導者さ。王様か、皇帝でもいい。盗賊帝国皇帝の父親になったら、さぞ鼻が高いと思わない?」

「思わん」

「スパーホークはどう思う?」少年はいたずらっぽく目を輝かせた。「おいら、政治の世界に足を踏み入れるべきかな」

「おまえにはもっとふさわしい世界を見つけてやるさ」

「それはいいけど、それって同じくらい儲《もう》かるかな。それに同じくらい楽しいこと?」

一週間後、一行はカードスから一リーグほど離れたエレニア国の海岸に到着し、午《ひる》には砂浜の向こうが黒っぽい樅《もみ》の木立に縁取られた、人気のない海岸に上陸した。

「カードス街道を行きますか」ファランと自分の去勢馬に鞍を置きながら、クリクがスパーホークに尋ねた。

「一つ提案があるんだが」ストラゲンがそばから声をかけた。

「聞こう」とスパーホーク。

「ウォーガン王は酔うと涙もろくなる――たいていいつも酔っているのは知ってのとおりだが。きみの離反のせいで、たぶん毎晩ビールをあおっては泣いているだろう。サレシアとデイラでは、きみを捕まえた者に巨額の報酬が約束されていた。ここでもたぶん同じ触れ書きが出回っているはずだ。エレニアではきみの顔はよく知られているし、ここからシミュラまで七十リーグはある。どんなに急いでも、たっぷり一週間はかかる距離だ。そういう条件のもとで、人通りの多い街道を行くのはどんなものかな。しかもきみをウォーガンに引き渡すどころか、山ほど矢を浴びせかけたいと思っている何者かもいるわけだろう」

「そのとおりだが、ほかに道があるのか」

「実を言うと、ある。時間は一日かそこら余分にかかるがな。以前プラタイムに教えてもらったんだ。少々荒れてはいるが、知っている者はごくわずかだ」

スパーホークは疑念を込めて金髪の男を眺めた。

「信用していいものかね、ストラゲン」と率直に尋ねる。

ストラゲンはやれやれと言いたげに首を振った。

「タレン、盗賊の聖域のことは説明しなかったのか」

「しようとしたんだけど、スパーホークは道徳の話になると、ものわかりが悪くなることがあるんだ。こういうことなんだよ、スパーホーク。ストラゲンに庇護《ひご》されてる時おいらたちに何かがあったら、ストラゲンはプラタイムに釈明をしなくちゃならなくなるんだ」

「わざわざ同行したのには、そのあたりの事情もあった」とストラゲン。「わたしがいっしょにいる限り、きみたちはまだわたしの庇護下にいることになる。なあスパーホーク、わたしはきみが好きだし、万一わたしが何かの手違いで吊るされるようなことになったとき、神とのあいだを聖騎士に取りなしてもらうというのも悪くはないと思ったのさ」その顔にまたいつものような皮肉な表情が浮かぶ。「きみたち全員の番人を務めることで、わたしの罪もいくつかは帳消しになるかもしれんしな」

「本当にそれほどたくさんの罪を？」セフレーニアが穏やかに尋ねる。

「覚えきれないくらいですよ、親愛なるシスター」ストラゲンはスティリクム語で答えた。「しかもその多くはあまりに穢《けが》らわしくて、とてもあなたの前では口にできないほどです」

スパーホークはちらりとタレンに目をやった。少年が真剣な顔でうなずく。

「すまなかった、ストラゲン。きみを見損なっていたようだ」

「なに、構わんよ」ストラゲンは笑顔になった。「無理もないことだ。自分で自分が信用できなくなることさえあるんだから」

「シミュラへ向かう別の道というのは？」

ストラゲンはあたりを見回した。

「やあ、こいつは驚いた。ちょうどあそこ、この浜辺が切れたすぐのところからだ。偶然というのはあるものなんだな」

「われわれが乗ってきたのはきみの船だろう」

「まあな。わたしも所有者の一人だ」

「この浜辺でわれわれを下ろすのがいいと船長に提案したのは、たしかきみだった」

「言われてみれば、そんな話をしたような気もする」

「まったく驚くべき偶然だ」スパーホークはそっけなく言った。

と、ストラゲンは立ち止まり、海のほうを眺めた。

「妙だな」通り過ぎる船を指差し、「海峡で見た、あの同じ商船だ。ひどく積荷が軽いらしい。そうでなければ、もうこんなところまで来ているはずがない」ストラゲンは肩をすくめた。「まあいい。シミュラへ出発しよう」

その〝別の道〟なるものは獣道より少しましという程度のもので、うねうねと曲がりながら山岳地帯へと続いていた。この山岳地帯によって、シミュラ川から水を引いている広大な畑作地帯と海岸部が隔てられているのだ。道が下りになって山を抜けると、その先は畑地のあいだを蛇行する、ごく細い農道の連なりになった。

ある朝早く、ちょうど畑作地帯を中ほどまで踏破して野営していた一行のところへ、くたびれた騾馬《らば》にまたがった、みすぼらしい身なりの男が用心深く近づいてきた。

「ストラゲンて人に話があるんですがね」男はちょうど矢の届かないあたりで騾馬を止めて叫んだ。

「こっちへ来い」ストラゲンが叫び返す。

男は騾馬から下りようとはしなかった。

「プラタイムの使いの者です。気をつけるように警告してこいと言われてきました。カードスからシミュラに向かう街道で、あなたを探してた連中が何人かいました」

「何人かいた？」

「おれたちと出くわしたとき、身許を証明できなかったんです。今じゃあ連中は、もう何も探しちゃいません」

「なるほど」

「おれたちが捕まえるまで、何やら聞きこみをしてたみたいです。あんたとお仲間の人相をかなりの数の農民に尋ねてました。追いついて天気の話をしようって様子でもありませんでしたぜ、ミロード」

「エレニア人だったのか」とストラゲン。

「二、三人はエレニア人で、あとはサレシア人の水夫みたいでした。あんたがたを狙ってるんですよ。しかも殺しを考えてます。おれだったら大急ぎでシミュラへ行って、プラタイムの地下室に駆けこみますね」

「礼を言うぞ、友人《フレンド》」ストラゲンが叫ぶと、男は肩をすくめた。

「こいつがおれの仕事ですからね。礼を言われても財布が膨らむわけじゃない」男は騾馬の向きを変えて去っていった。

「あの船は沈めとくべきだとわかっていたんだ」ストラゲンは臍《ほぞ》をかんだ。「どうも近ごろたるんでるな。すぐに出発しよう、スパーホーク。ここじゃあ身を隠すものが何もない」

その三日後に一行はシミュラに到着し、崖の北端に馬を止めて、煙と霧に覆われた街を見下ろした。

「あまり魅力のある街とは言えんな、スパーホーク」ストラゲンが酷評した。

「まあそうだが、それでもここは心の故郷なんだ」

「わたしはこれで失礼するよ」とストラゲン。「きみにやるべきことがあるように、わたしにもしなければならないことがある。お互い相手に会ったことは忘れたほうがいいようだな。きみは政治に関わっているし、わたしは窃盗に関わっている。どちらがより不正直な職業かという点は神の裁きに任せるしかないがね。幸運を、スパーホーク。しっかり目を開けておくことだ」ストラゲンは馬上からセフレーニアに向かって軽く一礼し、馬首を返して眼下の薄汚れた街へと下りていった。

「もう少しであの人が好きになりそうです」セフレーニアが言った。「どこへ行きましょう、スパーホーク」

「まず騎士館へ行きます。だいぶ長いこと留守にしたので、王宮に行く前に今の状況をつかんでおきたいんです」スパーホークは目を細めて、真昼の太陽を見上げた。シミュラの街の上にただよう靄《もや》の中で、その光は霞《かす》んで弱々しかった。「誰が街を牛耳っているのかわかるまでは、隠密行動ということですね」

一行は木立のあいだを縫って、シミュラの街の北側に回りこんだ。ある場所でクリクは馬を下り、灌木の茂みのはずれまで忍び足で様子を見にいった。戻ってきたとき、その表情は厳しかった。

「教会兵が城壁の上に配置されてます」

スパーホークは悪態をついた。「確かか」

「赤い服を着てましたからね」

「とにかく先へ進もう。何とかして騎士館に入らないと」

パンディオン騎士団の要塞の外では、相変わらず十数人の偽職人たちが石畳の工事を続けていた。

「もう一年近くにもなるのに、まだ仕上がらないのかね」クリクが鼻を鳴らした。「暗くなるまで待ちますか」

「あまり意味はなさそうだな。どうせ見張りは続けているだろう。われわれがシミュラに戻っていることは、できるだけ知られたくない」

「ねえセフレーニア、門の近くの、街を囲む壁のすぐ内側から、煙を一筋立ち昇らせるなんてことはできない？」タレンが尋ねた。

「できますよ」とセフレーニア。

「だったら、あのいんちき石工どもを追い払う方法があるんだ」少年は手短に計画を説明した。

「悪くない手だと思いますよ」クリクはどこか誇らしげだ。「どう思います、スパーホーク」

「やってみる価値はあるな。それで様子を見てみるか」

セフレーニアが作り出したクリクの赤い制服は本物そっくりというわけにはいかなかったが、あとから付け加えた煤《すす》や汚れで、違いはどうやらごまかすことができた。大切なのは士官であることを示す、金糸刺繍の肩章だ。支度が整うとクリクは灌木の茂みを抜け、街の門のほうへと馬を進めていった。

セフレーニアはスティリクム語で呪文を唱え、同時に指を動かした。壁の内側からいかにもそれらしい一筋の煙が立ち昇った。油煙のように黒々としていて、勢いもすさまじい。

「馬を見てて」スパーホークにそう言うと、タレンは鞍から滑り下りた。灌木の茂みの端まで走っていき、精いっぱいの大声で「火事だ」と叫ぶ。

職人を装った男たちは一瞬ぽかんと口を開けてタレンを見ていたが、やがて街のほうを振り向いて愕然《がくぜん》とした。

「とにかく〝火事だ〟って叫ぶことなんだ」戻ってきたタレンが説明した。「そうすれば、みんなこっちの思うとおりのことを考えてくれるからね」

続いてクリクが騎士館の門の外にいる密偵たちのもとに疾駆《ギャロップ》で駆けつけ、大声で怒鳴った。

「おまえたち、山羊街で火事だ。早く行って消火を手伝え。このままだとシミュラは丸焼けだ」

職人の一人が異議を唱えた。

「ですが、われわれはここでパンディオン騎士を見張るよう命令されております」

「おまえにだって街の城壁の内側に、大切なものの一つくらいはあるだろう。火事が手に負えなくなったとき、それでもまだここに突っ立って、それが燃えるのを眺めているか？　さあ、行くんだ！　全員だ！　おれはあの砦《とりで》に行って、パンディオン騎士に手助けを求めてくる」

クリクを見つめていた職人たちは手にしていた道具をやおら投げ出し、幻の大火に向かって駆けだした。クリクは騎士館の跳ね橋に向かって馬を進めた。

「いい考えだった」スパーホークはタレンを誉めた。

「泥棒ならいつもやってることさ」少年が肩をすくめる。「おいらたちは本物の火を使うしかないけどね。みんな外へ駆け出して、火事に見とれちゃうもんなんだ。そのあいだこっちは自由に家の中を見てまわって、金目のものを探せるってわけさ」少年は街の城壁を見やった。「どうやらお友だちはみんな消えたみたいだね。戻ってこないうちに中へ入ろうよ」

四人が跳ね橋の前に立つと、黒い甲冑《かっちゅう》のパンディオン騎士が二人、おごそかに馬を進めてきた。

「街が火事なのか、スパーホーク」一人が緊張して尋ねた。

「そうじゃない。セフレーニアが教会兵を楽しませてるだけだ」

もう一人の騎士がセフレーニアに笑みを向け、おもむろに背筋を伸ばした。

「神の戦士が館に足踏み入れんとするは何者ぞ」と儀式を始めようとする。

「今はその暇がないんだ、ブラザー。次のときに二回まとめてやるよ。今ここは誰が面倒を見てる？」

「ヴァニオン卿《きょう》だ」

それは意外なことだった。最後に話をしたとき、ヴァニオン騎士団長はアーシウムへの行軍に参加することになっていたはずだ。

「どこへ行けば会えるかな」

「ご自分の塔におられる」二人目の騎士が答えた。

「今ここには何人くらいの騎士がいるんだ、ブラザー」スパーホークは声を低くして尋ねた。

「百人くらいだ」

「よし。たぶん手を借りることになる」スパーホークはファランの脇腹に踵《かかと》を当てた。大きな葦毛の馬は驚いたように首を回し、主人を見る。「緊急事態なんだ、ファラン。儀式は次のときちゃんとやるから」

ファランは承服しかねるといった表情を浮かべたまま、跳ね橋を渡りはじめた。

「サー・スパーホーク！」厩《うまや》の扉の奥からよく通る声が響いた。見習い騎士のベリットだった。手足の長い、がっしりした骨格の若者が、顔いっぱいに笑みを浮かべている。

「あと少し声を張り上げれば、カレロスにいたって聞こえただろうな」クリクが渋い顔で咎《とが》める。

「すみません」ベリットは恥ずかしそうに謝った。

「馬の世話はほかの見習いに任せて、おまえはいっしょに来い」スパーホークが言った。「やってもらうことがある。ヴァニオンとも話をしないと」

「わかりました、サー・スパーホーク」ベリットは厩に駆け戻った。

「本当にいい子ですね」セフレーニアが微笑む。

「あいつならうまくやれるかもしれません」クリクがしぶしぶ認めた。

「スパーホークなのか？」騎士館の内部に続くアーチ形のドアをくぐったとき、フードをかぶったパンディオン騎士が驚いたように声を上げ、フードを押し下げた。サー・ペレンだった。家畜の仲買人を装ってダブールに潜入していたパンディオン騎士だ。その言葉には少し訛《なま》りがあった。

「シミュラに戻って何してるんだ、ペレン」スパーホークは仲間の騎士の手を握った。

「すっかりダブールに根をおろしたものと思ってたのに」

ペレンはやっと驚きから立ち直ったようだった。

「ああ、アラシャムが死んでからは、ダブールにいても仕方がなかったんでね。おまえこそ、ウォーガン王が西イオシアじゅうを追いまわしてるそうじゃないか」

「まだ捕まったわけじゃない」スパーホークは小さく笑った。「話はあとにしよう。ヴァニオンと相談することがある」

「いいとも」ペレンはセフレーニアに会釈して、中庭へと歩み去った。

一行は南塔の階段を上って、ヴァニオンの書斎に向かった。パンディオン騎士団長は白いスティリクムふうのローブをまとい、スパーホークが最後に会ってからまだ間もないというのに、いっそう老けこんだように見えた。書斎にはほかの面々も集まっていた。アラス、ティニアン、ベヴィエ、それにカルテンだ。これだけの顔触れがそろうと、部屋そのものが小さく感じられる。単に身体が大きいだけでなく、その名声においてもいずれ劣らぬ大きな男たちなのだ。部屋はまるでがっしりした肩に埋まっているかのようだった。聖騎士団のしきたりで、騎士館の中では誰もが鎖帷子の上から僧侶のローブをはおっている。

「やっとだ！」カルテンが爆発するような勢いで声を上げた。「知らせの一つくらい寄越したってよさそうなもんだろう、スパーホーク」

「トロールの国で使者を見つけるのは少々骨なんだよ」

「うまくいったのか」アラスがじれったそうに尋ねる。アラスはとりわけ大柄の、金髪を三つ編みにしたサレシア人だった。サレシア人にとって、ベーリオンは特別な意味を持っている。

スパーホークはすばやくセフレーニアに目をやり、無言で許可を求めた。

「いいでしょう。ただ、少しだけですよ」

スパーホークは短衣《チュニック》の内側に手を入れて、ベーリオンの入っている粗布の小袋を引き出した。紐をほどいて袋の口を開け、世界一貴重な品を取り出して、ヴァニオンが書き物机として使っているテーブルの上に置く。そのあいだにもどこか片隅の薄暗がりで、またしてもあのかすかな影が揺らめくのが感じられた。サレシアの山の中で見た悪夢は闇の猟犬となって今もつきまとい、しかもその影は、心なしか以前よりも大きさと黒さを増しているように思えた。まるでベーリオンが人目に触れるたびに、影の大きさと不気味な脅威も膨れ上がっていくかのようだ。

セフレーニアが一同に注意を与えた。

「花びらをじっと見つめてはいけません。あまり長く見ていると、ベーリオンはその者の魂をとらえてしまいます」

「こいつはすごい!」カルテンが息を呑んだ。

サファイアの薔薇は輝く花弁の一枚一枚まであまりに完璧で、その上に露が降りるところさえ目に見えるようだった。宝石の奥からは青い光と、人の目を釘づけにしてその完全無欠の美を認めさせようとする、圧倒的な力が放射されていた。

「神よ、われらをこの石の誘惑から守りたまえ」ベヴィエの口から祈りの言葉が洩れた。ときにスパーホークはこのアーシウム出身のシリニック騎士の信心深さが度を越していると思うこともあったが、このときばかりは毛ほどもそうは感じなかった。これまでにベーリオンから受けた印象が半分でも当たっているとするなら、ベヴィエが抱いた恐怖はしごく当然のものだった。

大柄なサレシア人のアラスはトロール語をつぶやいていた。

「殺すな、青い薔薇ベーリオン、教会騎士はベーリオンの敵ではない。教会騎士はベーリオンをアザシュから守る。間違ったものを正すのに手を貸せ、青い薔薇。わたしはサレシアのアラスだ。ベーリオンに怒りがあるなら、その怒りをアラスに向けろ」

スパーホークは身体を起こし、恐ろしげなトロール語で言った。

「それはだめだ。わたしはエレニアのスパーホークだ。矮軀《わいく》のトロール、グエリグを殺したのはわたしだ。わたしの女王を癒《いや》すため、青い薔薇ベーリオンをここへ持ってきたのはわたしだ。青い薔薇ベーリオンが女王を癒してまだ怒りがあるなら、その怒りはエレニアのスパーホークに向けろ。サレシアのアラスにではなく」

「ばかなことを！」アラスが大声を張り上げた。「その宝石の力がわかっているのか」

「相手がきみでも、ベーリオンは同じことをするんだろう？」

セフレーニアがうんざりしたように口を開いた。

「お願いですから、おやめなさい、二人とも。何を下らないことを言っているのです」教母はテーブルの上で光を放つ薔薇に目をやり、トロール語を使う手間さえかけずにきっぱりと決めつけた。「聞くがいい、青い薔薇ベーリオン。エレニアのスパーホークは指輪を持っています。青い薔薇ベーリオンはスパーホークを主人と認め、その言うことを聞くのです」

宝石は一瞬だけ暗くなり、また深みのある青い色に戻った。

「よろしい。わたしが青い薔薇ベーリオンのなすべきことを指示します。エレニアのスパーホークがそれを命令しますから、青い薔薇は従わなくてはなりません」

宝石の光がちらつき、また元に戻った。

「しまいなさい、スパーホーク」

スパーホークは薔薇を小袋に戻し、元どおり短衣《チュニック》の下にしまいこんだ。

「フルートはどこです」ベリットがあたりを見まわした。

「それこそ、とてもとても長い話なんだ」とスパーホーク。

「死んだんじゃなかろうな」サー・ティニアンがはっとして尋ねる。「まさかそんなことはないよな」

「ああ、それはあり得ない。フルートは不死身なんだ」

「不死身の人間などいませんよ、スパーホーク」ベヴィエが驚いたように反論した。

「まさしく」とスパーホーク。「つまりフルートは人間ではないということだ。あれはスティリクムの幼き女神、アフラエルだったんだ」

「背教です！」ベヴィエが息を呑む。

「グエリグの洞窟に居合わせてれば、そうは思わなかったはずですよ」クリクが言った。

「フルートが底なしの深淵から昇天するのを、この目で見たんですから」

「魔法では？」ベヴィエも少し自信がなくなってきたようだ。

「いいえ、ベヴィエ」とセフレーニア。「どのような呪文を使っても、あの子があの洞窟でしたようなことはできません。フルートはアフラエルだったのです。当時も、今も」

「神学的な論争になる前に聞いておきたいことがあるんだが」スパーホークは一同を見まわした。「ウォーガンのところからはどうやって逃げ出した？　この街は今どういうことになってるんだ」

「ウォーガンは大した問題ではなかった」とヴァニオンが説明をはじめた。「軍団は南下する途中でシミュラに立ち寄って、あとはほぼアシーで計画したとおりの展開になった。リチアスを地下牢に放りこみ、レンダ伯にあとを任せてから、エレニア軍とシミュラの教会兵を説得して行軍に同行させた」

「よく承知しましたね」スパーホークは驚いて尋ねた。

カルテンがにやにやしながら答える。

「ヴァニオンはとても説得力があったのさ。将軍たちの大半はアニアス司教に忠誠を誓ってたんだが、同行を拒もうとすると、ヴァニオンはアシーでレンダ伯が言ってた、例の教会法の条項を持ち出したんだ。それでもまだ異議を唱える将軍は何人かいたけど、ヴァニオンが全員を中庭に集合させて、アラスが二つ三つ首を打ち落とすと、残りはことごとく法の定めに従うことにしたってわけさ」

「まあ、ヴァニオン、あなたが」セフレーニアの口調には深い失望の響きがあった。

「時間がなかったのですよ、小さき母上。ウォーガンが早く出発したがっていましてね。エレニア軍の士官を皆殺しにするというのを、何とか説得してやめさせたんです。とにかくそのあと国境でペロシア国のソロス王と合流して、アーシウムに入りました。レンドー人はわれわれを見ると、たちまち尻尾《しっぽ》を巻いて逃げ出しました。ウォーガンはそれを追撃しようとしたんですが、どうも個人的な楽しみを追求しているように思えましてね。そこで騎士団長全員で説得して、新しい総大司教の選出期間中、カレロスにわれわれがいることがきわめて重要なのだと納得してもらったんです。結局それぞれ百騎の騎士を連れて、戻ってもいいということになりました」

「ウォーガンにしては気前がいい」スパーホークが皮肉っぽく言った。「ほかの騎士団の騎士たちはどこです」

「デモスの外で野営している、カレロスでの情勢がはっきりするまで入城は遠慮してくれと、ドルマントに言われたのでな」

「レンダ伯が王宮を任されているなら、なぜ教会兵が街の城壁の上に配置されているんです」

「アニアスに嗅《か》ぎつけられたからだよ、もちろん。聖議会議員の中にはアニアスに忠誠を誓う者がいて、それぞれに自分たちの部隊を持っている。アニアスはそういう兵士を一部回してもらって、ここへ送りこんできた。連中はリチアスを自由の身にして、レンダ伯を監禁した。目下この街は連中に支配されている」

「何か手を打つべきです」

ヴァニオンはうなずいた。

「わたしもほかの騎士団といっしょにデモスへ向かう途中で、たまたまこの事態を知ったのだ。ほかの騎士団はすぐにカレロスへ駆けつけられるようにそのままデモスへ向かい、われわれだけシミュラに向かった。昨夜遅く着いたばかりでな。みんなすぐにも街を解放したがったのだが、何しろ長い行軍で疲れきっている。事態を正常なものに戻す前に、まずゆっくり休ませてやらなくてはならない」

「抵抗は激しいものになりそうですか」

「それはなかろう。あの教会兵たちはアニアスの手勢ではなく、よそから借りてきた者たちだからな。忠誠心にもいささか問題がある。少しこちらの力を見せつけてやれば、たぶん他愛なく降伏するだろう」

「玉座の間の呪文に参加した残り五人の騎士たちは、その百人の中に入っているのですか」セフレーニアがヴァニオンに尋ねた。

「ええ、全員揃っています」やや冴《さ》えない声で答えたヴァニオンは、セフレーニアが携えているパンディオンの剣に目を止めた。「それをいただきましょうか」

「いいえ、あなたはもうじゅうぶん重荷を背負っています」教母は断固とした口調で答えた。「どのみち、もう長いことでもありません」

「呪文を解くつもりですか」ティニアンが尋ねた。「つまり、ベーリオンで女王を癒す前に？」

「そうせざるを得ないのです。女王を癒すには、ベーリオンを直接肌に触れさせなくてはなりません」

カルテンが窓辺に近づいた。

「もう午後も遅い。今日じゅうにやるつもりなら、急いだほうがいい」

「朝まで待とう」ヴァニオンが決断した。「兵士たちが抵抗を試みれば、鎮圧にしばらく時間がかかるかもしれない。闇に紛れて街を抜け出し、アニアスに報告されても困るしな」

「王宮にいる兵士の数はどのくらいですか」スパーホークが尋ねた。

「二、三百名という報告だ。まず何の問題もないだろう」

「何日か街を封鎖する手立てを考えたほうがいい。赤い制服の応援部隊が川を上ってくるのを見たくなければな」とアラス。

「それならおいらに任せてよ」タレンが名乗りを上げた。「暗くなる間際に街にもぐり込んで、プラタイムと話をつけてくるからさ。代わりに門を封鎖してもらえばいい」

「信用できる男なのか」とヴァニオン。

「プラタイムのこと？　できるわけないじゃない。でもそのくらいの力は貸してくれると思うな。アニアスのこと、大嫌いだから」

「それで行こう」カルテンが楽しそうに言った。「夜明けとともに出発して、すべてを片づけてから昼食だ」

「私生児リチアスの席は用意しなくてもいい」親指で斧の刃の切れ味を試しながら、アラスがぼそりと言った。「きっと食欲はないはずだ」

3

次の日の早朝、クリクはスパーホークを起こし、手を貸して礼装用の黒い鎧《よろい》を着けさせた。スパーホークは剣帯と羽根飾りのついた兜《かぶと》を手にヴァニオンの書斎へ行き、夜明けと仲間たちの訪れを待った。とうとうこの日がやって来たのだ。半年以上も苦労を重ねてきたのは、すべてこの日のためだった。今日こそは女王の目をまっすぐに見つめて敬礼し、変わらぬ忠誠を誓うのだ。苛立ちが募ってくる。早く取りかかりたくて仕方がない。騎士は遅々として昇ってこない太陽に悪態をついた。

「そのあとはアニアスだ。おまえもマーテルも、歴史の中の脚注の一つに過ぎなくなる」

「グエリグと闘って頭でも打ったのか」カルテンだった。やはり礼装用の黒い鎧を身につけ、兜を小脇に抱えている。

「そんなことはない。どうしてだ」

「独り言を言ってたろう。普通の人間はそんなことしないもんだ」

「それは違うぞ、カルテン。たいてい誰でもやっていることだ。以前の会話を反芻《はんすう》したり、これからの会話の予行演習をしたりするときに」

「今やってたのはどっちだ」

「どっちでもない。アニアスとマーテルに、覚悟しておけと警告していたんだ」

「聞こえやしないぞ」

「そうかもしれんが、何かの形で警告を与えるというのは騎士らしい行動だろう。少なくともおれは自分が警告したことを知ってるわけだ。たとえ向こうが知らなくても」

「おれがアダスをやるときには、そんな面倒なことはしないぞ」カルテンはにやっと笑った。「アダスが理解するまで待ってたら、いくら時間があっても足りないからな。ところで、クレイガーは誰がやるんだ」

「おれたちに親切にしてくれた誰かにやらせるというのはどうだ」

「そいつはいい」カルテンは言葉を切り、真顔になった。「うまくいくんだろうな、スパーホーク。ベーリオンは本当にエラナを治せるのか。それとも、おれたちは自分をごまかしてるだけなのか」

「おれはうまくいくと思ってる。そう信じるしかない。ベーリオンの力は、とにかくすさまじいものだ」

「使ってみたのか」

「一度な。サレシアの山の尾根を崩した」

「どうして」

「そうする必要があった。ベーリオンのことは考えるな。それだけでも危険なことなんだ」

カルテンが疑わしげな顔になった。

「王宮に行ったら、リチアスの背丈を少し縮める役はアラスにやらせるのか。あいつは人間相手にあれをやるのが楽しくて仕方ないらしい。それとも、もしよかったらおれが吊るしてやってもいいぞ」

「そうだな、しばらく待ってエラナに決めてもらうのがいいだろう」

「どうして女王の手をわずらわせるんだよ。こんなことのあとなんだ、身体も弱ってるんじゃないか。女王の擁護者として、おまえには女王に負担をかけないようにする義務があるはずだ」カルテンは目を細めてスパーホークを見つめた。「悪く取らないでもらいたいんだが、何といってもエラナは女だ。女の特質は情け深いってことだろう。もし女王に任せたりしたら、リチアスを殺すこと自体を止められてしまうかもしれない。おれとしてはむしろ女王がお目覚めになる前に、あの私生児には間違いなく死んでいてもらいたいんだ。たとえ女王に謝ることになっても、死んだ人間を生き返らせることはできないからな」

「とんだ野蛮人だな、カルテン」

「おれが？　ああ、ところで、ヴァニオンはみんなに甲冑を着けさせにいってるよ。日が昇って門が開くまでに準備ができてるようにってな」カルテンは顔をしかめた。「一つ問題がありそうな気がする。門には教会兵がいるだろうから、おれたちが近づくのを見たら、鼻先で門を閉めちまうんじゃないか」

「そのために破城槌《はじようつち》があるんだ」スパーホークが肩をすくめる。

「首都の城門を叩き壊してたなんて言ったら、女王のご機嫌を損ねると思うがね」

「教会兵に修理させればいいさ」

「それは確かに立派な仕事だが、教会兵にはまるで馴染《なじ》みのない仕事でもあるな。最終決定を下す前に、騎士館の門の外でやってる石畳の工事をよく見といたほうがいいぞ。教会兵は道具の扱いがうまくないらしい」金髪の大男は鎧をきしませて椅子に身を沈めた。「ずいぶんかかったけど、やっと終わりだな、スパーホーク」

「あともう少しだ」スパーホークはうなずいた。「エラナが回復したら、マーテルを探しに行ける」

カルテンの目が輝いた。

「それとアニアスだ。カレロスの正門のアーチから吊るしてやろう」

「教会の司教だぞ、カルテン。無茶を言うな」スパーホークの声は残念そうだった。

「あとで謝ればいいさ」

「どう言って謝るつもりだ」

「何か手を考えるよ」カルテンは無造作に答えた。「ちょっとした手違いとか何とか」

一同が中庭に集合したときにはもう陽が昇っていた。やつれて顔色の悪いヴァニオンが、大きな箱を抱えて歩きにくそうに階段を下りてきた。

「剣だ。玉座の間で必要になると、セフレーニアが言っている」ヴァニオンがスパーホークに説明した。

「誰かほかの者に運ばせるわけにはいかないんですか」

「だめだ。これはわたしの重荷だからな。セフレーニアが下りてきたら、すぐに出発する」

小柄なスティリクム人の教母は、タレンをすぐうしろに従え、サー・ガレッドの剣を持って騎士館から現われた。落ち着き払って、よそよそしくさえ見える。

「大丈夫ですか」スパーホークが尋ねた。

「玉座の間で行なう儀式の準備をしていました」

「戦いになるかもしれません」とクリク。「タレンを一緒に連れていくのは、どんなもんですかね」

「わたしが守ってやれます」とセフレーニア。「この子にもいてもらわなくてはならないのです。理由はいろいろありますが、あなたがたには理解できないでしょう」

「騎乗しろ。出発だ」ヴァニオンが声を上げた。

あちこちでがちゃがちゃと音がして、黒い鎧を着けた百人の騎士が馬にまたがった。スパーホークは自分の定位置であるヴァニオンの隣に馬をつけ、カルテンとベヴィエとティニアンとアラスがそのうしろに並んだ。そのあとに隊列を組んだパンディオン騎士団の一隊が続く。一行は速足《トロット》で跳ね橋を渡り、門の外で仰天している教会兵たちに向かっていった。ヴァニオンの短い合図で、二十騎ほどのパンディオン騎士が隊列を離れて散開し、偽職人たちを取り囲んだ。

「街の門を確保するまでここで押さえておけ」ヴァニオンが指示を与える。「そのあと街まで連行して、本隊と合流するように」

「はい、閣下」サー・ペレンが答えた。

「では諸君、ここは疾駆《ギャロップ》でいくことにしよう。街にいる兵士に応戦準備の暇を与えることはないからな」

騎士館からシミュラの東門までのさして長くない距離を、騎士たちは大音響とともに駆け抜けた。目の前で門を閉められるのではないかというカルテンの心配は、取り越し苦労に終わった。兵士たちは度肝を抜かれて、迅速に行動することができなかったのだ。

「摂政の宮の認可なしに、街に入ることはできん！」一人の士官が立ちふさがって、金切り声で抗議した。

「よろしければ、ヴァニオン卿《きよう》？」ティニアンが礼儀正しく尋ねる。

「もちろんだ、サー・ティニアン」ヴァニオンが承諾する。「われわれは急を要する仕事を抱えている。こんなところで無駄話をしている暇はない」

ティニアンが馬を前進させた。このデイラ国出身の騎士のふくよかな丸顔は、しばしば人の目をあざむく。明るく快活で、人生の楽しみを謳歌するタイプに見えるのだ。しかしその鎧の下にはすばらしく鍛え上げられた上体と、厚く肉のついた腕と肩が隠されていた。ティニアンは剣を抜き、朗らかに士官に声をかけた。

「友よ、よかったら脇に寄って、道をあけてくれないかな。ここで不愉快な思いをしたくないのは、きみもわれわれも同じなんだよ」世間話でもしているような口調だった。

長らくシミュラで勝手気ままに振る舞ってきた教会兵の多くは、自分たちの権威に疑問がさしはさまれるなどという事態を想像できなくなっていた。この士官がそういう者の一人だったのは、まことに不運なことだった。

「摂政の宮の特別認可状がない限り、街の中へ入れるわけにはいかない」士官は頑固にそう言い張った。

「それがきみの最終決定かね」ティニアンが残念そうに尋ねる。

「そうだ」

「まあ、きみが自分で決めたことだ」ティニアンは鐙《あぶみ》の上に立ち上がり、大上段から剣を振り下ろした。

自分に反抗する者がいようなどとは思ってもいなかった士官は、身を守ろうとすることさえできなかった。驚きの表情を浮かべた士官の首と肩のあいだに、重い広刃の剣が斜めに叩きこまれた。見るも恐ろしい傷口から血が噴き出し、急にぐったりした身体がティニアンの剣にぶら下がった。鋼鉄の胸当てに剣が食いこんで、引っかかっているのだ。ティニアンは馬上で上体をうしろに傾け、片足を鐙からはずすと、剣に引っかかった死体を蹴りのけた。

「わたしは道をあけてくれと頼みました。どかないと決めたのは向こうですから、この件の責任はすべて向こうにあります。そうですね、ヴァニオン卿」

「そのとおりだ、サー・ティニアン」ヴァニオンがうなずく。「この件に関して、きみに落ち度はなかった。きみの態度はきわめて礼儀にかなったものだった」

「では先へ進もう」アラスはそう言って、鞍の脇に吊るした戦斧《バトルアックス》を取り上げた。目を丸くしている教会兵たちに向かって、「次は誰だ」

兵士たちは逃げ去った。

偽職人を見張っていた騎士たちが、捕虜たちを追い立てながら速足《トロット》でやってきた。ヴァニオンはその中から十騎を選んで門の守備を任せ、本隊を率いて街に入城した。シミュラの市民は王宮の情勢をよくつかんでいた。厳しい顔つきのパンディオン騎士の一隊が、不気味な黒い甲冑姿で馬を駆って敷石の上を進んでくると、衝突が間近に迫っていることを誰もが悟ったようだった。通りに面した扉という扉がぴったりと閉ざされ、あわてて鎧戸を閉める音が響いた。

騎士たちはすっかり人気《ひとけ》のなくなった通りを進んでいった。と、後方で弦の鳴る嫌な音がして、がちんという衝撃音がそれに続いた。スパーホークはファランを半回転させた。

「うしろによく気をつけなくちゃだめだぜ、スパーホーク」カルテンが言った。「クロスボウの矢だ。肩甲骨のあいだに突き刺さるとこだったぞ。この盾の修理代はおまえ持ちだからな」

「それどころじゃない借りができたな」とスパーホーク。

「しかし妙だ」ティニアンが言った。「クロスボウはラモーク人が使う武器で、あまり教会兵が持つものじゃないんだが」

「個人的な恨みかもしれん」アラスが低い声で言う。「最近ラモーク人を怒らせるようなことをしなかったか」

「心当たりがないな」

「王宮に着いてあれこれ話をしても始まらん」ヴァニオンが話題を変えた。「着いたらすぐに、武器を捨てろと兵士たちに命令する」

「それで捨てますかね」とカルテン。

ヴァニオンは陰気な笑みを浮かべた。

「すぐには捨てんだろう。いくつか実地指導をしてやらないとな。スパーホーク、おまえは仲間といっしょに王宮の入口を確保してくれ。教会兵を相手に追いかけっこはごめんだからな」

「わかりました」

街の門から逃げてきた仲間の通報を受けて、教会兵はすでに中庭に隊列を作っていた。豪華な装飾を施された王宮の城門は閉ざされている。

「破城槌を持ってこい」ヴァニオンが大声で呼ばわった。

十数騎のパンディオン騎士が、それぞれの鞍の脇につけた吊り綱で重い一本の丸太を支えて前に進み出た。門は五分ほどで破壊され、騎士たちは中庭になだれ込んだ。

「武器を捨てろ！」中庭で混乱をきたしている兵士たちに向かって、ヴァニオンが叫んだ。

スパーホークは仲間を連れて中庭を迂回《うかい》し、王宮の入口の大きな扉に近づいた。全員そこで馬を下り、階段を上って、扉を警護している十数人の兵士と対峙した。敵の士官は剣を抜き、吠えるように叫んだ。

「誰も入ってはならん」

「道をあけてくれ、ネイバー」スパーホークが恐ろしいほど静かな声で言った。

「きさまなどから命令は――」言いかけた士官の目が急にうつろになった。メロンを石の床に落としたらこんな音がするだろうという音とともに、クリクがスパイクのついたフレイルで男の頭を一撃したのだ。士官はその場に倒れて痙攣《けいれん》していた。

「これは新しい見物《みもの》だな。脳を耳からはみ出させてる人間なんて、はじめて見た」サー・ティニアンがサー・アラスに言った。

「みごとなフレイルさばきだ」アラスが答える。

「何か質問は？」スパーホークが不気味な口調でほかの兵士たちに尋ねた。

兵士たちは騎士を見つめている。

「武器を捨てろと言われたんじゃなかったか」カルテンが口をはさんだ。

兵士たちはあわてて武器を手放した。

「ここはわれわれが交代しよう。中庭にいる仲間たちと合流していいぞ」スパーホークが言った。

兵士たちは足早に階段を下りていった。

騎馬のパンディオン騎士たちは、中庭に立っている兵士たちに向かってゆっくりと進んでいた。ときおり狂信的な兵士が散発的な抵抗を見せたが、その場合は騎士団長の言う〝実地指導〟が行なわれた。やがて中庭の中央部は血まみれになり、切り落とされた首や腕や足が散乱した。戦いの帰趨《きすう》を悟った兵士たちは次々と武器を投げ捨て、手を上げて降伏した。なお抵抗を試みる一握りの強情な兵士たちは、壁際に追い詰められて惨殺された。

ヴァニオンは中庭を見わたした。

「生き残りは厩《うまや》へ押しこんで、何人か見張りを立てておけ」馬を下りて、破壊された門のほうに戻る。「終わりましたよ、小さき母上」タレンとベリットといっしょに外で待っていたセフレーニアに声をかける。「もう入っても大丈夫です」

セフレーニアは片手で目を覆って、白い乗用馬で中庭に入ってきた。タレンは目をぎらつかせてあたりを見まわしている。

「これを片付けよう」アラスはクリクに声をかけ、死んだ士官の両肩を持ち上げようと腰をかがめた。二人が死体を脇に寄せると、ティニアンが気を利かせて、階段のてっぺんに溜《た》まっていた脳味噌を片足で掻《か》き落とした。

「いつも敵をこんなふうに切り刻むの？」馬を下りたタレンが、セフレーニアに手を貸しながらスパーホークに尋ねた。

スパーホークは肩をすくめた。

「これ以上抵抗するとどういうことになるか、ヴァニオンが兵士たちに見本を見せようとしたんだ。何本か手足を切り落としてやると、相手はとても素直になるからな」

「こんなことをする必要があったのですか」セフレーニアは身を震わせた。

「われわれが先に入ります、小さき母上」二十人の騎士を連れてヴァニオンが合流すると、スパーホークは教母にそう言った。「伏兵がいるかもしれませんからね」

確かに何人か伏兵はいたが、騎士たちはそうした兵士を手際よく隠れ場所から追い出し、建物の外に連れ出して厩の仲間といっしょにさせた。

評議会室のドアの前に見張りの姿はなく、スパーホークはドアを開けると、ヴァニオンのためにそのまま押さえておいた。

リチアスは会議卓の向こうですくみ上がり、だらしなく口を開けて震えていた。赤い服の太った男と、ハーパリン男爵がいっしょだった。男爵はベルの紐の一本を懸命に引っ張っている。

「来るな！」ハーパリンがヴァニオンに向かって、かん高い、女のような声でわめいた。「リチアス王の名において、ただちにここから立ち去ることを命じる！」

ヴァニオンは冷たい目で男爵を見やった。騎士団長がこの不潔な男色家をひどく軽蔑《けいべつ》していることを、スパーホークはよく知っていた。

「この男を見ていると苛々する」ハーパリンを指差して、ヴァニオンが感情のこもらない声で言った。「誰か何とかしてくれないか」

アラスが両手で戦斧《バトルアックス》を握って、大股で会議卓の横に回りこんだ。

「まさかそんな！」ハーパリンは金切り声を上げ、じりじりと後じさりながら、なおも紐を引っ張りつづけた。「わたしは王室評議会の一員だぞ。指一本触れることはできんはずだ！」

アラスは頓着《とんちゃく》しなかった。口をかっと開き、目は恐怖に飛び出したまま、ハーパリンの首は一度跳ね返って絨毯《じゅうたん》の上を転がり、窓のそばで止まった。

「こんなところでよろしいか」大男のサレシア人がヴァニオンに尋ねる。

「まあよかろう。お手数をかけた、サー・アラス」

「あとの二人はどうする」アラスは斧でリチアスと太った男を示した。

「ああ――まだいいだろう、サー・アラス」パンディオン騎士団長は斃《たお》れた騎士たちの剣が入った箱を持ったまま会議卓に近づいた。「さて、リチアス、レンダ伯はどこだね」

リチアスは口をぽかんと開けたまま相手を見つめた。

「サー・アラス」ヴァニオンが氷のような冷たい声で呼びかける。

アラスは血まみれの斧をゆっくりと振り上げた。

「やめて！」リチアスが悲鳴を上げた。「レンダなら地下牢だ。どこも傷つけたりはしてない。誓うよ、ヴァニオン卿――」

「リチアスともう一人を地下牢に連れていけ」ヴァニオンは二人の騎士に命令した。「レンダ伯を釈放して、代わりにこいつらを放りこんでおけ。そのあとレンダ伯をこちらにお連れするように」

「ちょっとよろしいですか」スパーホークが横からヴァニオンに声をかけた。

「いいとも」

「私生児リチアス」スパーホークは形式ばって呼びかけた。「女王の擁護者としてここにおまえを大逆罪で逮捕できるのは、わたしの喜びとするところだ。刑罰については説明の必要もなかろう。都合がつき次第、ただちに刑の執行を行なう。そんなことでも考えていれば、長く退屈な監禁中も気が紛れるというものだろう」

「おれなら時間と経費を大幅に節約してやれるぞ、スパーホーク」アラスが斧の重さを測るように手の中で揺すりながら申し出た。

スパーホークは考えこむふりをしてから、残念そうに答えた。

「いや、リチアスに踏みつけにされてきたシミュラの人々には、見どころ満点の公開処刑を見物する権利があると思う」

リチアスは恐怖に泣きじゃくりながら、サー・ペレンともう一人の騎士に引き立てられ、目を見開いたままのハーパリン男爵の首の前を通って部屋から連れ出された。

「冷酷無情なのですね、スパーホーク」ベヴィエが感想を述べる。

「そうとも」スパーホークはヴァニオンを見やった。「レンダ伯を待たなくてはなりません。玉座の間の鍵を持っているんです。エラナが目を覚ましたとき、部屋の扉がぶち壊されていたなどというのは困りますからね」

ヴァニオンがうなずいた。

「レンダ伯にはどのみちわたしも用がある」剣の箱を会議卓の上に置いて、騎士団長は椅子の一つに腰をおろした。「それから、セフレーニアがここに来る前に、ハーパリンの死体に覆いをかけておいてくれ。あの人はそういうことに心を痛めるからな」ここにもまたヴァニオンの気持ちが表われているとスパーホークは思った。セフレーニアに対する騎士団長の心遣いは、習慣的なものよりもはるかに細やかだった。

アラスは窓辺に歩み寄り、厚いカーテンを一枚引きちぎってふり返った。ちょっと足を止めてハーパリンの首を胴体のそばに蹴り寄せ、死体にカーテンをかける。

「ハーパリンがわれわれのもとを去って、男の子たちも枕を高くして眠れるってもんだ」カルテンが陽気な声で言った。「きっと毎晩のお祈りにアラスの名前を唱えるぜ」

「祝福は拒まん」アラスは肩をすくめた。

タレンとベリットを従えて入ってきたセフレーニアがあたりを見まわした。

「これは驚きました。もっと人を殺したのではないかと恐れていたのです」その目がすっと細くなって、教母は壁際にある、カーテンに覆われた死体を指差した。「あれは何です」

「今は亡きハーパリン男爵です」とカルテンが答えた。「急逝されましてね」

「あなたがやったのですか、スパーホーク」

「わたしが？」

「あなたのことはよく知っているのですよ」

「やったのはおれです、セフレーニア」アラスがぼそりと告白した。「気に障《さわ》ったんなら、申し訳なかった。でもおれはサレシア人で、つまり野蛮人だという定評がある」小さく肩をすくめて、「故国の評判を維持するのは、言ってみれば義務のようなものだ」

セフレーニアは何も答えず、そこにいるパンディオン騎士たちの顔を見まわした。

「全員そろっていますね。では箱を開けてください、ヴァニオン」

ヴァニオンが剣の箱を開け、セフレーニアはサー・ガレッドの剣を箱と並べて会議卓の上に置いた。

「騎士のみなさん、数カ月前、あなたがた十二人はわたしとともに、エラナ女王の命を維持する魔法に参加しました。この勇気ある仲間たちのうち、六人はすでに死者の家にあります。それでも女王を癒《いや》すために魔法を解くに当たっては、その者たちの剣もその場になければなりません。あのときあの場にいた方は、それぞれ自分の剣のほかに、斃れたブラザーの剣を一本ずつ持っていってください。これから呪文を変更して、みなさんが二本ずつ剣を持てるようにします。そのあと玉座の間に移動して、斃れた方々の剣は取り去られます」

ヴァニオンが驚いた顔になった。「取り去られる？　誰にです？」

「本来の持ち主にです」

「玉座の間に亡霊を召喚するというのですか」

「召喚しなくても向こうからやって来ます。誓いがそれを保証しているのです。前と同じように、みなさんは剣を差し伸べて玉座を取り囲んでください。わたしが呪文を解くと、クリスタルが消えます。後はスパーホーク次第――ベーリオン次第です」

「具体的には何をすればいいんです」スパーホークが尋ねた。

「その時が来たら教えてあげます。早まって何かされると困りますから」

サー・ペレンが年老いたレンダ伯に付き添って評議会室に入ってきた。

「地下牢はいかがでした、レンダ伯」ヴァニオンが陽気に尋ねる。

「湿っぽくてな、ヴァニオン卿。それに暗くて、実に嫌なにおいがする。きみも地下牢はよく知ってるだろう」

「いいえ」ヴァニオンは笑った。「実のところ、それだけは知らずに済ませたいと思っているんです」年老いた廷臣の、皺《しわ》の寄った顔を眺める。「大丈夫ですか、レンダ伯。ひどくお疲れのようだが」

「年寄りはいつでも疲れているものだよ、ヴァニオン。わしはたいていの者よりも年齢が上だしな」レンダ伯は穏やかに微笑み、齢《よわい》を重ねた細い両肩をうしろに引いて姿勢を正した。「公職に就いておる者にとって、ときおり地下牢に放りこまれるのは職業病のようなものだ。もう慣れておるよ。もっとひどい牢にいたこともあるしな」

「リチアスとあの太った男は、きっと地下牢生活を楽しんでくれると思いますよ」とカルテン。

「それはどんなものかな、サー・カルテン」

「監禁の終わるときが、あの世での生活の始まりだってことを教えといてやりましたからね。地下牢のほうがいいって言うに決まってます。鼠《ねずみ》だってそう捨てたもんじゃないですから」

「ハーパリン男爵を見かけないようだが、逃げたのかね」レンダ伯が尋ねた。

「ある意味ではそうですね」カルテンが答える。「あの男は無礼な態度を取ったんです。ハーパリンという男はよくご存じでしょう。それでサー・アラスが礼儀作法を教えてやりました」

「そうか、今日は嬉しい驚きでいっぱいの日だな」老人は高らかに笑った。

ヴァニオンがいくぶん改まった調子で話しかけた。

「ところでレンダ伯、われわれはこれから玉座の間に行って、女王の健康を取り戻そうと考えています。よろしければ、女王が回復したことの証人になっていただけないでしょうか。この先、万が一女王の身許に疑念をさしはさむ者がでてきた場合に備えて、その場を見届けていただきたいのです。庶民というのは迷信深いもので、エラナの姿はしているが本物ではないなどと噂《うわさ》する者が出てこないとも限りませんから」

「構わんとも、ヴァニオン卿。だがどうやって女王の回復を図るつもりかね」

「ご覧になればわかるでしょう」セフレーニアが微笑んだ。会議卓の上の剣に両手をかざして、しばらくスティリクム語で呪文を唱える。力が解き放たれると、剣はしばし光を放った。エレニア国の女王をクリスタルに封じこめたときその場にいた騎士たちが、会議卓に歩み寄る。セフレーニアは低い声で手短に騎士たちに話しかけ、騎士たちはそれぞれ一本ずつ剣を取り上げた。「いいでしょう。では玉座の間へ」

「何もかも、どうも神秘めいているな」玉座の間に向かって廊下を歩きながら、レンダ伯がスパーホークにささやいた。

「本物の魔法を見たことがおありですか」スパーホークが尋ねる。

「わしは魔法など信じておらんよ、スパーホーク」

「すぐに意見が変わると思いますよ」スパーホークは微笑んだ。

老廷臣は服の隠しから鍵を取り出し、玉座の間の扉を開いた。セフレーニアを先頭にして、全員が室内に入る。部屋の中は暗かった。レンダ伯が監禁されていたあいだに蠟《ろう》燭《そく》は燃えつきてしまい、あとはそのまま放っておかれたのだ。それでも暗闇の中には女王の心臓の鼓動がはっきりと鳴り響いていた。クリクが部屋の外に出て、松明《たいまつ》を持って戻ってきた。

「新しい蠟燭を灯しますか」とセフレーニアに尋ねる。

「もちろんです。エラナをまっ暗な部屋の中で目覚めさせるわけにはいきません」

クリクとベリットは蠟燭の燃えかすを取り去って、代わりに新しい蠟燭を立てた。ベリットは顔も知らないまま忠実に仕えてきた主人である若い女王に、興味深げに目を向けた。その目がはっと大きくなる。スパーホークには、若い見習い騎士が息を吞むのがわかった。表情にはふさわしい崇敬の念が表われているが、そこには単なる敬意以上のものがあるように思えた。ベリットはエラナとほぼ同じ年頃だったし、何と言ってもエラナは非常に美しかったのだ。

セフレーニアが蠟燭の灯された玉座の間を見まわした。

「ずいぶんましになりました。スパーホーク、いっしょに来てください」教母はスパーホークを玉座の置かれている壇の前に導いた。

エラナは数カ月前とまったく同じ姿勢で玉座に座っていた。白いほどの金髪の頭にはエレニア国の王冠を戴《いただ》き、儀礼用のローブに身を包んでいる。目は閉じられ、顔つきは穏やかだった。

「ほんの少しの辛抱ですよ、わが女王」スパーホークはつぶやいた。不思議なことに目に涙があふれ、胸が詰まった。

「籠手《こて》を外しなさい、スパーホーク」セフレーニアが指示した。「ベーリオンを扱うには、指輪が宝石に触れるようにしなくてはなりません」

スパーホークは甲冑の籠手をはずし、外衣《サーコート》の内側に手を入れて粗布の小袋を取り出すと、紐の結び目をほどいた。

「ではみなさん、位置についてください」セフレーニアが生き残った騎士たちに声をかけた。

ヴァニオンと五人のパンディオン騎士たちが、それぞれ自分の剣と斃れたブラザーの剣を握って、玉座のまわりに等間隔で並んだ。

セフレーニアはスパーホークの隣に立ち、スティリクム語で呪文を唱えはじめた。指が動いて呪文を編み上げる。朗々とした声に合わせるかのように、蠟燭の火が暗くなって揺らいだ。呪文が始まってしばらく経ったころ、部屋の中にあの覚えのある死のにおいが充満しはじめた。スパーホークはエラナの顔から視線を引き離し、すばやく騎士たちの輪を見まわした。六人しかいなかったはずの騎士の数が、今は十二人になっていた。この数カ月のあいだに一人また一人と斃れていった者たちが、最後にもう一度だけ剣を執るため、ぼんやりした姿となって戻ってきたのだ。

「切っ先を玉座に向けてください」セフレーニアが生者と死者の両方に指示を出した。別の呪文の詠唱が始まる。切っ先がいっせいに輝きだし、白熱の光はどんどん明るさを増して、ついには純白の光の輪が玉座を取り囲んだ。セフレーニアは片腕を上げて一声何か叫び、さっと腕を下ろした。玉座を封じこめていたクリスタルが水のように揺れ、消え去った。

エラナの頭ががくりと前に落ち、身体が激しく震えはじめた。息遣いがたちまち荒くなり、まだ部屋じゅうに響いていた心臓の鼓動までが途切れがちになる。スパーホークは女王を助けようと壇上に跳び上がった。

「まだです!」セフレーニアが鋭く制止する。

「でも――」

「言うとおりになさい!」

スパーホークはどうすることもできずに、苦しむ女王を見下ろした。一分が一時間にも感じられた。と、セフレーニアが前に進み出て、エラナの顎《あご》を両手で挟むと顔を上向かせた。女王の灰色の目は大きく虚ろに見開かれ、顔は苦しげに歪んでいる。

「それではベーリオンを両手に持って、エラナの心臓の上に押し当てなさい。指輪がかならず石に触れるようにするのですよ。同時にベーリオンに向かって、女王を癒すよう命令するのです」

スパーホークはサファイアの薔薇を両手でつかみ、その宝石の花弁をそっとエラナの胸に触れさせた。

「わが女王を癒せ、青い薔薇ベーリオン！」騎士は大声で命令した。

両手に握った宝石から押し寄せる巨大な力に、スパーホークは思わず膝をついた。まるで何か黒い影が部屋を横切ったかのように、蠟燭の火がちらついて薄暗くなった。何かが逃げ出していったのか。それともあれは自分に付きまとい、執拗に夢に現われたあの恐ろしい影だったのだろうか。エラナが硬直し、その細い身体が玉座の背もたれに叩きつけられた。喉からしわがれた喘《あえ》ぎ声が洩れる。と、その大きく見開かれた目に不意に正気が戻り、次の瞬間、エラナは驚いたように、まじまじとスパーホークを見つめていた。

「うまくいきました！」セフレーニアが震える声で言い、弱々しく壇上にくずおれた。

エラナが震えながら、大きく息を吸いこむ。

「スパーホーク！」女王は弱々しい声を上げ、目の前にひざまずいている黒い鎧のパンディオン騎士に両腕を差し伸べた。その声は、力こそなかったものの、スパーホークの記憶にある子供っぽい声ではなく、豊かで深みのある一人前の女性の声だった。「おお、わたくしの騎士殿、やっと戻ってきてくれたのですね」エラナは震える両腕をスパーホークの鎧の肩に置き、上げてある面頰《めんぽお》の下に自分の顔を押しつけて、長々と口づけをした。

「今はもうそのくらいでいいでしょう」セフレーニアが二人に声をかけた。「スパーホーク、エラナを部屋に運んでおあげなさい」

スパーホークは困惑しきっていた。エラナの口づけには、昔のような子供らしさがまったくなかったのだ。スパーホークはベーリオンをしまうと、兜を脱いでカルテンに放り投げた。静かに女王を抱き上げる。女王は白い両腕をスパーホークの首にからめ、自分の頬を騎士の頬に押しつけた。

「おお、われ汝《なんじ》を見出しぬ。われ汝を愛すれば、離《さか》るることなかるべし」

エラナがささやくように引用した詩の一節は、スパーホークにははなはだ不適切なものに思えた。ますます心が乱れてくる。どこかに何か大きな手違いがあるような気がした。

4

エラナは面倒を起こすかもしれない。翌朝、女王の謁見から戻って甲冑《かっちゅう》を脱ぎながら、スパーホークはそう思った。国外に追放されていた間もエラナのことはつねに頭にあったものの、今や騎士は困難な心の整理を強いられていた。国を出たときの二人の関係は明白なものだった。スパーホークは大人で、エラナは子供。それが今では変わってしまって、二人は互いに不慣れな、君主と臣下という関係に足を踏み入れていた。もちろん、クリクやほかの者たちから話は聞いていた。ほんの赤ん坊のころから自分が育て上げてきた少女が、王座についてからアニアスに毒を盛られるまでの二、三カ月のあいだ、驚くべき手腕を示したという話だ。だが聞いて知っているのと実際に体験するのとでは、たいへんな違いがあった。別に女王がスパーホークに対して厳しいとか、尊大だということではない。エラナにそんなところはなかった。思うに――願わくは――むしろスパーホークに対して好意を抱いているのではないか。女王はスパーホークに直接何かを命令するということさえなく、ただ自分の意向に従ってくれたら嬉しいという期待感を表明するだけだった。二人はどっちつかずの状態で職責を果たしていた。どちらの側にも、わずかなきっかけで重大な過ちを犯してしまう可能性があったのだ。

最近あったいくつかの出来事は、まさにそのいい例だった。第一に、擁護者に隣室で寝てもらいたいというエラナの希望は、スパーホークの感覚では非常に不適切な、醜聞《スキャンダル》めいたものに思えた。だがその点を指摘しようとすると、エラナは気の回しすぎだと言って笑った。まあ甲冑は、口さがない連中に対する盾にもなる。スパーホークはそう理屈をつけた。何といっても不穏な時期だったし、エレニアの女王には守り手が必要だ。女王の擁護者として、スパーホークにはエラナの警護に当たる義務が――むしろ権利が――ある。ところがその日の朝、スパーホークが女王のもとに正式な甲冑姿で出かけると、エラナは鼻に皺《しわ》を寄せ、すぐに着替えてはどうかと勧めたのだ。それこそ重大な過ちだ。甲冑姿の女王の擁護者ということであれば、たとえ女王のそばに侍《はべ》っていても、わが身の健康に正常な関心を持つ者なら、誰も何とも言わないだろう。これが胴衣《ダブレット》にズボンという格好になると、話はまるで違ってくる。口さがない召使たちは当然あれこれと噂《うわさ》しはじめ、それはたちまちシミュラじゅうに広まってしまうはずだ。

スパーホークは疑わしげに、鏡に映る自分の姿を眺めた。胴衣《ダブレット》は銀の縁取りをした黒のベルベットで、ズボンは灰色だった。どことなく制服を思わせる色調を選んだのだ。黒の半ブーツも、このごろ宮廷で流行している先の尖《とが》ったものではなく、もっと軍隊調のデザインだった。細身剣《レイピア》はその場で却下して、剣帯には重い大剣《ブロードソード》を吊った。結果はいささか不釣合いな格好になったが、この剣があることで、女王の居室には仕事で来ているのだということが誰の目にも明白になるだろう。

「ばかげてるわよ、スパーホーク」騎士が部屋に戻ってくると、エラナは大笑いした。女王は寝椅子の上のクッションにもたれてかわいらしく上体を起こし、青いサテンの膝掛けをかけていた。

「女王陛下?」スパーホークは落ち着き払っている。

「その大剣《ブロードソード》よ。その服にはまったく釣り合わないわ。すぐにそれをはずして、わたしが用意させた細身剣《レイピア》をつけてきて」

「この格好が陛下のお気に召さないというのであれば、退出いたします。この剣をはずすわけにはまいりません。編み針で陛下をお守りすることはできませんから」

エラナは灰色の目に強い光をため、激した口調になった。「スパーホーク――」

「わたしが決めたのです、エラナ」スパーホークは女王の抗議をさえぎった。「あなたの身の安全はわたしの責任です。どのようにそれを達成するかについては、誰とも議論するつもりはありません」

二人はしばらく睨《にら》み合った。意見が衝突するのは、これが最後ではないだろう。スパーホークはそう確信していた。

　エラナの目つきがやわらぐ。「頑固なのね、わが擁護者殿は」

「陛下の身の安全に関わることとなれば、おっしゃるとおりです」スパーホークは感情をまじえずに答えた。最初にきちんと納得させておくのが、たぶんいちばんいい方法だろう。

「わたしたち、何を口論してるのかしらね」エラナはふと思いついたように笑みを浮かべ、無邪気そうに長い睫毛《まつげ》をしばたたいた。

「それはやめなさい」口調が自然に、エラナが幼い少女だったころスパーホークが使っていた、教師の物言いになっていた。「あなたは女王です。わがままを通そうとしている純情ぶった小間使いではないんだ。頼んだり、可愛く見せようなどとしてはいけない。ただ命令すればいいんです」

「命令したらその剣をはずしてくれるの」

「いいえ。一般的な規則は、わたしには適用されません」

「誰がそんなこと決めたの」

「わたしです。お望みならレンダ伯を呼んでもいいですよ。あの方は法に詳しい。意見を聞いてみればいいでしょう」

「それでもしあの人の意見があなたに不利だったら、それは無視するんでしょう」

「そうです」

「不公平だわ、スパーホーク」

「公平にやるつもりなどありませんよ、女王陛下」

「ねえスパーホーク、こんなふうに二人きりのときは、〝女王陛下〟って呼び方はしなくてもいいんじゃないかしら。わたしにだって名前はあるんだし、子供のころは平気でそう呼んでくれてたじゃない」

「お望みのままに」騎士は肩をすくめた。

「だったら〝エラナ〟と呼びなさい。難しい名前じゃないわ。呼んだからって舌を嚙んだりしないはずよ」

スパーホークは微笑んだ。

「わかりました、エラナ」剣のことでやり込められたので、女王はどうしても何かでその仕返しをしなければ、威厳が保てないと思ったようだった。

「笑ったほうがずっと男前よ、騎士殿。もっとたびたび笑うようにすべきね」エラナはもの思いに沈むような表情でクッションにもたれた。白っぽい金髪は朝のうちに丁寧にくしけずってあり、控えめながら高価な宝石をいくつか身に着けていた。頰《ほお》はきれいな薔薇色で、抜けるような白い肌と際立った対照をなしている。「愚かなアルドレアスがあなたを追放してから、レンドー国ではどうしていたの」

「父親のことをそんなふうに呼ぶのは感心できませんね、エラナ」

「あまり父親らしいことはしてもらってませんからね。知性の面でも、いわゆる〝他に抜きん出た〟人ではなかったし。妹を楽しませようと励みすぎたせいで、頭が弱くなってしまったんだわ」

「エラナ！」

「お上品ぶるのはやめてよ、スパーホーク。王宮の者は誰だって知ってる――ひょっとしたら、街じゅうの人が知ってることだわ」

スパーホークは女王に夫を見つけてやる潮時だと思った。

「アリッサ王女のことはどこで知ったんです。あなたが生まれる前に、もうデモスの近くの尼僧院に軟禁されていたはずだが」

「噂というのはなかなか消えないものよ。それにアリッサは、およそ口が堅いとは言えない人だった」

スパーホークは何とかして話題を変えようとした。エラナは言外の低俗な意味まで承知の上でしゃべっているように見えるものの、女王がそこまで下世話に通じているとは、どうにも信じられなかった。騎士の心の奥にはまだ、見た目がいくら大人になろうと、エラナは十年前に別れたときと同じ無邪気な子供なのだという考えが頑固に居座っていたのだ。

「左手をお出しなさい」スパーホークは言った。「お渡しするものがあります」

二人の関係はまだ落ち着くところに落ち着いてはいなかった。そのことは二人とも痛いほど感じていて、それがまた二人に居心地の悪い思いをさせていた。スパーホークはぎこちない丁重さと、出し抜けに顔を出す軍隊調の命令のあいだで揺れ動いていた。エラナもまた揺れ動いているようだった。あるときはスパーホークがしつけと教育を行なってきた、膝小僧丸出しのやんちゃな少女になるかと思えば、次の瞬間には立派な女王になっていたりする。二人とも心の奥底では、十年という短い時間がエラナにもたらした変化にはっきりと気づいていた。〝成長期〟の名で呼ばれるこの過程は、エレニア国の女王の上に大きな足跡を残していたのだ。そばにいて徐々に変化に慣れるということがなかったため、スパーホークは花がいきなり満開になったような思いを味わうこととなった。一方のエラナにとっても、最近ようやく気になるようになってきた自分の特質をことさらに意識しているところがあった。それを見せびらかし、誇示したいという願望と、何でもいいから手近なもので隠してしまいたいという恥じらいが、胸の中でせめぎ合っているのだ。二人のどちらにとっても、これは難しい時期だった。

ここで一つ、スパーホークの弁護のためにはっきりさせておくべきことがある。すっかり女らしくなったエラナの女王然とした態度や、面食らうばかりの率直さを前にして、スパーホークはいささか取り乱していた。それに二つの指輪はとてもよく似ていた。騎士が間違ってスパーホーク家に伝わる指輪のほうを指からはずしてしまったとしても、それを責めるのは酷というものだろう。そのままスパーホークは、深い意味など考えもせずに、その指輪をエラナの指にはめてやっていた。

二つの指輪はよく似ていたが、二、三のごく細かい違いはあった。そして女性というのは、そういう細かい点に実によく目が届くものなのだ。エラナは指にはめられたルビーの指輪をちらりと見ただけで、たちまち歓声を上げてスパーホークの首に両腕を回し、相手を押し倒しそうな勢いでその唇に自分の唇を重ねた。

ヴァニオンとレンダ伯がちょうどその瞬間に部屋に入ってきたのは、運が悪かったとしか言いようがない。老伯爵は礼儀正しく咳払いをし、スパーホークは髪の付け根までまっ赤になりながら、やさしく、だがきっぱりと女王の腕を首からほどいた。

レンダ伯は訳知り顔で笑みを浮かべており、ヴァニオンは片方の眉を興味深げに吊り上げていた。

「お邪魔して申し訳ございません、女王陛下」レンダが如才なく口を開く。「順調にご回復とお見受けいたしましたので、ヴァニオン卿《きょう》とも相談の上、国事について最近の情勢などご説明いたしたく思いましてな」

「構いませんとも、レンダ」二人でいったい何をしていたのかという言外の質問を、エラナはあっさりと無視した。

「外に友人たちが控えております」とヴァニオン。「細かな点については、わたしやレンダ伯よりも詳しい説明ができると思いますので」

「ならば中に通しなさい」

スパーホークはサイドボードに歩み寄り、水を一杯グラスに注いだ。口がからからに乾いていた。

ヴァニオンはいったん部屋の外に出て、すぐにスパーホークの友人たちを連れて戻ってきた。

「セフレーニアとクリク、それにサー・カルテンはもうご存じでいらっしゃいますな」

ヴァニオンは女王と初対面の顔ぶれを順に紹介していったが、タレンの職業については賢明にも言及を避けた。

「お会いできて嬉しく思います、みなさん」エラナが丁重に応えた。「ところで、お話をうかがう前に発表することがあります。ここにいるサー・スパーホークがたった今、わたくしに結婚の申込みをいたしました。すばらしいことだとお思いになりません？」

グラスを口に当てて水を飲んでいたスパーホークは、むせて咳が止まらなくなった。

「あら、どうかなさったの、あなた」エラナが無邪気に尋ねる。

騎士はうめくような声を上げ、喉を指差した。

ようやくスパーホークがいくらか落ち着いて、ふたたび息ができるようになると、レンダ伯が女王を見つめた。

「それで陛下は、擁護者殿の求婚を承諾なさったのでしょうか」

「もちろんです。ちょうど承諾していたときに、あなたがたが入ってきたのです」

「ああ、なるほど」老練な政治家であるレンダは、にこりともせずにこういう返答をすることができる。

「おめでとうございます」クリクがぶっきらぼうに言ってスパーホークの手をがっちりと握りしめ、激しく上下に振った。

カルテンはエラナを見つめている。

「スパーホークが？」信じられないと言いたげな声だ。

「いちばんの親友がそのすばらしさに気づかないなんて、不思議なものですわね、あなた」エラナはスパーホークからカルテンに向き直った。「サー・カルテン、あなたの幼《おさな》馴染《なじみ》は世界最高の騎士ですよ。その人に求婚されて光栄に思わない女がいるでしょうか」満足そうな笑みを浮かべ、「そしてその人を手に入れたのは、このわたくしです。ではみなさん、どうぞお掛けになってください。わたくしが病に倒れていたあいだにこの国で何があったのか、聞かせていただきましょう。ただ、くれぐれも長くならないようにお願いしますね。婚約者とこれからのことをいろいろ相談しなくてはなりませんから」

ヴァニオンは立ったまま、周囲の人々を見まわした。

「もし何か大事なことを言い忘れたら、遠慮なくその場で指摘してくれ」そう言って天井を見上げ、「どこから始めたものかな」

「わたくしの重病の原因が何だったのかというところからお願いできますか、ヴァニオン卿」エラナが提案した。

「陛下は毒を盛られたのです」

「何ですって！」

「レンドー産の、たいへん珍しい毒物です——父上を殺したのも同じ毒でした」

「犯人は誰です」

「父上のときは妹御でした。陛下の場合はアニアス司教です。アニアスがカレロスの総大司教の座を狙っていたことは、陛下もご存じでいらっしゃいましたな」

「もちろんです。あらゆる手をつくして妨害していました。あの男が総大司教の座につくようなことがあれば、わたくしはエシャンド派に改宗します。あるいはいっそスティリクムの神の信者にでも。あなたの神様はわたくしを受け入れてくださるかしら、セフレーニア」

「女神です、陛下」セフレーニアが訂正した。「わたしは女神にお仕えしています」

「とても現実的な回答ね。髪を切ったり、エレネ人の子供を二、三人、犠牲《いけにえ》として捧げなければならないのかしら」

「ばかなことを、エラナ」

「からかっただけよ、セフレーニア」エラナが笑った。「でもエレネ人の庶民は、スティリクム人のことをこんなふうに言っているのよ。毒を盛られたことはどうしてわかったのですか、ヴァニオン卿」

ヴァニオンはスパーホークとアルドレアス王の亡霊が会見した話と、今は誤って擁護者の手を飾っている、王家の指輪が手に入ったいきさつを手短に説明した。アニアスがこの国の事実上の支配者になったことと、女王の従兄《いとこ》が摂政の宮に昇格したことにも触れる。

「リチアスが？」エラナは驚きの声を上げた。「ばかばかしい。自分で服を着ることもできないような人なのに」女王は眉をひそめた。「父を殺したのと同じ毒を盛られたのなら、なぜわたくしはまだ生きているのです」

「魔法を使って生き長らえさせたのです」とセフレーニア。

ヴァニオンはさらにスパーホークがレンドー国から帰還したこと、アニアスがエラナに毒を盛ったのは、総大司教選挙の活動資金を調達するため国庫に手をつけたかったのが主因だと一同が確信するに至ったことなどを説明した。

スパーホークがそこから先を引き取り、つい今しがた自分を網でとらえた若き女王に、教会騎士とその仲間の一団がカレロスからボラッタへ、さらにはレンドー国にまで旅したことを語った。

「フルートというのは誰です」エラナが途中で口を挟んだ。

「スティリクム人の捨て子です」とスパーホーク。「少なくとも、われわれはそう思っていました。背格好は六歳くらいでしたが、実際にはもっとずっと年をとっていることがあとでわかりました」さらに話は続き、レンドー国を横断する長旅とダブールで会った医者のこと、その医者がようやく病に苦しむ女王を救う唯一の方法を教えてくれたことなどがスパーホークの口から説明された。そして話はマーテルとの出会いに及んだ。

「昔から気に入らない男でした」エラナが顔をしかめる。

「今ではアニアスの手先として働いています」とスパーホーク。「ちょうどわれわれがレンドー国を訪れたとき、あの男も来ていたのです。あの国にはアラシャムという狂信的な老人がいて、王国の精神的指導者のような存在になっていました。マーテルはアラシャムを焚《た》きつけて、西方のエレネ諸王国を侵略させようとしていたんです。新しい総大司教の選挙中にアニアスが自由に動きまわれるよう、人々の注意を別の方面に向けるのが目的でした。セフレーニアといっしょにアラシャムの天幕を訪れてみると、そこにマーテルがいたんです」

「殺しましたか」エラナがきびしい表情で尋ねる。

スパーホークは目をしばたたいた。今まで知らなかったエラナの一面だ。

「時期が悪かったんですよ、陛下。でもうまくアラシャムを騙《だま》して、わたしからの合言葉が届くまで侵略を開始できないようにすることができました。マーテルは激怒していましたけど、どうなるものでもありません。そのあとやつとは少しおしゃべりをして、毒薬を探してきたのも、それをアニアスに渡したのも、マーテルだということがわかりました。本人が教えてくれたんです」

「これは法廷で証言として採用できるでしょうか、レンダ伯」エラナが尋ねる。

「判事によるでしょうな」

「その点は問題ありません。わたくしが判事を務めますから――それに陪審員も」

「それは異例のことですな、陛下」レンダがつぶやく。

「あの者たちが父とわたくしにしたこともそうです。話を続けてください、スパーホーク」

「われわれはシミュラの騎士館に戻りました。そのとき呼び出しを受け、大寺院の地下にある王室の納骨堂へ行って、陛下の父上の亡霊と会ってくるよう言われたのです。父上はいくつかのことを教えてくれました。自分を毒殺したのが陛下の叔母上であったこと、陛下に毒を盛ったのがアニアスであること、そしてリチアスが、アニアスとアリッサのあいだにできた息子だということもです」

「よかった！」エラナが叫んだ。「リチアスが父の私生児ではないかと、ずっと恐れていたのです。従兄だというだけでもおぞましいのに、兄だなどと！　考えるだけで身の毛がよだちます」

「さらに父上の亡霊は、陛下を癒《いや》すことができるのはベーリオンだけだと教えてくれました」

「ベーリオンとは何です」

スパーホークは胴衣《ダブレット》の内側に手を入れ、粗布の小袋を引っ張り出した。袋を開けてサファイアの薔薇を取り出す。

「これがベーリオンです」またしても視野のぎりぎり端のところに、あの不気味な影がちらついた。見えたというより、感じたといったほうが正しいだろう。スパーホークはそんな感覚を払いのけるように宝石を差し出した。

「すばらしいわ！」エラナが声を上げ、手を伸ばす。

「いけません！」セフレーニアが鋭く制止した。「手を触れないように、エラナ。身を滅ぼすことになります」

エラナは目を丸くして、伸ばしかけた手を引っこめた。

「スパーホークは触っているではありませんか」

「それは宝石が騎士殿を知っているからです。あるいはあなたのことも知っているかもしれませんが、運を天に任せるのはやめておきましょう。あれだけの時間と労苦を注ぎこんだのに、ここで命を無駄にしたのでは何にもなりません」

スパーホークは宝石を小袋に押しこみ、服の中におさめた。

「もう一つあなたが知っておくべきことがあります、エラナ」セフレーニアは話を続けた。「ベーリオンは世界でもっとも力のある、もっとも貴重な品です。アザシュはこれを喉から手が出るほど欲しがっています。オサが五百年前に西方諸国を侵略したのも、すべてこの宝石のためでした。そして今、オサはゼモック人やそのほかの者たちを使って、懸命にベーリオンを探しています。これが敵の手に渡ることだけは、何としても防がなくてはなりません」

「この場で破壊しますか」スパーホークが暗い声で尋ねる。どういうわけか、その言葉を口にするにはかなりの努力を要した。

「破壊する？　あれほど美しいものを？」エラナが信じられないというように叫ぶ。

「邪悪なものでもあるのです」セフレーニアは言葉を切って首をかしげた。「いえ、邪悪という言葉は適当ではありませんね。ベーリオンには善悪の観念がないのです。とはいえ、エラナの病が再発する危険が完全になくなるまで、もう少しこのままにしておいたほうがいいでしょう。話を続けなさい、スパーホーク。ただしできるだけ手短に。あなたの女王は、まだまだ体力が回復していません」

「ではかいつまんで話しましょう」スパーホークはランデラ湖畔での戦場の探索と、ようやくガセック伯爵という人物にたどり着いたいきさつを説明した。女王は熱心に耳を傾け、ヴェンネ湖での出来事を語ったときには、ほとんど息を詰めて聞き入っているように見えた。ウォーガン王の妨害が入った話は——妨害という言葉は使わずに——簡単に触れるだけにとどめ、最後にグエリグの洞窟における恐るべき対決と、フルートの正体が明かされた顚末《てんまつ》を物語った。「というわけで現在の状況ですが、ウォーガン王は南下して、アーシウム国でレンドー人と戦っております。アニアスはカレロスにいて、クラヴォナス総大司教の死を待っているところです。そして陛下は本来おられるべき場所、エレニア国の王座にお戻りになった」

「婚約をしたことも忘れないように」どうやらエラナは、スパーホークにそのことを忘れさせるつもりはないようだった。そこでしばらく考えこんで、「リチアスはどうしたのですか」

「本来いるべき場所、地下牢に戻りました」

「ハーパリンともう一人は?」

「太った男はリチアスといっしょに地下牢です。ハーパリンはいなくなりました」

「逃げたのですか」

カルテンが首を横に振った。

「違いますよ、陛下。あいつは金切り声を上げて、われわれに評議会室から出ていけと命令したんです。ヴァニオンがその騒音に耐えきれなくなって、アラスに首を打ち落とさせました」

「それはたいへん適切な処置でした。リチアスに会いたいのですが」

「お休みにならなくてよろしいのですか」スパーホークが尋ねる。

「従兄と少し話をしてからにします」

「連れてこよう」アラスが踵《きびす》を返して部屋から出ていった。

「レンダ伯には、王室評議会の議長を務めていただきたいのですが」とエラナ。

「陛下の御意のままに」レンダ伯は深々と頭を下げた。

「それからヴァニオン卿、あなたも評議会に加わっていただけますか。ほかの仕事に差し障りがなければですが」

「光栄に存じます、陛下」

「わたくしの配偶者兼擁護者として、スパーホークも評議会に議席を持つこととします。それからセフレーニア、あなたも」

「わたしはスティリクム人ですよ、エラナ。スティリクム人を評議会に加えるなど、エレネ人の庶民感情を考えたとき、はたして賢明なことといえるでしょうか」

「そういうばかばかしい反感は、このあたりで根絶するつもりです」エラナはきっぱりと言った。「スパーホーク、評議会議員として役に立ってくれそうな人はほかにいませんか」

考えこんだスパーホークの脳裏に、ふいに名案が浮かんだ。

「一人います。貴族の生まれではないのですが、頭も切れるし、たぶん陛下がその存在すらご存じないようなシミュラの一面について、きわめて該博な知識を有しています」

「その者というのは？」

「名前をプラタイムといいます」

タレンが吹き出した。

「気でも狂ったの、スパーホーク？　宝物庫や王冠の宝石があるのと同じ建物に、プラタイムを入れてやるつもり？」

エラナが戸惑った顔になる。

「その男、何か問題でもあるのですか」

「プラタイムはシミュラで一番の泥棒なんです」タレンがエラナに説明した。「おいらが言うんだから間違いありません。だっておいらはその下で働いてたんですからね。プラタイムはこの街の泥棒と乞食《こじき》を一人残らず支配してるんです。あと詐欺師と殺し屋と売春婦も」

「こら、言葉に気をつけろ！」クリクが大声を上げる。

「その言葉なら前にも聞いたことがありますよ、クリク」エラナは落ち着き払っていた。

「言葉の意味も知っています。スパーホーク、その提案の眼目は何ですか」

「今も申し上げたとおり、プラタイムは頭が切れます。場合によっては天才的とさえ言ってもいい。それにいささか風変わりながら、愛国心も持っているんです。シミュラの社会を深く理解していますし、わたしには思いもつかないような方法で情報を手に入れる術《すべ》も心得ています。シミュラで起きる出来事で――それどころか、この世界で起きる出来事で、あの男の知らないことはほとんどありません」

「会ってみましょう」エラナが約束した。

そのときアラスとサー・ペレンがリチアスを引っ立てて部屋に入ってきた。リチアスは従妹の姿を見て息を呑み、驚きのあまり口をあんぐりと開けた。目が飛び出しそうだ。

「どうして――」と言いかけ、口をつぐんで唇を噛む。

「生きて会えるとは思っていなかったでしょう、リチアス」エラナの口調は死のように冷酷だった。

「女王陛下の前ではひざまずくものだ」アラスが低く声をかけ、リチアスの足を払った。

リチアスは床に投げ出され、そのまま平伏した。

レンダ伯が咳払いした。

「陛下がご病気のあいだ、リチアス王子は自身を〝陛下〟と呼ぶよう主張しておりました。法令に照らしてみないと明言はできませんが、これは大逆罪に当たるものと思われます」

「少なくとも、わたしはその罪状でこの男を逮捕しました」とスパーホーク。

「おれにとってはそれでじゅうぶんだ」アラスは斧《おの》を振り上げた。「お言葉を、エレニア国女王陛下。何分もしないうちに、こいつの首を王宮の門柱に飾ってやろう」

恐怖に茫然としていたリチアスは泣き声を上げ、命乞《いのちご》いを始めた。エラナはアラスの提案を考慮するふりをしている。少なくともスパーホークは、それが見せかけだけのものであることを願った。

「ここではまずいわ、サー・アラス」と残念そうに、「絨毯《じゅうたん》が台なしになってしまう」

「ウォーガン王はこいつを吊るしたがってましたよ」カルテンは天井を見上げた。「高さはじゅうぶんあるし、梁《はり》も頑丈そうだ。ロープならすぐに取ってこられます。空中で踊らせてやれますよ。打ち首ほど絨毯も汚れないと思いますしね」

エラナはスパーホークを見やった。

「あなたはどう思って？　この従兄を吊るしたほうがいいかしら」

スパーホークはエラナの冷酷な口調に激しい衝撃を受けた。

「その――リチアスはいろいろと役に立つ情報を持っていると思いますが、陛下」

「それも一理あるわね」エラナはリチアスに話しかけた。「どう、リチアス、何か話したいことはある？　そのあいだに考えをまとめられると思うんだけど」

「何でも話すよ、エラナ」リチアスが泣きじゃくりながら答える。

アラスがその頭のうしろをひっぱたいた。「陛下だ」

「え？」

「女王のことは〝陛下〟とお呼びするんだ」アラスはもう一度リチアスをひっぱたいた。

「へ、陛下」リチアスがへどもどと付け加える。

「もう一つあります、陛下」とスパーホーク。「リチアスはアニアスの息子だと申し上げたのを覚えておいでですか」

「どうしてわかったんだ」リチアスが叫ぶ。

アラスがもう一度その頭をひっぱたいた。

「おまえに言ったんじゃない。よけいな口を出すな」

「今も申し上げたように、リチアスはアニアスの息子です」スパーホークが先を続ける。

「カレロスで取引材料として使えば、アニアスを総大司教の座から遠ざける役に立つかもしれません」

「そうですね」エラナは不満顔で答えた。「仕方がないでしょう。そちらで使いおわったら、ただちにサー・アラスとサー・カルテンに引き渡してください。どちらが始末をつけるのか、そのころまでには決まりがついているでしょう」

「くじ引きにするか」カルテンがアラスに言った。

「骰子《さいころ》でもいい」とアラス。

エラナがふたたび口を開いた。

「レンダ伯、ヴァニオン卿と二人で、この恥知らずをどこかへ連れていって尋問していただけますか。顔を見るのも嫌になってきました。サー・カルテンとサー・ペレンとサー・アラスも同行するといいでしょう。その人たちがいると舌が滑らかになるでしょうから」

「はい、陛下」レンダは笑いを噛み殺して答えた。

リチアスが部屋から引きずられて出ていくと、セフレーニアは若い女王の顔をまじまじと見つめた。

「本気であんなことを考えていたのではないでしょうね、エラナ」

「もちろん違いますとも――まあ、完全に本気だったわけではありません。リチアスに少し冷や汗を流させてやりたかったの。その程度の貸しはあったはずですからね」エラナは弱々しくため息をついた。「少し休みたいわ。スパーホーク、お願い、ベッドまで運んでちょうだい」

「そんなことはできませんよ、エラナ」スパーホークは頑《かたく》なだった。

「あら、構わないじゃない。わたしとベッドを結びつけて考えるのに慣れておいたほうがいいわよ」

「エラナ！」

女王は笑いながら、スパーホークのほうに両腕を差し伸べた。

スパーホークは身をかがめ、腕の中にエラナを抱き上げた。そのときちらりとベリットの顔が目に入った。若い見習い騎士は、目にはっきりと憎しみの色をたたえてスパーホークを見つめていた。どうやら面倒なことになりそうな雲行きだ。折を見て、ベリットとはゆっくり話し合う必要がありそうだった。

スパーホークはエラナを別の部屋に運び、大きな寝台の上に横たえた。

「陛下はずいぶんお変わりになった。十年前にお別れしたときとは、まるで別人だ」いつまでもこの問題を避けているわけにはいかない。騎士はそう考えて、真面目な顔で切り出した。

「あら、気がついてたのね」エラナが茶目っけたっぷりに答える。

「今のがいい例だ」スパーホークは教師然とした口調に戻っていた。「あなたはまだほんの十八歳なんですよ、エラナ。世慣れた三十五歳の女が持つ雰囲気を真似してみても、似合いはしない。もっと無邪気な態度をとるよう、強くお勧めしますね」

エラナは寝台の上で向きを変え、スパーホークのほうを向いて腹這いになった。肘《ひじ》をつき、両手に顎《あご》を載せ、目をあどけなく見開いて睫毛をしばたたかせ、片方の爪先で枕を蹴る。

「こんなふうに？」

「おやめなさい」

「婚約者を喜ばせようとしてるだけよ。ほかにもどこか変えてほしいところはある？」

「したたかになりましたね、おちびさん」

「わたしもあなたに変えてほしいところがあるわ。二度とわたしを〝おちびさん〟なんて呼ばないで。アルドレアスがあなたをレンドー国に追放した日から、わたしは子供をやめたの。あなたに守られているあいだは子供でいられたけれど、あなたがいなくなって、もうそんな余裕はなくなったわ」起き上がって、寝台の上に足を組んで座る。「父の宮廷は、わたしにとっては敵意に満ちた場所だった。着飾らされて、宮廷の行事に見世物として並べられるたびに、アルドレアスが妹といちゃついて、それをアニアスがほくそ笑みながら見ているのを目にしたわ。誰かと仲良くなると、その人はすぐに追放されたり、殺されたりしてしまう。だからわたしの楽しみは、部屋付きの小間使いたちの軽薄な噂話を立ち聞きすることくらいしかなかった。全体として見ると、小間使いというのはかなりふしだらなのよ。一覧表を作ってみたことがあるわ――秩序だてて考えなさいって教えてくれたの、あなたですからね。階段の下でどんなことが行なわれているか、とても信じられないくらいよ。その一覧表によると、きわめて積極的な若い尻軽《しりがる》娘が一人、アリッサの戦果を上回りそうになったくらい。その娘《こ》の節操のなさときたら、ほとんど伝説的だったわ。もしわたしが〝世慣れた〟女――この言葉を使ったんだったわよね――に見えるとしたら、それはあなたがいなくなったあと、わたしの教育を引き受けた家庭教師たちのせいだわ。二、三年のうちには、わたしが宮廷の貴族や貴婦人に友情を示すと、たちまちその人は追放されたり、もっとひどい目に遭ったりすることがわかってきた。だからわたしは召使たちを頼りにするようになったの。向こうは命令されるのが当然だと思っているから、わたしもどんどん命令した。すっかりそれが習慣になってしまったくらいよ。でもおかげでとても助かったわ。王宮の出来事で、召使たちの知らないことなんて何もないんですもの。あらゆる話がわたしの耳に入ってくるようになるまで、そう時間はかからなかった。そういう情報は敵から身を守る役に立ったし、宮廷の人間は、レンダ伯を除けば全員がわたしの敵だったの。子供らしく過ごしたとはとても言えない時代だったけど、輪回しをしたり、ぬいぐるみの人形や仔犬《こいぬ》に愛情を注いだりして無駄な時間を過ごすより、わたしの精神はずっと鍛えられたわ。わたしがきびしく見えるとしたら、それは敵意に囲まれて育ったせいよ。あなたがわたしの角を取って丸くしてくれるには、何年もかかるかもしれない。でもあなたの努力には喜んで協力するつもりよ」エラナは愛らしく微笑んだが、その灰色の瞳には、自分を弁護しなければならないことへの苦しみが見て取れた。

「かわいそうに、エラナ」スパーホークは心からの思いを口にした。

「かわいそうだなんて、とんでもない。今はあなたがいてくれる。それだけでわたしは世界一恵まれた女よ」

「問題があるんだ、エラナ」スパーホークの口調は深刻だった。

「そうは思わないけど。少なくとも今はね」

「間違えてわたしの指輪を渡してしまったとき、あなたは何か勘違いをしたらしい」その言葉を聞いたとたん、エラナは殴られでもしたかのように大きく目を見開いた。スパーホークはあわてて言葉を継いだ。「どうか誤解しないでくれ。わたしはただ、年齢的に釣り合わないと言っているんだ」

「あなたがいくつだろうと、わたしは構わない」エラナが挑むように言った。「あなたはわたしのものよ、スパーホーク。絶対に手放したりしないわ」鋼鉄のような強さを感じさせるその声に、スパーホークは思わずひるんだ。

「いちおう言っておくべきだと思ってね」スパーホークはあとじさった。女王の気持ちを傷つけたこの瞬間を、少しでも早くやり過ごす必要があったのだ。「わかるだろう、わたしの義務なんだ」

その言葉にエラナは舌を出した。

「わかった、義務だということならこれ以上の追及はやめておきましょう。二人のあいだで、もう二度とそんな話は口にしないこと。結婚式はいつがいいかしら。あなたとヴァニオンがカレロスに行ってアニアスを殺す前か、それともあとのほうがいい？　個人的には少しでも早いほうがいいと思ってるわ。夫と妻が二人きりになってどんなことをするのか、話だけはいろいろ聞いているの。本当のところを知りたくて仕方がないのよ」

スパーホークはその言葉にまっ赤になった。

5

「眠ったか」スパーホークがエラナの寝室から出てくると、ヴァニオンが尋ねた。

スパーホークはうなずいた。「リチアスは何か役に立つことをしゃべりましたか」

「いくつかね。大半はわれわれの推測を裏付けるだけの話だったが」ヴァニオンは顔色が冴えず、斃《たお》れた騎士たちの剣の重圧が、まだ目に見えるほどその身体に残っていた。それでも以前よりは多少元気になったようだ。騎士団長はレンダ伯に声をかけた。「レンダ伯、女王の居室があるこのあたりは、機密保持のほうは大丈夫でしょうか。リチアスが話したことの中には、一般に知られたくない事柄もあるのです」

「どの部屋も盗み聞きされる心配はない。廊下に立っている騎士の姿を見れば、好奇心に駆られた者たちもやる気をなくすだろうて」

そこへカルテンとアラスが入ってきた。二人ともにやにやと意地の悪そうな笑みを浮かべている。

「リチアスにとっちゃあ最悪の日だな」カルテンが口を開いた。「地下牢へ連れて戻る途中で、アラスと二人、昔見たことのある身の毛もよだつような処刑の様子をいろいろと並べ立ててやったんだ。杭に縛りつけて焼き殺すってのが、とりわけお気に召したようだったぜ」

「死ぬまで拷問するという手もあるといったら、失神寸前だった」アラスも小さく笑う。「ところで、戻る途中王宮の門に立ち寄ったら、捕虜の教会兵が修理をしていた」巨体のジェニディアン騎士は斧を部屋の隅に立てかけた。「パンディオン騎士が何人かいたんで、通りを見回るように言っておいた。シミュラの市民がかなり失踪《しっそう》しているようだ」

ヴァニオンは戸惑った顔でアラスを見た。

「どういうわけか、みんな神経質になってるんですよ」カルテンが説明する。「アニアスがこの街を支配するようになって、もうずいぶん経ちますからね。貴族にしろ平民にしろ、出世の機会を虎視《こし》眈々《たんたん》と狙ってるやつはどこにでもいるんです。そういう連中は、ここぞとばかり司教猊下《げいか》に手を貸した。まわりの連中は誰が何をしたかよく知ってますから、それで争いごとがあったんだと思いますね。権力の急な交代があると、新しい政権に対して目に見える形で忠義をつくそうとする人間が大勢出てきます。自然発生的な縛り首が起きたり、火事になった家もかなりあったようです。アラスとわたしは、せめて放火だけは止めたほうがいいって騎士たちに話したんですよ。火事は広がりますからね」

「だから政治は面白い。なあ？」ティニアンはにやにや笑っている。

「群集心理に突き動かされた行動は、抑圧しなくてはならん」レンダ伯が批判的に言った。「群集心理というのは、どのような政府にとっても敵なのだ」

「それはそうと、おまえ本当に女王に結婚を申しこんだのか」カルテンが興味津々の顔でスパーホークに尋ねた。

「あれは誤解なんだ」とスパーホーク。

「そんなことだろうと思ったぜ。おまえは結婚なんて柄じゃない。でも女王は、どうあっても約束を守らせようとしてるみたいだな」

「今それを何とかしようとしてるところだ」

「まあ頑張ってみるんだな。正直なところ、おまえに勝ち目があるとは思えないがね。エラナはまだほんの子供だったころから、目つき一つでおまえをいいように操ってた。なかなか楽しい経験ができそうじゃないか」

「友だちってのはいいもんだ」

「おまえもそろそろ身を固めるべきなんだよ、スパーホーク。世界じゅうを走りまわって、喧嘩《けんか》を売って歩く歳でもないだろう」

「おれとおまえは同い年だぞ、カルテン」

「ああ、でもそれとこれとは違うんだ」

「アラスとカルテンと、どっちがリチアスを取るかもう決めたのか」ティニアンが横から尋ねた。

「まだ協議中だ」カルテンは大柄なサレシア人に疑わしげな目を向けた。「アラスがどうしても自分の持ってる骰子《さいころ》を押しつけようとするんだ」

「押しつける?」アラスがやんわりと抗議する。

「一つ見せてもらったけど、六の目が四つもあったぞ」

「それはちょっと多いな」とティニアン。

「そうなんだ」カルテンはため息をついた。「それに正直なところ、エラナが本当にリチアスを殺すつもりなのかどうかわからない。あそこまで憐《あわ》れな間抜け野郎なんて、殺す気にもならないんじゃないかな。だがまあ、それはいい。どのみちいつだってアニアスがいるからな」

「それにマーテルも」とスパーホーク。

「おお、そうとも。いつだっていつだってマーテルがいる」

「そのマーテルだが、ウォーガン王にラリウムから追い払われたあと、どっちへ向かったかわかるか」スパーホークが尋ねた。「あいつの動向は常につかんでおきたいんだ。面倒に巻きこまれてもらいたくはない」

「最後に見たときは東へ向かってたな」ティニアンがディラの重い鎧《よろい》の肩当てを調整しながら答えた。

「東へ？」

ティニアンはうなずいた。

「南のウマントゥムへ向かったものとばかり思ってたんだが、コムベを灰にしたあと、艦隊をサリニウムに移動させていたことがあとでわかった。たぶんウォーガンがアーシウム海峡に巡視船を出してたせいだろう。今ごろはもうレンドー国に戻ってるんじゃないか」

スパーホークは不満の声を上げた。剣帯の留め金をはずしてテーブルの上に置き、腰をおろしてヴァニオンに尋ねる。「リチアスは何かしゃべりましたか」

「かなりいろいろと。アニアスの行動をすべて把握していたわけでないことは明らかだが、それでもずいぶんと情報を集めていた。見た目よりは頭が回るらしい」

「そうならざるを得なかったんでしょう」クリクはそう言ってから息子に声をかけた。「タレン、やめるんだ」

「見てただけだよ、父さん」

「いいからよせ。気をそそられるかもしれん」

「リチアスの話では、母親とアニアスはもう何年も前から愛人関係にあったそうだ」ヴァニオンが先を続ける。「それから、アリッサに兄を誘惑するようそそのかしたのは、アニアスだったということだ。どうも教会の教義の中に、兄妹の結婚を認めているとも解釈できる、曖昧《あいまい》なくだりを見つけてきたらしい」

「教会がそのような忌わしい行為を認めるはずがありません」サー・ベヴィエが憤然と言明する。

「教会の歴史の中には、現代の道徳観念とは合致しない行ないがいろいろとあったのだよ、ベヴィエ」ヴァニオンが言った。「その昔、カモリア国では教会の力が非常に弱かった。当時あの国の王室には近親婚の伝統があり、教会は王国内で活動を続けるため、それに目をつぶっていたのだ。何にせよアニアスは、王としては無能な兄とアリッサが結婚すれば、エレニア国の実権はアリッサのものになると考えたのだろう。自分は背後から王国を自由にしようとしたわけだ。最初のうちはそれで満足していたらしいが、そのうちに野望はどんどん大きくなって、ついにはカレロスの総大司教の座をうかがうまでになった。それがだいたい二十年前のことだ」

「リチアスはどうやってそんなことを知ったんですか」スパーホークが尋ねる。

「リチアスはよくデモスの僧院に母親を訪ねていた。アリッサは思い出話が好きで、息子にもあけすけに話をしていたらしいな」

「胸の悪くなる話です」ベヴィエが不快そうな声で言う。

「アリッサ王女の道徳観念は一風変わってるからな」カルテンが若いアーシウム人に言った。

「ともあれ、そこにスパーホークの父親が乗り出した」とヴァニオン。「わたしとは旧知の仲だったが、あの男の道徳観念はごくまともなものだ。アルドレアスとアリッサがしようとしていることに、それはもう腹を立てた。アルドレアスはスパーホークの父親を恐れていたから、妹ではなくディラ国の王女との結婚を勧められると、不承不承ながらそれを承諾した。あとの話はよく知られているとおりだ。アリッサはすっかり怒り狂って姿を消し、例の川べりの売春宿に遁走《とんそう》した――失礼、セフレーニア」

「その話なら知っていますよ、ヴァニオン。スティリクム人は、エレネ人が時として考えるほど浮世離れした存在ではないのです」

「いずれにせよ、アリッサは何週間かその売春宿に滞在した。とうとう見つかって連れ戻されると、さすがのアルドレアスももはやあの尼僧院に監禁するしかなかった」

「そこで疑問がわくんですが」とティニアン。「その売春宿でアリッサが過ごした期間と取った客の数を考えると、リチアスの父親が誰なのか、本人にさえ断言はできないんじゃないですか」

「今そのことを言おうとしていたところだ。あるときリチアスはアリッサから、売春宿に行ったときにはもうアニアスの子を身ごもっていたと聞かされたのだそうだ。アルドレアスはデイラ国の王女と結婚し、王女はエラナ女王を産み落として亡くなった。そのころリチアスは生後六カ月くらいで、アニアスは懸命にアルドレアスに働きかけ、リチアスを嫡男として認知させようとした。だがアルドレアスもそれは行き過ぎだと考えたらしく、この提案を拒絶した。スパーホークの父親の亡くなったのがそのころだ。それでここにいるスパーホークが、世襲の地位を受け継いで王の擁護者となった。スパーホークがエラナの教育を担当するようになると、アニアスはエラナの長足の進歩に警戒心を抱くようになった。エラナが八歳を迎えるころ、アニアスは自分の支配力が及ばないほどエラナが強くなってしまう前に、擁護者と引き離してしまおうと心に決めた。そしてアルドレアスを説得してスパーホークをレンドー国に追放し、さらにマーテルをキップリアに送りこんで、二度とスパーホークが舞い戻ってこないように手を打ったわけだ」

「だが遅すぎたというわけですね」スパーホークは微笑んだ。「エラナはすでに、アニアスの手に負えないほど強くなっていた」

「いったいどうやったんだ」カルテンが尋ねた。「おまえがそんなに優秀な教師だとは、どうしても思えないんだが」

「愛ですよ、カルテン」セフレーニアが穏やかに答えた。「エラナはとても幼いころからスパーホークを愛していて、スパーホークが望むとおりに物事に対処しようと努めたのです」

ティニアンは笑い声を上げた。「じゃあ自業自得だな、スパーホーク」

「何が？」

「あんたは鋼鉄の女を作り上げ、今やその女はあんたと結婚しようと決意してる。あんたに鍛え上げられた鉄の意志をもって」

「おしゃべりが過ぎるぞ、ティニアン」スパーホークはきびしく相手をたしなめた。急に苛立ちを覚えたのだ。内心ではティニアンの言うとおりだと思っているせいで、その苛立ちは倍加していた。

「いずれにしても、目新しい話はとくにありませんね」とクリク。「リチアスの首をつないでおくほどの価値がある情報は、何もありません」

「そう判断するのはまだ早い」ヴァニオンが答えた。「すぐに処刑するだの何だのとエラナにさんざん脅されて、最初のうちリチアスはしどろもどろだったんだ。ともあれ、アニアスに言われてスパーホークを追放してしまうと、アルドレアスは変わりはじめた。多少なりともしっかりしてきたんだ。人の心の動きというのはわからんものだな」

「そうでもありませんよ、ヴァニオン」セフレーニアが反論した。「司教の言いなりになってはいても、アルドレアスは心の中で、自分の行ないが正しいものではないことに気づいていたのです。それでもまだ擁護者が自分の魂を救済してくれると期待していたのでしょうが、そのスパーホークもいなくなって、自分が孤立無援であることをひしひしと感じたはずです。きっと自分の魂は自分で救済するしかないことがわかったのでしょう」

「まさにそのとおりではないかと思います」ベヴィエが驚いた声で言った。「わたしはスティリクムの倫理というものを研究してみるべきなのかも。エレネ人とスティリクム人の倫理を比較検討すれば、興味深い結果が出るのではないでしょうか」

「背教だな」アラスがぶっきらぼうに感想を述べた。

「何ですって」

「ほかの宗教の倫理にも正当性があるかもしれないなどとは、考えるべきではない。狭量な考えであることは認めるが、教会はときにそうした狭量さを見せるものだ」

ベヴィエは顔をまっ赤にして、立ち上がった。

「それは聖なるエレネ教会に対する侮辱です。聞き捨てなりません」

「いいから、座れよ、ベヴィエ」ティニアンが割って入った。「アラスはおまえをからかったんだよ。ジェニディアン騎士団のブラザーたちは、一般に思われてるよりもずっと神学に精通してる」

「気候のせいだ」アラスが言った。「冬のサレシアではやることがあまりない。雪を見るのが好きなら話は別だが。瞑想《めいそう》と研究の時間はいくらでもある」

ヴァニオンはさらに話を続けた。

「どういう理由にせよ、アルドレアスはアニアスの法外な金の無心を拒絶するようになった。アニアスにとっては死活問題だ。それで司教とアリッサは、王を殺す決意を固めたんだろう。毒薬はマーテルが用意し、アニアスはアリッサを尼僧院から王宮に手引きした。アニアスが毒を盛ることもできたはずだが、アリッサのほうから自分にやらせてくれと頼んだのだそうだ。自分の手で兄を殺したいと言ってな」

「本気でそんな一族の女と結婚する気か、スパーホーク」アラスが尋ねた。

「この期におよんで、ほかに選択の余地があるか？」とスパーホーク。

「逃げることはできる。ダレシア大陸のタムール帝国なら、何か仕事が見つかるだろう」

「お黙りなさい、アラス」セフレーニアがたしなめる。

「わかった」とアラス。

「続けてください、ヴァニオン」教母は先を促した。

「わかった」ヴァニオンはアラスの口調を完璧に真似てみせた。「アリッサがアルドレアスを殺すと、エラナが女王の座についた。だがエラナはスパーホークの愛弟子で、アニアスが国庫の金に手をつけることをきっぱりと拒絶し、それどころかアニアスを僧院に押しこめようとした。それで毒を盛られたんだ」

「失礼、ヴァニオン卿《きょう》」ティニアンが口をはさんだ。「レンダ伯にうかがいたいんだが、自国の元首を殺害しようとした場合、その罰は死刑ということになるんでしょうか」

「それが文明世界の常識だろうな、サー・ティニアン」

「だろうと思いました。カルテン、縄を一樽《たる》ばかり注文しといたほうがいいぞ。それにアラスも、サレシアから予備の斧を取り寄せておくんだな」

「どういうことだ」とカルテン。

「リチアスとアニアスとアリッサ、それに大勢の共謀者どもを、ことごとく大逆罪に問えるってことさ」

「前からわかってたことじゃないか」

「まあな」ティニアンが微笑む。「だが、今ならそれを証明することができる。証人がいるわけだから」

「わたしはむしろ自分の手で報復したいと思っていたんだが」とスパーホーク。

「そういうことは法に則《のっと》ってやったほうがいいのだよ、スパーホーク」レンダ伯が言った。「あとでいろいろと議論になったりしないようにな」

「議論を挑んできそうな者を残しておくつもりはありません」

「この男はもっとしっかり鎖につないでおいたほうがよさそうだな、ヴァニオン卿」レンダ伯はいたずらっぽい笑みを浮かべて忠告した。「牙《きば》がどんどん長くなっているようだ」

「同感です」ヴァニオンは伯爵に同意して、さらに先を続けた。「王の場合と違って、女王はセフレーニアの呪文で死の淵に引き止められていた。アニアスはいささか困惑したようだが、それでも能力を失った女王は死んだに等しいと理由をつけて、リチアスを摂政の宮という地位に就けた。そして自分はエレニア国の国庫を管理し、あちこちの大司教を買収しはじめた。そのころからだな、総大司教の座を手に入れるための工作に弾みがつき、アニアスが人目をはばからないようになったのは。リチアスの話がそのあたりまで来たとき、ここにおられるレンダ伯がきっぱりと、アラスの斬首台からその首を救うだけの重要な話はまだ何も聞いていないとやつを叱《しか》りつけたのだ」

「あるいはおれの輪縄からも」カルテンが不気味な声でつけ加える。

ヴァニオンは微笑んだ。

「レンダ伯の一喝はリチアスに思ったとおりの効果を発揮した。それからというもの、摂政の宮は情報の金鉱と化したのだ。実際に証明することはできないが、いくつかの確かな手掛かりから推測するに、アニアスはオサと連絡を取っており、オサの支援を求めていたというのだ。司教は常々スティリクム人に対して非常に強い偏見を示してきたが、あるいはあれは真実の感情を隠すための、見せかけだったのかもしれない」

「それは違うと思います」セフレーニアが反論した。「西方のスティリクム人とゼモック人とでは、天と地ほどの相違があります。西のスティリクム人を絶滅させることが、支援を与える代わりにオサが要求した第一の条件だったのでしょう」

「そんなところかもしれません」ヴァニオンはうなずいた。

「リチアスの推論には、何かしっかりとした根拠はあるんですか」ティニアンが尋ねる。

「あまりない」答えたのはアラスだった。「何度か話し合いを目撃しただけだ。宣戦を布告する正当な条件がそろっているとは言いがたい」

「宣戦布告？」ベヴィエが大声を上げる。

「当然だ」アラスは肩をすくめた。「西方のエレネ人諸王国の内政にオサが首を突っこんだとなれば、東に進軍してオサを相手に戦争をするじゅうぶんな理由になる」

「いつ聞いてもいい響きだな、〝戦争〟って言葉は」とカルテン。「実に血なまぐさくて、永続的な感じがする」

「ゼモック人を全滅させるのに、正当な条件なんて別に必要ない」ティニアンが言った。

「そうか？」

「五百年前の侵攻以来、ゼモック国と和平条約を結んだ者はどこにもいない。法的にはわれわれは、まだオサと戦争状態にあるんだ。違いますか、レンダ伯」

「かもしれんが、五百年間の休戦をはさんでふたたび交戦状態に入るというのは、いささか納得しがたい説明ではあるかもしれんな」

「ちょっと休養してただけですよ」ティニアンは肩をすくめた。「ほかの紳士諸君はどうか知らんが、わたしはもうたっぷり休みました」

「まったく……」セフレーニアがため息をつく。

ヴァニオンはなおも先を続けた。

「ここで大事なのは、リチアスが何度か同じスティリクム人とアニアスが密会しているのを目撃していることだ。一度は二人が話している内容の一部を耳にしている。そしてそのスティリクム人にはゼモック訛《なま》りが——少なくともリチアスがゼモックふうだと確信した訛りがあった」

「いかにもリチアスらしいですね」とクリク。「こそこそと盗み聞きをしそうな顔をしてますよ」

「同感だ」とヴァニオン。「摂政の宮殿下は話をすべて聞くことはできなかったが、それでもわれわれに語ったところによると、そのスティリクム人はアニアスに向かって、オサは何としてもある宝石を手に入れなければならない、さもないとゼモックの神からの支援を打ち切られてしまうと話していたそうだ。この宝石というのが何を指しているのか、われわれにはかなり確実性の高い推測ができるように思う」

カルテンは顔を曇らせた。

「またおれたちの楽しみを取り上げるつもりだろう、スパーホーク」

「何の話だ」

「おまえはきっと女王にこの話をする。そして女王はことの重大さから、これはリチアスの首を肩の上に、あるいは足を床の上にとどめておくに足る重要な情報だと判断するんだ」

「おれには女王に最新の情報を伝える義務があるんだよ」

「ちょっとだけ待ってくれって頼んでも、耳は貸さないんだろうな」

「待つ？　どのくらい」

「あの私生児野郎の葬式が済むまででいいんだが」

スパーホークは友人に笑いかけた。

「だめだな、カルテン。頼みを聞いてやりたいのは山々だが、わが身の心配もしなくちゃならん。女王に隠しごとなんか始めたら、矛先がこっちに向かないとも限らない」

「リチアスの知っていることはだいたいこの程度だ」ヴァニオンが締めくくった。「さて、ここで決断をしなくてはならない。クラヴォナス総大司教は明日をも知れない状態で、もし息を引き取ったなら、われわれはただちにデモスでほかの騎士団と合流し、カレロスへ駆けつけなければならない。その場合、女王はまったくの無防備でシミュラに残されることになる。ドルマントからは、いつカレロス行きの命令が来てもおかしくはない。エレニア軍がアーシウムから戻るのは、いつになるか予想もできんだろう。女王をどうしたらいい？」

「いっしょに連れていけばいい」アラスは肩をすくめた。

「すんなりとは承知しないだろうな」とスパーホーク。「女王はやっと玉座を取り戻したばかりだし、きわめて責任感の強い人だ。今の時点で首都を離れろなんて話を持ち出したら、腹を立てるに決まっている」

「酔っ払わせればいい」カルテンが言う。

「何だって？」

「頭をがつんというわけにはいかないじゃないか。だったら酔っ払わせて、毛布にでもくるんで、鞍に縛りつけていけばいい」

「何を考えてるんだ。相手は女王だぞ。おまえの行きつけの酒場の、下品な女給とはわけが違うんだ」

「あとで謝ればいいさ。大事なのは女王を安全な場所まで連れていくことだ」

「そんな必要はまったくないかもしれない」とヴァニオン。「クラヴォナスがまだしばらく持ちこたえる可能性もあるからな。もう何カ月も危篤状態が続いているんだ、あるいはアニアスより長生きすることだってあるかもしれない」

「それは大いにあり得ることだ。アニアスの寿命は、もう残り少ない」アラスがぞっとする声で言った。

「紳士諸君の血への渇望は、しばらく棚上げにしてもらえんものかな」レンダ伯が口をはさんだ。「目下の大事は、アーシウムにいるウォーガン王に使いを送って、エレニア軍を帰国させてくれるよう説得することだろう。できればパンディオン騎士団もな。こっちで参謀幕僚の監督をしてもらわなくてはならん。わたしから手紙を書いて、エレニア軍が一刻も早くシミュラで必要だと、強い調子で勧告してみよう」

「各騎士団も放免してくれるよう頼んでいただけませんか。カレロスで必要になると思いますので」とヴァニオン。

「オブラー王にも手紙を送ったほうがいい」ティニアンが提案した。「それとバーグステン大司教にもだな。あの二人なら、たぶんウォーガンをうまく納得させることができるでしょう。サレシア国王は酒を飲み過ぎるし、戦争を楽しみすぎるきらいはあるが、それでもやっぱり徹底的に政治的な動物ですからね。シミュラを防衛してカレロスを支配下に置くことの必然性をすぐに見抜いてくれるでしょう。誰かに説明さえしてもらえば」

レンダ伯もうなずいて同意した。

「でもまだ問題が解決したわけではありませんよ」ベヴィエが口を開いた。「ウォーガン王に使者を送ったとしても、一日と経たないうちに総大司教猊下の訃報《ふほう》が届くかもしれないという点に変わりはありません。その場合、状況はまったく同じことです。スパーホークは気の進まない女王に、差し迫った危険があるわけでもないのに首都を脱出するよう進言しなくてはなりません」アラスが言った。

「耳に息を吹きかけるんだ」

「何だって？」とスパーホーク。

「これは絶対に効果がある。少なくともサレシアではそうだ。エムサットである女の耳に息を吹きかけたら、その娘《こ》は何日もおれにくっついてきた」

「何を言っているのです！」セフレーニアが怒りを爆発させる。

「おれのせいじゃない。それにその娘《こ》も楽しんでた」

「頭を撫《な》でてやって、顎《あご》の下も掻《か》いてやったのでしょうね。仔犬にしてやるように」

「それは思いつかなかった。やっぱり効果があったかな」

セフレーニアはスティリクム語でアラスに悪態をついた。

「話が脇道にそれているぞ」とヴァニオン。「女王を無理やりシミュラから引き離すことはできない。かといって、カレロスから招集がかかる前に、街の城壁を守れるだけの兵力を確実に呼び戻す方法もない」

「兵力ならあると思うけどな、ヴァニオン卿」タレンが口をはさんだ。少年はエムサットでストラゲンが用意した上品な胴衣《ダブレット》とズボンを身に着けていて、若い貴族に見えなくもなかった。

「邪魔をするんじゃない。大事な話をしてるんだ。子供の冗談に付き合ってる暇はない」

息子を叱りつけるクリクを、レンダ伯が制した。

「いや、話を聞いてみよう。名案というのは、時として思いも寄らないところから出てくるものだ。具体的にどんな兵力のことを言っているのかな、お若い人」

「街の人たちさ」タレンは簡潔に答えた。

「ばかを言うな。みんな何の訓練も受けてないんだぞ」とクリク。

「包囲軍の頭の上から煮えたぎる泥をぶっかけるくらいのことに、どれほどの訓練がいるっていうのさ」タレンは肩をすくめた。

「たいへん興味深い提案だ」レンダ伯は身を乗り出した。「実際、エラナ女王が即位したあと、民衆の絶大な支持が確かに見受けられた。シミュラとその近郊の町や村の人々は、女王を助けるのだと言えばきっと駆けつけてくるだろう。問題は指揮官がいないことだ。群衆が指揮する者もなくやみくもに街路に集まっただけでは、大した防御にはなるまい」

「指揮官だっていますよ、伯爵」とタレン。

「誰だね？」ヴァニオンが少年に尋ねる。

「まずプラタイムでしょ。ストラゲンだって、まだこっちにいるとしたら、きっとこういうことは得意だと思うな」

「プラタイムというのは悪党だろう？」疑わしげに尋ねるベヴィエに、レンダ伯が答えた。

「サー・ベヴィエ、わしはエレニア国の王室評議会議員をもう何年も務めているが、首都ばかりでなく、この国全体がもう何十年ものあいだ悪党の手に支配されていたことは紛れもない事実だ」

「しかし――」

「プラタイムやストラゲンが公認の悪党だってことが気になってるだけでしょ、サー・ベヴィエ」とタレン。

「きみはどう思う、スパーホーク」レンダ伯が尋ねた。「そのプラタイムという男、本当に軍事行動のようなものを指揮できると思うかね」

スパーホークはしばらく考えこんだ。

「たぶんできるでしょう。とくにストラゲンがまだこっちにいて、手を貸してくれるなら」

「ストラゲン？」

「エムサットの盗賊たちのあいだで、プラタイムと同じような地位にある男です。ちょっと変わっていますが、きわめて知的で、高い教育も受けています」

「二人が昔の貸しを取り立てれば、もっとあちこちから応援が集まると思うな。プラタイムはヴァーデナイスやデモス、それにレンダやカードスあたりからも人を集められる。田舎のほうで仕事をしてる追《お》い剝《は》ぎ連中は言うまでもないしね」

ティニアンが考えながら口を開いた。

「街の防備を任せるといっても、それほど長いことじゃない。エレニア軍が戻ってくるまでのあいだだけだ。やることといっても、実際には威嚇程度にしかならないだろう。アニアス司教にしたって、ここで一騒ぎ起こすだけのために、カレロスから千人以上の教会兵を送り出せるとは思えん。街の城壁の上に兵員が配備されてるのを見ただけで、向こうの攻撃意欲は萎《な》えてしまうだろう。なあ、スパーホーク、この子の計画は抜群だと思うがな」

「お誉めいただいて光栄の至りです、サー・ティニアン」タレンは大袈裟《おおげさ》に頭を下げて見せた。

「シミュラにも退役軍人はいますからね」とクリク。「そういう元軍人たちも、職人や農民を指揮して街を防衛するのに一役買ってくれるでしょう」

「もちろん、まったくもって異常な事態ではあるがね」レンダ伯は自嘲《じちょう》ぎみだった。「これまで政府の目的といえば、ただひたすら一般庶民を支配下に置き、政治にはいっさい口を出させないようにすることだった。平民の唯一の存在理由は、仕事をして、税を払うことだったのだ。もしかするとわれわれは、生涯後悔しつづける破目になるようなことに手を出そうとしているのかもしれんな」

「だが、ほかに何か手がありますか」ヴァニオンが尋ねる。

「いいや。あるとは思えん」

「では取りかかりましょう。レンダ伯、手紙のほうをお願いしても構いませんかな。それからタレン、おまえはそのプラタイムとかいう男に会ってきてくれ」

「ベリットを連れてってもいいかな、ヴァニオン卿」少年は若い見習い騎士のほうを見やった。

「構わんと思うが、なぜだね」

「言ってみれば、おいらはある政府から別の政府に遣わされる公式使節みたいなもんだろ。大物っぽく見えるように、随行員のようなものがいると思うんだ。プラタイムはそういうところに感銘を受けるからね」

「ある政府から別の政府だって？」とカルテン。「おまえ、本気でプラタイムのことを一国の長だと考えてるのか」

「だってそうじゃない」

仲間たちがぞろぞろと部屋から出ていくとき、スパーホークは軽くセフレーニアの袖を引き、小さく声をかけた。

「お話があるんです、小さき母上」

「いいですとも」

スパークホークはドアを閉めて戻ってきた。

「もっと早くにお話ししておくべきだったんでしょうが、最初は大したことではないと思ったものですから……」と肩をすくめる。

「いけませんね、スパークホーク。何もかも話してもらわなくては。大したことであるかないかは、わたしが決めることです」

「すみません。実はあとを尾《つ》けられているような気がするんです」

セフレーニアの目がすっと細くなった。

「グエリグからベーリオンを奪った直後に、悪夢を見ました。アザシュの姿があって、ベーリオンも絡んでいました。そのほかにももっと——何というか——正体のはっきりしないものが出てきました」

「説明できますか」

「はっきり見えてもいないんですよ、セフレーニア。何か影のような黒っぽいものが、視野の端のほうに引っかかってるんです。ちょうど見えるか見えないかというあたりを漂っているみたいに。そいつはあまりわたしを好きじゃないという印象があります」

「夢を見ているときにだけ現われるのですか」

「いえ、目を覚ましていても時々見かけます。ベーリオンを袋から出すと現われるみたいなんです。ほかのときにも出てくることはありますが、袋を開けたときはかならずと言っていいほど出現します」

「今やってみてごらんなさい、ディア」セフレーニアが指示した。「わたしにも見えるかどうか、試してみましょう」

スパーホークは胴衣《ダブレット》の内側に手を入れ、小袋を引っ張り出して口を開けた。サファイアの薔薇を取り出し、手に握る。すぐに黒い影がちらつきはじめた。「見えますか」と教母に尋ねる。

セフレーニアは注意深く部屋の中を見まわした。

「いいえ。影から何か感じますか」

「わたしのことが好きじゃないらしいってことはわかります」スパーホークはベーリオンを小袋に戻した。「どう思います」

「ベーリオンそのものと何かつながりがあるのかもしれません」セフレーニアの返答はやや曖昧だった。「正直なところ、わたしもベーリオンについて、詳しいことはあまり知らないのです。アフラエルもそういう話はしたがりませんし。神々はベーリオンを恐れているのだと思います。使い方なら少しはわかりますが、それだけなのですよ」

「これは関係あるのかどうかわかりませんが、わたしを殺そうとしている者がいることは確かです。エムサットの外の街道にいた男たちや、ストラゲンがわれわれを尾《つ》けていると疑っていたあの船、それにカードス街道でわたしを探している者たちもいました」

「王宮へ向かう途中で、誰かにクロスボウを射かけられたこともありましたね」

「別のシーカーがいるとは考えられませんか」

「似たようなものではあるかもしれません。シーカーに支配された人間は、思考力を持たない道具にされてしまいます。あなたの命を狙った試みは、もう少し理性的なもののように思えますね」

「そういうことのできる生き物が、アザシュのところにはいるでしょうか」

「アザシュがどれだけの種類の生き物を動かせるのか、誰にもわかりません。わたしも十種類かそこらは知っていますが、おそらくほかにも何十種類といるに決まっています」

「またエレネ人の論理を使っても構いませんか」

「構わないと思いますよ。あなたが必要と思うのであれば」セフレーニアはスパーホークに微笑みかけた。

「それでは、まず第一に、アザシュはもう長いことわたしに死んでもらいたがっている」

「そういうことでしょうね」

「しかもそれはますます切迫した願望になっている。というのも、わたしはベーリオンを持っていて、その使い方を知っているからです」

「わかりきったことばかりではないですか、スパーホーク」

「そうですよ。論理というのはえてしてそういうものです。さて、いつもというわけではないが、わたしを殺そうとする試みは、ベーリオンを取り出して例の影がほの見えた直後に行なわれることが多い」

「何かつながりがあると思うのですね」

「あり得ることでしょうか」

「まずどんなことでもあり得ますよ、スパーホーク」

「けっこう。その影がダモルクやシーカーのようなものだとしたら、たぶんそれはアザシュが放ったものだと考えられる。この〝たぶん〟がやや論理をぐらつかせるところはありますが、とりあえずそう考えておくのが妥当だということでいいですね」

「この状況では、まあそうでしょう」

「では、どのような対策を講じるべきか。これは暫定的な仮説で、しかも偶然の一致という可能性は考えていません。でも実際につながりがあった場合のために対策を考えておいても、無駄にはならないと思います」

「最悪の事態を考えておかなくてはならないでしょうからね。とにかくまず、ベーリオンをいつもその袋の中に入れておくことでしょう。どうしても必要なとき以外は、取り出してはいけません」

「当然ですね」

「どうしても取り出さなくてはならない場合、命を狙われていると思って警戒することです」

「どのみちそれは四六時中、自然にやっていることです。こういう仕事をしていると、神経質にならざるを得ませんから」

「もう一つ、このことはわたしたちだけの間の話ということにしておきましょう。その影がアザシュの放ったものであるならば、味方を敵に変えてしまうこともできるはずです。いつ何時、仲間があなたに襲いかかってこないとも限りません。みんなにこの推測を話してしまったら、その影は——正体はわかりませんが——わたしたちの仲間の考えを読んでしまうかもしれない。こちらがアザシュの思惑を知っていることを、わざわざ教えてやる必要はありませんからね」

スパーホークは心を鋼《はがね》のように強くして、何とか言葉を押し出そうとした。やっと口を開いたときにも、非常に強い抵抗を感じた。

「今この場でベーリオンを破壊してしまえば、すべてを解決することになるんじゃありませんか」

セフレーニアは首を振った。

「いいえ、ディア。まだベーリオンが必要になるかもしれません」

「簡単な解決法なんですがね」

「そうとも限りませんよ、スパーホーク」教母は弱々しい笑みを浮かべた。「ベーリオンを破壊することでどのような力が解放されるのか、確かなことは何もわかっていません。とても大切なものを失うことになる危険もあるのです」

「たとえばどんなものをです?」

「そうですね――シミュラの街や、あるいはイオシア大陸を」

6

スパーホークがそっと女王の寝室のドアを開けてエラナの様子を覗《のぞ》いたのは、もう夕暮れに近いころだった。女王の顔は特徴的な白っぽい豊かな金髪に縁取られ、枕の上に広がった髪には、ベッドの横の燭台《しょくだい》に立てられた一本の蠟燭《ろうそく》の黄金色の光が反射していた。エラナは瞳を閉じ、その寝顔は柔和で落ち着いていた。この一、二日のあいだにスパーホークは、アニアス司教が牛耳る腐敗した宮廷で思春期を過ごしたせいか、女王の顔にいささか自己防衛的な警戒心と、頑固なまでに決然とした表情が刻みつけられていることに気づいていた。だがその寝顔には子供時代にスパーホークの心をとらえた、あの柔和な、輝くような穏やかさが戻っている。すでに心の中では、スパーホークは自分がこの色白の娘を愛していると率直に認めるようになっていた。もっとも、エラナをつい子供のように見てしまう習慣は簡単には改まりそうにない。もうエラナは子供ではなく、一人前の女性なのだとつねに自分に言い聞かせていなくてはならないくらいだ。だがスパーホークにはぼんやりした心のうずきがあった。自分はエラナにふさわしい男ではないという思いがある。いかにも若い娘らしく一時的にのぼせ上がっている、その気持ちを利用したいという誘惑も感じないわけではなかったが、それは人の道にはずれることだと思ったし、あとでエラナをひどく苦しめることになるのもわかっていた。どんなことがあっても、年齢の開きがありすぎるという欠陥のつけをエラナに負わせてはならないと、騎士は固く心に誓った。

「そこにいるのはわかってるのよ、スパーホーク」目を閉じたまま、エラナは口許《くちもと》に柔らかな微笑を浮かべた。「子供のころからこれが大好きだったわ。とくにあなたが神学の講義を始めたりすると、よくこうして寝たふりをしたものだった。あなたはしばらくしゃべりつづけて、それからただじっとそこに座ったままわたしを見つめていた。そうするといつも暖かく安全に、守られていることを実感したものだったわ。そんな瞬間が、今までの生涯でいちばん幸せな時期だった。でもあなたと結婚したら、毎晩あなたの腕に抱かれて眠りに就くことができるのね。この世の中にわたしを傷つけるものなんかないんだって信じながら。だってあなたがいつもそこにいて、見守っていてくれるんですもの」エラナは落ち着いた灰色の目を開いた。「ここへ来て口づけをして、スパーホーク」女王はそう言うと両腕を差し伸べた。

「そういうわけにはいきませんよ、エラナ。あなたはきちんとした服を着ていないし、それにベッドの中だ」

「わたしたち婚約したのよ、スパーホーク。そのあたりはもう少し自由であってもいいと思うわ。それにわたしは女王ですからね。そういうわけにいくかいかないかは、わたしが判断します」

スパーホークは諦《あきら》めて、エラナに口づけをした。すでに気づいていたとおり、エラナは明らかにもう子供ではなかった。

「年齢の差がありすぎますよ、エラナ」スパーホークはあらためて、穏やかにその点を指摘した。その一事を頼りに、何とかエラナに諦めさせようとする。「事実に目をつぶることはできないでしょう」

「ばかなことを」エラナはスパーホークの首に腕をからめたまま答えた。「あなたには歳をとることを禁じます。ほら、これでだいじょうぶでしょ」

「それだけじゃだめですよ。時の流れにも止まるように命じないと」

「まだそれは試してみたことがないわね。実際にやってみるまでは、うまくいかないとは限らないわよ」

「降参ですよ」スパーホークは笑った。

「よかった。わたし、何かに勝つのが大好きなの。何か大事な知らせがあったの？　それともちょっと立ち寄って、覗き見してみただけ？」

「気になるんですか」

「覗き見されること？　もちろん構わないわ。満足がいくまで、いくらでも覗いていてちょうだい。もっと見たい？」

「エラナ！」

女王は鈴を振るような笑い声を上げた。

「いいでしょう。ここからは真剣な話です」

「わたしはずっと真剣だったわ、スパーホーク――とてもね」

「わたしを含めて、パンディオン騎士団はすぐにシミュラから離れなくてはならないでしょう。クラヴォナス総大司教猊下《げいか》の衰弱が急速に進んでいるんです。猊下が息を引き取れば、すぐにもアニアスが総大司教の座を狙って動き出す。もうすでにカレロスの通りという通りを自分の配下の軍隊で埋めつくしていますから、騎士団がいない限り、アニアスを止めることは誰にもできません。このままではあの男が総大司教に選出されてしまいます」

エラナの顔に、また例の頑固な表情が現われた。

「あのサレシア人の大男、サー・アラスを連れてカレロスまでひとっ走りして、アニアスの首を切り落としてきてはどう？　それからすぐに戻ってくればいい。わたしに寂しい思いをさせないでちょうだい」

「興味深い考えだな、エラナ。アラスの目の前で持ち出されなくてよかった。もしそうしていたら、今ごろアラスは馬に鞍を置きに、厩へ向かっているところだ。わたしが言っているのは、騎士団がシミュラを離れると、あなたが無防備の状態で取り残されてしまうということなんです。われわれに同行するつもりはありませんか」

エラナは考えこんだ。

「そうしたいのは山々だけど、今はちょっと無理だわ。かなり長いこと、何もできない状態にいましたからね。わたしはシミュラにいて、眠っているあいだにアニアスがめちゃくちゃにしてしまったものを元に戻さなくてはならない。女王としての責任がありますから」

「きっとそう考えるだろうと思っていました。そこで身の安全を図るための代案があるんです」

「魔法を使ってわたしを王宮に封じこめる気ね?」エラナはいたずらっぽく目を輝かせてスパーホークをからかった。

「その手は考えつきませんでしたね。もっとも、うまくはいかないでしょう。アニアスがそれに気づいたらすぐに兵士を送りこんで、街を奪還してしまう。アニアスの手下どもは王宮の外からでも国を支配することができるし、あなたにはそれを止めることさえできなくなってしまう。われわれが考えているのは、あなたを——それに街を——守るために軍隊のようなものを編制して、本物の軍隊がアーシウムから戻ってくるまでの時問稼ぎをするという方法なんです」

「その〝軍隊のようなもの〟というのが少々引っかかるわね、スパーホーク。そんなに大勢の男たちをどこから集めてくるつもり？」

「街頭や畑や村々から」

「それはまたすばらしい考えだわ、スパーホーク。どぶさらいや芋掘りをしていた者たちが、わたしを守ってくれるのね」その口調は皮肉っぽかった。

「それに泥棒や殺し屋たちもです、陛下」

「本当に真面目な話なの、これ？」

「大真面目です。とにかくもうしばらく耳を閉ざさずに、詳しい話を聞くまで待ってください。悪党が二人、もうすぐあなたに会いにやってきます。心を決めるのはその二人と話をしてからにしてもらいたいんです」

「スパーホーク、あなた頭がどうかなってると思うわ。それでもわたしは愛しているけれど、とても正気とは思えない。煉瓦《れんが》運びの人足や農民を集めても、軍隊は作れないわ」

「なぜです？　そもそも正規軍の兵隊はどこから集めてきたと思っているんです。みんな街や畑から召集してきたんじゃないですか」

　エラナは眉根を寄せた。

「なるほど、それはそうね。でも将軍がいなくては、軍隊の体《てい》をなさないんじゃないかしら」

「そこでさっき言った二人がご相談に上がるというわけです、陛下」

「あなたが〝陛下〟と言うと、どうしてとても冷たくよそよそしく聞こえるのかしらね、スパーホーク」

「話をそらさないでください。とにかくそれまで決断は差し控えるということで、よろしいですね」

「あなたがそう言うなら。まだ疑わしい感じはするけど。あなたがシミュラに残ることができればよかったのに」

「わたしも同感ですがね」スパーホークはどうしようもないというように両手を広げた。

「わたしたち、いつになったら二人きりになれるの？」

「そう先の話ではありませんよ、エラナ。だがまずアニアスを叩かないと。それはわかってくださるでしょう？」

エラナはため息をついた。「たぶんね」

ややあって、タレンとベリットがプラタイムとストラゲンを連れて戻ってきた。スパーホークが居間で四人を迎えているあいだ、エラナは女性が〝人前に出るために〟必要とする細かなあれやこれやに精を出していた。

ストラゲンの身なりは優雅を極めていたが、よたよたと歩く、黒い顎鬚《あごひげ》を生やした、乞食《こじき》と泥棒と殺し屋と娼婦の元締めであるプラタイムのほうは、どう見ても場違いだった。

「よお、スパーホーク!」太った男は割れ鐘のような声で挨拶した。今日は食べこぼしの染みのついた愛用のオレンジ色の胴衣《ダブレット》ではなく、青いベルベットの胴衣《ダブレット》を着ていたが、あまり身体にぴったりしているとは言いがたい。

「プラタイム」スパーホークは重々しく応えた。「今夜は粋な格好じゃないか」

「そう思うか」プラタイムは嬉しそうな表情で胴衣《ダブレット》の裾《すそ》を引っ張り、くるりと一回転してみせた。盗賊のよそいきの服の背中には、数カ所にナイフが作ったものらしい穴があいていた。

「もう何カ月も前から目をつけてたんだ。やっと前の持ち主を説得して、手放させることができてな」

「ミロード」スパーホークはストラゲンに頭を下げた。

「騎士殿」ストラゲンも頭を下げて応じる。

「いったいどういうことなんだ、スパーホーク」プラタイムが尋ねた。「タレンのやつからは民間防衛軍を組織するとか何とか、わけのわからんたわ言しか聞かされてないんだがな」

「民間防衛軍か。悪くない命名だ」とスパーホーク。「すぐにレンダ伯もやってくるはずだ。そうしたら女王陛下が、あそこの扉から姿をお見せになるだろう。たぶん今この瞬間も、立ち聞きしていらっしゃるだろうがね」

女王の寝室から、怒ったように足を踏み鳴らす音が聞こえた。

「景気はどうだ」スパーホークはシミュラの裏世界を牛耳る太った盗賊に尋ねた。

「上々だよ、実のところ」プラタイムは満面に笑みを浮かべた。「リチアスの応援に司教が送りこんできた外国の教会兵どもときたら、およそ警戒するってことを知らなくてな。もう盗み放題さ」

「それはよかった。友だちの成功を見るのは何よりの喜びだ」

ドアが開いて、老齢のレンダ伯が足を引きずりながら部屋に入ってきた。

「遅れてすまん、スパーホーク。この歳になると走るのも一苦労でな」

「構いませんとも、レンダ伯。さて、紳士諸君」と二人の盗賊に向かって、「女王陛下の諮問評議会議長、レンダ伯を紹介させていただこう。閣下、民間防衛軍の指揮を執ってもらうことになるお二人です。こちらがプラタイム、そしてこちらが、エムサットのミロード・ストラゲン」

三人はそれぞれに一礼した——プラタイムも、少なくとも頭を下げようという努力はしたようだ。レンダは不思議そうにストラゲンを見やった。

「ミロード？」

「見せかけですよ、レンダ伯」ストラゲンは皮肉っぽい笑みを浮かべた。「浪費した青春の形見といったところです」

「ストラゲンの腕は最高だよ」プラタイムが口をはさんだ。「おかしな考えに取り憑《つ》かれてはいるが、腕のほうは間違いなく本物だ。週によってはおれより稼ぐぐらいだからな」

「お褒めにあずかって光栄だ、プラタイム」ストラゲンがお辞儀をする。

スパーホークは部屋を横切り、女王の寝室に通じる扉の前に立った。

「全員揃《そろ》いましたよ、女王陛下」とドアの向こうに声をかける。

しばらく間があって、淡青色のサテンのドレスに控え目なダイアモンドのティアラを着けたエラナが入ってきた。足を止め、女王らしい態度で一同を見まわす。スパーホークはかしこまって口を開いた。

「陛下、陛下の将軍たるプラタイムとストラゲンをご紹介いたします」

「大儀でした、紳士方」エラナは小さくうなずいた。

今度もプラタイムはお辞儀をしようと苦労している。だがストラゲンの優雅な一礼はそれを補って余りあった。

るんだ。

「大した別嬪《べっぴん》じゃないか、ええ」プラタイムが金髪の同僚にささやく。ストラゲンはひ

エラナは少し驚いたようだったが、すぐに部屋の中を見わたしてそれをごまかした。

「ほかの者たちはどうしました」とスパーホークに尋ねる。

「騎士館に戻りました、女王陛下。準備することがあるのです。セフレーニアだけは、のちほどこちらに顔を出すということでした」スパーホークは腕を差し出して女王をエスコートし、窓際に置かれた凝った装飾の椅子の前へ導いた。エラナは腰をおろし、注意深くドレスの襞《ひだ》を整えた。

「失礼していいかな」ストラゲンがスパーホークに声をかけた。

スパーホークが戸惑った顔になる。

ストラゲンは会釈してエラナの前を通り過ぎ、窓の前まで行って厚いカーテンを引いた。

エラナがまじまじとストラゲンを見つめる。

「クロスボウというものが存在する世界において、開いた窓に背中を向けて座るのはきわめて無謀な行為です」ストラゲンはそう説明して、もう一度頭を下げた。「陛下には敵が大勢いるのですから」

「王宮はまったく安全だ、ミロード・ストラゲン」レンダ伯が反論した。

「おまえから説明するか」ストラゲンはプラタイムに尋ねた。太った男が礼儀正しく解

説する。

「わたしなら、三十人の男を十分で王宮の敷地内に忍びこませることができます。騎士の方々は戦場では目覚ましい活躍をなさるでしょうが、兜《かぶと》をかぶっているために、頭の上のほうには目が届きません。若いころ、わたしは住居侵入術を学びました。腕のいい盗賊というのは、屋根の上でも路上にいるのと変わらない動きができるものなのです」

プラタイムがため息をついた。「昔はおれもそうだったんだが。うまく決まった泥棒仕事ほど胸をときめかせるものはない」

「二十一ストーンも目方のある男には、ちょっときついかもしれんな」ストラゲンが付け加えた。「スレートの屋根だって、それだけの重量となると持ちこたえるのがやっとだ」

「そこまでは太ってないぞ、ストラゲン」

「もちろんそうだろうとも」

エラナは心底から驚いているようだった。

「わたしをどうしようというのです、スパーホーク」

「お守りするのですよ、女王陛下。アニアスはあなたの命を狙っている。そのことははっきりしています。陛下が回復なさったと知れば、すぐにまた命を狙ってくるでしょう。アニアスがあなたを殺そうと送りこんでくるのは、紳士的な連中ではありません。訪問先の玄関で従僕に名刺を渡して、取り次ぎを求めたりはしないんです。この二人、プラタイムとミロード・ストラゲンは、そういう連中が忍びこんでくるさまざまな方法を熟知しています。だからこそ適切な対策をとることができるんです」

「生きてわれわれの前を通り抜けられる者は一人もいないと、陛下に約束いたします」ストラゲンが美しい、深みのある声でエラナに保証した。「ただ、ご不自由をおかけしないようできるだけ努力はするつもりですが、陛下をお守りするためには、部分的に行動を制限させていただくことになるでしょう」

「開いた窓のそばに座ってはいけないとか？」

「まさしく。提案事項は一覧表にして、レンダ伯にお渡ししておきます。プラタイムもわたしも事業家ですから、われわれの存在自体が陛下のお心を悩ませるかもしれません。なるべく背後に引き退がって、表立たないようにするつもりでおります」

「なんと細やかな、すばらしい心遣いでしょう、ミロード。でもわたくし、正直な方々がそこにいることで心を悩ませることはありません」

「正直な方々？」プラタイムが耳障りな笑い声を上げる。「どうもおれたちは侮辱されたみたいだぜ、ストラゲン」

「正直な殺し屋《カットスロート》のほうが、不正直な廷臣よりもましです。ところで、本当に喉《スロート》を切《カット》るようなことをするものなのですか」

「二、三人やったことはありますよ、陛下」プラタイムは肩をすくめた。「他人が財布に何を入れてるか調べるには、この方法がいちばん静かなんです。おれは昔から他人の財布の中身にひどく興味がありましてね。そういえば、それで思い出した。おい、タレン、おまえから陛下にお話ししてくれ」

「何の話だ」スパーホークが尋ねる。

「手数料のことで、ちょっとね」とタレン。

「ほう」

「ストラゲンは無料で引き受けるって言ってくれてるんだ」

「いい経験だからな」ストラゲンが説明する。「ウォーガン王の宮廷は少しばかり粗野なところがある。エレニアの宮廷は申し分なく礼儀正しく、完全に堕落しているともっぱらの評判だ。篤学の士はあらゆる機会を利用して、自分の教養を深めようとするものなんだ。しかしプラタイムはそれほど研究熱心ではないから、もう少し実体のある報酬を求めているわけだ」

「たとえば?」スパーホークはざっくばらんにプラタイムに尋ねた。

「おれはそろそろ引退を考えてるんだよ、スパーホーク。どこか静かな田舎のほうで、ふしだらな若い女たちに囲まれて――失礼、女王陛下――楽しく余生を過ごしたいもんだってね。だが捕まれば縛り首なんて罪状をいくつも抱えたままじゃあ、残る人生を本当に楽しむことなんかできっこない。もしも女王陛下におれの過去の無分別を全面的に許してくださるお気持ちがあるなら、おれは命を懸《か》けて陛下をお守りする」

「具体的にはどんな無分別のことを言っているのですか、マスター・プラタイム」エラナが疑わしげに尋ねた。

「なに、そう大したことじゃありません」プラタイムは謙遜《けんそん》した。「二、三の偶発的な殺人と、種々雑多な窃盗、強盗、強請《ゆすり》、押し込み、放火、密輸、追い剝ぎ、牛泥棒、僧院での略奪がいくつか、もぐりの売春宿の経営――そんなようなものです」

「ずいぶん手広く事業をやっているんだな、プラタイム」ストラゲンが感心したように言った。

「ただの暇つぶしだよ。「できればまとめて大赦ってことにしたほうがいいと思うんですがね、陛下。数え忘れがありそうなんで」

「今までにあなたが犯さなかった罪が何かあるのですか、マスター・プラタイム」エラナがきびしい顔で尋ねる。

「船荷詐欺でしょうかね、陛下。どういう行為がそれに当たるのかよく知らないんで、自信はないんですが」

「船長が積荷を盗む目的で、故意に船を難破させることだ」ストラゲンが情報を提供した。

「ああ、それなら確かにやったことはないな。あと動物と交わったことも決してないし、魔術を使ったことも、大逆罪に関わったこともない」

「なるほど、そちらのほうが重大な罪でしょうね」エラナは真顔で答えた。「愚かな若い羊たちの品行については、大きな関心を寄せていますから」

プラタイムは大声で爆笑した。

「おれもですよ、陛下。そいつらのために、何度も眠れない晩を過ごしたもんです」

「なぜ大逆罪には関わることがなかったのかね、マスター・プラタイム」レンダ伯が興味深げに尋ねた。

「機会がなかったからでしょうかね。ただまあ、もしあったとしても、そっち方向に走ったかどうかは疑問ですがね。政府が不安定だと、一般大衆は用心深くなるんです。誰もが自分の財産をがっちり守りはじめたら、泥棒の生活は大変ですよ。それで陛下、取引は成立でしょうか」

「仕事を引き受ける代わりに大赦、ということですね。あなたの仕事をわたしが必要とする限り、という条件なら、それでいいでしょう」

「その条件はどういう意味です?」プラタイムが疑わしげに尋ねる。

「ああ、何でもありませんよ、マスター・プラタイム」エラナは無邪気に答えた。「あなたの力がいちばん必要なときに、もう飽きたといって見捨てられるのはごめんです。

あなたがいないと心細く感じそうですから。いかがです？」

「決まりだ！」プラタイムは手の上に唾《つば》を吐き、エラナのほうに差し出した。

エラナが戸惑い顔でスパーホークを見る。

「慣習ですよ、陛下」スパーホークが説明した。「あなたも手に唾を吐いて、プラタイムと手を打ち合わせるんです。それで取引が成立します」

エラナはわずかに尻込《しりご》みしたが、すぐに騎士の指示に従った。「決まりですね」とためらいがちに言う。

「これでいい」プラタイムが騒々しい声で言う。「あんたはもうおれの実の妹も同じだ、エラナ。あんたを怒らせたり、脅したりするやつがいたら、おれがそいつのはらわたを掻《か》き出してやる。あとはあんたが自分の可愛い両の手で、大きく口を開けたそいつの腹の中に熱い石炭をくべてやれるってわけだ」

「それはご親切に」エラナは弱々しく答えた。

「一杯食わされたね、プラタイム」タレンが大きな笑い声を上げた。

「何のことだ？」プラタイムの顔が曇る。

「たった今、一生を政府の仕事に捧げる約束をしたんだよ」

「何をばかな」

「まったくね。でもそういうことなんだ。女王があんたを必要とする限り、女王に尽くすって約束したんだから。しかも給料のことは何も言わなかった。女王はあんたが死ぬまで王宮に置いとくことだってできるわけさ」

プラタイムの顔が真っ青になった。

「まさかそんなことはしないだろう、エラナ？」喉を詰まらせて懇願する。

エラナは手を伸ばして、プラタイムの鬚《ひげ》だらけの頬を軽く叩いた。

「いずれわかりますよ、プラタイム。いずれね」

ストラゲンは身体を二つに折って、声を出さずに大笑いしていた。

「で、その民間防衛軍というのは何なんだ、スパーホーク」やっと笑いがおさまると、ストラゲンが尋ねた。

「平民を動員して街を防衛しようと思っている」スパーホークが説明した。「クリクが来たら詳細を詰めるつもりだ。退役軍人を集めて下士官に任命するというのがクリクの考えだ。プラタイムの部下たちは士官に任命され、きみとプラタイムはレンダ伯の指揮のもとで、義勇軍の将軍になってもらう。エレニア正規軍が戻ってきて仕事を引き継ぐまで、街を守るのが任務というわけだ」

ストラゲンはじっくりと考えこんだ。

「うまくいきそうだな。街を守るための訓練は、攻撃のための訓練よりもずっと簡単だ」ストラゲンは意気消沈している太った友人を見やった。エラナに向かって、「陛下のお許しがあれば、この陛下の守護者をどこかへ連れていって、少しエールでも注ぎこんでやりたいと思うのですが。どうもいささか取り乱しているようですから」

「お好きなように、ミロード」エラナは微笑んだ。「あなたはわが国で何か犯罪に手を染めたことはありませんか。同じ条件で見逃してあげますよ」

「いいえ、陛下、盗賊の掟《おきて》によって、プラタイムの縄張りを荒らすことは禁じられておりますので。それさえなければすぐにも飛び出していって、誰かを殺してくるところです。余生をすばらしい陛下のおそばで過ごすことができるように」その目にはからかうような光があった。

「あなたはたいへんな悪党ですね、ミロード・ストラゲン」

「はい、陛下」ストラゲンは一礼した。「来いよ、プラタイム。慣れてしまえばそう悲観したものでもないさ」

ストラゲンとプラタイムが出ていくと、タレンがエラナに声をかけた。

「あれは最高にうまかったよ、陛下。プラタイムをあんな具合に騙《だま》した人間なんて、今まで一人もいなかったんだ」

「気に入っていただけた？」エラナは嬉しそうに答えた。

「お見事でしたよ、女王陛下。アニアスがあなたに毒を盛った理由がわかりました。あなたはとても危険な女性だ」とスパーホーク。

エラナはスパーホークに微笑みかけた。「鼻が高いでしょ、あなた?」

「この国は安泰ですよ、エラナ。むしろ他国の王たちが用心すべきでしょうね」

「ちょっと失礼していいかしら」エラナがまだ湿っている手のひらを見ながら言った。「手を洗ってきたいの」

それから間もなく、ヴァニオンが一団の人々を率いて、堂々たる態度で女王の居間に入ってきた。騎士団長はエラナに向かって軽く頭を下げた。

「プラタイムとはもう話をしたのか」とスパーホークに尋ねる。

「すっかり手筈《てはず》は整いました」

「よかった。明日の朝にはデモスへ向かわなくてはならんだろう。ドルマントから知らせが来て、クラヴォナス総大司教がいよいよ危篤だということだ。今週いっぱいもちそうにないらしい」

スパーホークはため息をついた。

「時間の問題でしたからね。ここでいろいろ手配する暇があっただけでも、神に感謝しないと。プラタイムとストラゲンは王宮内のどこかにいるぞ、クリク。たぶん一杯やっているはずだ。二人と合流して、何か組織計画のようなものを作っておいてくれ」

「わかりました」

「しばらく、マスター・クリク」レンダ伯がクリクを引き止めた。「陛下には、ご気分はいかがです」とエラナに尋ねる。

「元気ですよ、レンダ伯」

「公式発表をなさるだけの気力がおありですか」

「もちろんです。もうすっかり回復しました」

「けっこう。将軍たちとマスター・クリクが民間防衛軍の兵士を集めたところで陛下がちょっとした演説をなされば、大いに士気が上がると思うのです。愛国心に訴え、教会兵を非難し、アニアス司教の背信行為をほのめかすようなくだりを取り混ぜてやればさらに効果的でしょう」

「構いませんとも。演説するのは好きですし」

「おまえはここに残って、態勢が整うのを見届けてくれ」スパーホークがクリクに言った。「シミュラに危険がなくなったら、そのあとカレロスでわれわれに合流するんだ」

クリクはうなずいて、静かに出ていった。

「とてもいい人ですね、スパーホーク」エラナが言った。

「ええ」騎士が答える。

そのとき、女王の薔薇色の頬に咎《とが》めるような目を向けていたセフレーニアが声を上げた。

「エラナ」

「はい？」

「顔色をよく見せようとして頬をつねるのはやめたほうがいいでしょう。痣《あざ》になってしまいますよ。あなたはとても色白で、肌が敏感なのですから」

エラナは赤面し、悲しそうに笑った。「無駄なことだっていうわけね」

「あなたは女王なのですよ、エラナ。乳搾り女か何かではないのです。肌は白いほうがふさわしいでしょう」

「この人と話していると、どうしていつも子供みたいな気持ちにさせられるのかしら」

エラナが誰にともなく言った。

「みんなそうなのですよ、陛下」ヴァニオンが答えた。

「それで、カレロスはどういう状態なのですか」スパーホークは騎士団長に尋ねた。

「ドルマントから詳しい報告はあったんでしょうか」

「アニアスが街路を制圧しているよ」とヴァニオン。「まだ別に何の行動も起こしてはいないが、兵士たちはしきりに街頭に姿を見せている。ドルマントの予想では、アニアスはクラヴォナスの身体が冷たくなるのも待たずに選挙を呼びかけそうだということだ。ドルマントと友人たちは何とかわれわれが到着するまで引き延ばしを図っているが、できることといっても高が知れているからな。ここはすばやい行動が肝要だ。ほかの騎士団と合流すれば、全部で四百騎になる。数では敵を下回るが、存在自体がものを言うはずだ。それから、もう一つ別件がある。オサが国境を越えてラモーカンドに入った。まだ進軍は始めていないが、最後通牒を突きつけている。ベーリオンを返却しろといってな」

「返却？　所有したことなどないはずだが」

「典型的な外交的たわ言だよ、スパーホーク」レンダ伯が説明する。「立場が弱ければ弱いほど、嘘は大きくなるものだ」老人は唇をすぼめて考えこんだ。「オサとアニアスが結託していることは――少なくともそう推定できることは――わかっている。そうだね？」

「そうです」ヴァニオンが同意する。

「アニアスに対抗するわれわれの戦略が時間稼ぎであることは、司教にもわかっているだろう。ここでオサが動き出したとなれば、選挙はいささか急を要するものになる。アニアスは教会が一致団結してこの脅威に立ち向かうべきだと説くだろう。オサが国境にいることで、気の弱い議員たちは不安になり、アニアス支持に回ろうとするかもしれん。アニアスもオサも、互いに欲しいものを手に入れることができるわけだ。敵はなかなかよく考えている」

「オサはベーリオンを名指ししているのですか」スパーホークが尋ねる。

ヴァニオンはかぶりを振った。

「きみがゼモックの国宝の一つを盗んだと非難しているだけだ。わざと曖昧《あいまい》にしているのだろう。ベーリオンの重要性を知る人間が多すぎて、はっきり名指しするわけにはいかなかったのだと思う」

「それでいよいよ辻褄《つじつま》が合う」とレンダ。「アニアスは、自分だけがオサを撤退させる方法を知っていると宣言するつもりだろう。そうやって聖議会の支持を集め、自分を総大司教に選出させる。そのあとスパーホークからベーリオンをもぎ取って、オサに引き渡すという段取りだな。それも取引の一部なのだろう」

「そう簡単にもぎ取れますかね」カルテンが冷たく言う。「スパーホークのうしろには、四騎士団の全員が轡《くつわ》を並べることになりますよ」

「むしろそれこそがアニアスの狙いなのではないかな。そうなれば騎士団を解散する格好の口実が得られるわけだから。教会騎士の大半は、総大司教の解散命令に従うだろう。従わない者たちは無法者ということになる。アニアスは、オサを撤退させることのできる唯一のものをきみたちが持っていると大衆に宣伝するだろう。さっきも言ったが、これはなかなかよく考えられた戦略だ」

エラナが決然と声を上げた。

「スパーホーク、カレロスに行ったら、アニアスを大逆罪で逮捕しなさい。鎖につないでわたくしの前に引き立ててくるように。アリッサとリチアスも同様です」

「リチアスはもうここにいますよ、陛下」

「わかっています。デモスまで同行させて、母親といっしょに勾留《こうりゅう》しておきなさい。自分たちがどういう状況に置かれているのか、たっぷり時間をかけてアリッサに説明してもらいたいですから」

ヴァニオンが心苦しそうに反論した。

「悪い考えではないと思いますが、今のところカレロスには、アニアスを勾留するために割くことのできる兵力の余裕がないのです、陛下」

「わかっています、ヴァニオン卿《きょう》。でも嫌疑の仔細《しさい》と逮捕状がドルマント大司教の手に渡れば、選挙を先に延ばす役に立つかもしれません。大司教はいつでも教会に嫌疑の調査を要求できますからね。そういった手続きには時間がかかるものです」

レンダ伯が立ち上がり、スパーホークに向かって一礼した。

「きみが過去にどれだけの手柄を立て、また将来どれほどのことを成し遂げるにせよ、きみの生涯最高の功績は今あの玉座に座していらっしゃる。きみを誇りに思うぞ、スパーホーク」

「そろそろ腰を上げたほうがいいでしょう」ヴァニオンが提案した。「準備が山ほどありますから」

「司教逮捕のための令状とそのほかの関係書類は、深夜三時までには仕上げてヴァニオン卿にお渡ししよう」とレンダ伯。「これは王国を大掃除できるまたとない機会だ。無駄にしてはなるまい」

スパーホークは見習い騎士に声をかけた。

「ベリット、わたしの甲冑が向こうの部屋にある。すまないが騎士館へ持って帰ってくれ。あとで必要になるだろうから」

「はい、サー・スパーホーク」そう答えるベリットの目つきは、なお冷淡で刺々《とげとげ》しかった。

「しばらくお待ちなさい、スパーホーク」一同がドアに向かって歩きだすと、エラナがそう言った。スパーホークはほかの者たちをやり過ごし、ドアが閉まるのを待った。

「何でしょう、陛下」とスパーホーク。

「気をつけて。本当に本当に気をつけて」思いの真摯《しんし》さが目に表われている。「今あなたを失ったら、わたし、死んでしまう」エラナは黙って両腕をスパーホークのほうに差し伸べた。

騎士はまっすぐ部屋を横切って女王を抱きしめた。エラナの口づけは燃えるようだった。今にも泣きだしそうな声がそれに続いた。

「もう行って、スパーホーク。泣いているところを見られたくないの」

7

翌朝、日が昇るとすぐに、一行はデモスに向かって出発した。速足《トロット》の蹄《ひづめ》の音がとどろき、旗をつけた槍を林立させた百騎のパンディオン騎士たちも、同じく決然と東へ向かった。

「旅をするにはいい日だ」陽光の降り注ぐ草原を見わたしながらヴァニオンがつぶやいた。「願わくはこれであと……まあいいか」

「気分はどうです、ヴァニオン」スパーホークが古くからの友人に尋ねた。

「ずいぶんよくなった。正直なところ、あの剣はすさまじく重かったぞ。歳をとるということの意味が、おかげでよくわかったような気がする」

「あなたは永遠に生き続けますよ」スパーホークが微笑む。

「それは絶対にご免こうむりたいな。あの剣を担っていたときのような思いを味わうのであれば」

二人はしばらく無言のまま馬を進めた。

「きびしい状況ですね」やがてスパーホークがぼそりとつぶやいた。「カレロスでは、敵の数がはるかに味方を上回っている。しかもオサがラモーカンド国内で進軍を始めたら、ウォーガンとオサのどちらが先に到着するか、かなり微妙なところです。先にカレロスに着いたほうが勝利を得ることになるでしょう」

「今こそわれわれの信仰箇条が問題になるときなのだよ、スパーホーク。ここは神を信頼するしかない。神はアニアスが総大司教になることを望まれないだろうし、オサがカレロスの通りを闊歩《かっぽ》することは、もっと望んでいないはずだからな」

ベリットとタレンはスパーホークたちからやや遅れて馬を進めていた。ここ何カ月かのあいだに、ほかの年長者たちといると少々居心地が悪いということもあって、見習い騎士と若い盗賊の間にはある種の友情が芽生えていた。

「この選挙っていうのは、要するにどういうこと？」タレンがベリットに尋ねた。「つまり、どういう仕組みになってるわけ？　そういうことにはあんまり詳しくないんだ」

ベリットは鞍の上で姿勢を正した。

「よし、説明してやろう。年老いた総大司教が亡くなると、聖議会の議員である大司教たちは大聖堂に集まる。ほかにも高位の聖職者たちの大半と、通常はイオシア各国の王たちも出席する。国王はそれぞれ最初に短い演説をするが、聖議会の討議が始まったらもう口をはさむことはできない。発言できるのは大司教だけで、投票権を持つのも大司教だけなんだ」

「ということは、騎士団長は投票もできないわけ？」

「騎士団長は大司教なんだよ」ペレンが二人のうしろから声をかけた。

「それは知らなかったな。どうしてみんなが教会騎士に道を譲るのか、不思議に思ってたんだ。じゃあ、どうしてシミュラではアニアスが教会を仕切ってるわけ？　大司教はどこにいるの？」

「ユーディル大司教は今年で九十三歳になる」とベリット。「存命ではあるけれど、もう自分の名前さえわからなくなってるんじゃないかな。デモスのパンディオン騎士本館で介護されているよ」

「それって、アニアスにとってはやりにくいんじゃない？　司教だから発言も投票もできないし、ユーディルって人が騎士本館にいるんじゃ、毒を盛るわけにもいかない」

「だから金がいるんだよ。大司教たちを買収して自分の代弁をさせ、自分に投票させるためにね」

「ちょっと待って。アニアスはただの司教なんだろ」

「そうだ」

タレンは顔をしかめた。

「アニアスがただの司教で、ほかの人たちが大司教なら、どう考えたって選挙に勝ち目はなさそうな気がするけど」

「総大司教の玉座に座るのは、べつに大司教でなくてもいいんだ。これまでにも何回か、田舎の村の素朴な司祭が総大司教になった例がある」

「ずいぶん面倒くさいんだな。これだけの騎士がいるんだから、乗りこんでいってこっちの望む人を玉座につけたほうが、ずっと簡単なんじゃない？」

「それをやろうとした例は過去にもあるんだが、うまくいったためしがない。神様が快く思わないんだろうな」

「もしアニアスが勝ったりしたら、神様はもっと快く思わないんじゃない？」

「それはたしかに一理あるな」

ティニアンが馬を進めてきてスパーホークの横に並んだ。丸顔ににやにや笑いを浮かべている。

「カルテンとアラスがリチアスを脅して楽しんでるぞ。アラスは斧で道端の若木を切り飛ばすし、カルテンは輪縄を巻いたりほどいたりしてる。頭の上に張り出した太い枝があると、いちいち指差してリチアスに教えてやるんだ。リチアスはしょっちゅう気を失ってるよ。しょうがないから両手を鞍頭に鎖で縛りつけて、鞍から落ちないようにしてある」

「カルテンとアラスは単純だからな」とスパーホーク。「喜ばせとくのはたいして難しくない。デモスについたら、リチアスは母親に話すことがいっぱいあるだろう」

午《ひる》ごろ一行は街道を南に折れ、田舎道を進んでいった。天候が崩れることもなく、道のりもはかどって、翌日遅くにはデモスに到着することができた。ほかの三騎士団が野営している場所に向かって隊列が南に方向を変える直前、スパーホークとカルテンとアラスはリチアスを連れて、街の北はずれにある尼僧院に向かった。アリッサ王女の軟禁場所だ。黄色い砂岩の壁に囲まれた尼僧院は木々の鬱蒼《うっそう》と生い茂る峡谷にあって遅い午後の陽射しを受け、木々の梢《こずえ》では小鳥がさえずっていた。

スパーホークと友人たちは門前で馬を下り、鎖につないだリチアスをかなり手荒く鞍から引きずり下ろした。

「尼僧院長殿にお話があるのですが」門を開けてくれた小柄で優しげな尼僧に、スパーホークはそう声をかけた。「アリッサ王女は今でも、南壁のそばのあの庭園で大半の時間を過ごしているのですか」

「はい、閣下」

「尼僧院長殿に、そこでお目にかかりたいとお伝えください。アリッサの息子を連れてきたのです」スパーホークはリチアスの襟首をつかんで引きずるように中庭を突っ切り、アリッサが軟禁生活の中で長い時間を過ごしている、塀に囲まれた庭園に向かった。いくつもの理由から、スパーホークは冷たい怒りを感じていた。

「母上！」アリッサの姿を目にしたリチアスはスパーホークの手を振りほどき、よろめきながら駆けだした。鎖で縛られた両手をすがるように突き出している。

アリッサ王女は怒りに顔を歪《ゆが》めて立ち上がった。目の下の隈《くま》は以前より薄れ、かつての不機嫌な渋面は、希望に満ちた澄まし顔に取って代わられていた。

「これはどういうことです！」すくみ上がった息子を抱きしめて王女が尋ねた。

「ぼくを地下牢に放りこんだんだよ、母上。ずっと脅されてきたんだ」リチアスが泣きじゃくりながら訴える。

「摂政の宮に、何という真似です、スパーホーク」アリッサは怒りを爆発させた。

「状況が大きく変わったのですよ、王女」スパーホークの口調は冷ややかだった。「ご子息はもう摂政の宮ではない」

「この子を退位させる権限など、誰にもありません。おまえにはその命で償ってもらいますよ、スパーホーク」

「そいつはどうかな、アリッサ」カルテンがにこやかに反論する。「とてもいい知らせがあるんだ。あんたの姪は病気から回復したぜ」

「エラナが？　そんなはずないわ！」

「あるんだな、これが。もちろん心正しき教会の娘の一人として、あんたもこのすばらしい奇跡をおれたちといっしょに喜び、神を誉めたたえるよな。王室評議会の面々は喜びのあまり卒倒しそうだったし、ハーパリン男爵なんて、嬉しさのあまり首をなくしちまったくらいだ」

「回復した人なんて誰もいないはずよ、あの——」アリッサは唇を噛んだ。

「ダレスティムの毒からは？」スパーホークが代わりに締めくくった。

「どうしてそれを——」

「そう難しいことではなかったがね。あなたはもうおしまいだ、アリッサ。女王はあなたとご子息と、それにもちろんアニアス司教にもたいへんご立腹でね。この三人を勾留するようわれわれにお命じになった。今この時点で、あなたは逮捕されたと考えていただいて構わない」

「何の罪で？」アリッサが叫んだ。

「大逆罪。そうだったな、カルテン」

「女王陛下はたしかそうおっしゃってたな。もちろんすべて何かの誤解なんだろうがね」金髪の男は女王の叔母ににやっと笑って見せた。「あんたも息子さんも司教猊下《げいか》も、みんなちゃんと裁判で釈明すれば済むことさ」

「裁判？」アリッサの顔が青ざめた。

「それが普通の手順だろう。本当なら息子さんは即座に縛り首にして、そのあとあんたも吊るしてたはずなんだがね。でもお二人はこの国でそれなりの地位にある方々だ。必要な形式は踏むのが正しいやり方だと思ったわけさ」

「ばかなことを！　わたしは王女ですよ。そのような罪には問えません！」

「エラナにそう言ってみるんだね。どう言い訳をするか、興味津々で耳を傾けてくれると思うぜ——死刑を宣告する前に」

「あなたは兄上を殺した罪でも告発されますよ、アリッサ」スパーホークが付け加えた。「王女であろうとなかろうと、それだけであなたを縛り首にできるんです。だが、われわれはちょっと先を急いでいる。詳しいことはご子息から、微に入り細を穿《うが》って説明があるでしょう」

　年配の尼僧が庭園に入ってきた。尼僧院の敷地内に男がいることをよしとしない表情をしている。

「ああ、尼僧院長殿」スパーホークは頭を下げて挨拶した。「王室命令により、裁判が始まるまでこの二人の犯罪者を勾留しなくてはなりません。こちらの敷地内に改悛《かいしゅん》の部屋のようなものはありませんか」

「騎士殿には申し訳ないのですが、僧院の規則により、本人の意思に反して改悛者を拘束することはできないことになっております」尼僧院長の返答はきっぱりしたものだった。

「その点はこっちで面倒を見るから、問題はない」アラスが微笑んだ。「教会のレディがたの意向に逆らうくらいなら、この場で死んだほうがましだ。王女と息子が外に出たがってないことは保証する。二人とも深く改悛してるからだと理解してもらっていい。ところで、鎖が二、三本と丈夫なボルト、それにハンマーと金床がないかな。独房はしっかり封鎖して、シスターがたが政治に煩《わずら》わされることなどないようにしておきたい」

アラスは言葉を切り、スパーホークに目を向けた。「それとも鎖で壁につないだほうがいいか」

一瞬、スパーホークは本当にそうしようかと考えた。

「いや、だめだな。二人はまだ王室の一員だ。それなりの処遇は必要だろう」

「逆らうわけにはいかないようですね、騎士殿」尼僧院長はしばらく間を置いた。「女王陛下が回復されたという噂が流れているようですが、あれは本当の話なのでしょうか」

「本当です」スパーホークが答えた。「女王陛下は健康を取り戻され、エレニアの政治はふたたび陛下の手に委《ゆだ》ねられました」

「神に称《たた》えあれ！」年配の尼僧院長が叫んだ。「では、招かれざる客人はすぐにこの敷地の外に移していただけるのですね」

「はい、できるだけ早急に」

「王女が穢《けが》した房を清めなくてはなりませんね――その魂のために祈ることも、もちろん」

「もちろんです」

「何と感動的なのかしら」多少とも自分を取り戻したらしく、アリッサが皮肉っぽい声を上げた。「これ以上甘ったるくなったら、戻してしまいそうだわ」

「アリッサ、あなたには少し苛々《いらいら》してきた」スパーホークが冷たく言った。「そういう態度は感心しないな。女王の命令で動いているのでなかったら、この場で首をはねているところだ。神と仲直りしておくことだぞ。近いうちに一対一で対面することになるんだから」激しい嫌悪の表情で王女を見やり、カルテンとアラスに向かって、「おれの目に入らないところへ連れていってくれ」

十五分ほどして、カルテンとアラスが尼僧院の中から戻ってきた。

「しっかりふさいだか」とスパーホーク。

「あの扉を開けるには、鍛冶屋《かじや》だって一時間はかかる」カルテンが答えた。「行こうか」

尼僧院を出てほんの半マイルばかり進んだときだった。

「危ない、スパーホーク!」叫ぶと同時に、アラスが大柄なパンディオン騎士を鞍から突き落とした。

一瞬前までスパーホークの身体があった場所を、クロスボウの矢がうなりを上げて飛び過ぎ、道端の木の幹に深々と突き刺さった。

カルテンが鞘鳴《さやな》りの音をさせて剣を抜き、矢の飛んできたほうに馬を駆る。

「だいじょうぶか」アラスは馬から下りてスパーホークを助け起こした。

「ちょっと痣《あざ》になった程度だ。また思いきり突き飛ばしてくれたものだな、わが友」

「すまん。興奮してしまった」

「全然構わないさ。またこんなことがあったら、好きなだけ強く突き飛ばしてくれ。どうしてわかった？」

「偶然だ。たまたま向こうを見ていたら、藪《やぶ》が動くのが目に入った」

そこへカルテンが悪態をつきながら戻ってきた。「逃げられた」

「あの犯人には、もう完全にうんざりだ」鞍によじ登りながらスパーホークが言った。

「シミュラでおまえを狙ったのと同じやつかな」とカルテン。

「ここはラモーカンドじゃないからな。どこの台所の隅にもクロスボウが立てかけてあるわけじゃない」スパーホークはしばらく考えこんだ。「このことはヴァニオンには内緒にしておこう。たぶん自力で方をつけられる。ヴァニオンには、それでなくても心配事が多いんだからな」

「そいつは間違ってると思うぜ、スパーホーク」カルテンは疑わしげだった。「だがまあ、おまえの命だ。好きなようにするさ」

四騎士団の騎士たちはデモスから一リーグばかり南の、巧みに人目を避けて設営された野営地で待っていた。スパーホークたちが案内された大天幕の中には、仲間たちのほかにシリニック騎士団のアブリエル騎士団長、ジェニディアン騎士団のコミエー騎士団長、それにアルシオン騎士団のダレロン騎士団長も集まっていた。

「アリッサ王女はどんな顔をしていた」ヴァニオンが尋ねた。

「いささか不機嫌そうでした」カルテンがにやにや笑って答える。「一席ぶとうとしたんですが、要するに〝何てことをするの〟と言いたいだけらしかったんで、黙らせてきました」

「黙らせた?」ヴァニオンが慌てたように尋ねる。

「あ、いや、一時的にですよ。すいません、言葉の選択がまずかったですね」

「はっきりと言明してくれ。誤解などしている暇はないのだ」

「王女の首をはねてはおりません、ヴァニオン卿」

「おれならはねたな」アラスがつぶやいた。

「ベーリオンを見せてもらえるかね」コミエーがスパーホークに声をかけた。

スパーホークが目を向けると、セフレーニアは迷いながらもうなずいた。

外衣《サーコート》の内側に手を入れて、スパーホークは粗布の小袋を取り出した。紐をほどき、サファイアの薔薇を手の上に振り出す。ここ数日、あの何とも言いようのない暗い不安を感じることはまったくなくなっていたのだが、宝石の花に視線を落とした瞬間、ふたたびその感覚がよみがえってきた。例の形のない影がさらに黒く、さらに大きくなって、視野の端のあたりにちらつきはじめる。

「神よ」アブリエル騎士団長は息を呑んだ。

「わかった、もういい」サレシア人のコミエーが低くうめくように言った。「しまってくれ、スパーホーク」

「しかし――」ダレロン騎士団長が異議を唱える。

「魂を失いたくはなかろう、ダレロン」コミエーがぶっきらぼうに応じる。「だったら、あれをじっと見つめたりしないことだ」

「しまいなさい、スパーホーク」セフレーニアが言った。

「オサの動向について何か報告はありましたか」スパーホークがベーリオンを小袋に戻すのを見ながらカルテンが尋ねた。

「国境から動くつもりはないようだ」アブリエルが答える。「ヴァニオンから私生児リチアスの告白を聞いた。オサが国境に陣取って脅し文句を並べているのは、アニアスからの要請という線が強いな。そうしておけばシミュラの司教は、ゼモックの侵攻を食い止める方法を知っていると主張することができる。それで多少の票がアニアス側に動くだろう」

「スパーホークがベーリオンを持っていると、オサは知ってるんだろうか」とアラス。

「アザシュが知っています」セフレーニアが答えた。「ということは、オサも知っているということです。それがアニアスにも伝わっているかどうかは、まだ何とも言えませんが」

「カレロスの状況は？」スパーホークがヴァニオンに尋ねた。

「最新の情報によると、クラヴォナスはまだかろうじて生き長らえている。われわれがカレロスに向かっていることは隠しようがないから、この先は聖都まで一気に突っ走ることにする。オサが動いた以上、計画は変更だ。クラヴォナスが亡くなる前にカレロスに到着したい。アニアスは一刻も早く選挙を行なおうとするだろう。総大司教の座につくまでは、実質的な命令を出すことができんからな。ただ、クラヴォナスが息を引き取った場合、アニアスの手先となっている大司教たちが投票を要求するだろう。たぶん最初にまず街の封鎖を議決しようとするはずだ。これは重要事項とはみなされないだろうから、アニアスが持っている票だけで可決することができる」

「ドルマントは現時点での票読みのようなことをやっているんでしょうか」とスパーホーク。

「接戦だよ、サー・スパーホーク」アブリエル騎士団長が答えた。アブリエルはアーシウム国のシリニック騎士団長で、がっしりした体格の六十代の騎士だった。髪は銀灰色で、顔には禁欲的な表情をたたえている。「かなりの数の大司教が、今現在カレロスにいないのだ」

「アニアスの殺し屋たちの優秀さの証《あかし》だ」サレシア人のコミエーが冷ややかに言った。

「そういうことだろうな」アブリエルも同意する。「とにかく、今カレロスにいる大司教は百三十二人だ」

「何人のうち？」とカルテン。

「百六十八人」

「なんでそんな半端な数なの？」タレンが興味深そうに尋ねた。

「わざとそうしてあるのだ」アブリエルが説明する。「新しい総大司教を選出するのに、ちょうど百票が必要となるようにしてある」

「百六十七人のほうが近いのに」一瞬の間を置いてタレンが言った。

「何に？」とカルテン。

「百票に。つまり百票が六〇パーセントになるわけだから」カルテンは要領を得ない顔をしている。「ああ――いいや、カルテン。あとで説明してあげるよ」

「それを頭の中だけで計算したのか」コミエーが驚いたように尋ねた。「われわれは紙を一山無駄にしたようだな」

「こつがあるんだよ、閣下」タレンは謙遜《けんそん》した。「おいらみたいな商売だと、すばやい計算が必要になる場面があるんだ。アニアスは今のところ何票持ってるの？」

「ほぼ確実に手中にしている票が、六十五票だな」アブリエルが答えた。

「で、こっちは？」

「五十八票」

「じゃあどっちも勝てないじゃない。アニアスはあと三十五票、こっちはあと四十二票必要だもの」

「それがそう簡単なことではないのだ」アブリエルはため息をついた。「教会の父祖たちが決めた手続きによると、新たな総大司教の選出および重要事項の議決については、百票の賛成が必要とされている。ただし全員が出席していない場合には、出席者の数に対して同じ割合の賛成票があればいいということになっているのだ」

「その計算で紙を一山使ってしまったのさ」コミエーが渋い顔で言う。

「わかった」タレンはしばらく考えこんだ。「だったら、アニアスに必要なのは八十票だ。でもまだ十五票足りないね」タレンが眉根を寄せた。「ちょっと待って。さっき言ってた数字じゃ合わないよ。両方足しても百二十三票にしかならない。カレロスには百三十二人の大司教がいるんじゃなかったの」

「そのうち九人は、まだ態度を決めていないのだ」アブリエルが言った。「賄賂《わいろ》の額を吊り上げているのだろうとドルマントは踏んでいる。過半数の賛成で可決される非重要事項の投票が何度かあって、その九人はアニアス側についたりこちらについたりしている。力を見せつけているのだ。遺憾なことだが、自分たちの利益になるほうに投票するつもりらしい」

「その九人が毎回アニアス側に投票したって、やっぱり形勢は変わんないよ。九票をどんなにやりくりしたって、十五票にはならないもん」

「ところが、アニアスには十五票も必要ないんだ」ダレロン騎士団長がうんざりしたように言った。「続発する殺人事件とカレロスの通りを埋める教会兵のせいで、反アニアス派の大司教が十七人、聖都のどこかに身を隠してしまった。その人たちは欠席して投票しないから、それで数字が変わってくる」

「おれは頭痛がしてきた」カルテンがアラスにささやいた。

タレンはかぶりを振った。

「厄介なことになったみたいだよ。その十七人を総数から差し引くと、勝つのに必要な票数は六十九になる。アニアスはあと四票あればいいだけなんだ」

「つまり態度を保留している九人のうち、四人を満足させるだけの資金が調達できれば、アニアスの勝ちということになります」サー・ベヴィエが言った。「この子の言うとおりですよ、みなさん。これは厄介なことになりました」

「数を変えるしかないな」スパーホークがつぶやいた。

「どうやって変えるんだ。数は数だぞ。変えられやしない」とカルテン。

「総数を増やせばいいのさ。カレロスに着いたら、まずその隠れている十七人の大司教を探し出す。大聖堂までわれわれが身辺を警護して、投票できるようにしてやるんだ。それで可決に必要な票数は八十に戻る。アニアス側の票はその数に届かない」

「届かないのはこっちも同じだぞ。十七人を連れ戻しても、まだ五十八票にしかならない」ティニアンが指摘した。

「正しくは六十二票ですよ、サー・ティニアン」ベリットが丁寧な口調で訂正した。

「四騎士団の騎士団長も大司教です。この方々がアニアス側に投票なさるとは思えません。そうではありませんか」

「それでまた数が変わるね」とタレン。「十七と四を足して、総数は百三十六票。勝つためには八十二票が必要だね——正確には、八十一票と端数が」

「どちらの側にとっても、手の届かない数だ」コミエーが沈んだ声でつぶやいた。「やはりわれわれが勝つことはできない」

「投票に勝つ必要はないんだ、コミエー」ヴァニオンが言った。「こちらはとくに誰かを選出しようとしているわけではない。アニアスが玉座につくことを阻止できればいいんだからな。引き分けになれば、それでこちらの勝ちだ」ヴァニオンは立ち上がって、大天幕の中を歩きまわりはじめた。「カレロスに着いたらすぐにドルマントに頼んで、聖都が宗教的な危機に瀕《ひん》しているという宣告を携えた使者を、アーシウムにいるウォーガンに送ってもらうことにしよう。それでウォーガンも騎士団の指揮下に入ることになる。使者にはわれわれ四人が署名した命令書も持たせて、アーシウムでの軍事行動を中止し、全速力でカレロスに向かえと指示しておけばいい。オサが進軍を開始すれば、どのみち向こうでウォーガンの力が必要になる」

「その種の宣告にはどのくらいの票が必要なんだ」ダレロン騎士団長が尋ねる。

「投票にかけるつもりはない」ヴァニオンは小さく笑みを浮かべた。「ドルマントの評判からすれば、バーグステン大司教は宣告が公式のものだと思いこむだろう。バーグステンはウォーガンに、カレロスに向かえと命令することができる。誤解があったことはあとで詫《わ》びればいい。そのころにはウォーガンは、もうカレロスに到着しているだろう。西方諸国連合軍を率いて」

「エレニア軍は別ということにしていただきたい」スパーホークが主張した。「女王陛下はたった二人の盗賊に守護されて、今もシミュラにいるんです」

「気を悪くさせるつもりはないがね、サー・スパーホーク。だがそれは、現時点ではいささか重要度の低い問題だ」ダレロンが言った。

「いや、それはどうかな」ヴァニオンが反論する。「アニアスは今、金を手に入れようと必死になっている。残る九人を買収するためだけでなく、すでに味方につけた票を維持するためにも、エレニアの国庫に手を伸ばす必要に迫られているはずだ。ほんの数名が寝返っただけで、総大司教の座は完全に手の届かないものになってしまうのだからな。エラナとエレニア国の国庫を守ることは、以前にもまして重要になってきている」

「そうかもしれん。確かにその点は考えていなかった」

ヴァニオンはさらに情勢分析を続けた。

「よろしい、では……ウォーガンが軍勢を率いてカレロスに到着すれば、聖都の力関係は大きく変化する。支持者に対するアニアスの影響力はそれでなくても微妙なもので、支持者の多くはアニアスが市街を制圧しているので、仕方なくその意に従っているだけと見ることができるだろう。状況が変化すれば、アニアスに対する支持のかなりの部分は消滅してしまうはずだ。わたしの見るところ、目下の急務はクラヴォナスが亡くなる前にカレロスに到着し、ウォーガンに伝言を送り、隠れている大司教たちを見つけ出して、投票に参加できるよう聖議会に連れ戻すことにあると思う」ヴァニオンはタレンに目を向けた。「アニアスの勝利を阻止するための、こちらの必要最低限の票数は何票だね？」

「向こうがどうにか例の九票を確保したとして、合計が七十四票。隠れてる人たちのうち六人を探し出してくれれば、投票総数は百二十五票。その六〇パーセントが七十五票だから、これでアニアスに勝ちはないことになるね」

「ありがとう、タレン。つまりそういうことだ、諸君。われわれはカレロスに赴き、街を虱《しらみ》つぶしにして、アニアスに反対票を投じてくれる大司教を六人見つけ出さなくてはならない。あとは誰でもいいからとにかく対立候補を立て、ウォーガンが到着するまで投票をくり返す」

「やはり勝ったとは言えないぞ、ヴァニオン」コミエーが不平を言う。

「これが次善の策だ」ヴァニオンが答えた。

その晩、スパーホークの眠りは途切れがちだった。暗闇ははっきりとしない叫びとうめき、そして名づけようのない恐怖に満ちているようだった。騎士はとうとうベッドから起き上がり、修道僧のローブを羽織ると、セフレーニアを探しに天幕を出た。なかば予期していたとおり、セフレーニアは自分の天幕の前に、両手でティーカップを包むようにして座っていた。

「いったいいつ眠ってるんです」スパーホークは苛立ちを覚えつつ尋ねた。

「あなたの夢のせいで眠れないのですよ、ディア」

スパーホークは仰天した。

「わたしの夢がわかるんですか」

「詳しくは無理ですが、何かがあなたを動揺させていることはわかります」

「ヴァニオンやほかの騎士団長にベーリオンを見せたとき、またあの影が見えました」

「それで動揺しているのですか」

「それだけじゃありません。アリッサが監禁されている尼僧院から、アラスとカルテンといっしょにこっちへ向かう途中、誰かにクロスボウで狙われたんです」

「それはベーリオンを取り出す前のことですね。一連の出来事には、あるいはまったく何のつながりもないのかもしれません」

「もしかすると影は事件を貯めておけるか――あるいは未来のある時点で起こすことができるのかもしれない。わたしが直接ベーリオンに触れていなくても、誰かを送ってわたしを殺そうとさせられるのかもしれない」

「エレネ人の論理にしては、推測が多いようですね」

「まったくです。そこが気になっているんですよ。だがその仮定を捨てようと思うほどではない。アザシュがわたしを殺そうといろいろな存在《もの》を送りこむようになってから、もうずいぶんになります。それらはみんな、どこか異界的な要素を持っていました。ちらちらと目の隅に見えるあの影は、明らかにこの世界のものではありません。そう考えないと、あなたの目に見えないことの説明がつかない」

「それはそうだと思います」

「だとすれば、あの影を送ってくるのがアザシュだと証明できないからといって、ここで警戒を解くのはばかげています」

「まあそうでしょうね」

「証明はできませんが、ベーリオンとあの影のあいだに何かのつながりがあるということはわかっているんです。それがどういうつながりなのかということは別にして。その点がはっきりしないから、一連の出来事が却《かえ》って全体をわかりにくくしてしまっているんでしょう。今はとにかく大事をとって、最悪の場合を予想しておくしかありません。影はアザシュが放ったもので、その影がベーリオンを追いかけ、またわたしを殺そうと人間を利用しているのだと」

「辻褄《つじつま》は合いますね」

「認めていただけてよかった」

「もう結論は出していたのでしょう。なぜわたしに相談に来たのですか」

「話を聞いてもらって、考えを整理したかったんです」

「なるほど」

「それに、あなたといっしょにいるのが好きなんですよ、小さき母上」

セフレーニアは温かな笑みを浮かべた。

「いい子ですね、スパーホーク。それでは、なぜあなたがこの人生最大の賭けをヴァニオンに内緒にしているのか、その点を話し合いましょうか」

スパーホークはため息をついた。

「つまり賛成できないということですね」

「ええ、まさにそのとおりです」

「ヴァニオンはきっとわたしのまわりに甲冑の騎士の一隊を配備して、盾でわたしを守らせようとするでしょう。向かってくる敵の姿が見えないと、わたしはだめなんですよ。それができないとなったら、周囲を爪で掻《か》き分けてでもその場から脱出しようとするでしょうね」

「ああ、やれやれ」セフレーニアはため息をついた。


ファランは機嫌が悪かった。一日半のあいだほとんどずっと全速で駆けつづけさせたために、すっかり臍《へそ》を曲げてしまっている。カレロスから十五リーグほどのところで騎士団長たちは隊列を止め、下馬してしばらく馬を歩かせてやるよう騎士たちに命じた。鞍から下りようとするスパーホークに、ファランは三度も嚙みつこうとした。本気で怪我をさせようという嚙み方ではなく、むしろ非難の意思表示だ。甲冑を身につけた主人を嚙もうとしても歯を痛めるだけだということは、ファランが生涯のかなり早い時期に思い知ったことの一つだった。だが半旋回した大きな葦毛《あしげ》の馬に腰をしたたか蹴とばされたとき、スパーホークはそろそろ話し合う時期だと判断した。カルテンの助けを借りて立ち上がり、兜《かぶと》の面頰を押し上げ、手綱に体重をかけて片手ずつ交互にたぐり寄せると、騎士は軍馬のいかつい顔を真正面から睨《にら》みつけた。

「やめるんだ！」

ファランは憎しみを込めた目でスパーホークを睨み返した。

スパーホークは素早く片手を動かし、籠手《こて》をはめた手で葦毛馬の左の耳をぎゅっとつかんだ。それを情け容赦なくねじり上げる。

ファランは歯ぎしりして、目に涙まで浮かべた。

「これでわかり合えたかな？」スパーホークが押し殺した声でささやく。

ファランは前足でスパーホークの膝を蹴った。

「おまえ次第だぜ、ファラン。耳が片方しかないと、さぞ滑稽《こっけい》に見えるだろうな」スパーホークはさらに強く耳をねじり上げた。とうとう馬は痛みに耐えかねて、不本意ながら悲鳴を上げた。「おまえと話し合うのはいつも楽しいよ、ファラン」スパーホークは耳を放し、汗に湿った馬の首を撫《な》でてやった。

ファランは両耳を――とにかくは右耳を――無関心そうにぴくりと動かした。

「どうしても必要なことなんだ、ファラン。別に面白がってあんなに駆り立ててるわけじゃない。もうあといくらでもないさ。信用していいんだな？」

ファランはため息をつき、前足で地面を掻いた。

「ようし。少しばかり歩こうか」

それを見ていたアブリエル騎士団長がヴァニオンに話しかけた。

「実に神秘的な光景だ。これほど強い絆《きずな》で結ばれた馬と人間を、わたしは見たことがない」

「あれがスパーホークの強みの一つでね」とヴァニオン。「本人だけでも恐ろしいのが、あの馬にまたがると、これはもう天災並みになる」
一、二マイル歩いてからふたたび騎乗した騎士たちは、午後の陽射しの中を聖都に向かって進んでいった。
アルーカ川にかかる広い橋を渡ってカレロスの西の門の一つに近づいたのは、もう真夜中に近いころだった。門はもちろん教会兵に監視されていた。警備隊を指揮する隊長は、頑固な大尉だった。

「夜が明けるまで入城を許可することはできません。聖議会の命令により、武器を帯びた者が夜間カレロスに入ることは禁じられております」

コミエー騎士団長が斧に手を伸ばした。

「まあ待て、わが友。不愉快な手段に訴えなくても、この問題を解決する方法はある」アブリエル騎士団長はそう言って、赤い短衣《チュニック》を着た教会兵に呼びかけた。「大尉」

「何です」大尉の声は鼻持ちならないほど傲慢《ごうまん》だった。

「きみの言うその命令は、聖議会の議員にも適用されるのかね」

「え？」大尉は困惑しているようだった。

「単純な質問だよ、大尉。〝はい〟か〝いいえ〟か、答は二つに一つだ。その命令は教会の大司教にも適用されるのかね」

「大司教の通行を妨げることは誰にも許されておりません、閣下」大尉はいささかまごついていた。

「猊下だ」アブリエルが訂正する。

大尉は要領を得ない顔で目をしばたたいた。

「大司教に話しかけるときの正しい呼称は〝猊下〟だよ、大尉。教会法の定めにより、わたしと三人の同僚は教会の大司教ということになっている。部下を整列させたまえ。これからわれわれが閲兵する」

大尉は躊躇《ちゅうちょ》した。

「わたしは教会を代表して話をしているのだ、中尉」とアブリエル。「教会に反抗するのかね」

「あの——わたしは大尉です、猊下」隊長がもごもごとつぶやく。

「きみは大尉だったが、もうそうではないのだよ、中尉。さあ、もう一度軍曹に戻りたいのかね。戻りたくなければ、ただちに命令に従いたまえ」

「ただいま、猊下」男は震え上がって部下に声をかけた。「おまえたち！　全員だ！

整列して閲兵に備えろ！」

警備隊の兵士の身なりは、ダレロン騎士団長——ここはダレロン大司教と言うべきか——の言葉によれば、不面目きわまるものだった。辛辣《しんらつ》な言葉でふんだんに譴責《けんせき》がなされ、騎士の隊列はそれ以上邪魔されることなく聖都に入城した。門の兵士たちに聞こえないところへ来るまで、騎士たちは笑い声一つ——それどころか微笑み一つ——洩《も》らすことはなかった。聖騎士の規律のきびしさは、既知の世界で驚異の的となっているのだ。

遅い時間であるにもかかわらず、教会兵たちはカレロスの通りを頻繁に巡回していた。スパーホークはそれがどういう者たちなのかをよく承知していた。忠誠心を金で売る連中、金ずくで主人に仕えているだけの兵士たちだ。数を恃《たの》んだ教会兵たちは、聖都の市街で傲慢に振る舞うことにすっかり慣れきってしまっていた。それでも甲冑姿の四百騎の聖騎士が真夜中の街路に出現したことで、少なくとも下級の兵卒たちは、スパーホークが当然そうあるべきだと感じる謙虚さを多少とも取り戻していた。将校たちのほうは、現実を把握するのにもう少し時間がかかった。どういうわけか、かならずそうしたものなのだ。ある横柄な若い将校は、通行証を見せろと言って騎士たちの前に立ちふさがった。その男は自分の力を過信するあまり、ふり返ってうしろを見るということを完全に忘れてしまっていた。そのために自分の率いていた部隊がそっくりどこかへ姿を消してしまったことにまったく気づかず、かん高い声であれこれと要求を並べ、命令をわめき立てた。スパーホークはファランの手綱を緩め、堂々たる歩きぶりで前進させた。ファランは将校の肉体の敏感な部分を狙って、鋼の蹄鉄《ていてつ》をつけた足で踏みにじった。

「気は晴れたか」スパーホークが馬に尋ねる。

ファランは意地悪そうにいなないた。

「ではカルテン、始めてくれ」ヴァニオンが指示を出した。「全隊を十騎ずつの分隊に分け、街の中に散開させる。投票に参加するため大聖堂へ行きたいと望む大司教には、誰であれ教会騎士の護衛がつくと触れてまわるんだ」

「わかりました、ヴァニオン卿」カルテンが答える。「聖都の眠りを覚ましてやりますよ。おれが持ってきた知らせを聞きたくて、みんなきっと息を凝らして待ってるに違いないですからね」

「いつかあいつが大人になるなんて日は来るんでしょうかね」スパーホークがヴァニオンに言った。

「大人になどなってくれないほうがいい」とヴァニオン。「われわれがどんなに年をとろうと、いつも近くに永遠の少年がいるというのは、実に心が休まることだからな」

四人の騎士団長を先頭に、スパーホークと仲間たち、さらにサー・ペレン率いる二十騎の分隊が、広い街路を進んでいった。

ドルマントの慎ましい屋敷は一隊の兵士たちに警護されていた。小隊長の顔を見て、スパーホークはその男がデモスの大司教に忠誠を誓っている士官であることに気づいた。騎士たちがドルマントの門前で馬を止めると、小隊長は「ありがたい！」と叫んだ。

「たまたま近くへ来たものだから、表敬訪問をしていこうと思ってね」ヴァニオンは乾いた笑みを浮かべた。「猊下にはお元気でいらっしゃると思うが」

「みなさんがおいでになったと聞けば、さらに元気になることでしょう。ここしばらくカレロスは緊迫しておりますので、閣下」

「だろうと思った。猊下はまだ起きておいでかな」

小隊長はうなずいた。

「ユセラのエンバン大司教とお話しになっていらっしゃいます。エンバン大司教はご存じでしたか」

「ずんぐりした、いささか陽気な方かな」

「その方です、閣下。ご到来を猊下にお知らせしてきます」

デモスのドルマント大司教はいつものとおり、痩せていて謹厳実直だった。それでも聖騎士たちがどやどやと書斎に入ってくると、禁欲的な顔に大きな笑みが浮かんだ。

「早かったな、諸君。エンバンは知っているだろう」ドルマントは恰幅《かっぷく》のいい同僚の大司教を指し示した。エンバンはどう見ても〝ずんぐりした〟以上の体格だった。

「きみの書斎は鋳物工場の様相を帯びてきたな」エンバンは甲冑姿の騎士たちを見まわ

して小さく笑った。「こんなにたくさんの鋼鉄をまとめて見たのは数年ぶりだ」

「心が休まる」とドルマント。

「まったくだ」

「シミュラの状況はどうだね、ヴァニオン」ドルマントが熱心に尋ねた。

「お喜びください。エラナ女王は回復して、今や政府は女王がしっかりと把握しています」

「ありがたい！」エンバンが叫んだ。「アニアスは破産だな」

「ベーリオンは見つけることができたのかね、スパーホーク」とドルマント。

スパーホークはうなずいた。「ご覧になりますか、猊下」

「いや、結構だ。立場上ベーリオンの力を認めることはできんのだが、話だけはいろいろ聞かされているからな。もちろんすべて伝説や迷信の類《たぐい》だが――冒険はやめておこう」

スパーホークは内心で胸をなでおろした。あのちらつく影と再会するのは気が進まなかったし、誰かにクロスボウで狙われているのではないかと不安を抱きながら日々を過ごすのも、あまり楽しいものではない。

「女王が回復したという知らせがまだアニアスのところに届いていないのが不思議だな。少なくともそんなそぶりはまったく見せていない」ドルマントが言った。

「知らせが届いていたとしたら、そのほうが驚きです」とコミエー。「ヴァニオンが街を封鎖して、シミュラの人々を足留めしています。わたしの知る限り、街を抜け出そうとする者は断固として連れ戻されているはずです」

「シミュラにパンディオン騎士は残してこなかったのだろう、ヴァニオン」

「はい、猊下。ほかから助力を得ました。総大司教猊下のお加減はいかがです」

「死にかけとるよ」エンバンが答えた。「もちろんここ数年ずっと死にかけとったわけだが、今度ばかりは少々本気らしい」

「オサは何か新しい動きを示していますか、猊下」ダレロンの問いに、ドルマントはかぶりを振った。

「依然としてラモーカンドの国境を越えたところに陣を張ったまま、さかんに脅しをかけている。謎めいたゼモックの国宝を返還しろと言ってな」

「それほど謎めいてはいませんよ」セフレーニアが言った。「オサの望みはベーリオンです。スパーホークが持っていることも承知の上です」

「侵略を未然に防ぐためにスパーホークがそれを返すべきだと、誰かさんが言い出すのは必至だな」とエンバン。

「絶対にそうはさせません、猊下」セフレーニアが断言した。「その前に破壊してしまいます」

「隠れている大司教たちは、誰か戻ってきましたか」アブリエル騎士団長が尋ねた。

「一人も戻らん」とエンバンは鼻を鳴らした。「おそらくは、探し当てたいちばん深い鼠穴《ねずみあな》にもぐり込んでおるのだろうな。二、三日前にそのうちの二人が事故で命を落として、残りは杳《よう》として行方が知れん」

「騎士たちに街を探させています」ダレロン騎士団長が報告した。「教会騎士が保護してくれるとわかれば、臆病な兎にも多少の勇気は戻ってくるかもしれませんから」

「ダレロン」ドルマントがたしなめる。

「すみません、猊下」ダレロンはいちおう謝った。

「それで数は変わるかな。二人が死んだことで」コミエーがタレンに尋ねた。

「だめだよ、閣下」とタレン。「どっちにしろ勘定に入ってなかったもん」

ドルマントが戸惑った表情になる。

「この子は計算の才能がありましてね」コミエーが説明する。「わたしが鉛筆でやるより早く、頭の中で答えが出せるんです」

「きみにはたびたび驚かされるな、タレン」とドルマント。「教会でその方面の職に就く気はないかね」

「信者の献金を勘定するの、猊下？」タレンは大いに乗り気そうだった。

「ああ――いや、それはないだろうがね」

「票読みに変化はないのでしょうか、猊下」アブリエルが尋ねた。

ドルマントがかぶりを振る。

「アニアスは依然として単純過半数を押さえている。重要事項でない限り、強引に可決できる状況だ。腰巾着どもが、出てきた議題を片っ端から投票にかけている。つねに味方の数を確認しておきたいのと、投票を行なうことで、われわれを議場に閉じこめておくことができるからだろう」

「票読みはすぐに変わりますよ」コミエーが言った。「今回はわたしと仲間たちも参加しますから」

「それはまた異例だな」エンバン大司教が声を上げた。「騎士団長が聖議会で投票に参加しなくなってから、すでに二百年は経っている」

「まだ歓迎はしていただけるんでしょう、猊下」

「わたしとしてはむろん大歓迎だよ、猊下。アニアスはあまり気に入らんだろうが」

「それはたいへん気の毒なことです。票数はどうなる、タレン」

「六十九票から、七十一票と端数に増えることになるね。アニアスが勝つにはそれだけの票が必要ってこと」

「単純過半数の場合は」

「まだアニアスのものだね。六十票あればいいだけだから」

「態度を保留している者たちは、金額が折り合うまで重要事項の投票でアニアス側につくことはないだろう」とドルマント。「おそらく棄権するはずだ。つまりアニアスが必要とする数は――」と眉根を寄せて考えこむ。

「六十六票だよ、猊下」タレンが代わりに答えを出した。「一票足りない状態だね」

「頼もしい子だ」ドルマントがつぶやく。「となると、われわれの取るべき最善の策は、あらゆる投票を重要事項の決定投票にしてしまうことだ。灯す蠟燭《ろうそく》をもっと増やそうといったものまで」

「どういうふうにやるんです」とコミエー。「手続きについては詳しくないもので」

ドルマントはかすかに笑みを浮かべた。

「誰かが立ち上がって、〝重要事項〟と言えばそれでいい」

「それを重要事項と認めるかどうかの投票で、負けてしまうんじゃありませんか」

エンバンが小さく笑った。

「いやいや、親愛なるコミエー殿、それはない。重要事項であるかどうかを決定すること自体が重要事項なのだよ。どうやら弱みをつかんだぞ、ドルマント。その足りない一票のせいで、やつは総大司教の座から遠ざけられることになりそうだ」

「どこかで金を手に入れてこない限りはな」とドルマント。「あるいは、さらに大司教たちが命を落とさない限りは。アニアスが勝つには、こちらの味方を何人殺せばいいのかね、タレン」タレンはにやりと笑った。

「ここにいる全員が死んだら、かなり助かるだろうね」

「口に気をつけろ」ベリットが吠える。

「ごめん」タレンはすなおに謝った。「〝猊下〟ってつけるべきだったね。アニアスは投票総数を少なくとも二票減らさないと、必要な六〇パーセントを獲得できないよ、猊下」

「心正しい大司教たちを守るために、騎士を割り当てなくては」アブリエルが口を開いた。「だがそうすると、行方不明の大司教たちを街で捜索する騎士の数が減ることになる。ことはどちらが街路を制圧するかにかかっているように思える。ここは何としてもウォーガンの力が必要だ」

エンバンが戸惑い顔でアブリエルを見た。

「デモスで考えついたことなのです、猊下」とアブリエル。「大司教たちがアニアスに脅されてその意に従うのは、カレロスが教会兵でいっぱいだからにほかなりません。もしどなたかが――猊下でも、ドルマント大司教猊下でも構いませんが――宗教上の危機を宣告し、ウォーガンに対してアーシウムでの軍事行動を中止し、軍勢を率いてカレロスに向かうよう命令していただけると、情勢が一変するのです。その時点で脅す側と脅される側が逆転するのですよ」

ドルマントは傷ついた口調になった。

「アブリエル、われわれは脅しで総大司教を選出したりはしないのだ」

「猊下には現実の世界に目を向けていただかないと」アブリエルが答える。「このゲームはアニアスのルールで進んでいますから、こちらも同じルールで戦うしかないのです――猊下がもう一組、別の骰子《さいころ》をお持ちなら話は違いますが」

「それに、こっちの票が一票増えることになるよ」タレンが付け加えた。

「というと?」とドルマント。

「バーグステン大司教がウォーガンの軍に同行してるんだ。説得すれば味方についてくれるんじゃないかな」

「二人で知恵を出し合ってサレシア国王に送る手紙を書かんか、ドルマント」エンバンがにこやかに言った。

「わたしも同じことを提案しようと思っていたよ、エンバン。ほかの者たちには何も言わんほうがいいだろうな。別の大司教から違う命令が届いたりしたら、ウォーガンを戸惑わせることになってしまう。それでなくても混乱ぎみの男だからな」

8

疲れているにもかかわらず、スパーホークはよく眠れなかった。頭の中に数字があふれ返っている。六十九が七十一になり、八十に変わり、ふたたび元に戻って、それから九と十七――いや、十五だ――が、不気味に背景に浮かび上がってくる。やがて数字の意味さえわからなくなり、数字はただの数字となって、甲冑を着け、手に武器を携えて、威嚇するようにスパーホークの前に整列した。近ごろは眠るとかならず現われるあの影が、またしても夢の中に現われた。何をするわけでもなく、ただじっと騎士を見つめて待っている。

実はスパーホークはあまり政治向きの性格ではなかった。あらゆるものに対して、軍事的な見方をしてしまう面があるのだ。戦場においてものを言うのは、すぐれた体力と訓練、それに個々人の勇気だ。しかし政治の世界においては、最強の者と最弱の者が同じ力を持っている。挙手された手が力なく震えていようと、鋼鉄に鎧《よろ》われていようと、一票は一票なのだ。スパーホークの本能は、剣がすべての問題を解決してくれると告げていた。しかし今ここでシミュラの司教を殺せば、オサの軍勢が東の国境で様子をうかがっている目の前で、西側勢力の分裂を引き起こすことになる。

スパーホークはとうとう眠るのを諦《あきら》め、眠っているカルテンを起こさないように、静かにベッドから抜け出した。柔らかな修道僧のローブをまとい、しっかりとした足取りで、夜の闇に包まれた廊下をドルマントの書斎へ向かう。

なかば予期していたとおり、部屋にはセフレーニアがいた。炉床の上では小さな火がはぜている。教母は両手でお茶のカップを包み、目に不思議な光をたたえていた。

「悩みごとですか、ディア」セフレーニアが静かに声をかける。

「あなたも？」スパーホークはため息をついて椅子に座りこむと、長い足を前に投げ出してむっつりと言った。「こういうことには向いていないんですよ、小さき母上。わたしたち二人とも。わたしは数字が変わるたびに面白くてどきどきするようにはできていないし、あなただって絶対に、数字の意味さえわかっていないはずだ。本を読まないスティリクム人は、手と足の指の数より大きな数字は理解できないんじゃないかと思いますね」

「侮辱しようというのですか、スパーホーク」

「いいえ、小さき母上。そんなことができるわけがない――あなたに向かって。すみません。今朝はちょっと虫の居所が悪いんです。自分には理解できない戦いをしていると、どうしてもね。どうでしょう、何か祈りのようなものをアフラエルに捧げて、聖議会の議員数人の気持ちを変えてくれるように頼んだりはできませんか。これならとても簡単だし、かなりの流血を回避できると思うんですが」

「アフラエルはそういうことはしません」

「そうじゃないかとは思ってました。つまりわれわれには、他人のルールでゲームをするという不愉快な選択しか残されてないんですね。もう少しわかりやすいルールならよかったんだが。はっきり言って、わたしは剣と血の海のほうが好みです」スパーホークは間をおいた。「どうぞ。言ってください、セフレーニア」

「何をです」

「ため息をついて、天を仰いで、〝エレネ人というのは〟って絶望した声を上げるんですよ」

セフレーニアの目つきが険しくなった。「そこまで言うのですか、スパーホーク」

「からかってみただけです」スパーホークは微笑んだ。「互いに敬愛しているなら、こんなことで怒ったりはしないものでしょう？」

そこへドルマント大司教が静かに入ってきた。暗い顔をしている。

「今夜は誰も眠らないのかね」

「あしたは大事な一日なものですからね、猊下《げいか》」スパーホークが答えた。「やはりそれで起きておいでなのですか」

ドルマントは首を横に振った。

「使用人の一人が病気になったのだ。料理人でね。ほかの召使たちはなぜわたしを呼びにきたのだろうな。医者でもないというのに」

「それが信頼というものだと思いますよ、猊下」セフレーニアは微笑んだ。「あなたはエレネ人の神と特別に親しい間柄にあるわけですからね。ご容体はいかがです――その料理人の方の」

「かなり重態のようです。医者を呼びにやりました。料理の腕は冴《さ》えないのですが、死なせたくはありませんからね。ところでスパーホーク、実際のところ、シミュラでは何があったのかね」

スパーホークは玉座の間で起きた出来事とリチアスの告白の骨子を手短に語って聞かせた。

「オサだと？」ドルマントが叫んだ。「アニアスのやつ、まさかそこまで」

「証拠はありませんがね、猊下。ちょっとアニアスに鎌《かま》をかけてみるといいかもしれません。動揺を見せるかもしれない。とにかくエラナの命令で、われわれはリチアスとアリッサをデモス近郊のあの尼僧院に監禁しました。ほかにも大逆罪の容疑で、かなりの数の人間の逮捕状を持ってきています。その中の一枚には、アニアスの名前がはっきりと記されていますよ」スパーホークは言葉を切った。「考えてみたんですが——騎士たちを大聖堂に差し向けてアニアスを逮捕し、鎖につないでシミュラへ連れ帰るというわけにはいきませんか。エラナはかなり真剣に、縛り首や打ち首のことを話していたんですが」

「アニアスを大聖堂から連れ出すことはできんよ、スパーホーク。あれは教会であり、教会はあらゆる世俗の罪人に聖域を提供するものなのだ」

「残念だな」スパーホークはつぶやいた。「大聖堂でアニアスの取り巻きの先頭に立っているのは誰です」

「コムベのマコーヴァ大司教だ。この一年、あの男がほぼすべてを動かしている。下劣な男で、金がすべてという手合いだが、教会法に詳しくてね。法の抜け穴やら何やらをいろいろと知っているんだ」

「アニアスも議場に?」

「たいていはな。票読みのための投票をくり返しているんだ。時間があくと中立の大司教たちを説得している。あの九人はたいへん抜け目なくて、明確な意思表示で公然と申し出を受けたりはしないんだ。返事は投票で示している。われわれのゲームをご覧になりたいですか、小さき母上」ドルマントがかすかな皮肉を込めて尋ねた。

「お招きはありがたいのですが、エレネ人の中にはスティリクム人が大聖堂に足を踏み入れると、丸屋根が崩れ落ちてくると信じこんでいる人たちがたくさんいます。唾を吐かれたりするのもあまり好きではありませんし、差し支えなければここにいたいと思います」

「議事はいつも何時ごろから？」スパーホークが尋ねる。

「まちまちなのだ」とドルマント。「議長はマコーヴァが務めている。単純過半数の投票だったのでね。あの男、自分の権力を楽しんでいるらしい。気まぐれに議会を召集するのだが、その召集を伝える使者たちは、どういうわけか反アニアス派の議員を探しにくると、決まって道に迷うのだ。マコーヴァのやつ、われわれがまだ寝ているうちに、こっそり重要事項の投票を済ませてしまおうと企みはじめたのではないかという気がするな」

「マコーヴァが夜中に投票を求めたらどうなるのですか」セフレーニアが尋ねた。

「それはできません。昔どこかの暇な大司教が、聖議会の議事に関する規定を成文化しましてね。史書によるとこの男は、細かい点に意味もなくこだわる、ひどく意固地な年寄りだったようです。重要事項の採決には百票または投票総数の六〇パーセントの票を要するというあのばかげた規定も、この男が立案者の一人ですよ。このほかにも、たぶんまったくの気まぐれから、聖議会における審議は日中のみ行なうという規定を作ったんです。この男が定めた規則はばかばかしくて下らないものばかりだったんですが、六週間もぶっ通しで演説を続けられて、当時の議員たちはただこの男を黙らせるだけのためめに、数々の規則を承認するほうに票を投じたのだそうです」ドルマントは頰に手を当てて思案にふけった。「今度の件がすべて片付いたら、その愚かな頑固者を聖者に推挙してもいいですね。こうした意味もなく細かい規則があるおかげで、かろうじてアニアスを総大司教の椅子から遠ざけることができているのですから。ともあれ、われわれは全員、夜明けとともに議場に顔を出すことにしているんです。万一ということがありますからね。それにこれはささやかな報復にもなっているんです。マコーヴァは朝寝坊な男なんですが、この数週間、ずっとわれわれに付き合っていっしょに夜明けを迎えています。議長がその場にいないと、新しい議長を選出して議事を進めてしまえますのでね。そうなるといろいろ不都合な投票が行なわれる可能性があるわけです」

「その場合、マコーヴァは投票結果を無効にできるのではありませんか」とセフレーニア。

ドルマントは聖職者らしからぬ笑みを浮かべた。

「無効を確認する投票は重要事項になるのです。あの男にはそれだけの票がない」

ドアに控え目なノックの音がして、ドルマントがそれに答えた。召使が一人、しばらく大司教と話をして戻っていった。

「あの料理人が今しがた亡くなりました」ショックを隠しきれない声だった。「ここにいてください。医者から話があるということなので」

「妙だな」スパーホークがつぶやいた。

「人は自然に死ぬものですよ、スパーホーク」とセフレーニア。

「わたしの職業では違います――少なくとも、そうあることではない」

「年寄りだったのでしょう」

そこへドルマントが青い顔をして戻ってきて、大声で叫んだ。

「毒殺された！」

「何ですって」とスパーホーク。

「料理人は毒殺されたのだ。医者の話によると、毒は朝食用のポリッジに入っていたそうだ。この家の誰が死んでいてもおかしくなかった」

「アニアス逮捕の件ですが、見解を再検討なさる気はありませんか、猊下」スパーホークがきびしい顔で言った。

「まさかきみは――」言いかけてドルマントは言葉を詰まらせ、目を丸くした。

「アニアスにはアルドレアスとエラナに毒を盛った前歴があります。数人の大司教や数十人の教会騎士を相手に、二の足を踏むとは思えませんね」

「あの男は怪物だ！」ドルマントは神学校よりも兵舎でよく聞かれる類の言葉を使って悪態をついた。

「エンバンに言って、味方の大司教全員にこの事件のことを知らせたほうがいいでしょう」とセフレーニア。「もしかしてアニアスは、選挙に勝つ安上がりな方法を思いついたのかもしれません」

「ほかの連中も起こしたほうがよさそうですね」スパーホークは立ち上がった。「この事件のことを話しておきたい。甲冑を着こむにはいささか時間もかかりますしね」

まだ暗いうちに、一行は四つの騎士団からそれぞれ十五人ずつ集められた甲冑姿の騎士を従えて大聖堂に向かった。教会騎士が六十人という数字に落ち着いたのは、この数なら邪魔だてしようとする者はほとんどいないだろうという理由からだった。

聖都の地理的な中心に位置するだけでなく、思想的にも精神的にもまさしくその中心をなす巨大な丸屋根の大聖堂に一行が到着したのは、東の空が最初の曙光に白く染まりはじめるころだった。パンディオン、ジェニディアン、シリニック、アルシオンの各騎士団が昨夜のうちに聖都に入城したことが気づかれずに済むはずもなく、大聖堂の広大な中庭へと続く松明《たいまつ》に照らされた青銅の正門は、百五十人の赤い短衣《チュニック》を着た教会兵によって厳重に警護されていた。指揮を執っているのは、かつてボラッタへ旅立とうとするスパーホークと仲間たちを、マコーヴァの命令でパンディオン騎士館に押しこめようとした、あの同じ隊長だった。

「止まれ！」隊長は侮辱的なほど傲慢《ごうまん》な口調で命令した。

「大司教の行く手をさえぎろうというのかね、隊長」アブリエル騎士団長が硬い声で尋ねる。「それは魂を危険にさらす行為だな」

「首もだ」アラスがティニアンにささやく。

「ドルマント大司教とエンバン大司教はご自由にお入りいただいて構いません、閣下。心正しい教会の息子は、お二人の行く手をさえぎろうなどとはいたしません」隊長が答えた。

「ここにいるほかの大司教たちはどうなるのだね、隊長」ドルマントが尋ねる。

「ほかに大司教のお姿は見当たりませんが、猊下」口調に侮辱的な響きが加わる。

「もっとよく見なくてはいかんな、隊長」エンバンが言った。「教会法の定めにより、騎士団長は同時に大司教でもあるのだ。そこをどきなさい」

「そんな教会法は聞いたことがありません」

「きみはわたしを嘘つき呼ばわりするのかね、隊長」いつもは温厚なエンバンの顔が険しくなる。

「いえ――とんでもないことです、猊下。上官と相談してきてもよろしいでしょうか」

「ならん。そこをどけ」

隊長は汗をかき、口ごもった。

「猊下には間違いを指摘していただき、感謝いたします。騎士団長が教会における大司教の地位を有することは知りませんでした。大司教のみなさんはご自由にお入りください。そのほかの方々は、恐れながら外でお待ちいただきます」

「たしかに恐れたほうがいい」アラスがぼそりとつぶやく。

そのときコミエー騎士団長が口を開いた。

「大司教には事務局員を同道する権利が認められているのではなかったかね、隊長」

「その通りです、閣下——いえ、猊下」

「この騎士たちはわれわれの事務局員なのだよ。秘書だの何だのといった者たちだ。この者たちが中に入れないというなら、ほかの大司教たちが連れている黒いローブをまとった部下たちも、五分以内に行列を作って大聖堂から退出すべきだと思うがね」

「それはできません、猊下」隊長は頑固だった。

「アラス！」コミエーが一声吠える。

「よろしいでしょうか、猊下」ベヴィエが脇から口をはさんだ。右手にはゆるくロッホアーバー斧を握っている。「隊長とわたしは前にも会ったことがあります。たぶん耳を貸してもらえるのではないかと思うのです」若いシリニック騎士は馬を前へ進めた。

「隊長、わたしたちの関係は決して親密なものではなかったが、わたしはあなたに、聖なる教会に反抗して魂を危険にさらすような真似をやめてもらいたいのだ。その点を心に留めて、教会がきみに求めているとおり、どうか進んで道をあけてはくれないだろうか」

「そうはいきません、騎士殿」

ベヴィエは残念そうにため息をつくと、無造作とも言える動きで恐ろしげな斧を一振りし、隊長の首を切り飛ばした。ベヴィエはときにこうした振る舞いに及ぶ。自分の神学的な立場がしっかりしていると確信した場合、この若いアーシウム人は、周囲がはっとするほど直截《ちょくせつ》的な行動に出ることがあるのだ。首をなくした隊長の身体がしばらく動かずに立っているさまを見つめるベヴィエの顔は、穏やかで平静そのものだった。やがて死体がくずおれると、ベヴィエはふたたびため息をついた。

教会兵たちは息を呑み、恐怖と驚愕の叫びを上げ、後退しながら武器に手を伸ばした。

「交渉決裂だ。行くぞ！」ティニアンも剣に手を伸ばす。

「わが友人がた」ベヴィエがやさしい、だが命令的な口調で教会兵に声をかけた。「みなさんはたった今、本当に遺憾な出来事を目撃なさった。教会に仕えるはずの兵士が、母なる教会の正当な命令に対して、頑迷にも公然と反抗したのです。どうか慈悲深い神があの者の恐ろしい罪をお許しくださるよう、ともに心からなる祈りを捧げましょう。ひざまずきなさい、みなさん。そして祈りましょう」ベヴィエが斧を振ると、何人かの兵士の上に血のしずくが降りかかった。

二人が三人になり、やがて次々とあとに続く者が現われて、最後には兵士たち全員がその場にひざまずいていた。

ベヴィエは祈りを先導した。

「おお、神よ、どうか先ほど旅立ちました、われらの愛するブラザーの魂をお受け取りください。そしてその悲しむべき罪をお許しください」ベヴィエは周囲を見まわした。「そのままお祈りを続けなさい。みなさんの元隊長のためばかりでなく、自分自身のためにも祈るのです。罪は狡猾にして巧妙です。罪はあの者の心の中に忍びこみましたが、みなさんの心にもいつ忍びこんでくるかわかりません。そうならないように祈りなさい。みずからの純粋さと謙虚さを守るのです。みなさんが元隊長と同じ運命をたどることがないように」銀色の甲冑を輝かせ、純白の外衣《サーコート》とマントに包まれたシリニック騎士は、並足で馬を進めながら、ひざまずいた兵士たちの間を縫って片手で祝福を与えていった。もう一方の手にはロッホアーバー斧を握りしめている。

「いいやつだと言ったろう」アラスがティニアンにささやいた。一行は聖人のような笑みを浮かべたベヴィエに続いて馬を進めた。

「一瞬たりともその言葉を疑ったことはないね」ティニアンが答えた。

「アブリエル卿」ドルマント大司教が、ひざまずく兵士たちのあいだに馬を進めながら声をかけた。本当に泣いている兵士も少なくない。「最近サー・ベヴィエに信仰の内容を問いただしてみたことはあるかね。わたしの思い違いかもしれないが、母なる教会の正しい教えから少しばかり逸脱しているような気がする」

「じっくり問いただしてみることにしましょう、猊下——機会が見つかり次第」

「べつにあわてる必要はないがね。あの者の魂が差し迫った危険にさらされているとは思っていないから。しかしあの武器は何ともおぞましい代物だな」

「まったくです、猊下」アブリエルはうなずいた。

門を警護していた無礼な隊長が急逝したという知らせは、あっという間に広まっていた。大聖堂の頑丈な扉の前では、教会兵の妨害は何もなかった。そもそも周囲に教会兵の姿がまったく見当たらなかったのだ。重武装の騎士たちは馬を下り、縦隊を組んで、四人の騎士団長と二人の大司教に続いて広い通廊に入った。祭壇の前でがちゃがちゃと騒々しい音を立ててしばらくぬかずき、蠟燭《ろうそく》の灯る通廊を抜けて、いくつか並んだ事務室の前を通り、総大司教の謁見室へと進んでいく。

謁見室に通じるドアの前に立っているのは教会兵ではなく、総大司教近衛隊の兵士たちだった。みずからの職務にのみ忠誠を誓う、清廉潔白な男たちだ。しかしその職務の拠り所となる教会法には非常にうるさく、たぶん謁見室に座っている大司教たちの誰よりも細かい規則に精通していた。四騎士団の騎士団長たちが大司教の地位を有していることは、その場で問題なく認められた。しかし残りの随行員たちの入室を認める理由を理解するには、若干の時間を要した。助け船を出したのは狡猾で太った、教会法と慣習に関しては百科事典的な知識を有するエンバン大司教だった。エンバンはまず、正規の資格を持ち、かつ大司教の招待を受けた聖職者は、自由に入室を認められる点を指摘した。兵士たちがその点に同意すると、次に教会騎士は厳密に言うと騎士修道会の一員なのであり、事実上の聖職者であるという点を穏やかに指摘した。兵士たちはその指摘を熟考し、エンバンの論旨を認めて、うやうやしく巨大な扉を開いた。スパーホークは仲間とともに列を作って謁見室に足を進めながら、数人の兵士が隠し切れずに笑みを浮かべているのに気づいていた。腐敗とは無縁でつねに中立の立場を貫く総大司教近衛隊ではあるが、一人一人が個人的な意見を持っていないというわけではないのだ。

謁見室は、世俗の玉座の間となんら変わらない大きさだった。総大司教の玉座そのものは派手な装飾を施した純金製の巨大な椅子で、一段高くなった壇上に紫のカーテンを背にして置かれている。玉座は部屋のいちばん奥にあり、その両側に背の高いベンチが雛壇式《ひなだんしき》に配置されていた。前の四列のベンチには深紅色のクッションが置かれ、大司教専用の席であることが示されている。その上方には濃紫色のベルベットのロープが張ってあり、大司教席と一般傍聴人の簡素な木製のベンチの列とを仕切っていた。総大司教の玉座の前には演台があり、アーシウム国コムベの大司教マコーヴァがその前に立って、教会に関する大言壮語に満ちた演説をだらだらと行なっていた。細面のあばた面で見るからに眠たげな顔をしたマコーヴァは、巨大な扉が開き、デモスとユセラの大司教に続いて騎士たちが広々とした謁見室に入ってくると、腹立たしげにふり返った。

「これはいったいどういうことだ」マコーヴァは憤慨した口ぶりで問いただした。

「べつに変わったことはないぞ、マコーヴァ」エンバンが答える。「ドルマントと二人で、討議に参加する大司教たちを何人か案内してきただけだ」

「大司教などいないではないか」マコーヴァが決めつける。

「何を言っているんだ、マコーヴァ。教会騎士団の騎士団長がわれわれと同じ地位を有していて、ゆえに聖議会の一員でもあることは、世間では常識だよ」

マコーヴァは少し離れた壁際の机の前に座っている、痩せた背の高い修道僧にちらりと目をやった。机の上には分厚い書物と古びた巻物が山と積まれている。

「この件に関して法吏の発言を求める方はおいでになりますか」

ざわざわと同意の声が上がった。だが少なくとも数人の大司教は明らかに狼狽《ろうばい》した表情を見せており、すでに答えを知っているようだった。瘦身の僧は大きな書籍を何冊か調べ、立ち上がって咳払いをすると、しわがれた声で報告した。

「ユセラの大司教猊下は正確に法を引用なさいました。騎士団長はたしかに聖議会の一員であり、現在この地位にある者の名前は、正式に本議会の名簿に登録されております。騎士団長は過去二百年あまりの間、任意によって討議に参加しませんでしたが、その地位を保有していることに変わりはありません」

「行使されなかった権限はもはや存在しない」マコーヴァが嚙みつく。

「そう言いきることはできません、猊下」法吏は申し訳なさそうに答えた。「参加を再開した例は歴史上いくつも認められます。かつてアーシウム王国の大司教たちが、祭服をめぐる論争に端を発して、聖議会の討議への参加を八百年間拒否したことがありましたが――」

「わかった、わかった。だがこの甲冑を着けた殺し屋どもには、ここにいる権利などまったくない」マコーヴァは騎士たちを睨《にら》みつけた。

「それも違うな、マコーヴァ」エンバンが澄ました顔で答える。「教会騎士が修道会の一員であることは、その定義からして明らかだ。騎士の誓いの拘束力と合法性は、われわれの誓いの場合と何ら変わりはない。したがって教会騎士は聖職者であり、聖議会を傍聴する権利を有する――現職の大司教に招待されていればな」エンバンが振り向いた。「騎士諸君、わたしの個人的な招待を受けて、議事の証人となっていただけるかな」

マコーヴァはすばやく法吏に目をやった。やせぎすの修道僧がうなずく。

エンバンは悪意に満ちた猫なで声で先を続けた。

「煎《せん》じ詰めればだな、マコーヴァ、教会騎士にはあの陰険なアニアスと同じだけ、ここにいる権利があるということだ。ご本人は受けるに値しない栄誉に包まれて、北側の傍聴席に座っているようだがね――狼狽して下唇を嚙みしめているようだ」

「言い過ぎだぞ、エンバン！」

「そうは思わんがね。ここでちょっと投票をして、そっちの勢力がどのくらい衰退したか見てみるかね、マコーヴァ」エンバンはあたりを見まわした。「だがどうも議事を中断させているようだな。わがブラザーたる大司教および親愛なる客人のみなさん、どうぞ聖議会が無意味な討議を続けられるよう、ご着席いただきましょう」

「無意味だと」マコーヴァが息を呑む。

「まったく無意味だとも。クラヴォナスが亡くなるまで、ここでの決定は何一つ意味を持たない。われわれは単に退屈しのぎをしているだけだ――報酬分は仕事をしなくてはならんということも、もちろんあるがね」

「あの小男は実に威勢がいい」ティニアンがアラスにささやいた。

「いいことだ」ジェニディアン騎士がにやりと笑った。

スパーホークにははっきりとエンバンの狙いがわかっていた。どうやら間違って入室を許されてしまったらしいタレンに、そっと声をかける。

「おい、いっしょに来い」

「どこへ」

「古い友だちを苛《いら》つかせにいく」スパーホークは冷酷な笑みを浮かべ、少年を従えて階段を上がり、上方の回廊へ向かった。痩せぎすのシミュラの司教は膝の上に書きもの台を広げ、両側には黒いローブ姿の追従者をかなりの人数したがえていた。スパーホークとタレンはアニアスのまうしろに席を占めた。ドルマントとエンバンが甲冑姿の騎士団長たちを、壇の下方のクッションつきの椅子に案内している。アラスとベリットとティニアンが自分のあとを追ってくるのに気づいて、スパーホークは来るなと言うように手を振った。

アニアスは不意を衝《つ》かれると口を滑らせることがある。その日の朝ドルマントの家で起きた大量毒殺未遂事件にシミュラの司教が関わっているのかどうか、確かめることができるかもしれなかった。

「おお、これはもしかして、シミュラの司教殿ではないかね」と驚いたふりで、「故国を遠く離れていったい何をしているんだ、アニアス」

アニアスは振り向いてスパーホークを睨んだ。

「何を企《たくら》んでいるのだ、スパーホーク」

「傍聴しているだけだ」スパーホークは兜《かぶと》を脱いで籠手《こて》をその中に入れ、盾の締め金をはずし、剣帯を取った。それらをまとめてアニアスの座席の背に立てかける。「邪魔にはならんだろうね、ネイバー。商売道具とはいえ、着けたままだと動きが不自由だし、座り心地もいま一つなんだ」言いながら腰をおろす。「元気だったかね、アニアス。何カ月ぶりになるかな」やや間を取って、「少し痩せたんじゃないか。顔にも生気がないようだ。もっと新鮮な空気を吸って、運動を心がけるべきだな」

「静かにしたまえ、スパーホーク。わたしは討論を聴いているのだ」

「ああ、それはもちろん。話ならあとでゆっくりとできるしな――お互いに最近の実績を話し合ったりして」アニアスの反応には特に普通と変わったところは見られず、スパーホークは司教の関与にやや自信を失った。

議場ではドルマントが話を始めていた。

「みなさんのお許しをいただいて、最近起きた出来事をここで聖議会に報告するのは、わたしの義務だろうと考える次第です。われらの主たる仕事は永遠のものではありますが、なおわれわれは俗世にあって仕事をこなしている。世間の動きにも目を配っていなくてはならないわけです」

マコーヴァがアニアスのほうを見上げてお伺いを立てた。アニアスは羽根ペンと一枚の紙切れを取った。スパーホークは両腕を敵の椅子の背に預けて、肩越しに簡潔な指示が走り書きされるのを眺めた。〝話させろ〟

「うんざりだなあ、アニアス」スパーホークが愉快そうに言う。「自分の口でしゃべれたら、もっとずっと都合がよかったのにな」

「黙っていろと言ったはずだ、スパーホーク」マコーヴァに渡す走り書きを若い僧に手渡しながら、アニアスが不機嫌そうに言った。

「今朝はみんな怒りっぽいことだ」とスパーホーク。「昨夜はよく眠れなかったのかね、アニアス」

アニアスは振り向いて、しつこく嫌がらせを続ける男を睨みつけた。「それは何者だ」とタレンを指差す。

「小姓だよ。騎士階級に付きものの面倒の一つだ。従士がほかのことで手いっぱいなのでね」

マコーヴァが走り書きを一瞥《いちべつ》した。

「博学なデモスの大司教のお言葉はいつでも歓迎です。ただ、簡潔にお願いしたい。重要な案件がいくつも残っているのでね」高慢な口調でそう言うと、マコーヴァは演台の前から離れた。

「もちろんだとも、マコーヴァ」代わってドルマントが演台の前に立つ。「では簡潔に」と前置きして、「エラナ女王の全快により、エレニア王国の政治情勢は急激な変化を遂げ――」

驚きの声が議場内にこだまし、混乱したつぶやきがあちこちから上がった。スパーホークは依然としてアニアスの座席の背にもたれたまま、司教がまっ青になって腰を浮かすのを見てほくそ笑んでいた。「まさか！」アニアスがあえぐようにつぶやいた。

「驚くべきことだろう、アニアス。まったくの予想外だったな。女王陛下からよろしくお伝えするようにとの言伝《ことづて》だ」

「説明したまえ、ドルマント！」マコーヴァがなかば叫ぶように要求する。

「簡潔を期したのだがね。きみがそう要求したのだよ、マコーヴァ。一週間足らず前、エラナ女王は不思議なご病気から回復されました。多くの者がこれは奇跡だと言っております。女王がご回復になると同時にある事実が明るみに出て、かつての摂政の宮は――それにその母親も――大逆罪の容疑で逮捕されました」

アニアスが気を失いそうになって椅子に腰を落とす。

「現在は清廉潔白をもって知られるレンダ伯が王室評議会の議長を務め、この卑劣な陰謀に加担した共謀者たちに対する逮捕状が発行されております。女王の擁護者が鋭意探索中ですので、遠からず売国奴たちは、かならずや裁きの場に――人の裁きであれ、神の裁きであれ――引き出されることとなるでしょう」

「エレニアの王室評議会では、ハーパリン男爵が次席だったはずだ」マコーヴァが反論する。

「ハーパリン男爵は至高なる裁きの場に立たされているよ、マコーヴァ」ドルマントがきびしい声で答える。「いと聖なる裁き手の前にね。残念ながら無罪放免の希望はないに等しい――もちろん、われわれとしては男爵の無罪を祈るのみだが」

「男爵はどうなったのだ」マコーヴァがあえぐように尋ねる。

「聞くところによると、シミュラの行政組織の改造中に誤って首をはねられたということだ。まあ気の毒には違いないが、えてして起きる事態ではある」

「ハーパリンが？」アニアスは絶望のあえぎを洩《も》らした。

「ヴァニオン騎士団長を怒らせるという間違いをしでかしてね」スパーホークがアニアスの耳許にささやく。「知ってのとおり、ヴァニオンはひどく気の短い面を見せることがある。もちろんあとになってとても悔やんでいたが、そのときはもうハーパリンは二カ所に分かれて転がっていたんだ。おかげで評議会室の絨毯《じゅうたん》は台なしになってしまった――何しろ血の海でね」

「他には誰を追っているのだ、スパーホーク」

「今ちょっと名簿が手許にない。だがなかなか錚々《そうそう》たる名前が並んでいるのは確かだ。あなたもきっと知っている名前がいくつもあった」

扉近くで小さなざわめきが起き、怯《おび》えた表情の大司教が二人、こっそりと議場内に入ってきて、小走りに赤いクッションのあるベンチに向かった。カルテンが扉の前にしばらく笑みを浮かべてたたずみ、また外へ出ていった。

「どうなった」スパーホークがタレンにささやく。

「あの二人で総数が百二十一に上がったわけだね。こっちは四十七になって、アニアスは相変わらず六十五だ。勝つために必要な票数は、七十二票から七十三票に増えた。だんだん追いついてきてるよ、スパーホーク」

シミュラの司教の書記が計算を終えるには、もうしばらく時間がかかった。アニアスはマコーヴァに渡す紙片に、一言だけ何か書きなぐった。肩越しに覗《のぞ》いたスパーホークの目に映ったのは、〝投票〟の文字だった。

マコーヴァが採決にかけた問題は、まったくばかげたものだった。誰もがそれは承知の上だ。ここで投票を行なう意味はただ一つ、今は怯えて扉の近くに固まっている九人の中立の大司教たちが、どちらの側に賛成するかを確認するということだけだった。集計が終わると、マコーヴァがうろたえたような口調で結果を発表した。九人が九人とも、シミュラの司教に対して反対票を投じていた。

と、巨大な扉がふたたび開き、黒いローブを着た三人の修道僧が入ってきた。三人はフードをかぶったまま、儀式的なゆっくりした歩調で歩いてきた。玉座の壇の前まで来ると、中の一人がローブの下から折りたたんだ黒い布を取り出し、三人はおごそかにその布で総大司教の玉座を覆った。それはクラヴォナス総大司教がとうとう亡くなったという告知だった。

9

「街はどのくらい喪に服すんですか」空色の外衣《サーコート》をまとったアルシオン騎士、ティニアンがドルマントに尋ねた。その日の午後、一同はふたたびドルマントの書斎に集まっていた。

「一週間だ」とドルマント。「それから葬儀が行なわれる」

「その期間中は何もないと思っていいわけですか。聖議会の議事だの何だのは」

ドルマントはうなずいた。

「何もない。その期間は祈りと瞑想のうちに過ごすことになっている」

「一息入れられそうだな。そのころにはウォーガンもこちらに着いているだろう」ヴァニオンは顔をしかめた。「だがまだ問題はある。アニアスはもう金が入ってこないことを知ったわけだ。今握っている票が日に日に当てにならなくなっていくのだから、きっと必死になっている。人間、必死になると何をしでかすかわからないぞ」

コミエーがうなずいた。

「そのとおりだ。たぶんアニアスは示威行動に出るだろう。こちら側の大司教を抹殺することで手持ちの票を恐怖によって支配し、同時に重要事項でも多数が取れるまで、投票総数を減らそうとするはずだ。諸君、どうやら守りを固めるときが来たようだ。大司教たちを保護しなくてはならん。友人たちには、どこか頑丈な壁のある建物に集まってもらったほうがいいだろう」

「同感だ」白い外衣《サーコート》のアブリエル騎士団長も同意した。「現状では、守りを固めるのは難しい」

「大聖堂にいちばん近いのはどの騎士館だね」エンバン大司教が尋ねた。「議場とのあいだを往復しなくてはならんからな。必要以上に友人たちを危険にさらすようなことはしたくない」

「うちがいちばん近いでしょう」ヴァニオンが答えた。「それに専用の井戸もある。今朝のような事件があった以上、アニアスには水源に近づいてもらいたくないですから」

「食糧はどうだ」とダレロン。

「六カ月の包囲戦に耐えられるだけの手持ちがある。ただ申し訳ないが軍用食なんですよ、猊下《げいか》」ヴァニオンはでっぷり太ったエンバンに詫《わ》びを言った。

エンバンはため息をついた。「仕方なかろうな。少し体重を減らそうと思っていたところだ」

「妙案ではあるが、欠点もある」アブリエルが言った。「全員が一つの騎士館に集まってしまったら、教会兵に包囲されてしまう危険がある。閉じこめられて、大聖堂へ行く手立てがなくなってしまうかもしれない」

「そうなったら武力行使だ」コミエーは苛立《いらだ》たしげに、オーガーの角のついた兜《かぶと》に頭を押しこんだ。

アブリエルが首を振る。「戦闘になれば、巻き添えで死人が出るかもしれん。投票はきわめて接戦だ。味方の大司教は一人も失うわけにはいかない」

「どっちにしても勝ち目はないわけですか」とティニアン。

「そいつはどうかな」カルテンが反論した。

「何か手があるのか」

「まあな」カルテンはドルマントに目を向けた。「それには猊下のお許しをいただかなくちゃならないんですが」

「言ってみたまえ。どんな手だね」

「もしアニアスが露骨に兵力に訴えてくれれば、法的秩序なんてものは関係なくなってしまうわけですよね」

「まあそうだろうな」

「アニアスが規則を無視するんなら、われわれだって規則に縛られるいわれはない。パンディオン騎士館を包囲する教会兵の数を減らしたかったら、連中にもっと大事な仕事をあてがってやればいいんです」

「また火事でも起こす？」とタレン。

「そいつはちょっと行きすぎかもしれないが、候補には入れておこう。今のところアニアスにとって、味方につけた票は何よりも大事なものでしょう。こっちがそれを一票ずつはがしはじめたら、あいつは残ったものを守るためにどんなことだってするはずです」

「大司教を殺してまわるという提案なら許可はできんよ、カルテン」ドルマントが驚いたように答える。

「殺す必要なんかありませんよ、猊下。何人か牢《ろう》にぶちこんでやれば、それでいいんです。アニアスは頭が切れますからね。すぐにその意味を見抜くはずです」

「何か容疑がいるだろう、サー・カルテン」とアブリエル。「大司教を理由もなく投獄するわけにはいかんよ――たとえ状況がどうあろうと」

「なに、アブリエル卿、容疑ならありますよ。何だっていいんだが――〝エレニア王室に対する罪〟あたりがいちばん響きがいいんじゃありませんか」

「あいつが利口ぶるとろくなことがないんだ」スパーホークが不満げにティニアンにささやく。

「これは気に入ると思うぜ、スパーホーク」カルテンは鼻持ちならない得意げな表情で、黒い外衣《サーコート》をうしろにはねのけた。「シミュラでレンダ伯が署名した逮捕状、あと何通ある」

「十通足らずだが、なぜだ」

「その中に、この先何週間か自由にしておいたら悔しくて死んじまうようなやつはどのくらいいる」

「そんな大物はほとんどいない」友人が何をしようとしているのか、スパーホークにもわかりかけてきた。

「だったら、名前をいくつか書き換えればいいのさ。書類は正式のものだから、いちおうは合法的なものに見えるだろう。アニアスに買収された大司教を四、五人選んで、たまたま街からかなり離れてるアルシオン騎士館にでも引っ立てていけば、アニアスはそいつらを取り戻そうとあらゆる手を尽くすに決まってる。パンディオン騎士館を取り巻く教会兵の数はぐんと少なくなると思うんだがね」

「こいつは驚いた」とアラス。「カルテンが使える考えを思いつくとは」

「唯一の難点は名前を書き換えるという部分だな」ヴァニオンが言った。「公式の書類なんだ、勝手に名前を塗りつぶして別の名前を書きこむだけでは通らんだろう」

「名前を塗りつぶすなんて言ってませんよ、閣下」カルテンが遠慮がちに答えた。「昔まだ見習い騎士だったころ、おれとスパーホークは閣下から数日の帰郷休暇をもらったことがありました。門を出るための通行許可証を書いてもらったんですが、おれたちはそれをたまたま取っておきましてね。写本室の書記たちは、インクを完全に消すことのできる薬を持ってるんです。書き間違えたときに使うんですがね。閣下の許可証の日付は、不思議なことにしょっちゅう変化してました。これは奇跡と呼んでも差し支えないんじゃないでしょうか」カルテンは肩をすくめた。「神はいつだっておれを気に入ってくれてましたから」

「うまくいくか?」コミエーがスパーホークに尋ねた。

「見習い騎士だったころにはうまくいきました」スパーホークが保証する。

「きみは本当にこの二人を騎士に任じたのか、ヴァニオン」アブリエルがあきれたように尋ねた。

「その週は頭がぼうっとしていたのだ」

部屋にいる人々は、誰もが大きな笑みを浮かべていた。

「言語道断だな、カルテン」ドルマントが言った。「そのような真似は絶対に許すわけにはいかん。もちろん本気で言ったことではないだろうがね。そういう方法もあると頭の中で考えてみただけ――そうだろう、息子よ」

「ああ、もちろんですとも、猊下」

「きっとそうだと思っていたよ」ドルマントは厳粛な笑みを浮かべ、すばやく片目をつぶって見せた。

「ああ、まったく」セフレーニアが嘆息する。「広い世界に、一人くらい正直なエレネ人はいないものなのでしょうか。あなたもですか、ドルマント」

「わたしは何も認めてなどいませんよ、小さき母上」ドルマントがしらを切る。「頭の中で考えただけです。そうだろう、サー・カルテン」

「もちろんです、猊下。まったくの机上の空論ですよ。あんな言語道断な方法を、本気で主張したりするはずがありません」

「まさしく同感だ」とドルマント。「どうです、セフレーニア、これで安心したでしょう」

「パンディオンの見習い騎士だったときのほうが、あなたはもっとずっといい子でしたよ、ドルマント」

セフレーニアの言葉に、一同は茫然とデモスの大司教を凝視した。

「おや、これは言ってはいけないことだったのですか」セフレーニアは目を丸くして、かすかな笑みを口許に浮かべた。

「そこまでしなくてはいけないんですか、小さき母上」ドルマントは傷ついた口調になった。

「ええ、ディア、そのとおりです。あなたは自分の頭のよさに少しうぬぼれているようでしたからね。あなたの教母として、また友人として、機会があればそれを正してあげなくてはなりません」

ドルマントは指先で机の上を叩いた。

「みなさん、この件は内密に願えるでしょうな」

「たとえ野生馬をもってしても、わたしの口からその話を引き出すことはできんよ」エンバンは相好を崩した。「わたしに関する限り、そんな話は聞いたこともない――今度あなたに何か頼みごとができるまではな、ドルマント」

「筋はよろしかったんですか、猊下――つまり、パンディオン騎士として」カルテンがうやうやしく尋ねる。

「最高の優等生でしたよ、カルテン」セフレーニアはむしろ誇らしげだった。「スパーホークの父親とも互角に渡り合うほどでした。聖職者になると言い出したときには、誰もがそれは残念がったものです。優秀なパンディオン騎士を一人失うことになったのですからね」

ドルマントはまだ疑わしげな顔で友人たちを見まわしていた。

「もうすっかり済んだ話だと思っていたのですがね」とため息をつき、「あなたに裏切られるとは思いませんでした、セフレーニア」

「あなたが思っているほど恥ずかしいことではありませんよ、猊下」ヴァニオンが言った。

「政治的な不都合を生じるかもしれんのだよ。きみは少なくともこれまで口をつぐんでいてくれたがね、ブラザー」

「心配はいらんさ、ドルマント」エンバンが朗らかに言った。「ここにいる友人諸君にはわたしが目を光らせていよう。口をつぐんでいられなくなりそうな兆候が見えたら、すぐにカモリアにあるゼンバの僧院に送りこんでしまえばいい。あそこのブラザーたちは沈黙の誓いを立てているからな」

「よろしい、では仕事にかかりましょう」ヴァニオンが話題を元に戻した。「われわれに好意的な大司教が何人か、まだ行方をくらましている。それを探し出さなくてはならないな。カルテンは改竄《かいざん》の練習を始めてくれ。逮捕状に名前を書きこむには、レンダ伯の筆跡を真似る必要がある」ヴァニオンは金髪の部下を見て、思案するように言葉を切った。「スパーホークもいっしょのほうがいいだろう」

「独りでできますよ、閣下」

ヴァニオンはかぶりを振った。

「いや、カルテン、そうは思えん。おまえが綴《つづ》りの練習をするところを見たことがあるからな」

「ひどいのか」ダレロンが尋ねる。

「救いようがないと言うべきだな。たった四文字の単語を綴るのに、まともな文字が一つもなかったんだ」

「綴りの難しい言葉もあるからな」

「自分の名前だぞ」

「こんなことはできんはずだ！」数日後、スパーホークとカルテンに家から引きずり出されそうになったカードスの大司教は、金切り声で抗議した。「いかなる理由があろうと、聖議会の開会中に大司教を逮捕することはできん」

「聖議会は今のところ開会中ではありません」スパーホークが指摘した。「服喪期間中は休会となっています」

「世俗の法廷がわしを裁くことはできん。告訴は教会裁判所に対して行なうべきだ」

「連れていけ」スパーホークは黒い甲冑《かっちゅう》を身に着けたサー・ペレンに短く指示した。

カードスの大司教は部屋から引きずり出された。

「何をぐずぐずしてるんだ」カルテンが尋ねる。

「二点ばかり。あの男は容疑を告げられてもあまり驚いた様子ではなかった」

「言われてみればそうだな」

「レンダ伯の作成した名簿には、何人か洩れがあるんじゃないかな」

「その可能性はあるな。もう一点は」

「アニアスに使いを出そうと思う。あいつは大聖堂の中にさえいれば、おれたちが手出しできないことをよく知っている。そうだな？」

「ああ」

「だったらそのまま大聖堂に軟禁して、行動の自由を制限してやろう。大した意味はないが、苛々させてやるだけでも価値はある。毒殺された料理人の件で、まだ貸しがあるんだ」

「どういうふうにやる？」

「見てればいい。あとはおれの言うとおりにしてくれ」

「いつもそうしてるじゃないか」

二人はエレニア国民の血税でまかなわれたに違いない大司教の豪邸の中庭へと歩み出た。

「教会裁判所に提訴せよという猊下の要求を熟慮してみたのですが、確かにそれも一理あります」スパーホークは逮捕状の束をぱらぱらとめくった。

「では大聖堂での事情聴取に応じてくれるのかね」

「はい？」逮捕状を読みながら、スパーホークが上の空で答える。

「このばかばかしい告発を大聖堂で審理するのかと言ったのだ」

「ああ、それはだめですね、猊下。それは非常に都合が悪い」スパーホークはシミュラの司教の逮捕状を抜き出し、カルテンに見せた。

「ああ、これだこれだ。こいつを捕まえないとな」とカルテン。

スパーホークはその逮捕状を丸め、自分の頰《ほお》を軽く叩いた。

「こういうことにしましょう、猊下。これからあなたをアルシオン騎士館に連行し、そこに勾留《こうりゅう》します。この告発はもともとエレニア王国でなされたものですから、教会裁判所の手続きを進めるためには、エレニア王国の教会の責任者が審理を主導すべきでしょう。シミュラの大司教猊下が職務を執行できない場合、アニアス司教が代わってそれを行なうことになっているわけですから、事情聴取はアニアス司教に行なってもらいます。ものごとの成り行きというのはおかしなものですな。この件を扱う責任者はアニアス司教ですから、あなたの身柄は司教に引き渡すこととします。アニアス司教が大聖堂から出てアルシオン騎士館までおいでになり、あなたを引き渡すようにと命令さえしてくだされば、こちらとしては異存ありません」スパーホークはきびしい表情のサー・ペレンに監視されている、赤い短衣《チュニック》の教会兵にちらりと目をやった。「猊下の警護隊長が立派に使者の大役を果たしてくれるでしょう。隊長と話をして、状況を説明なさってはいかがですか。それから隊長を大聖堂へ赴かせ、アニアス司教に事情を説明してもらえばいい。ぜひ身柄を引き取りにきていただきたいと、隊長の口から親愛なる司教に頼んでもらうことです。中立地帯でアニアス司教にお目にかかれるとなれば、われわれとしても望外の喜びです。なあ、カルテン」

「ああ、まったくだ」カルテンが熱心にうなずく。

カードスの大司教は二人に疑わしそうな目を向けたが、すぐに警護隊長と言葉を交わすため足早に歩いていった。話をしながら大司教は、スパーホークの手にある丸めた逮捕状にしきりに視線を投げている。

「ちゃんとわかってくれたかな」カルテンがささやいた。

「ぜひそう願いたいね。これであいつの頭を叩く以外のことは、何もかもやってみたんだ」

カードスの大司教が怒りに顔をこわばらせて戻ってきた。

「そうだ、隊長、もう一つ」立ち去ろうとする教会兵にスパーホークが声をかけた。「すまないがシミュラの司教に、個人的な言伝《ことづて》を頼まれてくれないか。パンディオン騎士団のサー・スパーホークから、ぜひ大聖堂の外に出てきてもらって街路でお目にかかりたい、そうすればこうるさい規則で楽しみに水を差されることもないから、とね」

クリクが到着したのはその晩だった。旅に汚れ、疲れきっているようだ。ベリットに案内されてドルマントの書斎に入ってきたクリクは、どさりと椅子に身体を沈めた。

「もう少し早く着くこともできたんですが、デモスに立ち寄って、アスレイドと息子たちの顔を見てきたもんですから。素通りするとアスレイドが腹を立てるんですよ」

「アスレイドは元気かね」ドルマント大司教が尋ねた。

「また太りました」クリクが微笑む。「それに歳のせいか、少々無分別になってきてるようでしてね。昔を懐かしがるんですよ。干草小屋に連れこまれました」わずかに口許を引き締め、「あとで息子たちには、牧草地に薊《あざみ》をのさばらせることについて、たっぷりと説教をしてやりました」

「この男が何を言っているのかわかるかね、スパーホーク」ドルマントが当惑して尋ねた。

「はい、猊下」

「だがわたしに説明するつもりはない？」

「ええ、猊下、ありません。エラナはどうしてる」スパーホークは従士に尋ねた。

「手に負えません」クリクは鼻を鳴らした。「無軌道で、無神経で、頑固で、横柄で、わがままで、狡猾で、厳格で――要するにごく普通の若い女王ですよ。でもわたしは好きですね。どことなくフルートを思わせるところがあります」

「女王の特徴を説明してくれとは言ってない。健康状態を尋ねたんだ」

「見たところ元気そうでしたよ。どこか具合が悪かったら、あんなに速くは走れないでしょうから」

「走る？」

「眠ってる間にやりそこねたことがたくさんあると感じてるようでしてね。それを取り戻そうとするんです。今ごろは王宮内のあらゆる出来事に首を突っこんでるでしょう。レンダ伯は真剣に自殺を考えてるんじゃないですかね。小間使いたちは自棄《やけ》を起こしてます。埃一つ見逃さないんですから。世界最高の王国は作れないかもしれないけど、間違いなく世界一きちんとした王国を作りますよ」クリクは革のベストの内側に手を入れ、折りたたんだ羊皮紙の分厚い束を取り出した。「どうぞ。女王陛下からの手紙です。じっくり時間をかけて読んでください。二日もかけてお書きになったんですからね」

「民間防衛軍のほうはうまく動いてるのか」カルテンが尋ねた。

「そっちは実にうまくいってます。ちょうど出発する直前に、教会兵の大部隊が街の外に到着しましてね。門を開けろと要求するとき、その大隊長は城壁のすぐ近くに立って間違いを犯したんです。市民が二人、頭の上から何かぶっかけてました」

「煮えたぎる松脂《まつやに》かな」とティニアン。

「いいえ、サー・ティニアン」クリクはにやにやしていた。「その二人は汚物溜《だ》めの汲《く》み取りと清掃を生業としてたんです。大隊長がかぶったのは、その日の二人の汗の結晶ですよ。大樽《おおだる》に一杯分はあったでしょう。それで頭に来たのか、大隊長は門を攻撃しろって命令しましてね。岩や松脂の出番はそのあとです。教会兵たちは状況をじっくり判断しようと、東の城壁からそう遠くないあたりに野営しました。その晩遅く、プラタイムの殺し屋たちが二十人ばかり、胸壁からロープを垂らして壁を下りていって、その野営地を訪問しました。翌朝になると、残ってる将校はほんの数えるばかりでした。兵士たちはそれでもしばらくあたりをうろうろしてたようですが、そのうちに誰もいなくなってました。女王陛下の身に危険はありませんよ、スパーホーク。だいたいが教会兵ってのはあまり想像力に富んでる連中じゃないんで、風変わりな戦術を使われると混乱をきたすんです。プラタイムとストラゲンは最高に楽しんでますし、平民たちもけっこう街に誇りを感じはじめてます。ひょっとしてエラナが朝の視察中に馬で通りかかるかもしれないっていうんで、通りの掃き掃除までしてるくらいですよ」

「あの大ばかどもめ、まさかエラナを王宮から出してるんじゃあるまいな」スパーホークが怒って叫んだ。

「誰に止められるって言うんです。エラナは安全ですよ、スパーホーク。プラタイムが女王の護衛に、見たこともないような大女を連れてきましてね。その女ときたら、ほとんどアラスと同じぐらいの体格で、小隊一個分よりたくさんの武器を身に着けてるんです」

「それって女巨人のミルタイだよ」タレンが言った。「エラナ女王は絶対安全だね、スパーホーク。ミルタイがいるんなら、軍隊がついてるのと同じさ」

「女だって」カルテンが疑わしげな声を上げる。

「ミルタイの目の前でそういう言い方はしないほうがいいよ、カルテン」少年が真顔で言った。「ミルタイは自分を戦士だと考えてる。正気の人間なら、誰もそれに反論なんてしないよ。たいていは男の格好をしてるんだ。たぶん大柄な女が好みの男たちに、煩わされたくないんだろうね。予想もつかないようなところに短剣を仕込んでるんだ。靴の底にまで一本ずつ埋めこんである。切っ先が爪先から出るか出ないかくらいにしてあるんだけど、ミルタイにはそれでじゅうぶんなのさ。それで敏感な場所でも蹴られた日には、たまったもんじゃないよ」

「プラタイムはどこでそんな女を見つけてきたんだ」とカルテン。

「買ったんだよ」タレンは肩をすくめた。「当時は十五歳くらいで、まだ成長が終わってなかった。エレネ語は一言もしゃべれなかったんだって。最初は売春宿で働かせようとしたんだけど、ミルタイは一ダースかそこらのお客に怪我させたり死なせたりして、それでプラタイムも考え直したんだ」

「エレネ語がしゃべれないやつなんているものか」カルテンが異を唱える。

「タムール帝国にはいくらでもいるはずだけど。ミルタイはタムール人なんだ。名前からして変だろ。ミルタイは怖いよ。おいらがこんなことを言う相手って、そんなに多くはないんだぜ」

「その女巨人だけじゃないんですよ」クリクが続ける。「隣人同士は顔見知りなんで、誰が信用できない政治的意見の持ち主かってことも、みんなわかってるんです。今じゃあ誰もが女王を熱狂的に支持してて、全員が進んで隣人を監視してるような状態ですからね。プラタイムはそれこそ、ちょっとでも怪しいやつがいれば片っ端から逮捕してますよ」

「シミュラにはアニアスの手下がたくさんいるんだ」スパーホークはなお不安そうだ。

「昔の話ですよ。何度か派手な実地指導がありましたからね。今のシミュラにもしまだ誰か女王を愛してない人間が残ってるとしたら、そいつはよほど用心深く本心を隠してるんでしょう。何か食べていいですか。腹ぺこで死にそうなんです」

　クラヴォナス総大司教の葬儀は、その地位にふさわしい荘厳なものだった。鐘は何日ものあいだ鳴りつづけ、大聖堂の中には香を焚《た》く煙と、今では理解できる者さえほとんどいない古代エレネ語の詠唱と賛美歌が渦を巻いた。普段は地味な黒の衣服を着用している聖職者たちも、このような厳粛な儀式には色とりどりの鮮やかな衣装で参列する。大司教はすべて深紅色のローブに身を包み、司教たちはそれぞれに出身国の色のローブをまとっていた。十九ある僧院と尼僧院の修道士と修道女は、それぞれに固有の意味を持つ、個々の僧院に特有の色を身につけた。大聖堂の通廊は至るところに色彩があふれてぶつかり合い、厳粛な葬儀の場というよりも、カモリア国の農産物品評会場を思わせた。古代から伝えられる不思議な儀式や迷信的な作法が型どおりに踏襲されたが、その意味の片鱗《へんりん》なりと知る者はもはや皆無だった。葬儀にはかなりの数の司祭や修道士も集まっていた。いずれも伝統として受け継いだ古《いにしえ》の儀式を執り行なうことが生涯ただ一つの義務であり、公式の場に姿を見せるのはこれ一度きりという者たちだ。へこんで色《いろ》褪《あ》せた塩壺を載せた黒いベルベットのクッションを持って棺のまわりを三周するのが人生の唯一の目的だったある老僧など、興奮のあまり心臓が止まってしまい、その場で後継者を任命しなければならない始末だった。選ばれたにきび面の若い見習い修道士は、あまり敬虔そうには見えなかったものの、ありがたさのあまり感涙にむせんだ。何しろ生涯にわたる地位を保証された上に、仕事をしなければならない場面は一世代に一度くらいしかないのだ。

葬儀はいつ終わるとも知れないまま、祈りと賛美歌をあいだにはさんで延々と続いた。人々は合図にしたがって立ち上がり、ひざまずき、ふたたび椅子に腰をおろした。いかにも荘厳な雰囲気ではあったが、実質的な意味はあまりなさそうだった。

アニアス司教は広い通廊の北側にいて、大司教席と傍聴席を仕切るベルベットのロープぎりぎりのところに陣取り、腰巾着どもを周囲に従えていた。アニアスの近くに席が取れなかったため、スパーホークはかわりにアニアスの真正面の南の通廊に席を占め、その周囲を仲間たちが取り巻いた。そこからなら、血の気のないアニアスの顔をまっすぐに見据えることができる。パンディオン騎士館の壁の内側では、反アニアス派の大司教の集会が計画どおりに進められていた。司教に――少なくともその金に――忠実な六人の大司教の逮捕と勾留も、とくに問題なく進行している。アニアスは顔に苛立ちの表情を浮かべ、しきりにコムベの大司教に伝言を書き送っていた。伝言を運んでいるのは若い小姓たちの一団だ。アニアスがマコーヴァに何か書き送るたびに、スパーホークもドルマントに伝言を届けさせた。もっとも、この勝負はスパーホークのほうがかなり有利だった。アニアスは実際に伝言を書かなければならないが、スパーホークは白紙を届けさせるだけでいい。ドルマントがこんな計略を承知したのが不思議なくらいだった。

カルテンがティニアンの反対側の席に滑りこみ、自分で伝言を書いてスパーホークに手渡した。〝いい仕らせだ。角れてた大士教がさらに五人、反時間ほど前に奇士官の浦門に洗われた。おれたちが見方を保五してると来いて戸び出してきたらしい。運が向いて北ぞ〟スパーホークはかすかにひるんだ。カルテンのエレネ語の綴りの理解度は、どうやらヴァニオンが懸念している以上に心許ないようだ。スパーホークはその走り書きをタレンに見せた。

「これでどう変わる?」

タレンは眉根を寄せて考えこんだ。

「投票する人数は一人しか変わらないね。アニアス側を六人監禁して、こっちに五人戻ってきたんだから。今のところこっちが五十二票で、アニアス側は五十九票、それに中立票が九票ある。総数が百二十票ってことは、勝つのに必要なのが七十二票か。つまり中立の九人が全員アニアスについても足りないわけだね。六十八票にしかならないから。向こうはあと四票必要なんだ」

「その紙をくれ」スパーホークはカルテンが書いた文章の下に数字を書きつけ、自分でも二行書き加えた。〝中立派との交渉をとりあえず打ち切るよう提案します。もう連中の票は必要ありません〟それをタレンに手渡して、「ドルマントのところへ持っていってくれ。途中でにやにや笑いながら行くといい」

「いやらしい笑い？　ほくそ笑むってやつかな」

「うまくやれよ」スパーホークはもう一枚紙を取り、同じことを書きつけて騎士たちに回覧した。

突如アニアス司教は、大聖堂の通廊の反対側から自分に向かって微笑みかける聖騎士の一団と対面することになった。司教は顔を曇らせ、落ち着かなげに爪を嚙みはじめた。

長かった葬儀がようやくその最終段階を迎え、通廊では人々が立ち上がって、クラヴォナスの棺のあとから列を作り、遺体が安置される大聖堂の地下室に向かって進みはじめた。スパーホークはタレンを連れて列を離れ、カルテンの横に並んで声をかけた。

「いったいどこで綴りを習ったんだ」

「綴りなんて紳士が気にかけるほどのもんじゃないよ、スパーホーク」カルテンは偉そうに答え、立ち聞きしている者はいないかとあたりを見まわしてから小声で尋ねた。

「ウォーガンはどうしたんだ」

「見当もつかん」スパーホークがささやき返す。「酔いを覚ましてるのかもしれんな。飲んでるときのウォーガンの方向感覚は、あまりあてにならんだろうから」

「別の計画も立てといたほうがいいぜ。クラヴォナスの遺体を安置したら、聖議会はすぐに再開されるんだろう」

「アニアスを阻止するだけの票はある」

「そんなことは二度も投票をすればわかっちまう。その時点で向こうは必死になるぞ。しかもここじゃあ多勢に無勢だ」カルテンは地下納骨堂へ続く階段に沿って走る、太い木の梁《はり》に目をやった。「大聖堂に火をつけてみるかな」

「気でも狂ったのか」

「いい時間稼ぎになるじゃないか。おれたちは今、何よりも時間稼ぎを必要としてるんだ」

「そこまでやるのはどんなもんかな。とにかく戻ってきた五人の大司教のことは、しばらく伏せておくことにしよう。あの五票がないとどういうことになる、タレン」

「投票総数が百十五票になるから、勝つのに必要なのは六十九票だね」

「つまり中立派をうまく買収できれば、あと一票足りないだけだ。これだけ肉薄してるとなれば、この際どんな対立も棚上げにしようとするだろう。カルテン、ペレンと騎士館へ行って、その五人を確保してくれ。見つからないようにばらばらに甲冑の中に隠して、五十人ばかりの騎士といっしょにここへ連れてくるんだ。控えの間にでも隠しておいて、出番はドルマントに決めてもらおう」

「わかった」カルテンはにっと笑った。「どうやらアニアスをやっつけたみたいじゃないか、スパーホーク」

「どうやらな。だがお祝いをするのは、誰か別の人間が総大司教の玉座につくのを見届けてからにしたい。さあ、行ってくれ」

まだ深紅色のローブを着たままの大司教たちがふたたび議場に集まると、まずいくつもの演説が続いた。重要人物ではないがゆえに公式の葬儀に参列することができなかった大司教たちの追悼演説に混じって、ラモーカンド国のアルストロム男爵の兄に当たるカダクのオーツェル大司教は、とりわけ長々しい演説を披露した。その日の議事は早々に終わって、議会は翌朝から再開された。反アニアス派の大司教たちは夜のうちに相談をまとめ、オーツェルを自分たちの統一候補に選んでいた。スパーホークはオーツェルに対してなお微妙な不安を抱いていたが、あえてそれを口にすることはなかった。

つい最近その本来の地位に戻ってきた五人の大司教たちを、ドルマントはまだしばらく隠しておくことにしたようだった。身体に合わない甲冑で変装した五人は、謁見室から遠くない控え室に、一団の聖騎士とともに待機していた。

聖議会の議事進行が通常に戻ると、マコーヴァ大司教が立ち上がり、総大司教の候補者としてアニアス司教の名を挙げた。マコーヴァの推薦演説はたっぷり一時間は続いたが、それを迎えた拍手喝采《かっさい》はとくに盛大というわけではなかった。次にドルマントが立ち上がり、オーツェルを推薦した。ドルマントの演説は要点を押さえただけのものだったが、それに続く拍手喝采は熱狂的だった。

「これで投票になるの？」タレンがスパーホークにささやいた。

「わからん。マコーヴァ次第だ。今のところ議長はあの男だからな」

「ぜひ投票をこの目で見てみたいんだ」タレンは待ちきれない様子だった。

「自分の出した数字に自信がないのか」スパーホークは少し不安になった。

「もちろん自信はあるさ。でも数字はしょせん数字だからね。生身の人間が関わると、いろんなことが起きるものなんだ。ほら、たとえばあれだよ」タレンは態度を保留していた九人の大司教の伝令が、足早にドルマントに伝言を運ぶのを指差した。「今度は何を言い出したのかな」

「どうして急にドルマントが金の提供の申し出を取りやめたのか、知りたがってるんだろう。今となっては、連中の票に価値はない。だがまだ本当の理由はわかっていないだろうな」

「このあとどういう態度に出ると思う?」

「知るものか」スパーホークは肩をすくめた。「どうせ誰も気にはしない」

マコーヴァは演台の前に立ったままアニアスからの伝言に目を通していたが、やがて目を上げると咳払いした。

「ブラザー諸君、ここで投票に移る前に、急いでお知らせしなくてはならないことがあります。ご存じの方もおいでだろうが、目下ゼモック軍がラモーカンド国の東の国境に、明らかに敵対的な意図をもって集結しております。オサが西側へ——ひょっとするとここ二、三日以内にも——侵攻してくるのではないかと考えるのは、決して無理な想像ではありません。このような状況にあっては、聖議会の討議をできる限り迅速に終わらせることが焦眉《しょうび》の急であります。新たに選出される総大司教は、その地位に昇るや否や、教会とその献身的な息子たちが五世紀ぶりに直面する最悪の危機に、ほとんど時をおかずに立ち向かうこととなるのです」

「どういうつもりなのでしょうか」サー・ベヴィエがスパーホークにささやきかけた。

「オサがラモーカンド国の東部に居座っていることなど、カレロスの人間なら誰でも知っているのに」

「議事進行を遅らせる気だ」スパーホークは顔をしかめた。「だが、何のために？」

「アニアスのやつ、何を企《たくら》んでいる？」ティニアンは謁見室の反対側で澄ました顔で微笑んでいるシミュラの司教を睨《にら》みつけた。

「何かが起きるのを待ってるみたいだな」とスパーホーク。

「何を？」

「見当もつかんね。だがマコーヴァは、それが起きるまでしゃべりつづけるつもりだ」

そのときベリットが謁見室に滑りこんできた。顔は青ざめ、目を虚《うつ》ろに見開いている。見習い騎士はよろめくように階段を上り、ベンチの列のあいだを突き進んでスパーホークに近づいた。「サー・スパーホーク！」と大声で呼びかける。

「声を落とせ、ベリット」スパーホークがささやいた。「腰をおろして、気を落ち着けろ」

ベリットは腰をおろし、大きく深呼吸をした。

「いいだろう。静かに話せ。何があった」

「軍団が二つ、カレロスに近づいてきています」

「二つ？」アラスは驚いた顔で言って、両手を広げた。「何か考えがあって、ウォーガンは手勢を二手に分けたんだろう」

くるの

「ウォーガン王の軍勢ではないんです、サー・アラス」とベリット。

「近づいてくるのが見えるとすぐに、教会騎士が何騎か、確認のため偵察に出ました。北から近づいてくるのはラモーク人のようでした」

「ラモーク人？」ティニアンが困惑して声を上げた。「こんなところで何してるんだ。国境でオサと対峙してるはずじゃないのか」

「このラモーク人たちは、オサに関心がないらしいんです。偵察に出た中にはパンディオン騎士もいて、ラモーク軍の指揮官の顔を判別できました。アダスとクレイガーです」

「何だと！」カルテンが叫ぶ。

「騒ぐな、カルテン」スパーホークがうめくように言った。「それで、もう一つの軍団のほうは？」そう尋ねはしたものの、答は聞かなくてもわかっていた。

「大部分がレンドー人で、カモリア人もかなり混じっていました」

「指揮官は誰だ」

「マーテルです、閣下」

第二部　総大司教

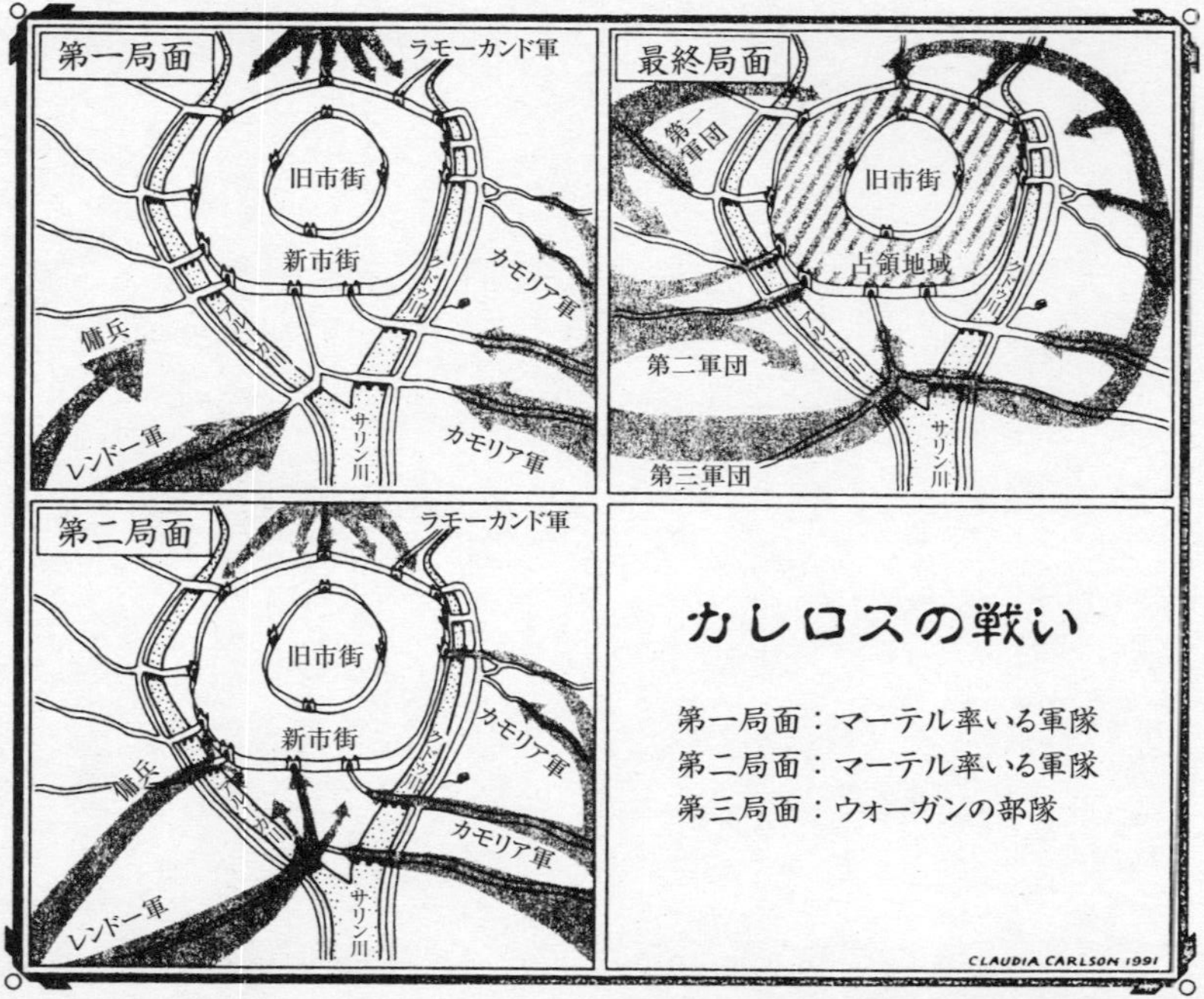

第一局面
ラモーカンド軍
旧市街
新市街
カモリア軍
傭兵
レンドー軍
サリン川
カモリア軍
最終局面
第一軍団
旧市街
占領地域
第二軍団
第三軍団
サリン川
第二局面
ラモーカンド軍
旧市街
新市街
カモリア軍
傭兵
カモリア軍
レンドー軍
サリン川
カレロスの戦い
第一局面：マーテル率いる軍隊
第二局面：マーテル率いる軍隊
第三局面：ウォーガンの部隊
CLAUDIA CARLSON 1991

10

マコーヴァ大司教の演説は、布をかけられた総大司教の玉座のうしろ、壁の高みに厚さ一フィートもある三角形の鉛硝子《ガラス》をはめこんだ巨大な丸窓から朝の光が射しこんできても、なおだらだらと続いていた。硝子からはそれぞれに完璧な三角形をした光が射しこんで、そよとも動かない空気中に漂う埃《ほこり》を金色に輝かせている。マコーヴァは五世紀ほど前のゼモック戦争の恐ろしさについて長々と語り、次いでその混乱の時代に教会が犯した政策上の過ちを、微に入り細を穿《うが》って説明した。

スパーホークはドルマントとエンバンと騎士団長たちに短いメモを回して、聖都に近づいてくる軍団のことを報告した。

「教会兵はカレロスを守ろうとするでしょうか」ベヴィエがささやいた。

「ちょっとした抵抗といったあたりで精いっぱいだろうな」スパーホークが答える。

「ウォーガンは何を手間取ってるんだ」カルテンがアラスに尋ねた。

「見当もつかん」

「ここらで失礼して、静かに退席する潮時じゃないかな」ティニアンが提案した。「どうせマコーヴァの話は、誰でも知ってることばかりだ」

「ドルマントの意見を聞いてからにしよう」とスパーホーク。「われわれの計画について、アニアスにどんなわずかな手がかりも与えたくない。時間稼ぎをしている理由はもうわかったから、次にどう出てくるか見てみよう。マーテルが軍団を展開するにはしばらくかかるはずだ。まだ時間はある」

「たっぷりってわけじゃないぞ」とティニアン。

「こういう場合の常套《じょうとう》手段は、橋を落とすことです。敵の足取りを鈍らせることができますから」

スパーホークはかぶりを振った。

「二つの川に十もの橋がかかってるんだぞ、ベヴィエ。こっちには四百人の騎士しかいないんだ。ほんの何時間か敵を遅らせるだけのために、危険が大きすぎる」

「それに北から迫ってるラモーカンド軍の途上には、橋は一つもないしな」ティニアンが付け加えた。

飾り立てた謁見室の扉が開き、興奮した様子の修道僧が急ぎ足で演壇に近づいた。磨き上げた大理石の床をサンダルがぱたぱたと叩き、激しい息遣いに静かだった空気が乱れて、三角形の光の中の埃が舞い踊った。修道僧は深々と一礼して、マコーヴァに折り畳んだ紙を手渡した。

マコーヴァはすばやく書面に目を通し、あばたの残る顔にごくかすかな勝利の笑みを浮かべた。

「たった今、大切な知らせが届きました。大人数の巡礼の団体が二つ、カレロスに近づいています。もっぱら来世に関心を持って俗事には関わらない兄弟の多いことは承知しておりますが、現在イオシア大陸にいささかの緊張が生じているのは紛れもない事実です。ここはとりあえず休会とし、これら巡礼についての情報をじゅうぶんに集めてから状況を見定めるのが賢明というものではありますまいか」マコーヴァは議場を見まわした。「反対がないので、そのように決しました。聖議会は明朝まで休会といたします」

「巡礼だと」アラスがばかにするように鼻を鳴らして立ち上がった。

スパーホークは部屋の反対側にいるシミュラの司教を見つめたまま、動こうとしなかった。アニアスはかすかな笑みを浮かべて騎士を見つめ返していた。

ヴァニオンはすでにほかの騎士団長たちとともに立ち上がっていた。ちらりとスパーホークを見て、片手ですばやく合図をしてからドアのほうに向かう。

「ここを出よう」スパーホークは人々の興奮した話し声に負けないよう、仲間たちに声をかけた。黒いローブ姿の大司教たちが、列を作ってのろのろとドアのほうに向かっている。足を止めて話し合う者たちのせいで、その流れはあちこちで渋滞していた。スパーホークは鎧《よろい》を着けた仲間の先に立って階段に向かい、謁見室の大理石の床へと下りていった。うろうろしている聖職者を力ずくで押しのけたいという衝動を、何度も抑えこまなければならなかった。

扉のそばでアニアスに出くわした。

「ああ、そこにいたのか、スパーホーク」痩せて血色の悪いシミュラの司教は、かすかに悪意の混じった笑みを浮かべた。「街の城壁へ行って、熱心な信徒の群れが近づいてくるのを見物するのかね」

スパーホークは懸命の努力で怒りを抑えた。

「面白い提案だな、ネイバー」侮辱するようなものうげな口調で答える。「もっとも、わたしは軽く昼食を摂《と》ってこようと思っていたんだ。いっしょにどうだね。セフレーニアが山羊を焼いていると思うんだが。山羊の肉は血を濃くするんだそうだ。失礼な言い方を許してもらえれば、このごろ少し顔色が悪いようじゃないか」

「お招きはありがたいんだが、よそで大事な用があってね。教会の仕事というやつだ。悪く思わんでくれ」

「もちろんだとも。ああ、ところでアニアス、マーテルと話す機会があったら、わたしがよろしく言っていたと伝えておいてくれないか。早くダブールでの話の続きをしたくてたまらないとね」

「きっと伝えておこう、騎士殿。ではこれで失礼するよ」背を向けて扉をくぐる司教の顔には、わずかだが怒りの表情があった。

「今のは何だったんだ」ティニアンが尋ねる。

「それがわかるには、もう少しスパーホークって男を知らないとな」カルテンが答えた。

「アニアスをいい気分のまま行かせるくらいなら、死んだほうがましってやつなのさ。おれが鼻を折ってやったときも、瞬《まばた》き一つしなかった。にっこり微笑んでから、おれの腹に蹴りを入れたんだ」

「おまえは瞬きしたか」

「いや、実を言うと、何とか息をしようと忙しくてね。これからどうする、スパーホーク」

「ヴァニオンが話をしたがってる」

四人の騎士団長は広い戸口のすぐ横に集まって、緊張の面持ちで話し合っていた。ユセラのエンバン大司教もいっしょだ。

「目下の懸案は、街の門の状態だろう」アブリエル騎士団長が話している。磨き上げられた鎧と輝くような白い外衣《サーコート》とマントをまとい、見た目はまるで聖者のようだが、顔の表情はいささか聖者に似つかわしくないものだった。

「教会兵は頼りにできると思うか」青いマントを着けたダレロン騎士団長が尋ねた。ダレロンは痩せぎすで、重いディラの鎧を身に着けるにはやや心許《こころもと》ない体格に見える。

「橋を落とすくらいのことはできるだろう」

「それは勧められんな」エンバンが憮然《ぶぜん》とした顔で答える。「教会兵はアニアスから命令を受けている。アニアスは、そのマーテルとかいう男の進路を妨害したいとは思わんはずだ。スパーホーク、実際のところ、外に迫っているのはどういう者たちなのだ」

「お話ししろ、ベリット」スパーホークは若い細身の見習い騎士に声をかけた。「おまえはその目で見てきたんだからな」

「はい、閣下」ベリットはうなずいた。「北からはラモーク人が迫っています。南から迫っているのはカモリア人とレンドー人です。いずれも大きな軍団ではありませんが、まとまれば聖都にとってかなりの脅威になります」

「その南からの軍団だが、配置はどのようになっている」

「カモリア人が前衛と、側面の守りについています。レンドー人は中央と後衛です」

「レンドー人は伝統の黒いローブを着ているのかね」エンバンが目に強い光をためて尋ねる。

「そこまではわかりませんでした。川の向こうですし、埃がひどいものですから。でもカモリア人とは違う服装をしているようでした。はっきり申し上げられるのはそこまでです」

「わかった。ヴァニオン、この若者は優秀かね」

「とても優秀ですよ、猊下《げいか》」騎士団長に代わってスパーホークが答えた。「将来を嘱望されています」

「けっこう。しばらく貸してもらえんかね。きみの従士のクリクもいっしょに。ちょっと必要なものがあって、二人にはそれを取ってきてもらいたいのだ」

「構いませんとも、猊下。ベリット、お供しろ。クリクは騎士館にいるから、途中で拾っていけ」

エンバンはベリットを従えて、よたよたと遠ざかっていった。

「ばらばらになったほうがよさそうだな」コミエー騎士団長が提案した。「四つの門の様子を見てこよう。アラス、いっしょに来い」

「はい、閣下」

「スパーホーク、おまえはわたしと来い」とヴァニオン。「カルテンはドルマント大司教から離れるな。アニアスが混乱に乗じる気になるかもしれん。なんといっても目の上の瘤《こぶ》はドルマントだ。全力をつくして猊下をお守りしろ。大聖堂の中にいたほうがいいな。まだしも安全だ」ヴァニオンは羽根飾りのついた兜《かぶと》をかぶり、漆黒のマントをひるがえした。

「どっちへ行きます」大聖堂を出て広い中庭へと大理石の階段を下りながら、スパーホークが尋ねた。

「南門だな」ヴァニオンがむっつりと答える。「一目マーテルを見ておきたい」

「わかりました。〝だから言ったのに〟などとは言いたくないんですが、現実は確かにそのとおりですからね。そもそもの最初に、マーテルを殺しておくべきだったんです」

「そう責めるな、スパーホーク」ヴァニオンは厳しい声でそう言い、鞍に飛び乗った。渋い表情をしている。「だが状況は変わった。今度こそ許可しよう」

「ちょっと遅かったな」ファランにまたがりながら騎士は口の中でつぶやいた。

「何か言ったか」

「何でもありません、閣下」

カレロスの街の南門はここ二世紀以上も閉じられたことがなく、保守状態もひどいものだった。木材は乾燥腐敗が進んでおり、門を開閉する鎖は錆《さび》のかたまりだった。ヴァニオンは一目見ただけで身震いした。

「まったく役には立たんな。わたし一人でも蹴破れそうだ。城壁の上に登ってみよう。その軍団というのを見ておきたい」

街の城壁の上は市民や職人や商人や雇い人でごった返していた。色とりどりの衣装をまとった群集が近づいてくる軍団を見物しているさまは、ほとんど祝日の様相を呈していた。

「押すんじゃねえよ」職人がけんか腰でスパーホークに食ってかかった。「おれたちにもあんたと同じものを見物する権利があるんだ」男は安酒のにおいをぷんぷんさせていた。

「どこか別の場所で見物するんだな、ネイバー」

「そんなふうに命令はできねえぞ。おれには権利があるんだ」

「どうしても見たいのか」

「そのためにここへ来てるんだ」

スパーホークはカンヴァス地の上っ張りの胸倉をつかみ、男の身体を持ち上げると城壁の向こうに落とした。そのあたりは高さが十五フィートほどあり、地面に落ちた職人の肺から音を立てて空気が叩き出された。

「軍団が近づいてくるのはこっちの方角だ」スパーホークは城壁から身を乗り出し、南を指差して快活な声で言った。「近づいて、もっとよく見てきたらどうだ。それもおまえの権利なんだろう」

「こうと決めるととんでもないことをするな」ヴァニオンがたしなめる。

「態度が気に入らなかったんですよ」スパーホークは周囲の群集に向かって声を張り上

げた。「隣人《ネイバー》諸君、ほかにも権利を主張したい者はいるかね」城壁の向こうに目をやる。酔っ払った職人は恐怖に何事か口走りながら、足を引きずり、目を飛び出さんばかりに丸くして、いささか疑問はあるがとりあえず安全な城壁の中に逃げこもうと懸命になっていた。

たちまち城壁の上の一部に、二人のパンディオン騎士のための場所ができた。

ヴァニオンは近づいてくるカモリア人とレンドー人の混成部隊を眺めた。

「どうやらほぼ望みどおりになっているようだ。マーテルの率いる主力はさらに背後にいて、橋のところでもたついている」そう言って数マイル先に立ちこめているもうもうたる土埃を指差し、「連中がここまでやってくるのは暗くなってからだろう。陣立てが整うのは明日の午《ひる》になるな。まだ多少の時間はあるわけだ。よし、下に戻ろう」

騎士団長のあとについて踵《きびす》を返したスパーホークは、ふと足を止めてふり返った。教会の紋章を両側につけた飾り立てた馬車が一台、南門から出てきたところだった。御者台にいる修道僧の肩に、疑わしいほど見覚えのある感じがする。馬車が西に進路を変えたとき、大司教の僧衣をつけた髭面《ひげづら》の男がちらりと窓から見えた。馬車までは三十ヤードと離れておらず、スパーホークには聖職者に化けて馬車に乗っている男の正体がすぐにわかった。

クリクだった。

スパーホークは悪態をつきはじめた。

「どうかしたのか」ヴァニオンが尋ねる。

「エンバン大司教とじっくり話し合う必要があります」スパーホークはうなるような声で答えた。「あの馬車に乗っているのは、クリクとベリットです」

「確かなのか」

「たとえ闇夜で百ヤード離れていても、クリクは見分けがつきます。二人にこんな危険なことをさせる権限は、エンバンにはない」

「今となっては手遅れだな。来い、スパーホーク。マーテルと話をする」

「マーテルと？」

「意表を衝《つ》けば情報を洩《も》らすかもしれん。休戦に応じるほど自信過剰になっているかな――ただ自分の優位を見せつけるだけのために」

スパーホークはゆっくりとうなずいた。「おそらく。マーテルの自意識はとてつもなく膨れ上がっています。名誉を重んじる格好をして見せるためなら、火の中を歩くことも厭《いと》わないでしょう」

「わたしも同じように考えている。それが正しいかどうか確かめてみよう。ただ、侮辱の応酬に夢中になってわれを忘れるんじゃないぞ。目的はあくまでも、マーテルの軍団を近くからよく観察することだ。わたしが知りたいのは、あの軍団が田舎の市場や街道脇の飲み屋から適当に集めてきたくずの集団なのか、それとももう少し真剣に受け取るべきものなのかということだ」

二人はベッドシーツを徴用して休戦旗を作った。飲み屋の二階でスパーホークがそれをはがしている間、ヴァニオンは怯《おび》えた亭主にシーツの代金を支払おうと申し出た。スパーホークの槍に結びつけられた休戦旗は満足そうにひるがえり、黒い甲冑を着けた二騎の騎士は南門を駆け抜け、雷鳴のような蹄《ひづめ》の音を響かせて、迫ってくる軍団に近づいていった。丘の頂きまで行って足を止め、スパーホークはわずかにファランの向きを変えた。強い風が間に合わせの旗をひるがえらせる。これなら誰の目にも明らかだろう。マーテルの軍団の前衛はまだかなり先だが、遠くで命令を怒鳴る声がかすかに聞こえてきた。軍団は徐々に歩調をゆるめて停止し、待つほどもなくマーテルが供の兵士を一人連れて姿を見せた。マーテルも手に槍を持ち、疑わしいほどシリニック騎士のマントにそっくりな白い休戦旗を掲げていた。スパーホークは顔をしかめ、小声でつぶやいた。

「ベーリオンはエラナを死の淵から生き返らせてくれた。同じことをマーテルにもしてやれるといいんだが」

「どうしてそう思うんだ」

「もう一度殺せるようにですよ。その気になれば、何度も何度もマーテルを殺すのが、わたしの生涯の仕事になるんです」

ヴァニオンは厳しい目をスパーホークに向けたが、何も言おうとはしなかった。

マーテルはいかにも高価そうな鎧を身にまとっていた。胸当てと肩当てには金銀の象《ぞう》嵌《がん》がほどこされ、地金の鋼鉄もぴかぴかに磨き上げられている。ディラ国で鍛えたものらしく、機能性一辺倒の聖騎士の甲冑に比べると、ずっと洗練されていた。スパーホークとヴァニオンから数ヤードのところまで近づくと、マーテルは槍の石突きを地面に突き刺し、白い羽根飾りのついた豪華な兜を取った。白い髪が風でうしろになびく。「閣下」わざとらしい丁寧さでそう言い、ヴァニオンに向かって軽く頭を下げる。

ヴァニオンの顔は氷のようだった。みずからの手で騎士団から追放した騎士には何も答えず、かわりにスパーホークを身振りで示した。

「なるほど」マーテルの声には純粋な悔恨の響きがあった。「あなたにはもう少し期待していたのですが、ヴァニオン。まあいい。スパーホークと話しましょう。よろしければ聞いていてください」

スパーホークも同じように槍の石突きを地面に突き刺し、兜を取ってファランを前に進めた。

「元気そうだな」マーテルが言った。

「おまえも変わらないな——その派手な甲冑は別にして」

「最近少しばかり考えるところがあってな。ここ数年でずいぶん金を稼いだが、どうもそれを楽しく使っていないような気がしたのさ。そこで少しばかり新しい玩具《おもちゃ》を買ったんだ」

「馬も買い替えたのか」スパーホークはマーテルの大きな黒い乗馬に目をやった。

「なかなかいいだろう。よかったら同じ牧場に頼んでやるぞ」

「わたしはファランが気に入ってる」

「その悍馬《かんば》、少しは人に慣れたか」

「今のままのこいつが好きなんだ。ここで何を企《たくら》んでる、マーテル」

「わかりきったことだろう。聖都を占領する。一般受けするように別の言葉を使うなら、聖都を解放する。だがまあ、おまえとは古い付き合いだ。細かい言葉遣いを気にすることもあるまい。もう少しわかりやすく言うなら、聖都に入城して〝わが意に従わせる〟わけだ」

「やるだけはやってみる、という意味だな」

「誰に止められる？」

「おまえの良識、かな。錯乱の気味はあっても、おまえは愚かな男ではなかった」

マーテルはからかうように軽く一礼した。

「短い時間で、これだけの軍勢をどこから集めてきた」

「短い時間で？」マーテルは笑い声を上げた。「ものごとにあまり注意を払っていなかったらしいな、スパーホーク。ジロクに長居しすぎたんじゃないのか。なにしろあの太陽だ」と身震いして、「ところで、最近リリアスからは何か言ってきたか」その言葉はスパーホークがこの十年間どこで何をしていたか知っていることをひけらかし、相手を当惑させるのが狙いだった。

「元気だったよ――最後に便りがあったときは」スパーホークは内心の動揺をおくびにも出さずに答えた。

「ことが終わったらお付き合いを願おうかと思ってね。なかなか魅力的な女性らしい。おまえの昔の妻といちゃつくというのも面白そうだ」

「たっぷり休養を取ってからにすることだ。おまえにリリアスの相手をするだけの体力があるとは思えん。ところで、まだ質問に答えてもらっていないようだが」

「少しばかり記憶をつついてやったんだ、もう自分でも答が出せるのではないかな。ラモーク人はアルストロム男爵とゲーリック伯爵の仲違いを仕掛けたときに集めた。カモリア人傭兵《ようへい》はいつでも出番を待っているから、一声かければ飛んできた。レンドー人にしても、アラシャムさえ取り除いてしまえば簡単だった。そうそう、あの爺《じい》さん、死に際に〝仔羊の角〟とわめきつづけていたよ。あれがおまえの教えた秘密の合言葉だったのか？　何とも月並みだな、スパーホーク。想像力のかけらも感じられない。新しいレンドー人の霊的指導者は、もっとずっと扱いやすい男だ」

「会ったことがある」スパーホークは言葉少なに答えた。「おまえと馬が合うといいんだがな」

「ウレシムはそれほど悪くないぞ。こっちが高圧的に出てさえいればな。とにかくおれはアーシウムに上陸し、コムベを略奪して焼き払ってからラリウムに向かった。ウォーガンはたっぷり楽しんだと思うね。やつが到着するとおれは逃げ出して、アーシウムじゅうをぐるぐる引きずりまわしてやった。クラヴォナス崩御の知らせが届くまで、おれも楽しみたかったからな。立派な葬式を出してやったか」

「まずまずだった」

「参列できなくて残念だよ」

「ほかにも残念に思うことがあるぞ、マーテル。アニアスはおまえに報酬を払えそうにない。エラナは回復して、もうアニアスは国庫に近づけないからな」

「ああ、その話は聞いた――アリッサ王女と息子から。シミュラの司教に対する好意の表われとして、あの尼僧院から解放してやったんだ。そのときちょっとした行き違いがあって、あそこの修道女はみんな死んでしまったがね。残念なことかもしれんが、おまえたち宗教的なタイプの人間は、本当は政治に首を突っこんだりすべきじゃないんだ。尼僧院には兵隊が出がけに火を放っていたよ。部隊に戻ったらアリッサにはよろしく伝えておこう。デモスを発って以来、ずっとおれの天幕にいるんだ。幽閉の恐怖からすっかり神経質になっていてな。できる限りの慰めを与えてやってるところだ」

「それもおまえへの貸しに加えておくぞ、マーテル」

「何の貸しだ」

「修道女たちのことも、おまえを殺す理由の一つということだ」

「いつでも相手をしてやるさ。ところで、いったいどうやってエラナを治したんだ。レンドー人は治療法などないと請け合っていたんだが」

「情報が不完全だったようだな。治療法はダブールで見つけた。わたしとセフレーニアがあの時あそこにいたのは、それが理由だった。アラシャムの天幕でおまえの計画を妨害できたのは、まあ余禄のようなものだ」

「あのときは本当に迷惑したぞ」

「兵隊への支払いはどうするつもりだ」

マーテルは用心深い口調になった。

「スパーホーク、おれたちは世界一裕福な都市をこの手に握ろうとしているんだぞ。カレロスの城壁の中で、どれほどの略奪ができるか考えてみろ。あそこを略奪できるというだけで、金なんかいらないからぜひ加えてくれとみんな飛びついてきたよ」

「長い包囲戦に対する覚悟があるといいんだがな」

「そんなことは考えていないさ。アニアスが門を開けてくれる」

「アニアスは聖議会で、まだじゅうぶんな票を握ってはいないぞ」

「おれがここにいるだけで、投票の動向は変わってくると思うがね」

「この場で決着をつける気はないか。おれとおまえだけで」

「こちらが優位に立っているのに、そんなことをすると思うか」

「わかった。カレロスに入れるかどうか、やってみるといい。どこかにおまえの好きな路地を見つけておこう」

「その日を楽しみにしているよ、ブラザー」マーテルは笑みを浮かべた。「さて、ヴァニオン、この飼い猿はもうおれからじゅうぶんに答えを引き出したかね。それとももう少し続けようか」

「戻ろう」ヴァニオンが唐突に言った。

「あなたと話すのはいつも楽しいですよ、ヴァニオン卿《きょう》」からかい口調でマーテルが背後から声をかける。

「ベーリオンなら、本当にやつを墓から甦《よみがえ》らせることができると思うか」街へ戻りながらヴァニオンがスパーホークに尋ねた。「だったらわたしも一、二度殺してやりたいんだが」

「セフレーニアに聞いてみましょう」

一同は今回も、赤いカーテンをかけたサー・ナシャンの書斎に集まった。太ったパンディオン騎士ナシャンは、この地で騎士館の責任者になっている。パンディオン騎士団はほかの騎士団と違って、本来のカレロスである旧市街の城壁の内側に騎士館を置いていた。騎士団長たちは一人ひとり、四つの門のそれぞれの状況を報告した。どれもあまり元気の出てくるような報告ではない。最年長のアブリエル騎士団長が立ち上がった。

「さて、諸君、どうするかね。市街全域を守る手だてが何かあるだろうか」

「まったくの問題外だ、アブリエル」コミエーがむっつりと答えた。「門はどれも羊の群れさえ押しとどめられそうにないし、教会兵まで加えても、外に集結している軍団を迎え撃てるだけの数にはとても足りない」

「気の滅入るやり方だな、コミエー」とダレロン。

「わかっているが、ほかに手だてがあるか」

「まあないだろう」

「失礼ですが、みなさん」サー・ナシャンがおずおずと声を上げた。「いったい何のお話をしていらっしゃるのですか」

「旧市街の城壁の中に撤退するということだよ、ナシャン」ヴァニオンが答えた。

「新市街は見捨てると?」ナシャンの声が高まった。「閣下、これは世界一大きな、世界一裕福な都市なのですよ!」

「どうしようもないのだ、サー・ナシャン」とアブリエル。「旧市街の城壁は古い時代のものだ。多分に装飾的な新市街の城壁と違い、高さもあるし、堅固でもある。旧市街だけなら――少なくとも当面は――守りきれるが、カレロス全域を守るのは不可能だ」

「いささか厳しく不愉快な選択をしなくてはならない」ダレロン騎士団長が説明を引き取った。「旧市街に撤退したら、新市街の住人に対して門を閉ざさなければならない。カレロスの全住人を養うだけの食糧は、旧市街にはないからな」

「その前に教会兵の指揮権を握っておく必要がある」ヴァニオンが言った。「四百騎だけでは、マーテルの軍勢を持ちこたえられまい」

「その点については妙案がある」そう言ったのはエンバン大司教だった。エンバンは大きな椅子に身体を預け、ぽってりした両手を腹の上に置いていた。「今朝のマコーヴァの傲慢《ごうまん》ぶりがどれほどのものであるかにかかってはいるがな」ベリットとクリクに何をさせたのかとスパーホークが問い詰めても、エンバンははぐらかすばかりだった。

「この方法だと、多少だが戦略的な利点もある」コミエーが考え考え言った。「マーテルの兵隊はみんな傭兵だ。新市街に入城したら、たちまち略奪行為に夢中になるだろう。こちらはさらに時間を稼げる」

エンバンが小さく笑った。「聖議会のかなりの議員が、気が気でない思いを味わうことになろうな。同僚の大司教たちの中には、旧市街の城壁の向こうに豪壮な邸宅を構えている者も少なくない。新市街での略奪行為には身を切られる思いだろう。シミュラの司教への支持も、いささかぐらつくことになるのではないかな。わしの家は旧市街にあるから問題はないがね。あなたの家もそうでしたな、ドルマント」

「悪い人だ、エンバン」ドルマントが答えた。

「だが神はわしの努力を喜んでくださっているよ、ドルマント。どれほど小さな、情けない努力であってもな。われわれはみな神に奉仕するために生きている――人それぞれのやり方でだ」そう言ってふと眉をひそめ、「こちらの候補者はオーツェルということになる。ほかの者を選んでもよかったんだが、今のところ教会には保守化の波が押し寄せているからな。保守的ということにかけては、オーツェルの右に出る者はいない。だが少しばかり手を入れてやったほうがいいぞ。あの男は、どう見ても愛敬のある人物ではない」

「その点はわれわれ二人が何とかするしかあるまい、エンバン――あなたとわたしが。とにかく今は軍議に集中したほうがよかろう」

「次の段階は撤退のルートを決定することだろうな」アブリエルが言った。「ユセラの大司教の思惑どおり教会兵の指揮権が掌握できたとすると、そちらの兵士たちも旧市街に移動させなければならん。われわれの考えていることを街の住人に気づかれる前に、迅速にやる必要がある。さもないと、避難しようとする人々で大混乱になるだろう」

「ちょっとひどいのではありませんか」セフレーニアが非難がましい声を上げた。「罪もない人々を見捨てて、野蛮な略奪者のなすがままにさせるというのですか。マーテルの手下が略奪だけで満足するはずはありません。暴虐の限りをつくすのが目に見えているのですよ」

ドルマントは嘆息した。

「戦争とはそうしたものです、小さき母上。もう一つ、あなたには今日から毎日、われわれといっしょに大聖堂へ来ていただく。守ることができるように、いつも近くにいていただきたい」

「お望みのままに、ディア」

タレンは憂鬱《ゆううつ》そうな顔だった。

「門を閉める前においらが旧市街の外に出られるように取り計らってくれるつもりは、どうせないんだろうね」

「ない」スパーホークが答えた。「どうして外に出たいんだ」

「おいらの分け前を確保するためだよ、もちろん。こんな機会は一生に一度だからね」

「まさか他人の家の略奪に加わるつもりではないだろう、タレン」ベヴィエが衝撃を受けた声で尋ねる。

「もちろんだよ、サー・ベヴィエ。そういうことはマーテルの手下にやらせるのさ。そいつらが盗んだものを両手いっぱいに抱えて出てきたときが、カレロスの盗賊たちの出番なんだ。マーテルはここ何日かのあいだに、かなりの数の部下を失うことになると思うよ。短剣に刺されて死ぬやつがマーテルの軍団に大量発生するってこと、保証してもいいくらいさ。この街の物乞《ものご》いたちが、もう物乞いなんかしなくてもよくなるってこともね」少年はため息をつき、恨みがましく訴えた。「おいらの楽しみをみんな取り上げちゃうんだもんな」

「危険なことなど何もないのです」翌朝、聖議会が再開されると、マコーヴァは議員たちの不安を笑い飛ばした。「わが個人警護隊のゴータ隊長が——」言いかけて言葉を切り、騎士団長たちを睨《にら》みつける。警護隊長の急逝にまだ恨みを抱いているらしい。「失礼、アーデン隊長が、危険も顧みずにあの近づいてくる巡礼たちのすぐそばまで赴き、いろいろと問いただしてきたのです。あれはまさに巡礼であり、信心深い教会の息子たちにほかなりません。この時期を選んで聖都に巡礼に来たのは、新しい総大司教が玉座にのぼるのを、ともに祝福するためなのです」

「それは何とも驚くべき話だ、マコーヴァ」エンバン大司教がものうげに声を上げた。「こうした状況だけに、わしも街の外に偵察を出した。その者たちが持ち帰った報告は、まったく違うものだ。この違いをどう説明したらいいものかな」

マコーヴァの笑みはかすかな、冷たいとさえ言えそうなものだった。

「ユセラの大司教の冗談好きはよく知られています。実際、陽気で楽しいお人だ。その諧謔《かいぎゃく》はしばしば重苦しい緊張を解きほぐしてくれたものです。しかし今はそのような冗談がふさわしい時でしょうか、親愛なるエンバン」

「わしが笑っているように見えるか、マコーヴァ」エンバンの口調は腎臓に短剣を突き立てるのと変わらないくらい厳しかった。ユセラの大司教は席を立った。「ブラザー諸君、わしの得た情報によると、門前に迫っているこのいわゆる巡礼の集団は、友好的というにはほど遠い者たちだ」

「ばかばかしい」マコーヴァが一蹴する。

「あるいはな。だがわしはこの〝巡礼〟の一人を大聖堂へ連れてきて、仔細《しさい》に検分することができるよう手配した。多くを語ろうとはしないかもしれんが、その態度や持ち物、出自などからもいろいろなことがわかるものだ――あるいは服装からも」マコーヴァが反対したり権威を振りかざしたりするまえに、エンバンは鋭く手を打ち鳴らした。

部屋の扉が開き、クリクとベリットが入ってきた。黒いローブ姿の男の足首をそれぞれに握っている。ぐったりした男の身体を引きずって、二人は大理石の床の上を進み出た。赤い血の痕《あと》が白い床の上にくっきりと残った。

「何をしている！」マコーヴァは悲鳴のような声で叫んだ。

「証拠を提出するだけだ、マコーヴァ。証拠をじゅうぶんに検討することなくしては、合理的な判断もできんだろう」エンバンは演壇の前の床の上を指差した。「証人をそこへ」とクリクとベリットに指示する。

「禁止する！」マコーヴァがわめいた。

「禁止したければするがいい」エンバンは肩をすくめた。「だがもう手遅れだ。議員諸君は誰もがこの男を見てしまった。この男の正体は明らかだ。そうではないかね」エンバンは床の上に大の字に投げ出された死体のそばによたよたと近づいた。「顔つきを見れば、出身地がどこであるかは見当がつく。黒いローブがそれを裏付けている。ブラザー諸君、ここにいるのは明らかにレンドー人だ」

「ユセラのエンバン大司教」マコーヴァは必死の口調だった。「殺人の容疑で逮捕する」

「下らん真似はよせ、マコーヴァ。聖議会の開会中に議員を逮捕はできん。それにここは大聖堂の中だ。世俗の法の力は及ばん」エンバンはクリクのほうに顔を向けた。「殺すしかなかったのかね」

「はい、猊下」従士がぶっきらぼうに答える。「どうしようもありませんでした。ただ、あとで短いお祈りをしておきました」

「感心な心がけだ。この憐《あわ》れな異端者を永遠の神の御前《みまえ》に送り出したことについて、きみと仲間の若者には全面的な罪の許しを与えよう」太った大司教は部屋の中を見まわした。「さて、ではこの〝巡礼〟の尋問に話を戻そう。これはレンドー人で、見てのとおり剣で武装している。現在イオシア大陸のこのあたりで知られているレンドー人はすべてがエシャンド派であるからして、この〝巡礼〟もまたその仲間だと考えられる。エシャンド派の異端者たちが大挙して、聖都に新しい総大司教の誕生を祝福しにきたとは考えられるだろうか。われらが親愛なるブラザー・マコーヴァは、奇跡的にも南の異端者たちを改宗させ、真実の神を信仰する聖なる教会のもとに立ち戻らせることに成功したのだろうか。ここでコムベの大司教のご返答を待ちたいと思う」エンバンは立ったまま、マコーヴァを見つめて返事をうながした。

「エンバンが味方でよかった」アラスがティニアンにささやいた。

「まったくだ」

「ふむ」マコーヴァの困りきった顔を見て、エンバンはうなずいた。「どうやらそこまで望むのは無理というものらしい。傷ついた教会の一体性を取り戻す機会を逸したことについて、われらは神に謝罪せねばなるまい。しかしながら、後悔のゆえに、失望の苦き涙のゆえに、現実の厳しさを見る目が曇るようなことがあってはならない。門前の〝巡礼〟たちは、見かけどおりの者たちではない。われらが親愛なるブラザー・マコーヴァは、どうやら手ひどく欺かれたのだろう。カレロスの門前に蝟集《いしゅう》しているのは信仰篤《あつ》い者たちの集団ではなく、真実の信仰の中心地を破壊し踏みにじろうとする、憎むべき敵の軍団なのだ。われらの命運には一刻の猶予もないことになる。議員たるブラザー諸君には、神のもとへ赴く方法を考えておくようお勧めする。エシャンドの異端者たちが高位の聖職者にどのようなことをするか、ここでくり返すまでもなく、みなさんよくご存じのはずだ。わし自身としても、火焙《ひあぶ》りの炎は辞退したいところだ」息を継ぎ、笑みを浮かべ、大司教は丸々した両手を打ち鳴らした。「酒宴の炎なら歓迎なのだがな」

神経質な笑いの波が議場内に広がった。

「われわれ自身がどうなるかというのは重要なことではない」エンバンが続ける。「問題なのは聖都と教会の運命だ。採るべき道は二つに一つ。異端者の前に膝を屈するか、それとも戦うか」

「戦うぞ！　戦うんだ！」一人の大司教が席から飛び上がって叫んだ。

その叫びはたちまち部屋じゅうに広がった。たちまち議場は総立ちとなり、誰もが口々に同じ言葉を叫んでいた。「戦うぞ！」

エンバンはいささか芝居がかった仕草で両手をうしろに組み、頭を下げた。顔を上げたとき、その頬《ほお》には本物の涙が流れていた。ゆっくりとあたりを見まわして、その場にいる全員にその涙を眺める機会を与える。

「だが残念なことに、われらは誓いによって、この僧服を脱いで剣を執ることは禁じられている。恐ろしい破局を、手をこまねいて見ていることしかできんのだ。われらの命運は定まり、同時に教会の命運も定まった。長生きしたおかげで、このような破滅の日を目の当たりにすることになろうとは。どうすればいいだろう、ブラザー諸君。われらを救える者はいないのか。この暗闇の時代に、われらを守る力を持った者はどこにいるのか。どのような者たちであれば、この恐ろしい、宿命の決戦において、われらを守り戦うことができるのか」

息を呑むような沈黙があった。

「聖騎士団じゃ」年老いた弱々しい声が、赤いクッションを敷いたベンチから上がった。「聖騎士団を差し向けるのじゃ！　地獄の力をもってしても、聖騎士団には太刀打ちできん！」

「聖騎士団だ！」聖議会は一つに声を合わせた。「聖騎士団だ！」

11

広い部屋の中にしばらく興奮した騒ぎが続くあいだ、ユセラのエンバン大司教は広い大理石の床の中心におごそかに立っていた。たまたまそこは、玉座の背後の丸窓から射しこむ楕円形の光の輪の中心に当たっていた。声がつぶやきとなって静まりはじめると、エンバンはふっくらした片手を上げた。

「そのとおりだ、ブラザー諸君」エンバンは重々しさを感じさせる声で先を続けた。「無敵の聖騎士団であれば、カレロスを守るのもたやすいことだろう。しかし聖騎士団たちは、目下アーシウムの防衛に派遣されている。もちろん騎士団長たちはここにいて、われらの間に当然の場所を占めてはいる。だがその手勢はわずかなものでしかなく、われらを包囲する悪の軍勢を蹴散らせるほどのものではない。瞬《まばた》き一つするあいだに、聖騎士団をアーシウムの岩だらけの平原から聖都まで運んでくるというわけにもいくまい。たとえそれができたとしても、敵に囲まれたアーシウムの将軍たちにカレロスでの事態のほうが切迫していることを納得させ、騎士団の引き揚げを認めさせることができるだろうか」

カダクのオーツェル大司教が立ち上がった。いかめしい顔を白くなりかけた溥い金髪が縁取っている。

「一言よろしいかな、エンバン」カダクの大司教はアニアスの反対勢力が推す候補者であり、その言葉にはそれなりの権威があった。

「もちろんですとも」とエンバン。「ラモーカンドのブラザーには、どうかその叡智《えいち》を分け与えていただきたい」

「教会の使命は何としても存続して、将来も義務を果たしつづけることじゃ」オーツェルのしわがれ声が響いた。「それ以外はみな二義的なことにすぎん。この点は誰もが一致するところじゃろう」

同意のつぶやきが起きる。

「やむを得ず犠牲を出さねばならんときもある。潮だまりの底で足を岩にはさまれ、満ちてきた潮が顎《あご》にまで迫ってくれば、人は泣く泣く足を切り落とすものじゃ。今わしらはこれと同じ状況に立たされておる。命を——すなわち聖なる教会を——助けるためには、必要とあらばアーシウム全土を見捨てる覚悟がなくてはならん。われらが直面しておるのは教会の危機じゃ。過去において聖議会は、もっとも厳しい手段に訴えることにきわめて慎重じゃった。しかし現在われらが直面しておる状況が、五世紀前に起きたゼモック国の侵攻以来の、母なる教会にとっての最大の試練であることは間違いない。ブラザー諸君、主は見ておいでだ。神の愛する教会にこれからも奉仕するだけの器量がわれらにあるかどうかは、この事態をどう乗り切るかによって判断されることとなろう。よってわしはここに、われらを律する法の定めに従って、即時の採決を要求する。採決すべき案件の内容を簡単に言えば、こんなところじゃ。〝カレロスにおける現状を信仰の危機とみなす〟――賛成か、反対か」

マコーヴァは飛び出さんばかりに目を見開いた。

「もちろん」といきなり大声を上げる。「もちろん現状はそこまで切羽詰まったものではない！　まだ門外の軍団と交渉さえしていないのだし――」

「コムベの大司教は法を逸脱しておる」オーツェルが鋭く言った。「信仰の危機に関する討議は、公にすることはできん」

「法の問題だ！」マコーヴァが叫ぶ。

オーツェルは法令を担当している痩せこけた修道僧のほうにさっと顔を向けた。

「法の引用を」

修道僧は激しく震えながら、分厚い法規集を繰りはじめた。

「何が始まったの？　さっぱりわかんないよ」タレンは戸惑った顔になっていた。

「信仰の危機が宣言された例はほとんどないんだ」ベヴィエが答える。「西イオシア諸国の王たちが激しく反対したせいだろう。信仰の危機が宣言されると、教会はあらゆるものを自由に使うことができるようになる――政府も、軍隊も、資材も、資金も、何もかも」

「教会の危機の採決は多数決でいいのか。それとも全会一致じゃないとだめなのか」カルテンが尋ねる。

「多数決だと思いますが、法吏の引用を聞いてみましょう」

「こんなことする必要があるのか」とティニアン。「ウォーガンに送った手紙には、もう教会の危機だって書いてやったじゃないか」

「オーツェルには言わなかったんだろう」アラスが答えた。「法の手続きにこだわる人間の心情を、わざわざかき乱すことはない」

痩せこけた修道僧は顔面を蒼白にして立ち上がり、咳払いをした。怯《おび》えるあまり蚊の鳴くような声になっている。

「カダクの大司教のおっしゃるとおりです。教会の危機に関する採決は、即座に秘密投票によって行なわれます」

「秘密投票?」マコーヴァが声を荒らげる。

「それが法の定めです、猊下《げいか》。結果は単純過半数をもって決します」

「だが――」

「コムベの大司教には、これ以上この討議を公にすることは法の定めに反すると再度申し上げておく」オーツェルの声は鞭《むち》のようだった。「投票を要求する」あたりを見まわし、目を剝《む》いているアニアスのほど近くに座っていた聖職者を指差して、「その者、投票に必要な道具を取ってくるように。わしの記憶では、総大司教の玉座の右手のチェストの中にあるはずじゃ」

指差された男は困ったようにアニアスを見てためらっている。

「行くのじゃ！」オーツェルの大音声が響いた。

男は椅子から飛び上がり、覆いをかけられた玉座へと急いだ。

「誰か、わかるように説明してよ」タレンが不満そうにささやく。

「あとでね、タレン」セフレーニアがそっと答えた。教母は聖職者のように見えないこともない重い黒のローブを着て人種と性別を隠し、鋼鉄の鎧《よろい》の陰になるように聖騎士たちのまん中に座っていた。「しばらくはこの絶妙の舞踏を楽しみましょう」

「セフレーニア」スパーホークがたしなめる。

「失礼」教母はすぐに謝った。「でもあなたがたの教会を笑いものにしているのではありませんよ。入り組んだやり取りを楽しんでいるのです」

投票の道具というのは、薄汚れて飾り気のないかなり大きな黒い箱と、鉛の封印でしっかりと閉じられたごく普通の二つの革袋のことだった。

「コムベの大司教」オーツェルがわざとらしく丁重に声をかける。「今のところ議長はあなたじゃ。封印を破って票を配るのは、あなたの職務ということになる」

マコーヴァがすばやく法吏のほうに目をやると、小柄な修道士はうなずいた。マコーヴァは二つの革袋を取り上げ、鉛の封印を破って中のものを取り出した。それは普通のペニー貨くらいの大きさの木札で、一方は白く、もう一方は黒く塗られていた。大司教は木札をかざし、同僚の議員たちに向かって宣言した。

「これを使って投票を行ないます。黒が反対、白が賛成ということでよろしいかな」

賛同のつぶやきが上がる。

「では票を配ってくれ」マコーヴァは二人の若い小姓に指示した。「聖議会の議員は、それぞれ白票一枚と黒票一枚を持つものとします」そう言って咳払いをする。「神のお導きにより、ブラザー諸君には理性的に投票をなさるようお願いしておきます」その顔にはだいぶ血色が戻ってきていた。

「票読みをしてるぞ」とカルテン。「向こうは五十九票だ。そしてあいつは、こっちには四十七票しかないと思ってる。クロゼットに隠れてる五人の大司教のことは知らないからな。あの五票には肝をつぶすだろう。それでもまだ向こうのほうが多い」

「中立票を忘れていますよ」ベヴィエが口をはさむ。

「あいつらは棄権するさ。そうじゃないか。まだ賄賂《わいろ》を待ってるんだったら、どっちかならずどちらかに投票しなくてはいけないことになっているんです」
「棄権はできませんよ。この投票に関してはね。教会法によって、こうした問題ではか
に反対したりはしないはずだ」

「どこでそんなことを覚えたんだ、ベヴィエ」

「軍事史の研究をしたと言ったでしょう」

「軍事史と教会法がどう関係するんだ」

「ゼモック国の侵略に際して、教会は信仰の危機を宣言しています。だから教会法もわたしの研究対象なんです」

「なるほど」

二人の小姓が票を配っているあいだに、ドルマントは立ち上がって大扉に近づいた。外に立っている自分の衛兵に何事か声をかけて、また席に戻る。票を配る二人の少年がまっ赤なクッションを敷いた長椅子の四列めの終わりに近づいたころ、大扉が開いて、隠れていた五人の大司教が不安そうな様子で入ってきた。

「これはどういうことですかな」マコーヴァが目を丸くして叫んだ。

「コムベの大司教は法を逸脱しておる」オーツェルの声が響いた。マコーヴァを難詰《なんきつ》するのが楽しくなってきたらしい。さらに新来の五人に向かって、「ブラザー諸君、これから行なう投票じゃが――」

「わがブラザーたちに指示するのはわたしの権限だ」マコーヴァが激した口調でオーツェルをさえぎる。

「コムベの大司教は間違っておる」オーツェルはぴしゃりと言い返した。「聖議会に議案を持ち出したのはこのわしであり、ゆえにその権限はわしにある」オーツェルは五人に向かって手短に投票のことを説明した。説明は状況の深刻さを大いに強調していた。マコーヴァが説明していたら、まずそうはならなかったろう。

マコーヴァはそれでもどうにか落ち着きを取り戻した。

「また票読みをしてるぞ」とカルテン。「まだ向こうのほうが多いな。結果は中立票の動きにかかってる」

黒い箱がマコーヴァの演台の前のテーブルに置かれ、大司教たちは列を作って、箱の上の細長い穴に票を入れていった。どちらに投票するかをはっきりと見せる者もいれば、そうはしない者もいる。

「開票はわたしが行ないます」マコーヴァが宣言した。

「だめじゃ」オーツェルがそっけなく答える。「少なくとも独りというわけにはいかん。聖議会に議題を提出したのはこのわしじゃから、わしが開票を補佐しよう」

「ますますオーツェルが好きになってきたぜ」ティニアンがアラスにささやく。

「あの人を誤解してたかもしれん」アラスもうなずいた。

開票が進むにつれて、マコーヴァの顔から徐々に血の気が引いていった。議場は静まり返って、誰もが息を詰めるように結果が出るのを待っている。

「以上じゃ。結果を発表するがよかろう」

マコーヴァは許しを請うような視線をちらりとアニアスに投げた。

「投票の結果は、賛成六十四票、反対五十六票でした」蚊の鳴くような声だ。

「もう一度じゃ、マコーヴァ。聞き逃したブラザーがおるかもしれん」

マコーヴァは憎しみに満ちた目でオーツェルを睨《にら》みつけ、やや大きな声で結果をくり返した。

「中立票を取りこんだんだ！」タレンが勝ち誇った声を上げた。「しかもアニアス側の票を三票も奪ってる」

そこでエンバンが進み出た。

「さて、こうして結論が出たのは喜ばしい限りです。考えるべきことは山ほどあり、時は差し迫っております。それでは聖議会の意向は、ただちに教会騎士団を——加えて西イオシア諸王国の軍団を——できる限りすみやかに、聖都の防衛に召喚するということに決したと考えてよろしいですな」

「アーシウム王国をまったくの無防備にするつもりか、エンバン」マコーヴァが問いただした。

「今現在アーシウムにどのような脅威が迫っているのだね、マコーヴァ。エシャンド派はすべて、われわれの門の外に陣取っているのだ。また投票をしたいのかね」

「重要事項だ」マコーヴァが平板な口調で、六〇パーセント条項の適用を主張する。

「法の問題だな」エンバンが答える。その丸顔は神々しいほどだった。法吏のほうを見やって、「こうした状況における重要事項の扱いは、法にはどのように定められているのかね」

「信仰の危機が宣言されている場合、総大司教の選挙を除いて、重要事項の投票は必要とされておりません」

「そうだろうと思った」エンバンは笑みを浮かべた。「さて、マコーヴァ、これでも投票をするかね」

「重要事項の申し立ては撤回する」マコーヴァはしぶしぶそう答えた。「しかし現実問題として、包囲された街の外にどうやって伝令を送るつもりだ」

ふたたびオーツェルが立ち上がった。

「ブラザー諸君もお気づきのとおり、わしはラモーク人じゃ。ラモーカンドでは包囲戦は珍しいものではない。昨夜わしは二十人の部下を変装させて、街の周辺に放っておいた。大聖堂のドームから上がる赤い狼煙《のろし》が合図じゃと言い含めてな。狼煙はすでに上がっており、今ごろはみなアーシウム目指して馬を飛ばしておるじゃろう。命令違反の罰がどのようなものか、知らぬ者たちではないからな」

「あの人が好きになりそうだ」カルテンは笑顔になっていた。

「聖議会の承認もなしにそんな勝手なことをしたのか、オーツェル」マコーヴァがあえぎながら詰問する。

「投票の結果に何か疑いでもあるのかな、マコーヴァ」

「共謀のにおいがぷんぷんしますね」セフレーニアがさらりと感想を述べた。

「ブラザー諸君」エンバンの声が響いた。「今われわれが直面している危機は、明らかに軍事的な性質のものです。だがここにいる者たちの大部分は、残念ながら軍事的な人間ではない。どうすれば教会の人間が、軍事という不慣れな分野で、過ちや混乱や遅れをきたすことなく目的を達成できるでしょうか。コムベの大司教の議長ぶりは水際立ったもので、心からの称讃を惜しむ者は一人もあるまいと思いますが、そのコムベの大司教にしても、軍事に関する知識はわたしと選ぶところがありますまい。そしてこのわたしは、ブラザー諸君の前だからあからさまに告白してしまうが、剣のどちらの端を握ればいいのかさえ知らないような始末なのです」エンバンは大きな笑みを浮かべた。「言うまでもないことでしょうが、わたしの受けた訓練は主に食べ物の方面でしてな。戦争のほうはからきしなのです。食べ比べなら誰の挑戦でも受けるのですが。仇敵《きゅうてき》とわたしはよく焼いた牛をあいだにして決闘し、どちらかが倒れるまで戦うことができましょう」

議員たちはこの発言に笑い声を上げ、いささかなりと緊張がゆるんだ。

「われわれに必要なのは軍事的な人間です。議長ではなく、将軍が求められているのです。もちろんわれわれの中には、この称号に値する四名の同僚がおります。すなわち四騎士団の騎士団長たちが」

興奮したざわめきが起こったが、エンバンは片手を上げてそれを制した。

「とはいえ、そのような軍事の天才たちのお一人に、カレロスの防御などというささいな仕事を押しつけていいものでしょうか。わたしはよくないと思う。ではどこに人材を求めるか」一息ついて、「わたしはここに、ブラザーの一人と交わした約束を破らなくてはなりません。そのブラザーと神が、ともにこの背信の行為を許したまわんことを。ブラザー諸君、実はわれわれの中に一人、軍事的な訓練を受けてきた者がいるのです。本人は謙虚にもその事実を隠しておりますが、このような危機的状況にあってその才覚を隠すがごとき謙虚さは、もはや美徳とは言えますまい」

福々しい丸顔に、心底からの悔悟の表情が浮かんだ。「許せよ、ドルマント。こうなってはほかに道がないんだ。教会に対するわたしの義務は、友人に対する義務に優先するものなのでな」

ドルマントは冷たい目でエンバンを見つめ返している。

エンバンはため息をついた。

「この会議が終わったら、わたしはデモスの親愛なるブラザーに鞭打たれることになるでしょう。だがまあわたしはこのとおり肉づきもいいし、そう傷が目立つこともありますまい――望むらくは。若かりしころ、デモスの大司教はパンディオン騎士団の一員であり――」

驚いたようなつぶやきが部屋のあちこちから上がった。

エンバンが声を張り上げる。「当時やはりパンディオン騎士団の見習い騎士だったヴァニオン騎士団長は、デモスの大司教がすばらしい戦士であり、聖職者として教会に仕える道を選ぶことがなかったならば、騎士団長にまで昇り詰めていたろうと明言してくれました」そこでまた一息入れ、「神に感謝すべきでしょうな。ヴァニオンとドルマントのどちらかを選ぶなどということは、いかにわれわれの知恵を集めてもできることではなかったでしょうから」そこでまた言葉を切って、ドルマントに一同の称讃の視線を集める。エンバンは周囲を見まわした。「結論はいかに、ブラザー諸君。この大いなる危難のときにあって、デモスのブラザーに指導を託すべきでしょうか」

マコーヴァはエンバンを睨みつけていた。口を開いて何か言いかけては、あわてて口を閉じるということをくり返している。

スパーホークは長椅子の背に手をかけて身を乗り出し、前に座っていた年長の修道僧にそっと話しかけた。

「マコーヴァ大司教は急に口が利けなくなったのかな、ネイバー。今ごろはすっかり頭に血を昇らせていても不思議はなさそうな気がするんだが」

「コムベの大司教は、ある意味でたしかに口が利けなくなったのですよ、騎士殿。昔からの慣習で、今ではもう規則と言ってもいいくらいだが、聖議会において何らかの地位に就こうとする大司教は、どれほど就任の可能性が薄くとも、その推挙に関する議論に口をはさむのは不心得であるとされておるのです」

「それは分別ある慣習だ」

「同感ですな、騎士殿」修道僧は微笑んだ。「マコーヴァにはどうも退屈なところがあるので」

スパーホークも笑みを浮かべる。

「わたしもそう思っていた。どうやら少し忍耐力をお与えくださいと神に祈る必要がありそうだ――いずれ暇な折りにでも」

マコーヴァは必死にあたりを見まわしたが、口を出そうとする者はいなかった。マコーヴァを称讃しようにもその材料がないか、投票の結果がどちらに転ぶかを測りかねているかのどちらかだろう。

「投票を」マコーヴァはいささか不機嫌にそう言った。

「それはいい考えだ、マコーヴァ」エンバンは笑みを浮かべた。「すぐに投票に移ろう。こうしている間にも、時は過ぎ去りつつある」

結果はドルマントの議長就任に賛成する者が六十五人、反対が五十五人だった。シミュラの司教を支持する者たちは、またしても敗れたことになる。

開票が終わって結果が発表されると、エンバンはドルマントに声をかけた。

「デモスのブラザー、議長をお引き受けいただけますかな」

ドルマントが進み出ると、マコーヴァは忌々しげに書類をまとめ、演台の前を去った。

「身に余る栄誉を与えていただき、みなさんには感謝の言葉もありません」ドルマントが話しはじめる。「今はとりあえず〝ありがとう〟とだけ申し上げておいて、ただちに目下の懸案の処理にかかりたいと思います。現在もっとも緊急を要するのは、教会騎士団の指揮下に入る軍勢を集めることです。どうすればこの必要を満たすことができるでしょうか」

エンバンが腰をおろしもせずに声を上げた。

「議長のおっしゃる軍勢はすぐに手当がつきますぞ、議員諸君。われわれはそれぞれ、自由にできる教会兵の部隊を連れてきております。この危機的状況にかんがみて、これらの部隊をただちに騎士団の指揮下に編入することを提案いたしたい」

「身を守る唯一の術《すべ》を放棄しろというのか」マコーヴァが抗議の声を上げる。

「聖都を守るほうが重要だとは思わんかね、マコーヴァ」エンバンが反論した。「将来の歴史において、わが身可愛さから、必要なとき聖なる教会に力を貸すことを拒んだ臆病者として名を残したいのか。この聖議会にそのような腰抜けが現われたりしないことを神に祈ろう。聖議会の意向はいかがかな？　われわれは教会のために、このささいな犠牲を堪え忍ぶべきでしょうか」

今回の同意のつぶやきは、一部にやや苦しげな声を含んでいた。

「この件に関して投票を求める議員はおいでになりますか」ドルマントが冷たく正確な口調で尋ね、静まり返った議場を見まわした。「では記録係は、ユセラの大司教の提案が全会一致で承認されたことを記録するように。書記はただちに必要な文書を作成し、聖議会議員全員の署名を得てください。各議員の保有する教会兵の部隊は、聖都防衛のため教会騎士団の指揮下に編入されるものとします」一拍おいて、「どなたか総大司教の近衛隊長に、聖議会へ出頭するよう伝えてきていただけますか」

僧が一人急いで扉から出ていき、すぐに筋骨たくましい将校が姿を見せた。赤毛で、磨き上げた鎧をまとい、紋章の入った盾と古風な小剣《ショートソード》で武装している。その表情から、門の外の軍勢に気づいていることは明らかだった。

「隊長に一つ質問がある」ドルマントが切り出した。「わたしは議員諸君から、この審議の議長を務めるよう要請された。総大司教の座が空席になっている今、わたしが代わりに近衛隊を動かしても構わないかね」

隊長はしばらく考えてから、「構いません、猊下」と答えた。ほっとしたような顔をしている。

「そんな前例はない」マコーヴァが抗議した。思いついてさえいれば、自分も議長として同じ手が使えていたのにという口惜しさが声ににじんでいる。

「この状況もまた前例のないものなのだ、マコーヴァ」とドルマント。「教会の歴史において、信仰の危機が宣言されるのは今回がわずか五度めにすぎない。しかも過去四回は、いずれも偉大な総大司教がその玉座にあった。だが悲しいことに、今その座は空席となっている。新しい状況にあっては、臨機応変な対処が必要なのだ。さて、隊長、これから大司教各位は文書に署名して、それぞれが保有する教会兵の部隊を教会騎士団の指揮下に編入させることになっている。無用な議論で時間を浪費しないためにも、文書に署名がなされ次第、近衛隊は各大司教を護衛してそれぞれの手勢の兵舎におもむき、大司教みずからが自分の部隊に、教会騎士団の指揮に従うことを命令できるようにしてもらいたい」そこで騎士団長たちのほうに向き直り、「アブリエル卿、あなたはほかの騎士団長たちとともに、手勢の騎士を教会兵のところへ派遣してください。指揮権が移譲され次第、適当な場所にただちに教会兵を集合させていただきたいのです。兵の配備は迅速かつ整然と行なわなくてはなりません」

アブリエルは立ち上がった。「承知いたしました、猊下。喜んでやらせていただきます」

「ありがとう、アブリエル卿」ドルマントはそう言って、何列にも並んだ聖議会議員たちに視線を戻した。「できるだけのことはしました、ブラザー諸君。今はただちにわれわれの手勢を教会騎士団に預け、あとはそれぞれに神のご加護を祈るのがいちばんの上策でしょう。あるいは神はその限りない叡智をもって、神の愛する教会を守るため、次にわれわれが取るべき手だてをお教えくださるかもしれません。反対がなければ、この危機が去るまでのあいだ、聖議会は休会したいと思います」

「みごとです」ベヴィエが感嘆の声を上げた。「一連の措置で聖議会の主導権を奪い、アニアスを守る兵士を徴用し、わたしたちがいないあいだに勝手に投票ができないようにしてしまうとは」

「こんなに早く切り上げることはなかったんだよ」とタレン。「この調子なら、もういっぺん投票をして、こっちの味方を総大司教にしちゃえばよかったんだ」

仲間たちといっしょに謁見室の前の雑踏に踏みこんだ、スパーホークの意気は高かった。聖都にとってマーテルが大きな脅威であることに変わりはなかったが、聖議会議長の地位をアニアスの手下から奪い取り、しかもシミュラの司教に買収された大司教たちもぐらつきはじめているということが、アニアス派だった四人の離反によってはっきりしたのだ。ゆっくりした足取りで部屋を出ようとしたとき、今やお馴染みとなったあの圧倒的な脅威の感覚がふたたび襲ってきた。ちらりと振り向いてみると、今回は一瞬だが影のようなものさえ目に入った。総大司教の玉座の陰で、静かに脈動しているようだ。スパーホークは外衣《サーコート》の前をまさぐって、ベーリオンが間違いなくそこにあることを確認した。宝石はしっかりと袋の中に納まり、口紐もきつく締められている。どうやらスパーホークの推量は、完全に当たっていたわけではないらしかった。あの影はベーリオンとは関わりなく姿を現わせるのだ。そしてもっとも堅固に守られた、このエレネ人の信仰の中心をなす建物の中にまで入りこんできた。ここならばあの影に悩まされることもないのではないかと思っていたのだが。騎士は考えこみながら、友人たちとともに議場をあとにした。その部屋は今や暗く冷たい場所に感じられた。

スパーホークを亡き者にしようとする試みは、影を見かけた直後に早くも実行された。フードをかぶった修道僧が扉の前の混雑に紛れて騎士に近づき、振り向きざまに短剣を、無防備な顔めがけて突き出したのだ。スパーホークを救ったのは、その鍛え上げられた反射神経だった。あっと思ったときにはもう鎧に覆われた腕を上げて短剣をはねのけ、相手の腕をつかんでいる。男は絶望の叫びを上げ、短剣を自分の脇腹に突き立てた。その身体がいきなり硬直し、激しく胴震いしたかと思うと、修道僧は虚《うつ》ろな表情でぐったりとなった。

「カルテン、手を貸せ！　こいつを立たせるんだ」

カルテンがすばやく僧の反対側に回って腕をつかむ。

「具合でも悪いのですか」左右から男の身体を支えて引きずるように扉の外に出ると、別の修道僧が声をかけてきた。

「気を失ったんだ」カルテンが無造作に答える。「人混みに弱い性質《たち》なんだな。おれと友人でどこか空いてる部屋に連れていって、介抱してやるよ」

「やるな」スパーホークが短く誉める。

「おれだって自分でものを考えるくらいできるのさ」カルテンは近くの控えの間のほうを顎で示した。「あそこに連れこんで、調べてみよう」

二人は死体を部屋に運びこみ、背後でドアを閉めた。カルテンが脇腹から短剣を引き抜く。

「ちゃちな武器だ」カルテンがばかにしたように言う。

「威力はじゅうぶんだぞ。一突きしただけで、たちまち丸太みたいに硬直したからな」

「毒か」

「おそらく。自分の血を見て引っくり返ったんなら別だが。どれ、見てみるか」スパーホークはかがみ込んで、修道僧のローブを引き裂いた。

男はレンドー人だった。

「こいつは面白い」とカルテン。「前におまえを狙ったクロスボウ野郎は、外部に応援を求めたらしいな」

「たぶんこれがそのクロスボウ野郎だ」

「無茶を言うなよ、スパーホーク。あいつは群衆の中に紛れこんでたんだぞ。脳みそが半分でもあれば、レンドー人の見分けはつく。レンドー人が人混みに紛れるなんてできっこない」

「かもしれんな。短剣をくれ。セフレーニアに見せたほうがよさそうだ」

「マーテルは本気でおまえを嫌ってるんだな」

「どうしてマーテルが背後にいると思うんだ」

「どうしていないと思うんだ。これはどうする」カルテンは床の上の死体を指差した。

「放っておこう。そのうち大聖堂の掃除夫が見つけて、かわりに始末してくれるさ」

教会騎士団の指揮下に置かれると知った教会兵の多くは、退役を申し出た――といってもそれは士官だけの話で、兵士にはそもそも退役の自由はない。そうした申し出は拒否されたが、騎士たちにしても、このような状況下で部下を指揮することはできないという大隊長や中隊長や小隊長たちの気持ちはよく理解できた。そこでその気持ちを尊重するため、退役を申し出た士官たちは地位を剝奪《はくだつ》され、ただの兵士に格下げされた。やがて赤い制服の軍団は大聖堂の前に大きな方陣を組み、旧市街の城壁と門に配置されるのを待った。

「揉《も》めたか」アラスがティニアンに尋ねた。一隊の兵士たちを率いて行進中に、たまたま四つ角で行き合ったのだ。

「何人か辞めたいと言ってきたのがいただけだ」ティニアンは肩をすくめた。「士官を何人か、新たに任命したよ」

「こっちもだ。古手の軍曹をだいぶ昇進させた」

「ちょっと前にベヴィエと会ったぞ」二人の部隊はいっしょに旧市街の門に向かった。「あいつの場合、そういう問題はまったく起きなかったそうだ」

「それも当然だろうな」アラスが笑みを浮かべる。「おれたちが大聖堂に入ろうとするのを邪魔した隊長にあいつがどんなことをしたか、もう知れわたってる」オーガーの角のついた兜《かぶと》を取って頭を掻《か》き、「とくにそのあと祈りを捧げたのを見て、みんな心底ぞっとしたはずだ。議論で熱くなって首を打ち落とすのはともかく、そのあと相手の魂の平安を祈るというのは、おそろしく効果的だった」

「そんなところだろうな」ティニアンは重い足取りの兵士たちをふり返った。今回は実戦になる可能性が大きい。ほとんどの教会兵は戦うつもりで兵隊になったわけではなく、

「それで？」とエラナ。

「きみは頑固だな」スパーホークはまだ不機嫌そうだった。

「意志が強固だと言って。王や女王にとっては美徳だと考えられてることだわ」

「いったい何だって、包囲戦のさなかの街にやってこようなんて思ったんだ」

「一つ忘れてることがあるわよ。わたしは女じゃないの」

スパーホークはエラナをゆっくりと上から下まで眺めまわし、とうとうエラナは顔を赤らめた。このくらいの貸しはあるはずだ。

「ほう？」この戦いに勝ち目がないことは、騎士にはもうわかっていた。

「やめてよ。わたしは女王――専制君主なの。つまり時として、普通の女がするのを許されないようなことをしなくてはならないわけ。それでなくても女だというだけで不利になっているんですからね。自分のスカートの陰に隠れるような真似をしたら、ほかの王たちに軽く見られるようになるわ。わたしが軽く見られるということは、エレニア国が軽く見られるということよ。わたしはここへ来るしかなかったの。わかってくれるわよね、スパーホーク」

スパーホークはため息をついた。

「気に入らないのは確かだが、そう言われては反対もできないな」

「それにあなたがいなくて寂しかったのよ」

「きみの勝ちだ」スパークは笑いだした。

「あら、よかった」エラナは嬉しそうに手を叩いた。「誰かに勝つのって大好き。さあ、それじゃあ口づけと仲直りに移りましょうか」

二人はしばらくそちらに没頭した。

「寂しかったわ、いかめしい顔の擁護者さん」エラナはため息をついたが、すぐに拳で鎧を叩きはじめた。「でもこれは願い下げね」それから不思議そうな顔になって、「どうしてあんな変な表情を見せたの？　あのイックとかいう――」

「エックだ」

「失礼――あの人が、ウォーガン王のところまでアーシウム国を案内してくれた女の子の話をしたとき」

「その女の子がアフラエルだったからさ」

「スティリクムの女神の？　普通の人間の前に姿を見せることがあるの？　絶対に間違いない？」

スパークはうなずいた。

「間違いない。エックの姿を他人には見えなくして、十日の旅を三日に縮めたんだ。われわれも何度か同じことをされたよ」

「驚いたわ」エラナは立ち上がり、指先を続けざまに鎧の上に打ちつけた。

「それはやめてくれないか、エラナ。足の生えた鐘になったような気がしてくる」

「ごめんなさい。ねえ、次の総大司教は本当にオーツェル大司教でいいのかしら。ひどく冷たくてきびしい感じがするけど」

「オーツェルは厳格な男だよ、確かに。あれが総大司教になったら、教会騎士団にとっては少々面倒なことになるだろう。魔法の使用に断固として反対していること一つ取ってみてもね」

「教会騎士が魔法を使えなかったら、いったいどこに存在意義があるのよ」

「存在意義ならほかにもあるとは思うがね。オーツェルが最高の人選でないことは認めるが、教会の教えにはとにかく忠実だ。オーツェルが目を光らせていれば、アニアスのようなやつが権力を持つことは絶対になかったろう。頑固ではあるが、教義の一字一句を大切にする男だからな」

「誰かほかに人はいないの――もう少し人好きのする人が」

「総大司教は好き嫌いで選ぶものじゃない。聖議会はいちばん教会のためになる人物を選ぶんだ」

「もちろんそうでしょうとも。誰だって知ってることだわ」と、エラナはさっとふり返った。「ああ、まただわ」と苛立たしげにつぶやく。

「どうしたんだ」

「あなたには見えないでしょうね。わたし以外の誰にも見えないの。最初はみんな目が見えなくなったのかと思ったくらい。何か影みたいなものなんだけど、もう一つはっきりしないの。ただときどき背後に浮かんでいて、目の隅にちらっと見えることがあるのよ。何だかひどくぞっとさせられる感じがあるわ」

スパーホークは何気ない様子で身体を半分回した。影はさらに大きく黒くなって、邪悪な感じも強まったようだ。だがなぜエラナにつきまとう？　エラナはベーリオンに手を触れたことさえないのに。スパーホークは努めて何でもなさそうに答えた。

「そのうちに消えてしまうさ。アニアスはきわめて特殊な、強力な毒を盛ったんだ。多少の副作用が残るのは仕方ないだろう」

「そんなところだと思ってるわ」

そのときふいに閃《ひらめ》くものがあった。あの指輪だ。もっと早くその可能性に思い至らなかったことで、スパーホークは無言の悪態をついた。影の背後にいるのが何者であれ、それは二つの指輪にも目を光らせているのだ。

「仲直りはすんだのよね」とエラナ。

「そのとおりだ」

「だったら口づけしてくれる？」

その要求に応えているところへ、カルテンが入ってきた。

「まだノックのしかたを覚えられないのか」スパークホークは不機嫌に友人を責めた。

「悪いな。ヴァニオンがいるかと思って。どこかよそを当たってみるよ。そうそう、今日一日楽しい気分になれそうな知らせがあるぜ。もっともそんな必要はなさそうだが。おれとティニアンはウォーガンの部下の兵士を連れて、脱走兵を探しに出かけたんだ。そのときたまたま酒屋の地下倉庫に隠れてた、古いお友だちを見つけてね」

「ほう?」

「どういうわけか、マーテルはクレイガーを置き去りにしたらしい。みんなで楽しくお話ができるぜ。あいつがしらふに戻って、あんたがた二人がここでやりかけてたことを終わらせたらな——ドアに外から鍵をかけとこうか? 外で見張りをしててやってもいいぞ」

「いいから出ていって、カルテン」そう命じたのはスパークホークではなかった。

本書は、一九九六年八月に角川スニーカー文庫より刊行された『サファイアの薔薇』（上）を改題した新装版です。

〈氷と炎の歌①〉

七王国の玉座（全5巻）

A GAME OF THRONES

ジョージ・R・R・マーティン／岡部宏之訳　ハヤカワ文庫SF

舞台は季節が不規則にめぐる異世界。統一国家〈七王国〉では古代王朝が倒されて以来、新王の不安定な統治のもと玉座を狙う貴族たちが蠢いている。北の地で静かに暮らすスターク家も、当主エダード公が王の補佐役に任じられてから、6人の子供たちまでも陰謀の渦にのまれてゆく……怒濤のごとき運命を描き、魂を揺さぶる壮大な群像劇がここに開幕!

ハヤカワ文庫

訳者略歴　1956年生，1979年静岡大学人文学部卒，英米文学翻訳家　訳書『ダーウィンの剃刀』シモンズ，『コラプシウム』マッカーシイ，『永遠の怪物』エディングス（以上早川書房刊）他多数

HM=Hayakawa Mystery
SF=Science Fiction
JA=Japanese Author
NV=Novel
NF=Nonfiction
FT=Fantasy

エレニア記⑤

聖都《せいと》への旅路《たびじ》

〈FT428〉

二〇〇六年十一月十日　印刷
二〇〇六年十一月十五日　発行
（定価はカバーに表示してあります）

著　者　デイヴィッド・エディングス
訳　者　嶋《しま》田《だ》洋《よう》一《いち》
発行者　早川　浩
発行所　株式会社　早川書房
郵便番号　一〇一 - 〇〇四六
東京都千代田区神田多町二ノ二
電話　〇三 - 三二五二 - 三一一一（大代表）
振替　〇〇一六〇 - 三 - 四七七九九
http://www.hayakawa-online.co.jp

印刷・信毎書籍印刷株式会社　製本・株式会社明光社
Printed and bound in Japan
ISBN4-15-020428-4 C0197

差し迫った戦闘にもまったく熱意を持っていなかった。ティニアンは兵士たちに声をかけた。「さあさあ、諸君、そんなことでは困るな。せめて見た目だけでも兵隊らしくしてくれ。列をきちんと正して、足並みをそろえるんだ。われわれにも評判というものがあるんだからな」少し間を置いて、「歌はどうかな。軍歌を歌って戦場へと行進する兵隊の姿を見ると、誰もが勇気づけられるものだ。勇気のあるところを誇示できるし、死んだり怪我をしたりすることなど何とも思わないという、男らしさを示せるだろう」

行進する兵士たちのあいだから上がった歌声は弱々しいもので、ティニアンは何度か最初からやり直しを命じなくてはならなかった。兵士たちはやけくそで大声を張り上げ、ティニアンはやっと満足した。

「残酷なやつだな、ティニアン」アラスが感想を述べた。

「そうとも」とティニアンは答えた。


変装したレンドー人がスパーホークを殺そうとして失敗したという知らせに対するセフレーニアの態度は、冷淡とさえいえるものだった。

「襲われる直前に総大司教の玉座の背後に影が見えたというのは、確かなことなのですね」

スパーホークはうなずいた。

「では、わたしたちの仮説はまだ有効というわけです」セフレーニアの口調は満足げだった。二人のあいだのテーブルの上に置かれた、毒を塗った小さな短剣を見やる。「甲《かっ》冑《ちゅう》を着ている相手を襲うような武器ではありませんね」

「かすり傷さえ負わせれば殺すことができるんです、小さき母上」

「鋼鉄で身を固めている相手に、どうやってかすり傷を負わせるのです」

「顔を刺そうとしたんですよ」

「では面頬《めんぽお》を下ろしておくことです」

「間抜けに見えませんか」

「間抜けに見えるのと死ぬのと、どちらがましです？　誰かに気づかれましたか」

「カルテンに――少なくともその場を見ています」

セフレーニアは眉をひそめた。

「この件は二人だけの秘密にしておきたかったのですが――せめて何が起きているのかはっきりするまでは」

「カルテンが知っているのは、誰かがわたしを殺そうとしているということだけです。まあ知らない者はいないくらいですがね。みんなマーテルだと思っていますし、今度のこともそう考えるでしょう」

「ではそう思わせておくことにしましょう」

「多少の脱走者が出ています」仲間たちが大聖堂の階段に集まったところで、カルテンがヴァニオンに報告した。「われわれが何をするつもりか、兵舎にまったく洩《も》れないようにするのは不可能なんですよ」

「予想はしていたことだ」ヴァニオンが答える。「誰か外の城壁からマーテルの動向を見張っている者はいるのか」

「ベリットがずっと見張ってます。あいつはいいパンディオン騎士になりますよ。できるだけ死なせないようにすべきでしょうね。その報告によると、マーテルはほぼ布陣を終えたようです。聖都に向かって進軍しろと、いつでも命令できる状態だとか。実際、まだ動きださないのが不思議なくらいですよ。もうアニアスの手下が、今朝の大聖堂でのできごとをご注進に及んでるはずですからね。ここで進軍を遅らせるのは、こっちに迎え撃つ準備をする余裕を与えるだけなんだ」

「貪欲のせいさ」スパーホークがカルテンに言った。「マーテルは欲の塊で、しかも人間はみんな自分と同じだと思ってる。われわれがカレロスの新市街を捨てて旧市街だけを守ろうとするなんて、あいつには思いもつかないことなんだ。だからこっちの軍勢がカレロス全域に広がって、手薄になるのを待っているのさ」

「わがブラザーたる大司教たちも、そう考える者が多いだろうな」エンバンが口をはさ

けるらん、くみ、もたお、もあるいれ、たいなるでもか

んだ。「新市街に大邸宅を構えている大司教たちは、われわれがマーテルに新市街を明け渡そうと考えていることを知ったら、きっと憤慨するだろう。投票はきわどいものになるかもしれん」

そこへコミエーとアラスが、遅れて大理石の階段を上ってきた。

「城壁のすぐ外にある家を何軒か壊さなくてはならない」コミエーが言った。「街の北に迫っているのはラモーク人で、連中はクロスボウを使うからな。屋根の上から矢を射かけられるのは困る」ジェニディアン騎士団長は言葉を切った。「わたしは包囲戦には慣れていないんだ。マーテルはどんな攻城兵器をくり出してくるかな」

「破城槌、投石機、攻城塔……」アブリエルが数え上げる。

「攻城塔とは？」

「背の高い構築物だ。城壁のそばまで転がしていって、兵士が城壁の上になだれ込む。梯子をかけて登るのに比べて、兵力の損耗が小さい」

「動くのか」

「車輪がついている」

コミエーはうめいた。

「ならば壊した家の残骸を路上にばらまいておこう。瓦礫の上で車輪を転がすのは骨だからな」

ベリットが疾駆《ギャロップ》で広場に駆けこんできた。大聖堂の前に整列した教会兵たちがあわてて道をあける。ベリットはその中を駆け抜け、鞍から飛び下りて階段を駆け上がった。

「マーテルの手下が攻城兵器を組み立てはじめました」と息を切らして報告する。

「誰か説明してもらえないか」とコミエー。

「攻城兵器は部品に分解して運ぶのだ」アブリエルが答えた。「戦場に到着したら、まずそれを組み立てなくてはならない」

「どのくらい時間がかかるんだ。アーシウム人は攻城戦の専門家だったはずだな」

「ほんの数時間だ。大投石機ならもっと長くかかるが。あれはここで建造するしかないから」

「大投石機とは？」

「文字どおり大型の投石機だ。部品にばらしても、大きすぎて運べない。作るとなると丸太を何本も使うことになる」

「それでどのくらいの石を飛ばせるんだ」

「半トンかそこらだ」

「そんなものを食らったら、この城壁だって長くはもたないぞ」

「わたしもそう思う。だが最初はまず普通の投石機を使ってくるはずだ。大投石機だと、作るのに一週間はかかるから」

「それまでは投石機と破城槌と塔がわれわれを釘づけにするんだろう。攻城戦は好きになれん」コミエーは苦々しげに言って、肩をすくめた。「準備にかかったほうがいいな」教会兵たちを侮蔑的に眺めて、「とにかくこの不熱心な志願兵たちに、家を壊して残骸を街路にばらまかせよう」

暗くなって間もなく、マーテルの送り出した斥候たちは、カレロス新市街の城壁がまったくの無防備であることを発見した。目端の利かない一部の者たちは報告に戻ったが、ほとんどの斥候たちはその場で略奪者に変貌した。真夜中になる一時間かそこら前、ベリットはスパーホークとカルテンを起こして新市街に敵が入りこんでいると報告し、また取って返そうとした。

「どこへ行く」スパーホークがぼそりと尋ねた。

「新市街に戻ります」

「だめだ。旧市街の城壁の中にいろ。おまえを殺させるわけにはいかん」

「誰かが見張りをしないわけにはいきませんよ、サー・スパーホーク」

「大聖堂のドームの上に小丸屋根《キューポラ》がある。クリクを呼んで、二人であそこから見張るんだ」

「わかりました」ベリットの声にはやや不服そうな響きがあった。

「ベリット」カルテンが鎖帷子を着こみながら声をかけた。

「はい、サー・カルテン」

「おまえが仕事を気に入るかどうかは関係ない。言われたことをやるんだ」

スパーホークたちは旧市街の古びた狭い通りを抜けて、城壁の上に登った。新市街の街路には松明《たいまつ》の明かりがいくつも揺れて、マーテルの手下たちが手当たり次第に家々を荒らしまわっている。ときおり聞こえる女性の悲鳴は、略奪だけが敵の唯一の目的ではないことを告げていた。取り乱した市民たちが泣きながら、今は閉じられている旧市街の門の前に集まって、中へ入れてくれと懇願している。しかし門が開かれることはなかった。

いささか線の細い、目の下にたるみのできた大司教が、あわてた様子で城壁の上に駆け上がってきた。

「これはいったいどういうことだ！」噛みつかんばかりの勢いでドルマントを問い詰める。「どうして兵士たちは街を守ろうとしない？」

「戦術的な判断だよ、コルダ」ドルマントは落ち着き払って答えた。「カレロス全域を守るだけの手勢がいないのだ。旧市街の城壁を防衛線にするしかなかった」

「気でも狂ったのか？　わたしの家はあの外にあるんだぞ」

「お気の毒だが、どうすることもできん」

「わたしの美しい家が！」ミラスカムのコルダ大司教は両手を揉みしぼった。「家が！　家財が！　宝が！　家具調度が！　黄金が！」

「それについては感謝する」

「あなたに投票したのに！」

「大聖堂に戻っていたほうがいい。あなたの犠牲が神の目にかなうよう祈ることだ」ドルマントは冷たく突き放した。

ミラスカムの大司教は背《そびら》を返し、泣きながら階段を下りていった。

「これで一票失ったな、ドルマント」エンバンが言った。

「投票はもうすべて終わった。それにあの男の一票がないと生きていられないというほどでもないのでね」

「それはどうかな、ドルマント。少なくともあと一度、重要な投票が残っているぞ。そのときはコルダの票が必要になるかもしれん」

「始まったな」ティニアンが悲しそうにつぶやいた。

「何がだ？」とカルテン。

「火事だよ」ティニアンは街のかなたを指差した。オレンジ色と金の炎がとつぜん湧《わ》き起こり、一軒の家の屋根から黒い煙が上がった。「夜中に略奪を行なう兵隊は、決まって松明《たいまつ》の扱い方が不注意なんだ」

「何かできることがあるでしょうか」ベヴィエが切迫した調子で尋ねる。

「残念ながら、何もない」とティニアン。「雨が降ることを祈るくらいかな」

「そんな季節じゃない」とアラス。

「わかってるさ」ティニアンはため息を洩らした。

12

新市街の略奪は夜中になっても続いた。消す者のいない火はたちまち街じゅうに広がり、すぐにあらゆる場所から煙が上がりはじめた。スパーホークと仲間たちは城壁の上から、目をぎらつかせた傭兵たちが肩に大きな袋をかついで街路を行き交うのを眺めていた。城壁の門の前に集まって中に入れてくれと懇願していた市民たちは、マーテルの手下が姿を見せるとみんないなくなっていた。

もちろん殺人もあった。路上で堂々と行なわれることさえ珍しくはない。それ以外の悪行も横行していた。髭面のカモリア人傭兵が若い娘の髪を摑んで家の中から現われ、路地の奥に姿を消した。娘の悲鳴から、何が行なわれているのかは考えるまでもなかった。

城壁の上でスパーホークの隣りに立っていた赤い制服の若い兵士は、あたりをはばかることなく涙を流していた。きまり悪そうな顔でカモリア人が路地から出てくると、その兵士は弓を執り、狙いをつけて矢を放った。カモリア人は身体を二つ折りにして、腹に突き立った矢を両手で握って倒れた。

「よくやった」スパーホークは短く兵士に声をかけた。

「妹が同じ目に遭っていたかもしれないんです、騎士殿」兵士は涙をぬぐった。

それに続く場面は、二人のどちらにとっても予想外のものだった。服を乱したまま泣きながら路地を出てきた女が、瓦礫の散乱する街路でうめいているカモリア人を見つけたのだ。女は男に歩み寄り、その顔を何度も蹴りつけた。相手がもう身を守ることさえできないのを見て取ると、女は傭兵のベルトから短剣を引き抜いた。そのあと女がしたことは、ここで詳しく描写しないほうがいいだろう。男の悲鳴はかなりの時間にわたって街路に響いていた。やがてやっと悲鳴が途絶えると、女は血まみれの短剣を投げ捨て、男がかついでいた袋の口を開けて中を覗いた。女は袖口で目許《めもと》をぬぐい、袋の口を閉じるとそれを自分の家の中に引きずっていった。

カモリア人に矢を射かけた兵士は激しくえずいていた。

「こういう状況では、誰もが文明人らしい振る舞いをするというわけにはいかんさ」スパーホークは慰めるように、兵士の肩に手を置いた。「それにあの女性には、明らかに自分の行為を正当化できる口実があった」

「あの男はひどく苦しんだはずです」兵士の声は震えていた。

「それこそがあの女性の目的だったのだろう、ネイバー。水を飲んで、顔を洗ってきたまえ。もうこのことは考えないようにな」

「ありがとうございます、騎士殿」若い兵士はごくりと唾《つば》を呑んだ。

「教会兵も悪人ばかりではないらしい」スパーホークは長年の意見を翻してそうつぶやいた。


日が沈むとスパーホークたちは、サー・ティニアンやサー・アラスがかならずしも冗談ではなく〝総司令部〟と呼んでいる部屋、パンディオン騎士館長ナシャンの赤いカーテンをかけた書斎に集合した。四人の騎士団長と三人の大司教もいっしょだ。ただクリクとベリットとタレンの姿はなかった。

サー・ナシャンはおずおずした様子で戸口に立っていた。有能な管理者ではあるが、お歴々を目の前にするといささか居心地が悪いらしい。

「ほかにご用がないようでしたら、あとはみなさんでご自由になさってください」

ナシャンの言葉にヴァニオンは笑みを浮かべた。

「ここにいてくれ、ナシャン。追い出すつもりはないし、街の様子にいちばん詳しいのはきみだろうから」

「ありがとうございます、ヴァニオン卿《きょう》」太った騎士はそう答えて、椅子に腰をおろした。

「どうやらきみの友人マーテルの意表を衝《つ》いたようだな、ヴァニオン」アブリエル騎士団長が言った。

「城壁の向こうの様子は見ているのかね、アブリエル」ヴァニオンがぶっきらぼうに尋ね返す。

「見ているとも。まさにそのことを言おうとしているんだ。昨日サー・スパーホークが話していたとおり、そのマーテルとかいうやつ、われわれが戦いもせずに新市街を放棄するとは想像もしていなかったらしい。だからこそ斥候を新市街の中に放ったりしたんだろう。街が無防備だとわかると、斥候はたちまち略奪行為に精を出しはじめた。その情報はすぐに本隊にも伝わって、敵の大部分はせっせと家々を荒らしまわっている。統制はまったく利かなくなって、マーテルはお手上げだ。ふたたび軍団を掌握できるようになるのは、新市街が完全に空っぽになってからのことだろう。それだけではない。奪えるだけのものを奪って満足した傭兵たちの中からは、次々に脱走者が出ることだろう」

「窃盗を奨励するわけにはいかん」オーツェルが固い声で言った。「とはいえ、この状況じゃからな――」その口許には、ごくかすかながら楽しそうな笑みが浮かんでいた。

「富はときに再配分する必要があるのだよ、オーツェル」エンバンがもったいぶった口調で言った。「金がありすぎると、人間は自分にどんな罪が犯せるだろうかと考えはじめてしまう。たぶん神はこのようなやり方で、汚れた金持ちを健全な貧乏人にしようとしてておいでなのだろう」

「自分の家が新市街にあっても、その意見は変わらんと言えるかな」

「確かに、その場合は意見が変わるかもしれんがね」

「主のなさりようは神秘です」ベヴィエはあくまでも敬虔だ。「新市街は放棄するより仕方がなかった。それが却《かえ》ってわたしたちを救ってくれるかもしれないのですから」

「マーテルの軍団から脱走者が出るとしても、あまりそれを当てにしすぎないほうがい い。だがあの略奪行為のせいで、こちらとしては多少時間が稼げるだろう」ヴァニオンはそう言って、騎士団長たちを見まわした。「一週間といったところかな」

「いちばん長引いてその程度だろう」コミエーが答える。「何しろ人数が多いし、熱心にやってるようだからな。街を裸に剝《む》くのに、さほどの時間がかかるとは思えん」

「そのあとは殺し合いですよ」とカルテン。「コミエー騎士団長がおっしゃるとおり、やつらは何しろ人数が多い。しかも全員が街に入ってるわけではないはずです。それでも外にいる連中は、先に中に入った連中と同じくらい貪欲です。しばらくはとんでもない混乱が続くでしょう。マーテルがきちんと指揮を執れるようになるまで、まだかなりかかると思いますね」

「考えられることだ」とコミエー。「いずれにしても時間はある。旧市街に入るには四つの門があって、どれも新市街の門と同じ程度の状態だ。四つの門を守るより、一つだけを守るほうが簡単だろう。そういうことでいいかな」
「ほかの門は魔法で消してしまうとでも言うのかね、コミエー」エンバンが尋ねる。
「教会騎士がさまざまな有益な技能に通じていることは承知しているが、何といっても
ここは聖都だ。神はご自身の門前で、そのような行ないをお許しになるかな」
「魔法を使おうなどとは思っていませんよ。まるで考えもしなかった。門の向こうに二、
三軒の家の残骸が積み上げられていたら、そこを破って侵入するのはかなり難しいんじ
ゃないかと思っただけです」
「まず不可能だろうな」アブリエルがうなずく。
エンバンは大きな笑みを浮かべた。
「マコーヴァの屋敷は、旧市街の東門にわりと近かったのではないかね」
「猊下《げいか》のおっしゃるとおりです」サー・ナシャンが答える。
「立派な屋敷かね？」とコミエー。
「それは当然だろう。あの男の主人がどれほどの金を払っているかを考えれば」エンバ
ンが答える。
「払っているのはエレニアの国民ですよ、猊下」スパーホークが横から口をはさんだ。
「おお、そうだったな。忘れるところだった。それでエレニアの国民は、教会を守るた
めに非常に高価な屋敷を犠牲にすることを認めてくれるだろうか」

「喜んで認めると思います」

「取り壊す家を選定する際には、コムベの大司教の屋敷にもじゅうぶん注意を払うことにします」コミエーが約束した。

「残る問題はウォーガン王の行方だな」ドルマントが口を開いた。「略奪のために多少はマーテルの進み具合も鈍るだろうが、いつまでも旧市街から引き離しておけるわけではない。伝令が道に迷っているということはありませんか、オーツェル」

「みなしっかりした者たちじゃ。それにウォーガン王の軍勢ほどの人数ともなれば、見つけ出せんとはちょっと考えられん。あなたやエンバンが送り出した伝令も、もう着いていていいころではないのかな」

「レンダ伯もシミュラから使いを出しているはずですし」とスパーホーク。

「サレシア国王の不在はどうも不思議だな。それにいささか不都合なことになってきている」エンバンがつぶやいた。

そのときドアが開いてベリットが入ってきた。

「失礼します。街に何か変わったことが起きたらすぐ知らせるようにとのことでしたので」

「どうかしたのか、ベリット」ヴァニオンが尋ねた。

「大聖堂のドームの上の小さな建物から――」

「小丸屋根《キューポラ》だ」ヴァニオンが口をはさむ。

「どうもその言葉が覚えられなくて。とにかく、そこからは街全体が見わたせるんですが、一般の住民がカレロスから逃げ出してるみたいなんです。あらゆる門から、新市街の城壁の外にあふれ出ています」

「マーテルは住民に邪魔をされたくないんだろう」とカルテン。

「それに女を街の外に出したいんだ」スパーホークがぼそりと付け加える。

「よくわかりませんが、サー・スパーホーク」ベヴィエが尋ねた。

「あとで説明してやるよ」スパーホークはセフレーニアに目を向けた。

ドアにノックがあって、パンディオン騎士が一人、部屋に入ってきた。腕をつかんでタレンを引きずっている。シミュラの盗賊少年は渋い顔をして、手にはかなり大きな袋を握っていた。

「この若者を探していらしたとか、サー・スパーホーク」

「そうだ。ありがとう、騎士殿」スパーホークはきびしい顔でタレンを見つめた。「どこへ行っていた」

タレンははぐらかそうとする顔になった。

「うん――あちこちを、ちょっとね」

「そんなことでごまかせないのはわかっているだろう。いずれにしてもしゃべることになるんだ、どうして隠そうとする」タレンは肩をすくめた。「白状するまで腕をねじあげるつもりなんだろ、スパーホーク」

「そんなことをしないで済めば、それがいちばんいい」

「わかったよ」タレンは嘆息した。「旧市街にも盗賊はいて、しかも城壁の外じゃあとても面白いことが起きてる。おいらは向こうに出る抜け道を見つけて、その情報を売ってたのさ」

「商売はうまくいったかね」エンバンが目を輝かせて尋ねる。

「悪くなかったよ、実際。城壁の内側にいる盗賊は、情報を買おうにもろくなものを持ってなかったんだけど、おいらがいい手を思いついたんだ。外で兵隊から盗んできたものの百分の一を、情報代として徴収することにしたのさ」

「袋を開けろ、タレン」スパーホークが命令した。

「とんでもないことを言うね、スパーホーク。この部屋には聖職者もいるんだよ。そういう人たちの前でこの袋を開けるっていうのは――ねえ、わかるだろ」

「袋を開けるんだ、タレン」

少年はため息をつき、袋をサー・ナシャンの机の上に置いて口を開いた。中には凝った装飾の品々がいくつも入っていた。金属製のゴブレット、小さな彫像、重い鎖、そろいの食器、それにディナー・プレートほどの大きさの、精巧な彫刻が施されたトレイ。見たところどれも黄金でできているようだった。

「これをみんな、情報を売るだけで手に入れたっていうのか」ティニアンが疑わしげに尋ねる。

「情報ってのは何よりも大切なんだよ、サー・ティニアン。それにおいらは不道徳なことや違法なことは一つもしてないからね。完全に潔白なんだ。それどころか、街を守る役に立ってるくらいさ」

「どうもよく話がわからんのだがね」とサー・ナシャン。

「外にいる傭兵連中が、盗んだものをすんなり手放すと思う?」タレンは薄笑いを浮かべた。「盗賊連中もそのあたりはよく承知してるから、正面切って頼んだりはしないんだよ。マーテルの軍団は、日が沈んでからかなり数を減らしたと思うな」

「まことに容認しがたいことじゃ」オーツェルが厳しい口調で咎《とが》める。

「でもおいらの手はぜんぜん汚れてないんだよ、猊下。おいらは誰の背中にも短剣を突き立てちゃいないんだ。悪党たちが外の街路で何をしようと、それはおいらの責任じゃないでしょ」少年は無邪気そうに目を輝かせている。

「あきらめるんだな、オーツェル」エンバンが小さく笑った。「この子を言い負かせるほど世慣れた人間は、この中にはおらんよ。ところでドルマント、財産税というのはよくできた制度だとは思わんかね」

「もちろんだ」デモスの大司教が答える。

「だろうと思った。非常時であることを勘案して、この若者は稼ぎの四分の一を教会に寄付すべきだと思うが」

「妥当な線だろうな」

「四分の一？」タレンが悲鳴を上げる。「それじゃ街道の追《お》い剝《は》ぎだよ！」

「ここは街道というわけではないのでね」エンバンは笑みを浮かべた。「遠征のたびに納めるようにするかね。それとも仕事が一段落するまで待って、全部一度に面倒を見ようか」

「エンバン大司教との話し合いが終わったら、わたしも話がある」ヴァニオンがタレンに言った。「その抜け道というのに、非常に興味があるのだよ」

「それほど大した秘密ってわけじゃないんだ」タレンが謙遜する。「実体は、城壁の上の塔の一つで夜の見張りについてる、教会兵の名簿なんだよ。そいつらは結び目を作った長いロープを持ってて、それで簡単に城壁を登ったり下りたりできるわけ。教会兵はロープを賃貸しして、おいらはその塔の場所と兵隊の名前を教えてやって、みんな仲良く利益にあずかれるって寸法さ」

「教会も含めてな」エンバン大司教が念を押す。

「もう忘れてくれてると思ってたんだけどね、猊下」

「的はずれな希望であっても、希望を持つというのはいいことだ」

そこへクリクが入ってきた。ラモーク人の使うクロスボウを持っている。

「運が向いてきたみたいですよ、みなさん。大聖堂にある総大司教近衛隊の武器庫を覗いたら、これがいくつもの棚にぎっしり積み上げてあったんです。矢のほうも樽に入れて、じゅうぶんな量があります」

「これはまさにぴったりの武器じゃ」とオーツェル。やはりラモーク人の血は争えないらしい。

「連射するなら長弓のほうが速いですよ、猊下」クリクが指摘する。「でもこいつはとにかく射程が長いですからね。突撃してくる敵の足を止めさせるには、とても効果的でしょう」

「使い方は知っているのか」ヴァニオンが尋ねる。

「はい、ヴァニオン卿」

「では教会兵の訓練をはじめてくれ」

「わかりました」

「状況はだいぶこちらに有利になってきたようだぞ、諸君」ヴァニオンは部屋の中を見まわした。「守りは堅く、武器もあり、敵はまだしばらく攻撃してこられない」

「それでもウォーガンがいてくれたほうが安心できるな」とコミエー。

「同感だ」ヴァニオンもうなずいた。「だがウォーガン王の到着までは、ここにいる手勢で何とかするしかない」

「もう一つ心配しなくてはならんことがあるぞ」エンバンが声を上げた。「すべてがうまくいってマーテルを追い払えたとして、そうなるとすぐにまた聖議会が開会されることになる。だが新市街を放棄したことで、われわれはかなりの数の大司教の恨みを買っている。家を略奪されて燃やされたとあっては、あまりわれわれに力を貸そうという気にはならんだろうからな。ここは何とかしてアニアスとマーテルの関係を証明しなくてはならん。それができない場合は、すべてが無駄になってしまうだろう。雄弁では誰にも負けない自信はあるが、いくらわたしでも奇跡を起こせるわけではないんだ。何か根拠になるものが必要だ」

その日の真夜中近く、スパーホークは旧市街の南門に近い城壁の階段を上っていた。南門は四つの門の中ではいちばん頑丈で、ここだけは瓦礫で塞《ふさ》がれないことになっていた。カレロスが華々しく燃えている。入りこんだ家がすでに略奪されて空っぽになっていた場合、略奪者は急に怒りを感じるらしく、そこらのものに火をつけて気晴らしをするのだ。そうした行動は予期されたものだったし、ある意味ではごく自然なことだ。略奪されていない家の数が減ってくるにつれ、傭兵たちはいよいよ険悪な顔で、松明《たいまつ》と武器を手に建物から建物へと街路を走りまわった。きわめて現実的な男であるクリクは、教会兵にクロスボウで動く的を狙う訓練をさせるのに、この走りまわっている略奪者たちを利用した。命中率は必ずしもよくなかったが、兵士たちはだんだんに腕を上げていった。

と、ちょうどクロスボウの矢が届かなくなるあたりの、家々を壊して瓦礫がばらまいてある地帯をはずれた狭い街路から、馬に乗った重武装の一団が現われた。先頭の男はつややかな黒い馬にまたがり、装飾を施したディラ製の甲冑《かっちゅう》を身にまとっている。男は兜《かぶと》を取った。マーテルだった。すぐうしろに野獣のようなアダスと、鼬《いたち》じみた小男のクレイガーを従えている。

クリクはスパーホークとカルテンのそばに並んだ。

「兵士に言ってクロスボウを射かけさせましょうか。一本くらいまぐれで当たるかもしれない」

スパーホークは顎《あご》を掻《か》いた。

「いや、やめておこう」

「絶好の機会かもしれないんだぜ、スパーホーク」カルテンが口をはさむ。「マーテルが片目に矢でも受けてみろ、外の軍勢はたちまち総崩れだ」

「その前に、少しあいつを苛立たせてやれないかと思ってね。苛々しているときのマーテルは、たまに口を滑らせることがある。何かわかるかもしれない」

「声が届くかな。けっこうな距離だぞ」

「声は届くさ」スパーホークが微笑む。

「そいつはやめてもらいたいなあ。自分がひどく不器用に思えてくるんだ」

「見習い時代にもっと練習に身を入れるべきだったな」スパーホークは白髪の男に意識を集中し、複雑なスティリクム語の呪文を編み上げた。「どうやらばらばらになりかけてるようじゃないか、マーテル」と世間話でもするような調子で話しかける。

「おまえか、スパーホーク」マーテルも見習い騎士だったころに覚えた同じ呪文で、同じように気軽な口調で返事をしてきた。「またおまえの声が聞けるなんて、こんな嬉しいことはない。だが何の話をしているのかよくわからんね。ここから見ると、何もかもしごく順調に思えるんだが」

「この城壁を攻撃するための手勢が、今いったいどのくらい集まるかな。まあゆっくりやってくれ。こっちは逃げも隠れもしない」

「街を放棄したのは実に賢明だったよ、スパーホーク。実のところ、まったく予想していなかった」

「あれはわりと気に入っている。だがそちらとしては、手の中からこぼれ落ちていった略奪品のことを思うと、腹立たしく感じるかもしれんな」

「こぼれ落ちていった？　部下の前でちょっとした演説をしてね。軍団はほぼ完全におれの統制下にある。川の向こう岸の牧草地に集結しているよ。連中にはこう言ってやったんだ。略奪はあわてて飛んでいった者たちにやらせておけばいい、そいつらが出てきたところで略奪品を取り上げて、全員で山分けにするんだから、とね。誰もが平等に分け前にあずかれるんだ」

「おまえも含めて？」

「いやいや、おれは別だよ、スパーホーク」マーテルは笑い声を上げた。「将軍なんだからな。いちばんいいところを確保する」

「獅子《しし》の分け前というやつか」

「そう、おれはいわば獅子だからな。大聖堂の地下の宝物庫に押し入った暁には、われわれ全員がとてつもなく裕福になっていることだろう」

「そこまでの道のりは遠いぞ、マーテル」

「仕事だからな。全力をつくすさ。おまえとヴァニオンはわたしの名誉を剝奪《はくだつ》した。だからもう金に慰めを見出《みいだ》すしかない──あとは心の満足だな、もちろん。すべてが終わったら、おまえの首は塚に埋めてやるよ」

「首ならここにあるぞ。ここまで来て、取っていったらどうだ。おまえの手下が街を略奪するには、まだ長い時間がかかるだろう。時間を無駄にできるような状況ではないはずだ」

「それほど長くはかからんさ。みんなてきぱきとやっているからな。自分のために働く者は、仕事熱心になるものなんだ」

「あれはまだ第一波だろう。目当ては金製品だ。第二波は銀製品を探し、第三波は貴重品を隠してある場所を探して家をばらばらにする。カレロスが完全に、最後の銅の燭台まで略奪されつくすには、少なくとも一ヵ月はかかる。おまえにそんな時間はないぞ、マーテル。ウォーガンがイオシア大陸の半数の軍勢を引き連れて、背後に迫っているんだからな」

「ああ、なるほど、サレシアの酔いどれ国王ウォーガンか。忘れていたよ。あの男、どうなったと思う？　こんなに到着が遅いのはおかしいと思わないか」

スパーホークは魔法を打ち切り、クリクに声をかけた。

「兵隊に矢を射かけさせろ」

「どうかしたのか」カルテンが尋ねる。

「マーテルは何かウォーガンをカレロスから遠ざけておく手だてを講じている。騎士団長たちに知らせたほうがいいようだ。どうやらわれわれは、ここに孤立しているらしい」

13

「はっきり言ったわけではないんです」スパーホークはヴァニオンに報告していた。

「あの男のことはご存じでしょう。ほくそ笑んでいるような、ひどく腹の立つ口調でした。マーテルの性格を考えれば、その意味するところは明らかです」

「正確には何と言ったのだったかな、サー・スパーホーク」ドルマントが尋ねた。

「ウォーガンのことを話題にしたとき、こう言いました。〝あの男、どうなったと思う？　こんなに到着が遅いのはおかしいと思わないか〟と」スパーホークは何とかマーテルの口調を再現しようと努めた。

「確かに何か知っているふうではあるな」ドルマントはうなずいた。「わたしはお二人ほどその男のことをよく知っているわけではないが、いかにも嬉しくてたまらないという感じを受ける」

「スパーホークの推測どおりでしょう」セフレーニアが口を開いた。「マーテルはウォーガンを引き離しておく手だてを考えついたと見るべきです。問題は、どうやっているのかということですね」

「方法は重要ではありませんよ、小さき母上」ヴァニオンが応じる。四人はナシャンの書斎に隣接する小さな部屋で膝を突き合わせていた。「むしろこのことが兵士たちに洩れないようにするほうが大切です。教会騎士は絶望的な状況に立ち向かう訓練を積んでいますが、兵士たちはそうではない。今にもアルーカ川西岸の牧草地を横切ってツォーガン王の軍勢が現われるはずだという、その期待感だけで士気を維持しているんです。旧市街はまだ完全に包囲されてはいませんし、略奪者は他人のことになど関心はない。この話が洩れたら、何十人という脱走者が出てくるでしょう。教会騎士にだけそっと連絡してください。秘密厳守ということで。わたしはほかの騎士団長に話しておきます」

「エンバンとオーツェルにはわたしから話そう」ドルマントが言った。

一週間がのろのろと過ぎていったが、やるべきことは山積していた。何軒もの家が壊され、その残骸を使って、コミエーが防御力に劣ると判断した三つの門が封鎖された。クリクは選抜した教会兵たちにクロスボウの使い方を教えつづけていた。ベリットは若い修道士を集めて、大聖堂のドームの上の小丸屋根《キューポラ》から交代で見張りをつづけた。エンバンは大聖堂の中で票固めに奔走していたが、それはだんだんと難しくなってきていた。大司教たちが城壁に登るのを阻止しようなどという無謀な人間はいないし、そこからの眺めはあまり心が躍るものではなかったからだ。シミュラの司教が玉座に就くのを阻止すべく最前線で戦っていた者たちも含めて、多くの大司教が街の様子を眺め、自分たちの家のある区画に炎が近づくのを見て苦い涙を流した。エンバンに面と向かって、もう自分の支持は期待できないものと思えと告げる者さえ少なくなかった。エンバンは日に日にやつれ、胃の痛みを訴えるようになった。何しろ自分の支持基盤が崩壊していくのを目の当たりにしているのだ。

アニアスは何の動きも見せず、ただ待っていた。

カレロスは燃えつづけた。

スパーホークは夕刻早く城壁の上に立って、燃える市街を眺めた。気分が落ち込んでいる。そのとき背後にかすかな物音がして、騎士はすばやくふり返った。そこにいたのはサー・ベヴィエだった。

「あまり芳《かんば》しくありませんね」若いアーシウム人の騎士は、やはりカレロスの街を眺めながら言った。

「まったくだ」スパーホークは若年の友人をまっすぐに見つめた。「大投石機に対して、この城壁はどのくらい持ちこたえられると思う」

「長くは無理でしょう。この城壁は古い時代のもので、近代的な攻城兵器による攻撃を考えて築かれてはいません。ただ、たぶん敵は大投石機を作ろうとはしないと思います。時間がかかりますし、組立作業にも熟練を要します。できの悪い大投石機は、敵よりも味方のほうを傷つけることが多いくらいですから。あれを使うのはなかなか大変なのです」

「そう願いたいものだ。普通の投石機ならこの城壁でもそれなりに防げるだろうが、半トンもある岩をぶつけられたりしたら――」スパーホークは肩をすくめた。

「スパーホーク」タレンが階段を駆け上がってきた。「セフレーニアが騎士館で会いたいって。急ぎの用事だそうだよ」

「行ってください、スパーホーク。ここはわたしが見張ります」ベヴィエが言った。

スパーホークはうなずき、階段を下って狭い街路に降り立った。

セフレーニアは一階のホールで待っていた。いつにも増して蒼白な顔色になっている。

「どうしたんです」とスパーホーク。

「ペレンです、愛しい人」その声はかすれていた。「死にかけています」

「死にかけて？　まだ戦闘は始まってないんですよ。何があったんです」

「自殺を図ったのです」

「ペレンが？」

「毒をあおったのですが、何の毒なのか言おうとしないのです」

「何か手だてが――」

セフレーニアはかぶりを振った。

「あなたと話したがっています。急いだほうがいいでしょう。もう時間がなさそうです」

サー・ペレンは地下室のような部屋の小さな寝台に横たわっていた。顔色は死人のようにまっ白で、激しく汗をかいている。

「遅かったな、スパーホーク」その声はひどく弱々しかった。

「どういうことなんだ、ペレン」

「こうするしかないんだ。時間を無駄にするな。逝く前に話しておきたいことがある」

「話なら、セフレーニアが解毒剤を飲ませてからでいい」

「解毒剤はない。いいからおとなしく話を聞いてくれ」ペレンは大きなため息をついた。

「スパーホーク、おれはおまえを裏切った」

「おまえにそんなことができるものか」

「誰だって人を裏切ることはできる。必要なのは理由だけだ。おれには理由があった。とにかく聞いてくれ。もうあまり時間がない」ペレンはしばらく目を閉じた。「最近になって、何度か命を狙われたことがあったろう」

「ああ、でもそれが――」

「あれはおれがやったんだ、スパーホーク。あるいは、おれの雇った人間が」

「おまえが？」

「幸いにも失敗したがな」

「なぜだ、ペレン？　気づかずにおまえを侮辱したか」

「ばかを言うなよ、スパーホーク。おれはマーテルに命令されてたんだ」

「どうしておまえがマーテルに？」

「あいつはおれの弱みを握ってた。おれが自分の命よりも大切に思っている人を、脅迫の材料に使ったんだ」

スパーホークは茫然《ぼうぜん》としていた。口を開こうとすると、ペレンが片手を上げてそれを制止した。

「何も言うな。聞いてくれ。時間がない。アラシャムが死んだ直後、マーテルがダブールのおれの家を訪ねてきた。もちろんおれはすぐに剣を取ったが、やつは笑ってこう言った。イドラが大事だと思うなら剣を置け、と」

「イドラ？」

「おれが愛した女性だ。北ペロシアの出で、おれの父親の隣りの領地をあれの父親が治めていた。子供のころから愛し合う仲だった。あれのためなら命など惜しくなかった。マーテルはどこかでそのことを知って、イドラのために死ねるのなら、人を殺すこともできるだろうと言ってきた。さもないとイドラの魂をアザシュに捧げるというんだ。おれは信じなかった。そんなことができるとは思わなかった」

スパーホークはガセック伯爵の妹、ベリナのことを思った。「できるんだ、ペレン」

「そう、それができることはすぐにわかった。マーテルはおれをペロシアへ連れていき、アザシュの像の前で邪悪な儀式を行なうイドラの姿を見せた」ペレンの目に涙があふれた。「恐ろしいことだよ、スパーホーク。恐ろしいことだ」すすり泣きを押し殺し、「マーテルは、おれが言われたことをしなければイドラの魂をもっと崩壊させ、完全に失わせてしまうと脅迫した。本当にそこまでできるのかどうか確証はなかったが、その点に賭《か》けるわけにもいかなかった」

「できたはずだ。見たことがある」

「おれはイドラを殺そうとした」ペレンの声はますます弱まっていた。「だがどうしてもできなかった。マーテルはその葛藤《かっとう》する姿を見て、おれを笑いものにした。機会があったら、どうかあいつを殺してくれ」

「約束する。きっと殺してやる」

ペレンはふたたびため息をついた。さらに顔色が悪くなる。

「よく効く毒だ。こうしてマーテルはおれの弱みを完全にその手に握った。やつはおれにアーシウムへ行って、ヴァニオンとパンディオン騎士団に合流しろと命じた。それからおれは機会を見つけてシミュラの騎士館に戻った。やつはおまえがサレシアへ向かうことを知っていて、たぶんエムサット経由で帰ってくると読んでいた。そこでおれに金を渡して、殺し屋を雇わせたんだ。やれと言われたことは、何でもやるしかなかった。おまえを狙ったのはたいていその時に雇った殺し屋たちだったが、一度だけ、デモスを通ってここへ向かう途中で、おれはおまえにクロスボウを射かけた。わざと狙いをはずしたと言いたいところだが、そう言えば嘘になる。おれは本気でおまえを殺そうとしたんだ、スパーホーク」

「ドルマントの家で毒を盛ったのも？」

「あれもおれだ。自暴自棄だったからな。おまえは本当に運のいいやつだ。考えられることは何もかもやってみたが、それでも殺せなかった」

「大聖堂で、毒を塗った短剣で襲ってきたレンドー人もか」

ペレンは驚いた顔になった。

「その件は知らない。本当だ。おれたちは二人ともレンドー国にいたことがある。レンドー人というのがどれほど頼りにならないか、二人ともよく知っている。誰かほかの人間だろう――マーテル自身が仕組んだのかもしれない」

「どうして気が変わったんだ、ペレン」スパーホークは悲しげに尋ねた。

「マーテルに握られていた弱みがなくなった。イドラが死んだんだ」

「かわいそうに」

「おれはそうは思わん。イドラは事情に気がついたらしく、父親の屋敷の礼拝堂で一晩祈ったそうだ。そして日の出とともに、心臓に短剣を突き立てた。すべてを記した手紙を召使に持たせて、ここに届けさせたんだ。その男はマーテルの軍勢が街を包囲する直前に到着した。イドラはもう自由だし、その魂も安全だ」

「だったら、どうして毒を？」

「おれはイドラのあとを追う。マーテルはおれの名誉を奪ったが、愛までは奪えない」ペレンの身体が狭い寝台の上で硬直した。「まったく、よく効く毒だ。名前を教えて推薦したいところだが、小さき母上は油断ならんからな。少しでも隙を見せたら、石だって甦らせかねない」ペレンは秘儀の教母に微笑みかけた。「おれを許してくれるか、スパーホーク」

「許すも許さんもない」スパーホークは声を詰まらせ、友人の手を握りしめた。

ペレンは嘆息した。

「おれの名前はパンディオン騎士団の歴史から抹消され、侮蔑とともに記憶されるんだろうな」

「おれがそんなことはさせない。おまえの名誉は守ってやるぞ」スパーホークは約束のかわりに、さらに強く手を握りしめた。

った。

セフレーニアが寝台の反対側の、もう一方の手を握る。

「そろそろ終わりだな、願わくは——」ささやくようにそう言うと、ペレンは静かになった。

セフレーニアの悲嘆の声は、傷ついた子供の泣き声のようだった。教母はペレンのぐったりした身体を抱き寄せた。

「そんな時間はありません！」スパーホークの鋭い声が飛んだ。「しばらくここをお願いできますか。クリクを呼んできますから」

セフレーニアは驚いたように騎士を見た。

「ペレンに甲冑を着せなくてはなりません。それからクリクとわたしで、城壁のすぐ内側の街路に遺体を運びます。胸にクロスボウの矢を打ち込んで、街路に放り出すんです。そのうちに誰かが見つけて、みんなペレンが敵の矢にやられたと思うでしょう」

「なぜそんなことを？」

「ペレンは友人でした。名誉を守ると約束したんです」

「あなたを殺そうとした人ですよ」

「違います、小さき母上。わたしを殺そうとしたのはマーテルです。やつはそのために、ペレンを道具として利用した。悪いのはみんなマーテルなんです。いずれ近いうちに、あいつとははっきり決着をつけるつもりです」しばらく言葉を切って、「あの仮説は考え直さなくてはなりませんね。これで大きな穴があいてしまった」そのとき毒の短剣を使ったレンドー人のことを思い出し、「あるいは、ほかにも暗殺者がいるということなんでしょうか」

小手調べ的な最初の攻撃は、略奪が始まって五日めに行なわれた。大した攻撃ではなく、どちらかというと守備の強固な場所を探るためのものだった。そしてもちろん、弱点も。だが守備側には一つ有利な点があった。マーテルはヴァニオンから騎士の訓練を受けたので、ヴァニオンは白髪の元パンディオン騎士がどのような手を使ってくるか、ほぼ確実に予測することができたのだ。それどころか、敵の裏をかいて守備力を過小に評価させることもできた。やがて攻撃は徐々に激しさを増し、ときには夜明けに、またときには闇のとばりが街を包んだ真夜中に行なわれるようになった。聖騎士たちはつねに警戒態勢を取っていた。甲冑を脱ぐこともできず、時と場所があるときだけ短い眠りをむさぼった。

新市街がほぼ完全な廃墟と化したころ、マーテルはついに攻城兵器をくり出して、旧市街に絶え間ない攻撃を仕掛けてきた。空から降り注ぐ巨大な石は、兵士も市民も見境なく押しつぶした。いくつかの投石機には籠が取り付けられ、クロスボウの矢を詰めた樽が無差別に旧市街を襲った。そのあとは炎だった。松脂《まつやに》とナフサの燃える弾丸が城壁を越えて飛来し、家々の屋根に炎を燃え移らせ、街路を火の海にした。だがまだ半トンの大岩が飛んでくることはなかった。

守備側は耐え忍んだ。できることは何もなかったのだ。

アブリエル卿は報復用の投石機を組み立てたが、破壊された家々の残骸を除くと、マーテル側に投げ返すことのできるものはほとんどなかった。

人々は耐え忍んだ。死の雨となって飛んでくる岩が、炎の弾丸が、降り注ぐ矢が、ますます敵への憎しみを掻《か》き立てた。

最初の本格的な攻撃があったのは、略奪が始まってから八日めの、真夜中を少し過ぎたころだった。統制の取れていないレンドー人の狂信者たちが、煙のたなびく闇の中から喚声を上げて突撃してきた。城壁の南西角にある多少とも脆《もろ》そうな張り出し櫓《やぐら》が狙いらしい。防御側もその場に殺到した。長弓やクロスボウから発射された矢が黒いローブのレンドー人の上に降り注ぎ、狂信者たちは刈り取られる麦のようにばたばたと倒れた。突撃の喚声が、時のはじまりから戦場に響いていた苦痛の叫びに変わる。しかしレンドー人は突進しつづけた。宗教的な熱狂に浮かされた者たちは、傷を負ってもひるむことがない。それどころか、致命傷を負いながらまるで気づきもしないかのように、身体を引きずって城壁に近づこうとする者さえいた。

「松脂だ！」眼下のレンドー人に対して熱に浮かされたように矢を射かけつづける兵士

たちに向かって、スパーホークが怒鳴った。松脂を煮立てた大鍋が城壁の端に押し出される。そのあいだにも下からは風雨に傷んだ城壁に梯子が立てかけられ、宗教的な合言葉を叫び、雄叫びを上げる異端者たちがそれを駆け上がった。だがすぐに煮立った松脂を浴びせられ、悲鳴を上げて身もだえながら落下していく。

「松明《たいまつ》！」スパーホークが命令する。

百本あまりの燃える松明が城壁から投げ落とされ、下の松脂とナフサの海に火を点《つ》けた。あたり一面が炎の海になる。燃え上がった炎は城壁を舐《な》め、蟻のように梯子に取りついたレンドー人たちを呑みこんだ。敵はばらばらと梯子から落ち、炎の中から転げ出ると、彗星のように尾を引きながら悲鳴を上げて走りまわった。

それでもレンドー人は殺到しつづけ、梯子を繰り出しつづけた。何百という手に支えられた梯子がゆっくりと持ち上がり、垂直に立ってしばらくふらふらと揺れ、どしんと城壁に立てかけられる。城壁の上の防御側は長い竿で梯子を押し戻し、梯子は立てかけられたときとは逆の動きで、ふたたび垂直になって一時的に止まったかと思うと、梯子のてっぺんまで登りかけていた男もろとも地面に倒れた。何百人というレンドー人が降り注ぐ矢を避けて城壁の真下に集まり、梯子を駆け登って城壁の上を目指そうとしている。

「鉛を！」スパーホークが叫んだ。鉛はベヴィエの発案だった。大聖堂の地下にある納骨堂の棺《ひつぎ》は、どれも鉛の肖像で飾られていた。今、棺は飾りのない簡素な姿をさらし、鉛はすべて溶かされていた。泡立つ大鍋が一定間隔で城壁の上に並べられ、スパーホークの命令でいっせいに中身を下にぶちまけた。溶けた鉛は銀色の滝となり、城壁の真下に集まっていたレンドー人の上に降り注いだ。今度の悲鳴は長くは続かず、燃えながら逃げ出してくる者の姿もなかった。

それでも城壁の上まで到達する敵の数は次第に多くなった。教会兵たちは自暴自棄の勇気でこれに立ち向かい、騎士たちが救援に駆けつけるまで、どうにか狂信者たちの攻撃を防いだ。スパーホークは黒い甲冑のパンディオン騎士たちの先頭に立ち、重い大剣《ブロードソード》を確実なリズムで振りまわした。大剣は技巧的な武器ではない。騎士は大した苦労もなく、絶叫するレンドー人の中に幅広い道を切り拓いた。剣に切り飛ばされた手や腕が、まだ梯子に取りついている敵の上にばらばらと飛び散る。切り落とされた頭も、スパーホークが剣を振るった方向によって、城壁の内外両方に落ちていく。大柄な騎士のあとから負傷者を始末しつつ続くほかの騎士たちも、みんなたちまち血まみれになった。錆《さ》びたサーベルを振りまわすがりがりに痩せたレンドー人が、わめき声を上げながら黒い甲冑の騎士に打ちかかってきた。スパーホークはわずかに剣の方向を変え、男を腰のあたりでほとんどまっ二つにした。男は打撃の衝撃で胸壁にぶつかり、上半身だけが城壁の外に落ちていった。下半身は胸壁のあいだに引っかかって、足をばたばたと動かしている。レンドー人の上半身は、地面に届く前に紫色の腸に引きずられて宙吊りになった。冷たい空気の中で、腸からは湯気が上がっている。上半身はゆっくりと前後に揺れながら、内臓が引きずり出されるにつれて徐々に地上へと近づいていった。

「スパーホーク!」そろそろ腕が疲れてきたと思ったとき、カルテンの声が聞こえた。「一息入れろ。交代する」

白兵戦は城壁の上が一掃され、梯子がすべて押し戻されるまで続いた。レンドー人は城壁の下に集まって、射かけられる矢と投げ落とされる岩の犠牲者を出しつづけていた。やがて潰走《かいそう》が始まった。

カルテンが息をあえがせ、剣の刃をぬぐいながら戻ってきた。「いい一戦だった」顔には笑みを浮かべている。

「こんなところだろう」スパーホークが簡潔に応じる。「レンドー人は、敵としてはもの足りないな」

「連中はあの程度で精いっぱいさ」カルテンは笑って、痩せたレンドー人の下半身を胸壁から蹴り落とそうと足を上げた。

「そのままにしておけ」とスパーホーク。「敵の第二波に見せつけてやるんだ。城壁の内側を掃除してる者たちに言って、切られた首はこっちに持ってこさせろ。杭《くい》に刺して胸壁に並べておこう」

「また実地指導か」

「いいだろう？　城壁を攻撃しようとする者には、どういう運命が待ち構えているのか知る権利があるとは思わないか」

そこへベヴィエが小走りに近づいてきて、数ヤード向こうから「アラスが負傷しました！」と叫んだ。三人はさっと道をあけた教会兵のあいだを抜けて仲間のもとへ急いだ。たぶん無意識のうちに、ベヴィエはまだロッホアーバー斧を左右に振っていた。

アラスは仰向けに横たえられていた。白目を剝いて、耳から血を流している。

「どうしたんだ」スパーホークがティニアンに尋ねた。

「レンドー人が背後に駆け上がってきて、斧で頭を一撃したんだ」

スパーホークの気持ちは沈んだ。

ティニアンはそっとアラスの角つき兜を取り、静かにジェニディアン騎士の金髪の頭をまさぐった。

「頭の骨は割れていないようだ」

「思いきりやられたわけじゃないらしいな」とカルテン。

「おれはこの目で見たが、渾身の一撃だった。メロンみたいに頭がつぶれてたって不思議じゃない」ティニアンは眉をひそめ、兜の側面から出ている二本の角の付け根を調べた。さらに兜をじっくりと点検する。「傷一つない！」短剣を抜いて角を削ろうとしてみたが、艶やかな表面を引っかくこともできなかった。好奇心に駆られたティニアンはアラスの戦斧《バトルアックス》を取り上げ、何度か角に叩きつけた。角は欠けさえしなかった。「驚いたな。こんな硬いものは見たことがない」

「おかげでアラスの脳がまだ頭の中に留まってるんだろう」とカルテン。「でもあまり具合がよさそうには見えない。セフレーニアのところへ運ぼう」

「三人で先に行っててくれ。わたしはヴァニオンと話がある」スパーホークが言った。

四人の騎士団長は少し離れた場所から戦況を眺めていた。

「サー・アラスが負傷しました」スパーホークはコミエーに報告した。

「ひどいのか」ヴァニオンがすぐに尋ねる。

「ひどくない負傷などというものはないぞ、ヴァニオン」とコミエー。「何があったんだ、スパーホーク」

「レンドー人に斧で頭を一撃されたそうです」

「頭を？　それなら大丈夫だ」コミエーは手を伸ばし、オーガーの角のついた自分の兜を叩いた。「これはそのためのものだから」

「あまり具合がよさそうには見えませんでした。ティニアンとカルテンとベヴィエが、セフレーニアのところへ連れていきました」

「心配はいらんよ」コミエーは自信たっぷりだ。

スパーホークはアラスの負傷のことを胸の奥に押しこんだ。

「マーテルの戦術が少しわかったような気がします。レンドー人は近代戦が得意ではありません。マーテルが率いているのには、それなりの理由があるんです。レンドー人は近代戦が得意ではありません。防具の類は何も――兜さえ――身につけませんし、剣の扱いは憐《あわ》れになるくらい下手くそです。城壁の上からレンドー人を一掃するのは、麦刈りをするようなものでした。敵は狂信の熱に浮かされて、まったく見込みのない戦いを挑んできます。マーテルはそのレンドー人を使ってこちらを消耗させ、少しでもこちらの数を減らそうとしているのだと思います。そしてわれわれがじゅうぶん消耗したところで、カモリア人とラモーク人の傭兵を差し向けようというのでしょう。何とかレンドー人を城壁に近づけない工夫が必要です。とにかくクリクと話してみます。何かいい手を思いついてくれるでしょう」

本当にクリクはいい手を思いついた。年来の経験と、髪が灰色になった退役軍人たちにあちこちで話を聞いていたために、従士は巧妙な戦術をいくつも知っていたのだ。たとえば〝撒《ま》き菱《びし》〟というものがある。これはごく単純な、鋭い四本の刺《とげ》を持つ小さな鉄製の武器で、どういうふうに落ちてもかならず鉄の刺の一本が上を向くような形になっている。レンドー人はブーツをはかず、柔らかい革製のサンダルをはいているだけだ。十フィ刺に毒を塗っておけば、撒き菱は単なる障害物ではなく、致命的な武器になる。

ートほどの長さの丸太に先を尖《とが》らせた杭を針鼠《はりねずみ》のように植え、これにもやはり毒を塗って城壁の前に何本も転がしておけば、敵は簡単に近づくわけにはいかなくなる。太い丸太をロープで胸壁から吊るし、振り子のように左右に動くようにしておけば、城壁に立てかけられた梯子など蜘蛛《くも》の巣のように振り払うことができる。

「いずれもそれだけで本格的な攻撃を撃退できるようなものじゃありませんがね」とクリク。「それでも足を止めさせることはできますから、そこをクロスボウや長弓で狙い撃ちすればいい。城壁までたどり着ける敵は、多くはないはずです」

「そういう手だてを求めていたんだ」とスパーホーク。「さっそく市民を集めて、製作に取りかからせよう。今のところカレロスの市民は単なる無駄飯食いだからな。仕事をあてがってやったほうがいい」

クリク発案の品を作るには数日を要し、そのあいだにもレンドー人の攻撃は何度かくり返された。やがてアブリエル騎士団長の投石機が城壁の前にたっぷりと撒き菱をばらまき、針鼠になった丸太が何本も転がされて、城壁から二十ヤードほどのあたりに折り重なった。それ以後は城壁まで到達できるレンドー人はめっきりその数を減らし、やっと近づいてきた者たちにしても、梯子を持ってくるような余裕はとてもなかった。狂信的な文句を叫び、剣でやみくもに城壁の石を叩くのが精いっぱいだ。弓兵たちはそれを胸壁からやすやすと狙い撃ちした。無益な攻撃が何度かくり返されたあと、マーテルは何日か攻撃を手控え、作戦を練り直しているようだった。夏の炎天下、城壁の外に積み重なったレンドー人の死体はたちまち腐敗して、旧市街には不快なにおいが立ち込めた。

ある晩、スパーホークと仲間たちは、久しぶりに風呂に浸かって温かい食事にありつこうと騎士館に戻った。最初にしたのはサー・アラスを見舞うことだった。巨漢のジェニディアン騎士は寝台に寝かされていた。目はまだぼんやりしていて、表情には戸惑いが見られる。

「横になってばかりいるのには、もううんざりだ」口調もどこか間延びしていた。「ここは暑くていけない。外へトロール狩りにいかないか。雪の中を駆けまわれば、少しは身体の火照《ほて》りもおさまるだろう」

「ヘイドのジェニディアン騎士本館にいると思っているのです」セフレーニアが静かに説明した。「しきりにトロール狩りに行きたがっています。わたしのことは世話係の下女だと思っていて、しょっちゅう口説こうとしています」

ベヴィエが息を呑んだ。

「あと、ときどき泣いていますね」

「アラスが？」ティニアンがやや面白がるように言った。

「嘘泣きだろうと思いますけれど。最初のとき慰めようとしたら、取っ組み合いのようなことになってしまいました。今の状態を考えると、とても頑丈な人です」

「大丈夫でしょうか。つまり、元に戻るんでしょうか」カルテンが尋ねる。

「何とも言えないのですよ、カルテン。脳に何かあったのだろうとは思うのですが、その結果がどんな形で現われるか、まるで予測がつきません。みなさんもう行ったほうがいいでしょう。アラスを興奮させないように」

アラスは岩を転がすようなトロールの言葉で、長々と何かをしゃべりはじめた。スパーホークはその言葉の意味がわかるのを知って驚いた。グエリグの洞窟でアフラエルにかけられた呪文が、まだ効力を持続しているらしい。

風呂に入って髭を剃ると、スパーホークは修道僧のローブに着替え、あまり人気《ひとけ》のない食堂の、長いテーブルの前に仲間たちと腰をおろした。

「次にマーテルはどう出てくると思う」コミエー騎士団長がアブリエルに尋ねるのが聞こえた。

「たぶん標準的な包囲戦の戦術に切り替えてくるだろう」アブリエルが答える。「しばらくは腰を据えて、攻城兵器で地道に攻撃してくると思う。あの狂信者の群れは、迅速な勝利を得るための唯一の手段だった。こうなったら戦いは長引くはずだ」

一同は静かに腰をおろしたまま、大きな岩が街に降り注ぐ音に耳を澄ました。

そこへタレンが飛びこんできた。顔は泥だらけで、服もひどく汚れている。

「マーテルを見かけたんだ！」少年は興奮して叫んだ。

「マーテルならみんな見てるぞ」カルテンが椅子の中で身じろぎしながら答えた。「わざと姿を見せるみたいに、ときどき馬で前線に出てくるからな」

「城壁の外じゃないんだよ、カルテン。大聖堂の地下にいたんだ」

「何を言っているのだ、いったい」ドルマントが口を開いた。

タレンは深呼吸をして話しはじめた。

「その――前にカレロスの泥棒に、旧市街の外に出る道を教えてやった話をしたとき、実は隠してたことがあったんだ」身を守るように片手を上げ、「泥棒たちと、城壁の上のロープを持った教会兵のあいだを取り持ったのは本当さ。あの部分はすべてそのとおりなんだ。でも一つだけ言わなかったのは、もう一つ別の道も見つけたってこと。細かい話でみんなを退屈させたくなかったんだよ。ここへ来て少ししたころ、たまたま大聖堂の地下室を探検してて、通路を見つけたんだ。もともと何に使ってたのかは知らないけど、その通路はまっすぐ北に延びてた。まん丸で、床も壁もすごく滑らかなんだ。それをたどっていくと、新市街に出られた」

「通路として使われていた形跡はあったかね」エンバン大司教が尋ねる。

「最初に通ったときはなかったよ、猊下。蜘蛛の巣がロープみたいだった」

「ああ、あれか」ナシャンが声を上げた。「聞いたことはありますが、調査はしていませんでした。地下には昔の拷問部屋があって、あまり人が近づきたがらんものですから」

「何のための通路だったのかね、ナシャン」ヴァニオンが尋ねた。

「古い導水渠《どうすいきょ》ですよ、閣下。はじめて大聖堂が造られたときの設備で、クドゥ川の上流から旧市街に水を引いていたのです。何世紀も前に崩壊したと聞いていましたが」

「完全にふさがってたわけじゃないんだ」とタレン。「少なくとも新市街までは通じてた。簡単に言えば、地下をうろうろしてて偶然にそれを見つけたんだよ——何ていうんだっけ?」

「導水渠」とナシャン。

「変な言葉だね。とにかくおいらはそれを見つけて、たどってみた。新市街の通りを何本か行ったところの、倉庫の地下室に通じてた。その先は埋まっちゃってるみたいだったけど、そこまで通じてればじゅうぶんだからね。通りに直接出られるドアもあって、おいらはその情報をカレロスの泥棒たちに売ってたんだ。ところが今日の午後になって地下室に下りていくと、通路からこっそりマーテルが出てくるじゃない。あわてて隠れると気がつかずに行っちゃったから、そのままあとを尾《つ》けてみた。そうしたら貯蔵室みたいな部屋に入ってって、そこにアニアスが待ってたんだ。話は聞こえなかったけど、頭と頭を寄せ合って、真剣に陰謀をめぐらしてる感じだった。しばらく話をしてから二人は貯蔵室を出て、別れぎわにマーテルが、いつもの合図をしたらまたここで会おうって言ってた。〝戦いになったらどこか安全な場所にいるんだぞ〟ってマーテルが言うと、やっぱりウォーガンの軍勢のことが心配だってアニアスが言って、マーテルは笑ってこう答えた。〝ウォーガンのことは心配するな。カレロスで何が起きているか、何も知らないんだからな〟ってね。二人がいなくなるまで待って、こうして駆けつけてきたわけ」

「どうしてマーテルに導水渠のことがわかったんだ」とカルテン。

「マーテルの手下が泥棒のあとを尾《つ》けたんだろうね」タレンは肩をすくめた。「泥棒のあとを尾けるとなると、みんなやたらに張り切るんだ。ぜんぜん関係ない人にあとを尾けられたことが何度もあるよ」

「ウォーガンが現われない理由がわかったな」コミエーが渋い顔で言った。「たぶんこちらの伝令は、みんな待ち伏せされたのだろう」

「そしてエラナはストラゲンとプラタイムだけに守られてシミュラに孤立している」スパーホークは不安そうだった。「その地下室に行ってマーテルを待ち伏せします」

「絶対にだめだ！」エンバンが激しく反対した。

「猊下《げいか》はマーテルを殺せば包囲戦も終わるということを見過ごしておいでなのではありませんか」

「きみこそ、われわれの目的が選挙でアニアスを破ることにあるという点を見過ごしているのではないかね。アニアスとマーテルが相談していたという証拠をつかんで、シミュラの司教を追い落とさなくてはならんのだ。われわれの立場は非常に苦しくなっているのだよ、諸君。外で新たな火の手が上がるたびに、こちらの票はどんどん少なくなっていく」

「アニアスとマーテルが会っていたというタレンの報告で、聖議会は疑いを抱くんじゃありませんか」とカルテン。

「議員のほとんどはマーテルの名前さえ知らんはずだ、サー・カルテン。それにこの子はあまり信用できる証人とは言いがたい。泥棒だということを誰かに知られていたら、それまでだ。まったく問題のない、信用できる証人が必要だ。中立性と客観性に、誰も疑問をさしはさめないような」

「総大司教近衛隊の隊長などどうじゃ」オーツェルが提案した。

「ぴったりですな」エンバンは指を鳴らした。「近衛隊長を地下室へ連れていってマーテルとアニアスの話を聞かせることができたら、堂々と聖議会に持ち出すことができる」

「マーテルが数人の部下を連れてくるかもしれないという点は考えていらっしゃいますか、猊下」ヴァニオンが口を開いた。「戦いが始まったとき安全な場所にいるようにとアニアスに言ったのは、どうも大聖堂の中に奇襲部隊を送りこもうという作戦ではないかと思うのですが。大司教たちが命からがら逃げまわっているような状況では、どんな証人もあまり感銘を与えることはできないでしょう」

「細かいことでわたしを悩ませんでくれ、ヴァニオン。こちらも地下室に手勢を用意しておけばいいではないか」

「喜んで。ですが、その手勢はどこから調達するのです?」

「城壁の上の連中を連れてくればよかろう。どうせ大したことはしておらんのだ」

ヴァニオンの顔がまっ赤になった。こめかみに太い血管が浮かぶ。

「わたしから話そう、ヴァニオン。卒中の発作など起こしてもらいたくないからな」コミエーが割って入り、太った背の低い大司教に向き直った。「猊下、よろしいですか、奇襲を行なおうとするときには、敵の注意を別のほうに引きつけておくのが常道です。そう言えばおわかりいただけますかな」

「うむ?」エンバンは要領を得ない顔をしている。

「少なくともわたしならそうします。マーテルというのは訓練で鍛え上げられた男なのだとか。たぶんマーテルは例の何やらいう兵器を組み立て――」

「大投石機」アブリエルが口をはさむ。

「何でもいいが」と肩をすくめ、「それで城壁を攻撃してくるでしょう。それから全軍で突撃してきます。断言してもかまいませんが、そのとき城壁の上に――あるいはその残骸の上に——いる者たちは、非常に忙しくなっているはずです。マーテルが地下室にやってくるのはその時です。そちらに回せるような人員はいないと見るべきでしょう」

「どうしてきみらはそんなに頭が回るのだ、コミエー」エンバンが不機嫌そうに言った。

「ではどうするね」ドルマントが尋ねる。

「ほかに方法はないでしょう、猊下」ヴァニオンが答えた。「マーテルが入ってこられないように、導水渠を破壊するんです」

「そんなことをしたら、アニアスとマーテルの関係を証拠立てることができなくなってしまう！」エンバンが激しく反対する。

「もっと全体を見ることだ、エンバン」ドルマントが辛抱強く説得した。「新しい総大司教を選ぶとき、マーテルにも投票させたいと思っているのかね」

14

「あれは儀仗隊《ぎじようたい》ですよ、猊下《げいか》。これはパレードでもなければ、儀礼の交換でもない」ヴァニオンが反論した。ヴァニオンとドルマントとスパーホークとセフレーニアの四人は、サー・ナシャンの書斎に集まっていた。

「兵舎の外で訓練しているところを見たのだがね、ヴァニオン。軍事の玄人と素人を見分ける目は、まだ衰えてはいないつもりだ」

「人数はどのくらいいるのですか」スパーホークが尋ねる。

「三百人だ」ドルマントが答えた。「総大司教の近衛隊は、大聖堂の防衛に全面的に関わっている」大司教は椅子の背もたれに身体を預け、両手の指先を何度か打ち合わせた。痩せた苦行者めいた顔が、蠟燭《ろうそく》の光を受けて輝いている。「あまり選択の余地はないように思うがね。エンバンも言っていたとおり、われわれがかき集めた票はどんどん減ってきている。聖議会のブラザーたちはことのほか自宅にご執心でね」と顔をしかめ、

「高位の聖職者にとっては、虚栄心を満たす方法がほかにはほとんどないのだよ。着る

ものは簡素な僧衣だから、飾り立てるわけにはいかない。結婚はしないから、妻を見せびらかすこともできない。平和を説く側の人間だから、戦場で力を証明するわけにもいかない。残るのは住居くらいのものだ。旧市街に引っこむ戦略を採って、新市街にあるブラザーたちの屋敷をマーテルの略奪者の手に委《ゆだ》ねたことで、少なくとも二十票は失ったと見るべきだろう。アニアスとマーテルの関係は、何としてでも暴露しなくてはならない。それさえうまくいけば、非難の矛先は完全に反転する。屋敷が燃えているのはわれわれの責任ではなく、アニアスの責任ということになるわけだ」ドルマントはセフレーニアに目を向けた。「あなたにお願いするしかなさそうですな、小さき母上」

「構いませんとも、ドルマント」教母はにっこりと大司教に笑いかけた。

「公式にお願いするわけにはいかんのです」ドルマントが悲しそうに微笑む。「もう信じていないはずのことをお願いするのですから」

「かつてのパンディオン騎士として頼んでみるのですね、ディア。そうすれば二人とも、あなたが悪い仲間に入ったことを考えなくてすみます」

「それはどうも」ドルマントはそっけなく答えた。「あの導水渠《どうすいきょ》を地下に降りずに崩壊させる方法が何かありますか」

「わたしがやりますよ、閣下」スパーホークが声を上げた。「ベーリオンを使えばいいんです」

「そうはいきませんよ、スパーホーク。指輪が二つそろっていません」セフレーニアはドルマントに視線を戻した。「言われたことはできますが、スパーホークに地下室にいてもらわなくてはなりません。スパーホークを通じて呪文を解き放ちますから」

「それはますます都合がいい」ドルマントはヴァニオンに顔を向けた。「どう思う、ヴァニオン。二人で総大司教近衛隊のデレイダ隊長と話をしてこないかね。近衛隊員を何人か、信頼の置ける者の指揮で地下室にひそませておくのだ」

「クリクでは?」とスパーホーク。

「適任だ。クリクに命令されたら、いまだに反射的に従ってしまいそうだよ」ドルマントはふと言葉を切った。「どうして騎士にしてやらないんだ、ヴァニオン」

「身分というものに対するあの男の偏見のせいだよ」ヴァニオンは笑った。「クリクは騎士というのが軽薄な、頭の空っぽな連中だと信じきっているんだ。ときにはわたしもそのとおりだと思うことがある」

「なるほど……ではクリクと近衛隊員が、地下室でマーテルを待つということでいいな。もちろん姿は見られないようにしてだ。マーテルが総攻撃を仕掛けてくるとして、手はじめは何だと思うかね」

「空を飛んでくる大岩といったところかな。どうだ、スパーホーク？　それで大投石機が完成したとわかるだろう。ちゃんと作動することを確かめるまでは、攻撃にはかからないと思うが」

「それと同時に導水渠の中を進んでくるというわけですね」

ヴァニオンはうなずいた。「あまり早く中に入ると、それだけ発見される確率が高くなるからな」

「ますますもって好都合だ」ドルマントはすっかりご満悦だった。「スパーホークとデレイダ隊長には、城壁の上で大岩が飛んでくるのを待ってもらおう。岩が飛んできたら二人で地下室に下りていって、マーテルとアニアスの話を立ち聞きしてもらう。総大司教近衛隊が導水渠の入口を確保できなかった場合は、セフレーニアが通路を崩壊させる。奇襲攻撃を防いでアニアスが敵と内通していた証拠をつかみ、アニアスとマーテルを一度に捕まえることができる。どう思うね、ヴァニオン」

「すばらしい計画です、猊下」ヴァニオンが硬い表情で答えた。スパーホークには、この計画にいろいろと欠陥があることがわかっていた。ドルマントの戦略的な能力は、いくつかの分野で陰りを生じているようだ。「ただ、一つだけ問題があります」

「ほう?」

「攻城兵器が城壁を破壊したならば、旧市街にも敵の傭兵があふれ返ることになります」

「それはいささか不都合だな」ドルマントはわずかに眉をひそめた。「とにかくデレイダ隊長と話をしてみよう。きっと何か知恵が浮かぶだろう」

ヴァニオンはため息をつき、デモスの大司教のあとから部屋を出ていった。

「いつもあんなふうだったんですか」スパーホークがセフレーニアに尋ねた。

「誰がです」

「ドルマントですよ。楽観主義を目いっぱい突き詰めるような考え方をしていたようですが」

「それはエレネ神学のせいでしょうね」教母は笑みを浮かべた。「ドルマントは神の摂理というものに職業的に関わっています。スティリクム人はそういう考え方を、最悪の運命論とみなして忌避しますけれど。何を悩んでいるのですか」

「完璧に組み上げたはずの論理が頭の上に崩れてきたんですよ。ペレンの告白を聞いた以上、あの影をアザシュと結びつける根拠は何もなくなってしまいました」

「どうして証拠などというものにそうこだわるのです」

「はい？」

「関係を論理的に証明できないからといって、なぜ最初の考えまで放棄してしまうのです。その推論は、そもそも根拠のあやふやなものだったわけでしょう。あなたが実際にしていたことは、事実をねじ曲げて、論理をあなたの感覚に合わせようとすることでした。論理の飛躍に対する言い訳のようなものです。あなたは影がアザシュと関係あると感じた――そう信じたわけでしょう。わたしにはそれでじゅうぶんです。論理を信じるよりも、自分の感覚を信じるほうがわたしには安心できます」

「言ってくれますね」

セフレーニアは微笑んだ。

「そろそろ論理を捨てて、自分の感覚を信じてみる頃合いですよ、スパーホーク。サー・ペレンの告白で、あなたに付きまとっている影とあなたを殺そうとする試みのあいだに関係があるという線は、もう消えたわけでしょう」

「どうやらそのようです。しかもさらに悪いことに、最近はその影さえ見てないんですよ」

「見ていないからといって、もういないということにはなりません。影を見たときどんな気分だったか、詳しく説明してください」

「ぞっとする感じがあって、圧倒的な憎悪を感じました。憎まれたことなら前にもありますけど、あれほど激しい憎しみははじめてです。人間じゃありませんよ」

「わかりました、あなたの感覚に頼りましょう。相手は何か超自然的なものです。ほかには？」

「恐怖を感じました」スパーホークは憮然《ぶぜん》として認めた。

「あなたがその言葉の意味を知っているとは思いませんでした」

「ちゃんと知ってますよ」

セフレーニアは美しい顔をしかめて考えこんだ。

「最初の仮説はいよいよあやふやになってきましたね。どこかのならず者にあなたを殺させ、そのならず者を追いかけてベーリオンを取り戻すなどということを、本当にアザシュが考えるでしょうか」

「いささか面倒だし、回りくどい」

「まったくです。偶然の一致と考えてみましょう」

「それはどうでしょうか、小さき母上。むしろ神の摂理というべきかも」

「からかうのはおよしなさい」

「はい」

「マーテルが独自にペレンを利用したというのはどうです――アニアスとは相談せずに。オサと取引しているのはアニアスで、マーテルではないということが前提になりますが」

「マーテルがオサと取引するところまで行くとは思えませんね」

「わたしはそこまで言い切れないと思います。でもいちおうあなたを殺そうとしたのはマーテルの考えで、オサは関わりがないと考えてみましょう。あるいはアザシュによる、もっと込み入った計画があるのか。そうすればあなたの論理の穴は埋まりますね。影はやはりアザシュと関係があって、あなたの命を狙う動きとは何も関係がない、と」

「だったら何をしてるんです」

「見張り、といったところでしょうか。アザシュはあなたの居所を、そして何よりもベーリオンの在処《ありか》を知っておきたいのでしょう。そう考えれば、宝石を取り出すたびに影が見えたことも説明がつきます」

「頭が痛くなってきましたよ、小さき母上。とにかくドルマントの計画がうまくいけば、遠からずマーテルとアニアスを一度に捕まえることができるわけです。たぶん二人からそれなりの説明が聞けるでしょう――この頭痛を治してくれるくらいの説明がね」


総大司教近衛隊の司令官であるデレイダ隊長は、小柄だががっしりした体格の、赤い髪を短く刈った、顔に皺《しわ》の多い人物だった。きわめて儀礼的な地位にあるにもかかわらず、戦士の雰囲気を有している。胸当ては磨き上げられ、紋章を打ち出した盾と部隊の伝統である小剣《ショートソード》を携え、膝まであるケープは真紅色で、面頬のない兜《かぶと》には馬の毛の飾りがついていた。

「本当にそんなに大きいのでしょうか、サー・スパーホーク」煙を上げる廃墟を旧市街の城壁に隣接する建物の平らな屋根の上から眺めながら、デレイダが尋ねた。

「わたしも見たことがないんだ、デレイダ隊長。だがベヴィエは見たことがあって、その話によると、かなり大きな家くらいあるそうだ」

「それが雄牛ほどもある岩を撃ちこんでくると？」

「そう聞いている」

「世界はどうなってしまうのでしょう」

「世間ではそれを進歩と呼んでいるようだ」スパーホークは苦々しげに答えた。

「研究者と技師をみんな吊るしてしまえば、世界はもう少し住みやすいところになるのではありませんか」

「あと、法律家もだな」

「ああ、そうですね。たしかに法律家もだ。法律家は誰もが吊るしたがっている」デレイダは眉をひそめ、苛立たしげに言った。「どうしてみんなわたしに隠し事をするんです、スパーホーク」どうやらこの男には、赤毛の人間は短気だという風評がみごとに当てはまるらしかった。

「きみの中立性を守るためだ、デレイダ。きみにはあることを見て、できれば話も聞いてもらいたいと思っている。とても重要なことだ。そのとき見聞きしたことは、あとで証言してもらう。きみの証言に強い疑問を投げかけてくる者たちもいるはずだ」

「そいつらは、やめておいたほうが身のためでしょうな」隊長はかっとなった口調で言った。

スパーホークが笑みを浮かべる。

「とにかく、何を見聞きすることになるのか前もって知らなければ、きみの中立性について誰も疑念をはさむことはできない」

「わたしはばかではありませんよ、スパーホーク。ちゃんと目もついている。これは選挙に関わることなんでしょう」

「今のカレロスでは、あらゆることが選挙に関わっているんだ——たぶん外の包囲軍は別だろうが」

「包囲軍が選挙に関係ないという点にも、大金を賭ける気にはなりませんね」

「そういうことをきみとは話し合わないことになっているんだ、隊長」

「やっぱり！　思ったとおりだ！」デレイダは勝ち誇った声を上げた。

スパーホークは城壁の向こうに目をやった。重要なのはマーテルとアニアスの関係を、疑問の余地なく立証することだ。スパーホークはその点をやや懸念していた。シミュラの司教とパンディオン騎士団の裏切り者の話からマーテルの素性が明らかにならなかった場合、デレイダが聖議会で証言できるのは、アニアスとよそ者のきわめて疑わしい会話だけということになってしまう。しかしエンバンとドルマントとオーツェルはあくまでも頑強だった。デレイダの証言に影響を与えるような情報は、絶対に、何一つ与えてはいけないというのだ。その点でスパーホークはエンバン大司教に失望を覚えていた。

あの太った大司教は、ほかの点ではきわめて柔軟だったのに、なぜこの決定的に重要なときになって、急に倫理的になってしまったのだろう。

「始まったぞ、スパーホーク」松明《たいまつ》に照らされた城壁の上からカルテンが呼びかけてきた。「レンドー人が障害物を取り除きはじめた」

スパーホークがいる屋根は城壁よりもやや高く、敵の陣容をはっきりと見わたすことができた。レンドー人はいつものように喚声を上げて突進してくる。杭に毒が塗られているのも構わず、丸太を転がして進路からどけている。多くの者が宗教的熱情に突き動かされて、その必要もないのに毒の杭の上に身を投げていた。すぐに広い道ができ上がり、まだ煙を上げている新市街から、数基の攻城塔がゆっくりと城壁に近づいてきた。塔は太い丸太で組み上げられ、その上に緑色の牛革を張ってある。革はくり返し水にひたされたらしく、あとに水の筋を引いていた。クロスボウの矢も投げ槍《ジャベリン》も貫通しないし、松脂《まつやに》やナフサで火をつけることもできない。マーテルはスパーホークたちの防御手段に一つひとつ対抗していた。

「本当に大聖堂の中で戦いになると思うのですか、サー・スパーホーク」デレイダが尋ねた。

「ならないほうがいいに決まっているが、準備はしておかないとな。近衛兵を地下室に配備してくれたことには、本当に感謝している。理由を話せないのが申し訳ない。隊長の協力がなければ、城壁から人を回さなければならないところだった」

「あなたには自分のしていることがわかっていると思います。だが部下をすべてあなたの従士の指揮下に置くというので、副隊長はかなり取り乱していました」

「戦略的な決定なのだ。あの地下室はひどく声が反響する。命令を叫んでも、何を言っているかわからないだろう。クリクとわたしは長いこといっしょにやってきて、そういう状況に対処する方法も身につけている」

デレイダは城壁の前の空き地に押し出されてきた攻城塔を見つめた。

「巨大なものですね。あの塔一つの中に、どのくらいの人数が入れるんでしょう」

「どの程度無理をさせるかによるだろうな」スパーホークは盾の位置を直した。もう屋根の上まで矢が届きはじめていた。「少なくとも数百人はいるはずだ」

「包囲戦には馴染みがないのですが、今どういうことになっているんですか」

「敵はあの塔を城壁に押しつけて、防御を突破しようとする。味方は塔を押し倒そうとする。ひどくうるさい乱戦になって、多数の死傷者が出るだろう」

「大投石機の出番はいつです」

「塔がいくつか、しっかり城壁に取りついてからだろう」

「友軍に岩をぶつけてしまう心配はないんですか」

「塔の中の連中は重視されていない。ほとんどがレンドー人で——障害物を除去するために駆り出されたのと同じ連中だ。あの軍団の指揮官は、人道などという言葉とは縁のない男だ」

「ご存じなんですか」

「ああ、よく知ってる」

「その男を殺したいと？」デレィダの洞察は鋭かった。

「そんな思いが胸を過《よぎ》ったこともずいぶんある」

攻城塔の一つがかなり城壁に近づいていた。守備側は長弓やクロスボウの矢をかいくぐって、長いロープをつけた鉤《かぎ》を塔の天井越しに投げつけた。鉤が食いこみ、ロープが引っ張られて、塔は前後に揺れはじめ、ついに大きな音を立ててひっくり返った。塔の中から苦痛と恐怖の悲鳴が上がる。次に何が起きるかわかっているのだ。倒れた塔は板が砕けて、まるで割れた卵のようだった。松脂とナフサの大鍋がその残骸ともがいている男たちの上に降り注ぎ、さらに松明《たいまつ》がそこに火を放った。

炎に包まれた男たちの断末魔の叫びが城壁の下から聞こえて、デレィダは息を呑んだ。

「こういうことはよくあるんですか」気分の悪そうな声だ。

「そう願いたいところだ。外で一人殺せば、中に入ってくる者が一人減る」スパーホークは冷酷に答え、すばやく呪文を編み上げて騎士館にいるセフレーニアに連絡した。

「こちらはそろそろ交戦になりそうです。マーテルの気配はありましたか」

耳の中にささやくようにセフレーニアの返答があった。

「まだ何も。気をつけるのですよ、スパーホーク。あなたが死ぬようなことがあれば、アフラエルはひどく機嫌を損ねるでしょう」

「その気があるなら手を貸してくれと伝えてください」

「スパーホーク！」その声はなかば驚き、なかば面白がっているようだった。

「誰と話をしているんです」デレイダは不審げな顔で、誰かいるのかとあたりを見まわした。

「きみは信心深い性質《たち》かね、隊長」

「わたしは教会の息子です」

「だったら、説明するときみが困るかもしれない。教会騎士には通常の信仰を部分的に逸脱することが認められている。そういうことで納得して、この話はこれまでとしないか」

防御側の懸命の努力にもかかわらず、いくつかの攻城塔は城壁にまで到達し、架け橋がおろされた。塔の一つは門のすぐそばで城壁に橋をおろしたが、そこでは騎士たちが待ち受けていた。ティニアンは橋がおりると同時に先頭を切って駆け出し、攻城塔の中に飛びこんでいった。スパーホークは息を詰めて、見えないところで戦っている仲間の身を案じた。中から聞こえる音が戦いの激しさを物語っている。武器がぶつかり合う音、悲鳴とうめき声。やがてティニアンとカルテンが飛び出してきて、厚板の架け橋の上を駆け抜け、松脂とナフサを煮立てている大鍋の取っ手をつかんだ。それを引きずって橋の上を取って返し、ふたたび塔の中に姿を消す。叫び声が急に大きくなった。中の梯子を登ってくる者たちの頭上に、大鍋の中身がぶちまけられたようだ。

二人の騎士がふたたび外に出てきた。カルテンは城壁の上に戻ると松明を手に取り、何気ない調子で攻城塔の中に放りこんだ。塔はまるで煙突だった。架け橋がおろされたあとの口から黒い煙がもくもくと立ち昇り、橙《だいだい》色の炎が天井を突き破った。塔の中の悲鳴が高まり、すぐに静かになった。

城壁を守る騎士たちの反撃により、第一波の攻撃は退けられた。しかし失われた戦力も少なくない。長弓とクロスボウの矢が嵐のように城壁を襲い、教会兵の多くと、少なからぬ騎士がその犠牲となった。

「また来るでしょうか」デレイダが陰気な声で尋ねた。

「当然だ」とスパーホーク。「しばらくは投石機で城壁を攻撃し、そのあとまた攻城塔を繰り出してくるだろう」

「いつまで持ちこたえられますか」

「第四波か、第五波くらいまでだろう。そのあと大投石機が城壁を破壊して、あとは城内での白兵戦に移る」

「勝ち目はなさそうに思えます」

「たぶんな」

「カレロスはもう終わりということですか」

「あの二つの軍団が現われたとき、カレロスはもう終わっていたのだ。あの攻撃計画は実に徹底したものだった——天才的といってもいい」

「この状況で、その態度は何だか妙ですね」

「これが職業的な態度というものだ。敵の見事さを誉めるというのがね。もちろんただの強がりだが、状況を抽象化して見る役には立ってくれる。最後の抵抗というのははかなり陰鬱なものになるから、せめて精神を高揚させてくれるものが必要なのさ」

そこへベリットが、スパーホークとデレイダが立っている建物の屋上の落とし戸を開けて姿を見せた。見習い騎士の目はどこか虚《うつ》ろで、焦点が合っていないように見える。頭もわずかに揺れているようだ。

「サー・スパーホーク！」ベリットがむやみと大きな声で呼びかけた。

「何だ、ベリット」

「何とおっしゃいました？」

スパーホークはまじまじと見習い騎士を見つめた。「どうしたんだ、ベリット」

「すみません、サー・スパーホーク。声が聞こえないんです。攻撃が始まってから大聖堂では鐘を鳴らしっぱなしにしてるんですけど、それがみんな例の小丸屋根《キューポラ》にあるんですよ。何しろものすごい音なんです」ベリットは片手を上げてこめかみに押し当てた。

スパーホークは見習い騎士の両肩に手を置き、まっすぐに顔を見つめて、口をはっきりと動かしながら大声で尋ねた。「何があった？」

「ああ、すみません、サー・スパーホーク。まだ頭の中で鐘が鳴ってるみたいで。アルーカ川の向こうの草原から、何千という松明が近づいてきます。お知らせしたほうがいいと思って」

「援軍でしょうか」デレイダが希望を込めて尋ねる。

「それは間違いない」とスパーホーク。「問題は、どちら側の援軍かという点だ」

背後に重々しい衝撃音が響いた。かなり大きな家が一軒、巨石に押しつぶされて崩壊した。

「あんな大きな岩を！」デレイダが叫んだ。「城壁はとてももちませんよ」

「そうだな」とスパーホーク。「そろそろ地下室へ行こうか、隊長」

二人は落とし戸を抜けて梯子を下りはじめた。

「あなたの予想よりも早く大岩を投げつけてきましたね」とデレイダ。「いい兆候と考えて構わないんじゃありませんか」

「よく意味がわからないんだが」

「つまり、西から迫っているのがわれわれの側の援軍だということではありませんか」

「敵は傭兵なのだよ、隊長。急いでいるのは早く城内に突入して、略奪を始めたいのだとも考えられる。あとからやってきた仲間と獲物を分け合わなくてもいいようにな」

大聖堂の最地下に並ぶ部屋は巨岩を慎重にくり抜き、それを半円形の横穴に並べて、太い控え壁で支えたものだった。その上にそびえる建造物のすべての重量が、この頑強きわまるアーチにかかっている。死して久しい聖職者たちの骨が暗い静寂の中に横たわる納骨堂よりもさらに地下にある部屋は、どれもじっとりと冷たく静かだった。

「クリク!」従士とデレイダの部下たちがひそんでいる部屋の前の柵のところで、スパーホークは小さく呼びかけた。

クリクが忍び足で柵の前にやってくる。

「大投石機の攻撃が始まった。それに西から大軍団が近づいてきてる」

「いい知らせがいっぱいですね」とクリク。「ここはあまり居心地のいい場所じゃないですよ。壁からは鎖と手錠がぶら下がってるし、裏にはベリナの拷問室さえかわいく見えそうな部屋までありました」

スパーホークがデレイダを見やる。

近衛隊長は咳払いした。

「もう使われてはいません。異端を粉砕するために、かなり極端な手段を採った時期が教会にはあったのです。ここで審問が行なわれ、告白がなされました。教会にとってもっとも栄えある時代というわけではありませんでしたが」

「そのころの話は漏れ聞いている」スパーホークはうなずいた。「クリクは近衛兵といっしょにここで待っていてくれ。わたしと隊長は、お客が見える前に位置についていなくてはならない。口笛を吹いたらためらわずに踏みこんでくれ。そのときはたぶん絶体絶命だからな」

「あなたを失望させたことがありましたか、スパーホーク」

「いや、一度もなかった。余計なことを言ったな。謝る」スパーホークは隊長と二人、迷路の奥へと踏みこんでいった。「壁には割れ目や裂け目がたくさんある。ここを見つけた若者に案内してもらった。われわれが興味を持っている二人の人間は、ここで会っていたそうだ。そのうちの少なくとも一人は、きみも顔を見ればわかるだろう。二人の話の内容から、相手のこともわかるのではないかと思う。二人が何を話し合っているか、どうか注意して聞いてもらいたい。話が終わったらきみはまっすぐ自室に戻って、ドアに鍵をかけてくれ。わたしかヴァニオン卿かエンバン大司教以外の誰が来ても、絶対にドアを開けてはいけない。こう言って気分がよくなるなら、当面きみはカレロスでいちばんの重要人物ということになる。きみを守るためなら全軍団を動員することも厭《いと》わない」

「ずいぶん謎めいていますね」

「今はそうするしかないんだ。二人の人物の話を聞けば、きみにもわかってもらえると思う。ほら、そのドアだ」スパーホークは腐りかけたドアを慎重に押し開き、二人は蜘蛛の巣だらけの広くてまっ暗な部屋の中に入った。粗雑なテーブルと椅子が二脚、戸口のそばに置かれている。テーブルの中央には燃えさしの太い蠟燭《ろうそく》が一本、ひびの入った皿の上に立てられていた。スパーホークは部屋の奥まで進んで、狭い壁龕《アルコーヴ》に身をひそめた。「兜を脱いで、胸当てはマントで覆ってくれ。光が反射して気づかれるような危険は冒したくない」

デレイダがうなずく。

「蠟燭を消すぞ。絶対に物音を立てないように。何か話す必要があったら、できるだけ小さく耳許でささやくんだ」スパーホークは蠟燭を吹き消し、身をかがめて床の上に置いた。

二人は待ちつづけた。どこか闇の奥で水のしたたる音がする。どんなにしっかり造ってあっても、水はまるで煙のように、かならずどこかに洩《も》れ出す場所を見つけてしまう。五分後か、一時間後か、一世紀後か――ずいぶん経ったと思えるころ、広い地下空間の奥からくぐもった金属音が聞こえてきた。

「兵隊だ」スパーホークがデレイダにささやいた。

「指揮官がこの部屋を兵隊でいっぱいにしたりしないことを祈ろう」

「まったくです」デレイダがささやき返す。

と、黒いローブをまとい、フードで顔を隠した人影が、片手で蠟燭を覆うようにして部屋に入ってきた。男はテーブルの上の蠟燭に火を移し、自分の蠟燭を吹き消してフードを押しのけた。

「予想していてしかるべきでした。あれはシミュラの司教だ」デレイダがささやいた。

「そのとおりだ、わが友。まさにそのとおり」

兵隊たちが近づいてきた。装具が音を立てないように努力しているようだが、ある程度の人数の兵士がいれば、隠密行動を取るのは難しい。

「このあたりでいいだろう」聞き覚えのある声が言った。「少し離れていろ。必要があれば呼ぶから」

ややあって、マーテルが部屋に入ってきた。兜を小脇に抱え、司教の前のテーブルに置かれた蠟燭の光で白い髪が輝いている。

「さて、アニアス、おれたちも頑張ったが、どうやらこれまでのようだ」

「何の話だ、マーテル。すべて予定どおり進んでいるではないか」

「風向きが変わったんだよ。一時間ばかり前に」

「秘密めかすのはやめろ。何があったのだ」

「西から軍団が近づいてきている」

「前に言っていた、カモリア人傭兵の援軍ではないのか」

「その傭兵部隊は、今ごろ野犬の餌になっているのではないかと思うね」マーテルは剣帯をはずした。「こんな形で報告するのは心苦しいが、やってくるのはウォーガンの軍団だ。地平線まで兵隊で埋めつくされている」

スパーホークの心臓が歓喜に高鳴った。

「ウォーガンだと！　カレロスには近づけないように手を打ったと言っていたではないか」

「そのはずだったが、知らせが届いてしまったらしい」

「向こうの兵力はおまえのよりも大きいのか」

マーテルはぐったりと椅子に沈みこんだ。

「もうくたくただ。二日も眠っていない。何か言ったか」

「ウォーガンの軍勢は、おまえの軍勢よりも多いのか」

「ああ、そうとも。数時間で潰滅《かいめつ》させられてしまうだろう。ウォーガンがやってくるのを待っているべきかどうかも疑問だな。心配なのは、スパーホークがおれを殺すのにどのくらい時間をかけるかということだけだ。あいつは顔に似合わず気がやさしい。すばやくやってくれると思ってる。ペレンにはがっかりした。かつてのわがブラザーに、何か恒久的な処置をしてくれるものと思っていたんだがな。まあいい。あの男の失敗は、イドラが償うことになったようだし。要するに、スパーホークならおれを一分もかけずに殺してくれるだろうってことだ。あいつの剣の腕はおれよりだいぶ上だからな。だがあんたはもっと心配したほうがいいぞ。リチアスの話だと、エラナはおまえの首を皿に載せて持ってこいと言っているそうだ。あれの父親が死んで、あんたが毒を盛る前、ちらっと顔を見たことがある。スパーホークはやさしい男だが、エラナは石でできている。そしてアニアス、おまえを憎んでいるんだ。自分でその首を切り落とそうとするかもしれんぞ。あの体格だ、首が切り離されるまで半日はかかるだろうな」

「だがもう目の前なのだ！」アニアスは怒りと不満の声を上げた。「総大司教の座を、この手につかみかかっているのだ」

「だったら手放したほうがいい。命からがら逃げるときにはひどい重荷になるぞ。アリッサとリチアスは、おれの天幕でもう荷造りを始めてる。あんたにはそれだけの時間もないだろう。ここからまっすぐ逃げ出すんだ——おれといっしょに。一つだけはっきりさせておくぞ、アニアス。おれはあんたを待たない。脱落したら、そのまま見捨てていく」

「わたしにも持っていく荷物がある」

「そりゃあるだろうさ。おれにだってこの場でいくつか思いつく。たとえばその首とかな。リチアスの話だと、スパーホークの仲間の金髪の猿は、人を吊ることに不健康な情熱を抱いているそうだ。おれはカルテンをよく知ってるが、あれは不器用な男だぞ。輪縄なんか作らせたら絶対にしくじる。できの悪い輪縄の中に招待されて午後を過ごすのは、決していい気分のものじゃない」

「この地下には何人連れてきているんだ」アニアスの声には恐怖が感じられた。

「ほんの百人ほどだ」

「何を考えているんだ！　教会騎士のまっただ中にいるんだぞ！」

「臆病さを露呈してきたな、アニアス」マーテルの声に軽蔑の響きが混じった。「あの導水渠はそれほど太くない。これから逃げなくちゃならんというときに、千人もの武装した傭兵の頭を踏みつけていきたいのか」

「逃げる？　どこへ逃げるというんだ。行くところがどこにある」

「ゼモックだよ。ほかにあるか。オサが守ってくれる」

デレイダ隊長がはっと息を呑んだ。

「静かに」スパーホークがささやく。

マーテルは立ち上がり、部屋の中を行き来しはじめた。蠟燭に照らされた顔が赤い。

「おれの考えを聞かせてやろうか、アニアス。あんたはエラナにダレスティムを与えた。

ダレスティムの効果は絶対だ。解毒剤は存在しないし、普通の魔法で癒《いや》すこともできない。セフレーニアから魔術を学んだおれが言うんだ、間違いない」

「あのスティリクムの魔女め！」アニアスが吐き捨てるように言う。

マーテルは司教のローブの胸ぐらをつかみ、なかば椅子から引きずり上げた。

「口にはじゅうぶん気をつけることだ」と食いしばった歯のあいだから声を押し出す。

「小さき母上を侮辱することは許さん。スパーホークに捕まったほうがよかったと思うことになるぞ。今も言ったように、スパーホークは基本的にやさしい男だ。だがおれは違う。スパーホークが夢にも考えつかないようなことを、おまえにしてやることもできるんだ」

「まさかあの女のことを……」

「それはおれの問題だ。まあいい。魔術で女王が癒せるとして、通常の魔術ではだめだとすると、残る可能性はどうなる」

「ベーリオンか？」マーテルにつかまれてできたローブの胸の皺を伸ばしながら、アニアスが答えた。

「そのとおり。スパーホークはどうにかしてベーリオンを手に入れたんだろう。それをエラナの治療に使い、まず間違いなく今も持っている。そこらに転がしておくようなものじゃないからな。とにかくレンドー人をやって、アルーカ川の橋を落とさせるつもりだ。それでウォーガンの到着は多少とも遅れ、おれたちにも逃げる時間ができるというわけだ。しばらく北へ向かって主戦場を避け、そのあと東へ転じてゼモックへ向かう」マーテルは無慈悲な笑みを浮かべた。「ウォーガンは昔からレンドー人を一掃したがっていたからな。やつらに橋を落とさせれば、ウォーガンはきっとこの機会に飛びつく。おれとしても、レンドー人を失ったところで惜しくはない。残りの部隊には川の東岸でウォーガンを食い止めさせる。華々しい戦いになるだろう――総崩れになるまでに二、三時間は稼げるはずだ。それがつまり、あんたとおれと友だちがここから逃げ出すための時間だな。スパーホークがただちに追いかけてくることは確かだし、ベーリオンを持ってくることも間違いない」

「どうしてそう言い切れる。ただの推測ではないか」

「あれだけ何年もスパーホークのそばにいて、いまだにあいつのことがわかってないって言うのか。侮辱するつもりはないが、あんたはまるっきりの阿呆《あほう》だよ。オサはラモーカンド東部に軍を集結させている。西イオシアへ侵攻するには何日もかからない。目につくものを片端から殺しながらな――男も、女も、子供も、家畜も、犬も、野生の獣も、魚まで。それを止めるのは教会騎士団の最優先の使命だ。そして四騎士団をまとめるのが誰かといえば、誰もがスパーホークの名前を思い浮かべる。やつは義務感と名誉と決意のかたまりだ。スパーホークのような男になれるなら、魂を売ってもいい。あいつはオサが青くなって立ち止まるものを持っているんだ。それを持ってこないようにさせることなんて、誰にできると思う。頭を使えよ、アニアス」

「ベーリオンを持ったスパーホークがすぐあとから追ってくるとわかっているなら、逃げてどうなるというのだ。われわれもオサもろとも消されてしまうだけではないか」

「それはどうかな。スパーホークはたしかにずば抜けた男だが、しょせん神ではない。だがアザシュは神だ。しかも時のはじまる以前からベーリオンを探し求めている。スパーホークがわれわれを追いかけてくれば、アザシュが迎え撃つことになる。ベーリオンを取り上げるために、アザシュがスパーホークを滅ぼしてくれるさ。そのあとオサが侵攻する。おれたちはオサのためにこれだけの働きをしたんだ、きっとたっぷり褒美をくれるに違いない。あんたは総大司教になり、おれはどこでも好きな国の王になれるだろう——全エレネ人国家の王だって夢じゃない。オサはここ千年ほどのあいだに、すっかり権力欲をなくしてしまったからな。あんたが望むなら、リチアスをエレニアの摂政か、あるいは王にしてやってもいい。もっとも、あんたがなぜそこまでリチアスにこだわるのか、おれにはさっぱりわからんがね。あんたの息子、ありゃ洟垂《はなた》れの阿呆だ。見るだけで胃が裏返りそうになる。あれはさっさと絞め殺して、アリッサと一からやり直したほうがいいぞ。頑張ればあんな鰻《うなぎ》野郎じゃなくて、ちゃんとした人間ができるかもしれないぜ」

　スパーホークは急な寒気を感じ、あたりを見まわした。何も見えはしなかったが、グエリグの洞窟からずっとあとを尾《つ》けてきているあの影が、同じ部屋の中にいるのが感じられた。ベーリオンの名前が口にされただけで、あの影は姿を現わすものなのだろうか。

「だが、スパーホークが追いかけてくるとどうしてわかる」アニアスが尋ねていた。「やつはオサとわれわれのつながりを知らんのだから、われわれがどこへ逃げたかわからんはずだろう」

「まったく甘いやつだな、アニアス」マーテルは笑った。「セフレーニアは少なくとも五マイル以内のどんな会話でも立ち聞きすることができるし、それを同じ部屋にいる全員に聞かせることだってできる。それどころか、そもそもこの部屋には、隠れて立ち聞きする場所がいくらでもあるんだ。断言してもいいが、今この瞬間もスパーホークはどこかでこの話を聞いているはずだ」わずかに間を置いて、マーテルはこう付け加えた。

「そうだろう、スパーホーク」

15

マーテルの問いかけはかび臭い薄闇の中に宙吊りになっていた。

「ここにいろ」スパーホークはデレイダにそう言って、剣に手を伸ばした。

「そうはいきません」隊長も同じような苦々しげな声で言い、剣を抜いた。こんなところで議論をしている場合ではない。

「わかった。気をつけろ。わたしはマーテルをやる。アニアスを押さえてくれ」

二人は身を隠していた場所から出て、テーブルの上に立てられた蠟燭《ろうそく》のほうに足を進めた。

「これはこれは、わが親愛なるブラザー、スパーホークじゃないか。また会えてこんなに嬉しいことはない」マーテルがからかうように言った。

「よくまわりを見ておけ、マーテル。もうすぐ何も見ることができなくなるからな」

「お心に添いたいのは山々だが、残念ながらまた延期せざるを得ないようだ。わかってくれるだろうが、急ぎの用があってね」マーテルはアニアスの肩をつかんでドアのほうに押しやった。「早く行け！」二人はすばやくドアを抜け、スパーホークとデレイダは剣を手にしてそのあとを追った。

「よせ！」スパーホークは近衛隊長を引き止めた。

「やつらが逃げてしまいます！」

「もう逃げてしまったんだ」騎士は口の中に強い失望の味を感じた。「マーテルは外に百人の部下を待機させている。きみには生きていてもらわなくてはならないんだ、隊長」ドアの外に大勢の足音が聞こえ、スパーホークは鋭く口笛を吹いた。「クリクと近衛兵が駆けつけてくるまで、ドアを防御しなくては」

二人は腐りかけたドアの前に急ぎ、戸口の左右に陣取った。ぎりぎりまで敵を引きつけてから、スパーホークは外に飛び出し、巨大な石壁にうがたれたアーチ型の開口部の前に身をさらした。ここなら騎士は自由に剣を振るえるが、狭い入口に殺到してくる敵はアーチに邪魔されて自由が利かない。

マーテルの傭兵たちは、怒れるスパーホークに向かっていくのがいかに愚かな考えかということをすぐに学んだ。そしてスパーホークはかんかんに怒っていた。その怒りはみすぼらしい鎧をまとった傭兵に向けられ、たちまち死体が山積みになった。

そこへクリクと、デレイダの部下の近衛兵が駆けつけてきた。マーテルの手下は導水《どうすい》渠《きょ》への通路を確保しつつ後退した。マーテルとアニアスはすでにそこを通って逃げてしまっていた。

「大丈夫ですか」従士が戸口から中を覗きこんだ。

「ああ」スパーホークは返事をしながら、駆け出そうとするデレイダの肩をつかんで引き戻した。

「行かせてください」デレイダがきびしい顔で言う。

「だめだ、隊長。当面きみがカレロスでいちばんの重要人物になるという話をしたこと、覚えているかね」

「はい」デレイダの口調が渋くなる。

「その地位はつい数分前から、もうきみのものだ。一時の感情で自殺行為に突っ走らせるわけにはいかない。きみには自室に戻ってもらい、ドアの外には歩哨《ほしょう》を立てる」

デレイダは乱暴に剣を鞘《さや》におさめた。「もちろんそうすべきでしょう。ただわたしは――」

「わかっている。わたしもまったく同じ気持ちだ」

近衛隊長の安全を確認すると、騎士は地下室に戻った。クリクの指揮のもと、近衛兵たちは身を隠そうとしていた傭兵たちを探し出して始末していた。クリクが松明《たいまつ》の明かりの中に姿を現わした。

「残念ながら、マーテルとアニアスは逃げ切ったようです」

「気づかれていたんだ」スパーホークが苦々しげに答える。

「われわれがここにいるか、セフレーニアが呪文で話を聞いているだろうと、マーテルは予期していた。だがいろいろと役に立つことを聞かせてもらったよ」

「ほう？」

「西から近づいているのはウォーガンの軍勢だ」

「そろそろ来てもいいころだと思ってました」クリクは顔を輝かせた。

「マーテルの逃走経路もわかった。おれたちにあとを追わせたがってる」

「喜んで意向に添いますよ。本来の目的のほうはどうでした」

スパーホークはうなずいた。

「デレイダの報告が済んだら、アニアスに投票するやつは一人もいないだろう」

「それは何よりです」

「近衛兵は誰か中隊長にでも任せて、ヴァニオンを探しにいこう」

四人の騎士団長は門のそばの城壁の上に立って、退却を始めた傭兵たちを困惑した顔で眺めていた。

「不思議なことに、急に逃げ出したんだ」スパーホークとクリクの顔を見るとヴァニオンが言った。

「不思議ではありませんよ」とスパーホーク。「川の向こうの軍勢は、ウォーガンなんです」

「ありがたい！」ヴァニオンは叫んだ。「どうやら連絡が届いたらしいな。地下室のほうはどうだった」

「デレイダ近衛隊長はとても興味深い話を耳にしました。ただ、マーテルとアニアスには逃げられました。ゼモックへ行ってオサの保護を受けるつもりです。マーテルはレンドー人をやって橋を落とさせ、時間を稼いで傭兵部隊を再編するつもりです。もっとも、ウォーガンの進行をちょっと邪魔するだけのことですがね。やつの本当の狙いは、自分が逃げるための時間稼ぎです」

「ドルマントと話をしたほうがよさそうだ」ダレロン騎士団長が言った。「いささか状況が変わった。仲間に声をかけてくれないか、スパーホーク。騎士館に戻ろう」

「伝言を回してくれ、クリク」とスパーホーク。「ウォーガンの軍勢が救援に来たと、味方全員に知らせるんだ」

クリクはうなずいた。

ドルマントとエンバンの二人の大司教は、ウォーガン王の軍勢のことを聞いて大いに安心し、アニアスがみずからの悪行を暴露したと聞いてさらに安心したようだった。

「近衛隊長はアニアスとマーテルとオサの関係まで含めて、すべてを証言してくれるでしょう。ただ一つ残念なのは、アニアスとマーテルに逃げられたことです」スパーホークが言った。

「事態が変わったことをオサが知るのはいつごろになるだろうな」エンバンが尋ねる。

「こちらでの事態の変化をオサが知るのは、ほとんどわれわれと同時と考えていいでしょう」アブリエル騎士団長が答えた。

エンバンは忌々しげにうなずいた。「またしても魔法か」

「ウォーガンが軍団を再編成して、ゼモック軍との対決に向けてラモーカンドへ向かうには、まだかなり時間がかかるのではないかね」とドルマント。

「一週間から十日はかかるでしょう」ヴァニオンが答えた。「行軍を始めるにはもっとかかります。先遣隊ならすばやく動けますが、主力部隊となると、敵にしろ味方にしろ、動きだすには一週間はかかります」

「軍隊は一日にどのくらい進めるのかね」エンバンが尋ねる。

「最大十マイルです、猊下《げいか》」

「ばかなことを言うな、ヴァニオン。十マイルくらい、わたしだって四時間もあれば歩ける。こののろまのわたしがだぞ」

「それはお独りだからですよ、猊下」ヴァニオンは笑みを浮かべた。「独りで散歩をするなら、最後尾の隊列の乱れを気にする必要もありません。夜になったらマントにくるまって、藪《やぶ》の中にでも寝転がればそれでいい。軍団が野営するには、それなりの時間がかかるんです」

エンバンはうなり声を上げ、苦労して立ち上がると、サー・ナシャンの書斎の壁にかけられたイオシア大陸の地図の前に行って距離を測った。

「両軍が出会うのはこのあたりになるな」と指で地図上の一点を示し、「カモリア湖の北の平原だ。オーツェル、このあたりはどんな土地だ」

「ほぼ平坦地じゃな。ほとんどが畑で、ところどころに木立が点在しておる」

「作戦を立てるのはウォーガンに任せてはどうかな、エンバン」ドルマントが穏やかに提案した。「われわれにはなすべき仕事がある」

エンバンは弱々しい笑い声を上げた。

「どうも生まれながらの世話焼きでな。何かあると鼻を突っこまずにはいられない性質《たち》なのだ」考えるように背後で手を組み、「ウォーガンが入城すれば、カレロスの秩序はふたたびわれわれの手に取り戻される。デレイダ隊長の証言で、シミュラの司教の立候補は完全に粉砕されるだろう。だったら、すぐに選挙をやってしまってはどうかな――聖議会が一息ついて、うるさいことを言い出す前に。大司教というのは政治的な動物だ。考える暇など与えたら、現在の情勢を利用しようとあらゆる手を打ちはじめるだろう。無数の泡沫《ほうまつ》候補が乱立するような選挙はごめんだ。できるだけ簡単に済ませたい。そればかりか、新市街を放棄して炎上させたことで、われわれは相当数の大司教を敵に回している。聖議会がまだ感謝の涙を流しているうちに総大司教の椅子を埋めてしまわないと、失った屋敷のことやら何やら、すぐにぶつぶつ言いはじめるだろう。今はまだわれわれが優位に立っている。支持が揺らぎはじめる前に、それを利用しない手はない」

「ずっとそのことばかり考えていたのではないのか、エンバン」とドルマント。

「誰かがしなくちゃならんことさ」

「とにかくウォーガンを入城させるのが先決だ」ヴァニオンが言った。「何か手伝えることがあるだろうか」

「マーテルの軍団がウォーガン軍のほうに向き直ったところで、旧市街から撃って出ればいい」コミエーが提案した。「背後から攻撃して、追ってきたら城壁の中に引っこむ。敵はわれわれを中に閉じこめておくために、多少の手勢を割かなくてはならなくなるだろう。それでウォーガンとぶつかる敵の勢力を少しは削ぐことができる」

「むしろアルーカ川にかかる橋を防御する方法がないものかな。ウォーガンが橋を再建するには時間がかかる。それに人命も」とアブリエル。

「その点はどうにもできんだろう」ダレロンが答えた。「レンドー人を川岸から引き離しておくほどの人手は、こちらにはない」

「街の中でごちゃごちゃやるのはもうたくさんだ。城壁に戻って、少し状況を見てみないか。この包囲戦てやつを吐き出して、口の中をすっきりさせたいんだ」コミエーがきっぱりと言った。

夜明けが近づくとともに霧が出てきた。夏は終わりに近づいており、カレロスで合流する二本の川は灰色に煙って、夜のあいだに冷やされた暗い水面から静かに蒸気の触手を伸ばしていた。触手は混じり合ってまず靄《もや》となり、松明《たいまつ》の橙《だいだい》色の光をぼやけさせた。それから薄霧となって遠くの家々を霞ませ、最後には川沿いの街につきものの濃い霧となって街路に渦巻いた。

兵士たちは行動に飢えていた。もちろん出撃は戦略的なものだが、戦略に関心があるのは将軍たちだけで、一般兵士の主たる関心事は復讐だった。これまでずっと投石機の攻撃に耐え、梯子を駆け上がってくる狂信者たちを叩き落とし、攻城塔に立ち向かい、包囲軍の激しい攻撃を連日押し返してきたのだ。やっと自分たちの番がきたと思うのも無理はない。旧市街から出撃する兵士たちの顔には、暗い期待の表情が浮かんでいた。

傭兵としてマーテルの軍に参加している者たちの多くは、守りの貧弱な城壁を簡単に攻め落とせると考え、略奪とレイプへの期待から従軍していた。だから圧倒的に優勢な敵と平地で白兵戦になると聞いて、かなりの人数が急に平和主義者に変身し、その平穏な人生観をかき乱されることのない場所を求めて霧の街路にさまよい出ていた。旧市街から出撃してきた戦闘部隊は、戦乱を嫌って単純な生き方を求める元傭兵たちを大いに驚かせ、失望させるものとなった。

もちろん霧は大きな助けとなった。旧市街から出撃してきた者たちは、聖騎士の甲冑か教会兵の赤い制服を着ていない者を見つけて襲いかかるだけでよかった。急ごしらえの平和主義者が持っている松明は、クリクの指導ですっかり腕を上げた兵士たちのクロスボウにとっては恰好《かっこう》の標的だった。

騎馬では音が大きすぎるので、騎士たちも徒歩で従軍していた。ややあって、スパーホークがヴァニオンに声をかけた。

「これじゃあ脱走兵狩りをしてるのと同じことです」

「そうでもないぞ。教会兵たちは包囲戦に耐えてきたんだ。ああいう戦い方はひどく気を滅入らせる。大司教たちに返してやる前に、少し気晴らしをさせてやるのは悪いことじゃない」

スパーホークはうなずいて同意を示し、カルテンとクリクといっしょに部隊を率いていった。

斧を持った人影が四つ角の松明の明かりの中に見えた。甲冑は着けていないし、教会兵の制服も着ていない。クリクはクロスボウを上げて狙いを定めた。だが発射する瞬間、従士はあわてて武器を上に向け、矢は夜明け前の空へと飛んでいった。クリクはすさまじい悪態をついた。

「どうしたんだ」カルテンがささやく。

「あれはベリットです」クリクが食いしばった歯の間からささやき返した。「歩くときの肩の揺すり方に特徴があるんです」

「サー・スパーホーク？　そこにおいでですか」見習い騎士の声が闇の中に響いた。

「いるぞ」

「よかった。カレロスじゅうの焼けた街路を歩きまわらなくちゃならないところでした」

　クリクが拳で壁をなぐりつける。

「あとで言っておくさ」スパーホークは従士をなだめた。「よし、ベリット、わたしはここにいる。命を危険にさらしてまでわたしを探していたのは何のためだ」

　ベリットが街路を近づいてきた。

「レンドー人が西門の近くに集まりはじめています。何千人もいるようです」

「そいつらは何をしてる」

「祈ってるみたいです。何かの儀式であることは確かですね。髭《ひげ》のある痩せた男が石の上に立って、大演説をぶってます」

「話の内容は聞こえたか」

「あまりよくは聞こえませんでしたが、何度もくり返してる言葉がありました。その男がその言葉を言うと、群集が同じ言葉を叫び返すんです」

「何て言葉だ？」クリクが尋ねた。

「仔羊の角、と言ってるみたいでした」

「どこかで聞いたような気がしますね、スパーホーク」とクリク。

スパーホークはうなずいた。

「マーテルはレンドー人をまとめるために、ウレシムを連れてきていたらしいな」

ベリットは戸惑い顔になった。「ウレシムって誰です、サー・スパーホーク」

「現在のレンドー人の精神的指導者だ。その正当性を示す記章のような、ねじれた仔羊の角があってな」スパーホークはふと考えこんだ。「そのレンドー人たちだが、座って説教を聞いているだけなのか」

「あのたわ言を説教と呼ぶなら、まあそうです」

「戻ってヴァニオンと話をしよう。この情報はとても役に立つかもしれない」

ちょうどそこへ騎士団長たちが仲間とともに姿を見せたので、スパーホークはさっそく報告した。

「どうやら運が向いてきたようです。街をうろついてきたベリットの話によると、レンドー人はみんな西門の近くに集まって、指導者がそれを狂信に駆り立てようとしているそうです」

「見習い騎士を独りで偵察に出したのかね、サー・スパーホーク」アブリエルが是認しがたいと言いたげに問いただす。

「その件については、あとでクリクが本人と話をするでしょう」

「その指導者だが、何という名前だったかな」ヴァニオンが考えながら尋ねた。

「ウレシムです。わたしは一度会っていますが、まったくの阿呆《あほう》ですよ」

「その男に何かあったら、レンドー人はどうなると思う」

「結束は乱れて、ばらばらになるでしょう。マーテルはレンドー人に橋を落とせと命じたそうです。でも連中はまだ仕事にかかっていません。レンドー人に何かをさせるには、たっぷりの激励と慎重な指示が必要なんです。いずれにしても連中は指導者を神聖なものとみなしますから、ウレシムの直接の指示がなければ何もしないでしょう」

「橋を守るための鍵はそれだな、アブリエル」ヴァニオンが言った。「そのウレシムという男に何かあれば、レンドー人は自分たちが何をするはずだったのかも忘れてしまうだろう。手勢を集めて攻撃をかけてはどうかな」

「まずいですね」クリクが言った。「すいません、ヴァニオン卿。でもその案はやっぱりまずいと思います。正面から攻撃をかけたら、レンドー人は神聖な指導者を守ろうと必死に抵抗するでしょう。多くの味方を犬死にさせることになるだけです」

「何かいい考えがあるのかね」

クリクはクロスボウを軽く叩き、自信たっぷりに答えた。

「はい、閣下。ベリットの話だと、ウレシムは群集の前で演説をしているそうです。そういうことをする人間は、たいてい台か何かの上に立っているはずです。どうにかして二百歩《ベース》以内に近づければ――」と思わせぶりに言葉を切る。

ヴァニオンはうなずいた。

「スパーホーク、仲間といっしょにクリクを援護しろ。こっそり街を抜けて、ウレシムを排除できるところまでクロスボウを近づけるんだ。レンドー人の狂信者どもがばらばらになれば橋は破壊できず、ウォーガンは傭兵側の準備が整う前に川を渡れるだろう。傭兵というのは世界でいちばん現実的な兵隊たちだ。希望のない戦いには熱心にならない」

「脱走すると？」ダレロンが尋ねる。

「やってみる価値はある。平和的な解決は、敵味方双方の人的被害を大いに軽減できるからな。オサと戦うことになれば、人手はどれだけあってもいい――たとえレンドー人でもだ」

アブリエルは笑いだした。

「教会がエシャンド派の手で守られることを、神はどうお感じになるかな」

「神は寛容だ」コミエーが笑みを洩らす。「きっとエシャンド派を許してくださるさ――少しはな」

四人の騎士とベリットとクリクは、カレロスの街路をこっそりと西門に向かった。そよ風が吹きわたり、霧は晴れはじめている。西門に近い広大な焼け跡まで来ると、重武装したレンドー人たちの姿が薄れてきた霧の向こうに見えてきた。何千人という人々が、積み上げた石のまわりに集まっている。石の上には見覚えのある人影があった。

「あいつだ、間違いない」スパーホークは家屋の残骸の中に身をひそめた仲間たちにささやいた。「栄光の絶頂ってところだな、聖アラシャムの一番弟子たるウレシムは」

「何だそれ」とカルテン。

「レンドー国ではそう自称してたんだ。みずから任じた肩書きさ。アラシャムが選任する手間を省いてやってたらしい」

ウレシムは狂乱の一歩手前という感じだった。話の内容にも、まるでまとまりというものがない。骨張った片手は高く掲げて、何かをしっかりとつかんでいた。十五語に一度くらいの割合で手の中のものを激しく振りまわし、「仔羊の角！」と叫んでいる。すると群衆からもそれに呼応して「仔羊の角！」と声が上がるのだ。

「どう思う、クリク」崩れた壁越しに集会を見ながらスパーホークがささやいた。

「狂ってますね」

「そんなことはわかってる。矢は届きそうか」

クリクは群衆の頭の上に見える、わめき立てる狂信者を見つめた。

「かなり距離がありますね」

「とにかくやってみろよ」とカルテン。「たとえ届かなくても――それどころか、たとえ飛びすぎたって――レンドー人の誰かが代わって矢に当たるだけのことだ」

クリクは崩れた壁の上にクロスボウを据え、慎重に狙いを定めた。

「神がわたしに明かされたのだ！」ウレシムが支持者に向かってわめいている。「邪悪なる者たちの造った橋を壊さねばならん！　エシャンドの祝福された力と聖アラシャムの力だろうが、仔羊の角が守ってくれる！　川の向こうの闇の軍団はおまえたちを襲うが、ともにこの天界の護符に宿っているのだ！　仔羊の角がおまえたちに勝利をもたらすだろう！」

クリクがゆっくりとクロスボウの引き金を絞った。太い矢がぶんとうなりを上げて標的に向かう。

「おまえたちは無敵だ！」ウレシムが叫ぶ。「おまえたちは――」

何を言おうとしていたのかは、とうとうわからずじまいになった。ウレシムの眉のすぐ上、額のまん中にいきなりクロスボウの矢羽根が生えたのだ。身体が硬直し、目がかっと大きくなり、口がぽかんと開く。ウレシムは積み上げた石の上にくずおれた。

「お見事」ティニアンが称讃する。

「腹を狙ったんですがね」クリクが告白する。

「構わんさ。このほうが効果的だ」ディラ人騎士は笑い声を上げた。

レンドー人の群衆が驚きと絶望にどよめく。

やがて「クロスボウ」の声があちこちから上がった。不運な者が数人、ラモーク人から奪ったその武器を携行していて、狂乱した信者たちの手で八つ裂きにされた。南から来た黒いローブ姿の男たちが何人も街路を駆け抜け、泣き叫びながら衣服を引き裂いた。ほかの者たちもその場に座りこみ、絶望に泣きじゃくっている。しびれたように立ちつくしたまま、ついさっきまでウレシムが演説をしていた場所を信じられない顔で見つめている者たちもいる。だが同時にスパーホークは、早くもそこここで権力闘争が始まっていることに気づいた。空席になったばかりの座を要求する権利が自分にもあると考え、かつその栄光の座への昇進をしっかりと確保できるのは、競争相手たちの中で生き残った者一人だけだということに気づいた連中だ。そうした者たちのまわりにそれぞれの支持者が集まり、大群衆はたちまちのうちに、大暴動としか言いようのない状態になっていた。

「レンドー人の政治討論というのはずいぶん元気がいいんだな」ティニアンが穏やかに感想を述べる。

「ああ、気がついていたよ」とスパーホーク。「騎士団長たちにウレシムの事故のことを報告に行こう」

レンドー人が橋にも仔羊の角にも興味をなくし、差し迫った戦いの役に立たなくなったことを見て取ったマーテル軍の指揮官は、川の向こうを埋めつくす大軍を相手にとても勝ち目がないことを悟った。傭兵というのはきわめて現実的な戦士たちだ。たちまちかなりの数の将校が休戦旗を掲げて橋を渡った。戻ってきたのは夜明け前だった。傭兵隊長たちはしばらく協議をして、隊列を組み、暴徒と化したレンドー人たちを前方に押し立ててカレロスを出ると、武器を捨てて降伏した。

スパーホークたちは新市街の西門を開放し、そばの城壁の上に立って西イオシアの騎士たちを迎えた。騎士たちは隊列を整えて橋を渡り、聖都に入城した。隊列の先頭には鎖帷子姿のバーグステン大司教を従えたウォーガン王のほか、アーシウム国のドレゴス王、ペロシア国のソロス王、ディラ国のオブラー老王の姿があった。そのうしろには幌のない、飾り立てた馬車が続いた。車上には四つの人影が見える。全員がローブを着てフードをかぶっているが、中の一人の巨体を見て、スパーホークは嫌な予感を覚えた。もちろんそんなはずはない――と、いちばん小柄な人影の合図で、四人はいっせいにフードを押しのけた。太った男はプラタイムだった。次がストラゲン、その次はスパーホークの知らない女性で、四人めは美しい金髪の細身の女性、エレニア国のエラナ女王だった。

16

ウォーガンのカレロス入城は、群集の歓呼の声に応えながらというわけにはいかなかった。カレロスの一般市民は最新の動きを知る立場にはなかったし、普通の住民にとって、軍隊というのはどれも同じように見えるものだからだ。イオシア各国の王たちが大聖堂へ向かうあいだ、住民の多くは静かに身を隠していた。

全員が大聖堂に到着しても、スパーホークには女王と話し合う時間は取れなかった。言いたいことはもちろんあったのだが、公衆の面前で言うようなことではなかったのだ。ウォーガン王は将軍たちにいくつか急ぎの命令を与え、将軍たちはデモスの大司教に従って、こういう場合につきものの随行員として中に入った。

「そのマーテルという男の頭がとても切れるということは、認めざるを得んようだ」しばらくしてサレシア国王は、エールのジョッキを手に椅子に寄りかかってそう言った。

一同は大聖堂の中の、広くて豪華な会議室に集まっていた。部屋には磨き上げられた長テーブルが置かれ、床は大理石で、窓には赤ワイン色の厚いカーテンがかかっている。

国王たちのほかに、四騎士団の騎士団長、ドルマント、エンバン、オーツェル、バーグステンの四人の大司教、それにスパーホークと仲間たちもその場に顔をそろえた。アラスはまだときどきぼんやりした目つきになることがあったものの、かなり回復している様子だ。未来の花嫁を見つめるスパーホークの顔はきびしかった。エラナには言いたいことが山ほどあったし、プラタイムとストラゲンの分もちゃんと確保してある。怒りを抑えるのが一苦労だった。

ウォーガンが話を続けた。

「コムベを炎上させたあと、マーテルはある岩山の上にあった、守りの手薄な砦《とりで》を攻め落とした。それからそこの防御を強化し、かなりの数の守備隊を残して、ラリウムの包囲戦に向かったのだ。われわれが追撃すると、やつは東へ逃れた。そのあと南に向かい、さらに西に向かったのだ。余は何週間もやつを追いかけつづけた。やがてとうとう全軍で砦に立てこもったように見えたので、そこを包囲して兵糧攻めにしてやったのだ。ところがそれは目くらましだった。やつは軍団の大部分を田園地帯に隠して、ほんの少数の手勢だけを砦まで率いていったのだ。その少数の部隊を難攻不落の砦に立てこもらせて余を釘づけにし、自分は隠しておいた軍団を再編制して、カレロスへ進軍していったわけだ」

「大勢の伝令をお送りしたのですが、陛下」ドルマント大司教が口をはさんだ。

「そうだろうとは思う」ウォーガンは渋い顔になった。「だが余のところまでたどり着いたのは一人だけだった。マーテルはアーシウムじゅうに、小人数の待ち伏せ部隊を配置しておったのだ。残念ながらその伝令たちは、ことごとく神の石庭の片隅に埋められておることだろう。失礼、ドレゴス」ウォーガンはアーシウム国王に謝罪した。

「構わんよ、ウォーガン」ドレゴス王が答える。「アーシウムがあれほど岩だらけなのも、神のご意思なのだろうからな。街道を舗装し、壁や城を築いていれば、互いに争い合う時間などなくなるということなのかもしれん」

「待ち伏せが配置されていたのだとしたら、どうしてその伝令だけは到達できたのです」ドルマントが尋ねる。

「そこが奇妙なところでな、ドルマント」ウォーガンはぼさぼさの頭を掻《か》いた。「いまだにもう一つはっきりせんのだが、とにかくその伝令はラモーカンドを通ってきた。なのにどうも敵は誰一人として、その男が通り過ぎていくことに気づかなかったようなのだ。この世でいちばん運のいい男なのか、あるいは神がほかの誰よりもあの男を愛しているのか――余にはどうもあまり愛したくなるような男には思えなかったのだが」

「その人は近くにおりますか、陛下」セフレーニアが目に強い光をためてサレシア国王に尋ねた。

「だと思うが。カダクの大司教に報告するようなことを言っておったから、どこかその辺におるはずだ」

「その人にいくつか質問ができますでしょうか」

「重要なことなのですか、セフレーニア」とドルマント。

「ええ、猊下《げいか》、そう思います。確認したいことがあるのです」

「おまえ」ウォーガンは扉の前に立っていた兵士の一人に呼びかけた。「われわれに同行していた、あのみすぼらしいラモーク人を探して、ここへ来るように伝えてこい」

「ただちに、陛下」

「もちろん〝ただちに〟だ。余が命令したのだからな。余の命令はすべて〝ただちに〟遂行されねばならん」ウォーガン王はすでに四杯めのエールに取りかかっており、礼節についての把握がいささか甘くなりはじめているようだった。「とにかくその男は、包囲していた砦に二週間ほど前にたどり着いた。伝言を見て余は即座に兵をまとめ、ここへ駆けつけたというわけだ」

部屋に案内されてきたラモーク人は、ウォーガンも言っていたとおり、いささかみすぼらしい感じの男だった。見たところ戦士でも聖職者でもなく、薄くなりかけた灰褐色の髪はぼさぼさで、鼻が大きかった。

それが召使の一人であることに気づいて、オーツェル大司教が声をかけた。

「おお、エックか。おまえならやり遂げられると思っておった。みなさん、これはわしの召使の一人で、名をエックという者じゃ。実に目端の利く男でな。隠密行動においてはとても役に立ってくれる」

「隠密行動というのはあまり関係なかったように思います、猊下」エックの声は顔のとおりの鼻声だった。「合図が見えると、われわれは全員で西に向かって精いっぱい馬を飛ばしました。ところがアーシウムの国境にさえたどり着かないうちに、待ち伏せに遭いはじめたんです。そこでばらばらになって敵の目をくらまそうということになりました。誰か一人でもウォーガン王のところまで行き着ければいいという考えでしたが、個人的には希望は薄そうに思えました。どの木の陰にも長弓を構えた敵がいるような状態だったんです。わたしはダッラの近くの城跡で、この先どうするかを考えました。伝令の役目はとても果たせそうにありません。ウォーガン王の居所はわからず、誰かに尋ねようにも、それが仲間を殺している者たちの手先ではないかと思うと、尋ねることもできなかったんです」

「危機的な状況だ」ダレロンが口をはさんだ。

「わたしもそう思いました。二日のあいだその城跡に隠れて、三日めの朝のことでした。不思議な音が聞こえたんです。何かの音楽のようでした。最初は羊飼いかと思ったんですが、実際には数匹の山羊を連れた幼い少女でした。その子が山羊飼いのよく持っている笛を吹いていたんです。見たところ六歳くらいで、一目でスティリクム人だとわかりました。スティリクムに関わることは凶運の象徴だってことは、誰でも知ってます。だからわたしはそのまま城跡に隠れていました。その子のせいで、わたしを探している連中に見つかりたくなかったんです。ところがその子はわたしのいる場所がわかっているみたいにまっすぐ近づいてきて、ついてくるように言ったんです」エックは困ったように言葉を切った。「自分が大人だということはわかっています。子供から——それもスティリクム人の子供から命令されるいわれなどないのですが、その子にはひどく不思議なところがあって、その子に何かしろと言われると、考える前にもう身体が動きだしているんです。おかしな話もあったもんです。手短に言うと、その子はわたしをその城跡から連れ出しました。そこらじゅうで敵がわたしを探していましたが、まるでこっちの姿が見えないみたいなんです。その子はずっとアーシウムまでわたしを先導してくれました。相当な距離があるはずなのに、なぜか三日しかかかりませんでした。実際には四日ですか。山羊が二匹の子供を産んで、その日はずっと移動しませんでしたから。その子に言われて、仔山羊はわたしが馬に乗せて運びました。やがてウォーガン王がレンドー人を包囲している砦に着いて、そこでその子はいなくなりました。まったく不思議なんです。スティリクム人嫌いのこのわたしが、その子の姿が見えなくなると声を上げて泣いてしまったんですから。去りぎわに、その子はわたしに軽い口づけをしてくれました。まだ頬にその感触が残っています。それ以来いろいろと考えて、このごろはスティリクム人もそう悪くないんじゃないかと思うようになっています」

「どうもありがとう」セフレーニアがつぶやいた。

「わたしは包囲軍に近づいて、聖議会からウォーガン王への伝言を携えていると伝えました。それで陛下の前に案内されて、書類をお渡ししたんです。陛下はそれをお読みになってすぐに兵をまとめ、われわれは強行軍でここへ駆けつけました。お話しすることはだいたいそのくらいです」

クリクがにこにこしながらセフレーニアに声をかけた。

「ささて、どうやらフルートはまだその辺にいるらしいですね。それも精霊なんかじゃなく、肉体を持って。いかがです？」

「どうもそのようですね」セフレーニアも笑みを浮かべかけていた。

「書類だって？」エンバン大司教がオーツェル大司教に目を向ける。

「聖議会の代弁をさせてもらった。伝令全員に、ウォーガン王宛《あて》の文書の写しを持たせたのじゃ。状況を考慮して、構わんじゃろうと思ったのでな」

「わたしはむろん構わないがね。だがマコーヴァは面白くないと思うかもしれん」

「いずれ謝罪しておこう——もしそんな気になるようなことがあったならば。ほかの伝言がウォーガン王に届くかどうか確信がなかったので、こちらで起きていることをとりあえずすべて書き記しておいたのじゃ」

　こうした話の内容をウォーガン王が把握するまで、しばらく時間がかかった。「それはつまり、たった一人の大司教が――それもサレシア人ですらない者が、余に軍を動かせと命じたということか」ウォーガンは声を荒らげた。

「それは違う」そう言ったのは巨漢のバーグステン大司教だった。「わたしはカダクの大司教の決定を全面的に支持する。従って陛下はわたしの命令で軍を動かしたのだ。その点について、このわたしと議論したいかね」

　ウォーガン王は急に弱気になった。

「ああ、いや、それなら話は別だ」バーグステンは議論をしたいと思うような相手ではない。ウォーガンは急いで話を先に進めた。「その文書を何度か読み返して、シミュラへ寄っていくのが上策だろうと判断した。そこで本隊はドレゴスとオブラーに任せて先行させ、余はエレニア国の首都を防衛させるべく、エレニア軍を率いてシミュラに向かった。だが到着してみると、エレニアの首都は平民の手で防衛されておった――と言っても誰も想像できんだろうがな。しかもその者たちは余の入城を拒み、あそこの太った男がうんと言うまで、門を開けようとさえしなかったのだ。正直なところ、シミュラにいったいどんな危険があるのかさっぱりわからなかったぞ。城壁の上の店主や職人たちが街を守る態度は、どんな兵隊にも負けないものだったと余は公言する。ともあれ、王宮でレンダ伯に会うと、王冠を戴《いただ》いたこの若く美しい女性を紹介された。そしてその場にはあの悪党もおったのだ」王はストラゲンを指差した。「やつはエムサットで余の四番目の従兄弟をあの細身剣《レイピア》の餌食《えじき》にし、首に賞金を懸けられておった。もっとも、余がそれを認めたのは従兄弟に対する個人的な感情からではなく、家系に対する思いからだったのだがな。何しろあの従兄弟は、顔を見るだけで気分の悪くなるようなやつだった。人前で鼻をほじる悪い癖があってな。だが今はもうそんなことはない。ストラゲンがしっかり串刺《くしざ》しにしてくれたからだ。とにかく、余はこの盗賊を縛り首にしようとしたが、エラナに説得されて取りやめた」大きくエールをあおり、「やめなければ宣戦を布告するといって余を脅したのだぞ。何とも攻撃的な女性だ」ウォーガンは急にスパーホークに笑いかけた。「おめでとうを言うべきなのだろうな、わが友。だがエラナのことをよく知るまで、鎧《よろい》は脱がんほうがいいかもしれん」

「わたくしたちはお互いをよく知っておりましてよ、ウォーガン」エラナが堅苦しく言った。「スパーホークはわたくしを赤ん坊のころから育ててくれました。わたくしの態度に荒々しい面が感じられたなら、それはスパーホークのせいですわ」

「そんなことだろうと見当をつけて然るべきだったな」ウォーガンはほかの者たちに笑いかけた。「このカレロスで起きていることを説明すると、エラナはエレニア軍を率いて戦闘に参加すると言いだしたのだ。絶対にだめだと言うと、手を伸ばして余の頬鬚《ほおひげ》を引っ張り、こう言いおった。〝構いませんわ、ウォーガン。それならカレロスまでわたくしと競争ですわね〟とな。頬鬚を引っ張られたことなどこれまでなかったから、余はお返しにエラナをひっぱたこうとした。女王だろうと何だろうと構いはせん。するとそこにいる大女が介入してきたのだ」これがタムールの女巨人ミルタイだろうとスパーホークが見当をつけていた女性を見て、ウォーガンは身震いした。「あれほどすばやく動けるとは、今もって信じられん。瞬《まばた》き一つする間もなく、余は喉元にナイフを突きつけられておった。今の手勢でじゅうぶんにカレロスを占領できるからとエラナを説得しようとしたのだが、守らねばならん大切な財産があるとか何とか反論されてな。そこのところが今一つはっきりせんのだが、とにかくわれわれはいっしょにシミュラを出て、ドレゴスとオブラーに合流し、聖都まで進軍してきたというわけだ。さて、いったいどういうことになっているのか、誰か説明してもらえんかな」

「例のごとくの教会政治ですよ」エンバン大司教が答えた。「母なる教会が陰謀を称讃することはご存じでしょう。聖議会で時間稼ぎをやっとったわけです。票を操作したり、大司教を誘拐したりといったことをね。かろうじてシミュラの司教を玉座から遠ざけられたと思ったとき、マーテルが現われて聖都を包囲しました。われわれは旧市街の城壁の中に撤退し、そこを最後の砦としたわけです。昨夜ご到着になったときには、決定的な事態に至る一歩手前というところでした」

「アニアスは逮捕されたのかな?」オブラー王が尋ねた。

「残念ながら、陛下」とドルマント。「夜明け前、マーテルのせいで惜しいところを取り逃がしました」

「それはまことに残念じゃ」オブラー王はため息をついた。「だがまだ戻ってきて、総大司教選挙に打って出る可能性はあるのではないか」

「アニアスが戻ってくれば、こんなに嬉しいことはありません」ドルマントは冷酷な笑みを浮かべた。「アニアスとマーテルの関係はお聞き及びでしょうが、この二人とオサのあいだに交渉があるのではないかという疑いがあったのです。幸運なことに、総大司教近衛隊の隊長とともに、アニアスとマーテルの話を盗み聞くことができました。隊長は完全に中立の立場ですし、そのことは誰もが知っています。隊長が耳にしたことを聖議会で報告すれば、アニアスは教会から追放されるでしょう――どんなに軽い処分であっても」しばらく言葉を切って、「さて、ゼモック軍がラモーカンド東部に集結しているのは、オサとアニアスの密約のためでした。カレロスでの計画が失敗したことを知れば、オサはただちに西への進軍を開始するでしょう。何か手を打つことを提案いたします」

「アニアスがどちらへ逃げたか、何か手がかりはないのですか」エラナが目に強い光をためて尋ねた。

「アニアスとマーテルは、アリッサ王女とお従兄のリチアスを連れて、保護を求めにオサのもとへ向かいました」スパーホークが答える。

「何とか途中で捕まえられませんか」

「やってはみますが、あまり期待は持てません」騎士は肩をすくめた。

「あいつを捕まえたいのよ、スパーホーク」

そこにドルマント大司教が割って入った。

「陛下にはまことに申し訳ないが、アニアスは教会に対する罪を犯した男です。先にわれわれに渡していただきます」

「どこかの僧院に閉じこめて、残る生涯を祈りと聖歌に明け暮れさせるために？」エラナは目に侮蔑の色を浮かべた。「わたくしはもっとずっと面白いことを考えています。もしわたくしがアニアスを手に入れたら、教会に引き渡したりはしません。少なくともあの男を処刑するまではね。そのあとでしたら、残骸をお渡ししても構いませんけれど」

「そこまでです、エラナ」ドルマントがきびしい声を上げる。「あなたは公然と教会にたてつこうとしている。そこまでにしておきなさい。実際問題として、アニアスを待っているのは僧院などではありません。教会に対してあの男が犯した罪は、杭《くい》に縛りつけて火焙《ひあぶ》りにするに足りるものです」

二人が睨《にら》み合うのを見て、スパーホークは内心でうめき声を上げた。

と、エラナがいささか恥ずかしそうに笑いだした。

「ごめんなさい、猊下。少し結論を急ぎすぎたようだわ。火焙りとおっしゃいました？」

「いちばん軽くてね、エラナ」

「もちろんわたくしは聖なる教会の決定に従います。反抗的だなどと思われるくらいなら、死んだほうがましです」

「教会はあなたの従順さを喜ぶでしょう、娘よ」

エラナは敬虔そうな顔で両手を合わせ、見せかけだけの悔恨の笑みを浮かべた。

ドルマントは思わず笑いだしてしまった。「とんでもない娘っ子だな、エラナ」

「ええ、猊下。そう心がけておりますの」

ウォーガンが他国の王たちに声をかける。

「諸君、これはとても危険な女性だぞ。行く手をさえぎったりしないように、特別な注意を払うべきだ。よろしい、次は何かな」

エンバンは椅子の中で身体を滑らせ、楽な姿勢になって太い指の先端をつき合わせた。

「総大司教問題に最終的な決着をつけるという点では、われわれは多かれ少なかれ合意していました。陛下がまだ聖都に入城する前のことです。軍勢をラモーカンド中部へ向かわせるには、なおしばらく時間がかかるかと存じますが？」

「早くても一週間、たぶん二週間はかかろう」ウォーガンが答える。「隊列はアーシウムまでの距離の半分くらいまで延びておるのだ。大半は落伍者と、物資運搬の荷車だがな。それをきちんとするにはかなりの時間がかかるし、そもそも軍団が橋を渡るときには、かなりの混乱が起きるだろう」

「十日間の余裕を差し上げます。隊列の立て直しと荷車の整列は、進軍しながらすればいい」

ドルマントが言った。

「そういう具合にはいかんのだよ、猊下」

「今回はそれでいっていただきます、陛下。行軍中の兵隊というのは、歩く時間よりも待ち時間のほうが長くなりがちです。その時間を有効に使えばいいのです」

「兵隊はカレロスの街に入れんほうがいいじゃろうな」オーツェル大司教が口をはさんだ。「市民はほとんど逃げてしまったから、街には誰もおらん。兵隊たちが空っぽの家を覗《のぞ》いて歩くようなことにでもなれば、行軍の始まる時間までに呼び集めるのは容易なことではなかろう」

「ドルマントは聖議会議長の地位にある」とエンバン。「明日の朝一番で議事を始めることにして、わが同僚たちが新市街へ出て行かないようにするのだな。もちろん本人たちの身の安全のためだ。マーテルの傭兵の残党が、まだ廃墟の中にひそんでおらんとも限らん。議事が公式に始まる前に、ブラザーたちが自宅の損害を確かめたりしないようにするという効果もあるがね。相当数の大司教たちがわれわれから離反しているはずだし、たとえアニアスが失脚しても、かつての支持者たちの一時的な同盟で議事が混乱するのは困る。議事に入る前に、何か礼拝のようなことをやったほうがいいだろう。厳粛な、感謝の礼拝のようなものを。司祭はオーツェルでどうかな。われわれの側の候補者となるのだから、全員によく顔を見せておいたほうがいい。そうそう、ときどき笑顔を見せるのを忘れんようにな。正直に言って、その顔はいかめしすぎる」

「わしの顔はそれほどきびしいかね、エンバン」オーツェルはかすかな笑みを浮かべた。

「完璧だ。鏡を見てその笑顔を練習するんだ。慈愛あふれる、やさしい人間に見せんとな。少なくともみんなにはそう思ってもらいたいのだ。玉座に就いてからどう振る舞うかは、あなたと神のあいだの問題だ。それでは、と――礼拝によって議員たちは、自分がまず第一に聖職者であり、財産の所有は二義的なものだということを思い出すだろう。礼拝が終わったら、まっすぐ謁見室に向かう。聖歌隊長に話をして、大聖堂じゅうに聖歌が響きわたるようにしておこう。ブラザーたちの聖職者意識が高揚するようにな。まずドルマントが点呼を取り、次いで最近の状況を話して聞かせる――全員にことの詳細を知らせておかんとな。街が包囲されてからずっと地下室に隠れている大司教たちのためにもなる。こうした状況では、証人を喚問するのが理にかなったやり方だ。弁の立つ者たちをわたしが選んでおこう。レイプや放火や略奪のおぞましい話を並べ立てて、最近この街を訪れた者たちへの反感を大いに盛り上げる。証人の列の最後に出てくるのが、デレイダ隊長だ。ここでアニアスとマーテルの話していたことが暴露される。同僚諸君にはしばらくざわめいてもらうことにしよう。あらかじめ友人の大司教たちに頼んでおいて、シミュラの司教に対する怒りと告発の演説をしてもらう。そこでドルマントが、この件の審理を付託する委員会の委員を指名する。聖議会には脇道にそれてもらいたくないからな」小柄で太ったエンバンはしばらく考えこんだ。「ここで昼食のために休会としよう。何時間か、アニアスの背信行為のことをじっくりと考えさせてやるんだ。審議が再開されたら、今度はバーグステンが迅速な選挙の必要性を訴える。ことを急いでいるように見られてはならんぞ、バーグステン。信仰の危機が宣告されていることを思い出させればそれでいい。そしてすぐに選挙の手続きを開始するよう提案する。鎧を着て、斧を持っていくことだな。今が戦時だということをはっきりわからせてやるんだ。そのあとは伝統になっている、イオシア各国の王の演説だ。気分の盛り上がるやつをお願いしますぞ。戦争の悲惨さを強調し、オサとアザシュの邪悪な計画を弾劾するようなものがよろしいでしょう。ブラザーたちをじゅうぶんに脅して、やましいところのない投票をさせたいと思いますので。裏通路でこそこそと駆け引きをして、互いに取引するような投票では困りますからな。わたしから目を離すなよ、ドルマント。どうしても政治的な駆け引きから足を洗えない大司教たちを嗅《か》ぎ出して、そっちに知らせるようにするから。議長というのは、発言させたいと思った者を誰でも指名できる地位にあるんだ。それに休会動議をことごとく拒否することもできる。せっかくの勢いを殺されてはならん。ただちに候補者の指名に入るんだ。ブラザーたちが欠点をあげつらったりしはじめる前にな。とにかくさっさと投票を済ませて、日が沈むまでにオーツェルを玉座に就けてしまいたい。それからオーツェル、あなたは議論のあいだ口をつぐんでいてもらいたい。あなたの意見には、論争の火種になるかもしれない部分がある。それを表に出さないでもらいたいのだ――明日だけでいいから」

「自分が子供のように思えてきた」ドレゴス王がオブラー王に皮肉っぽく声をかけた。「政治というものを少しは知っているつもりだったが、これほど情け容赦なく政治の技術が駆使されるのを見るのははじめてだ」

エンバンがドレゴス王に微笑みかけた。

「ここは大都市ですからな、陛下。これがここのやり方なのですよ」

極端なほど信仰心に篤《あつ》く、子供のように純真に聖職者を信じていたペロシアのソロス王は、聖議会を操るためのエンバン大司教の冷徹きわまる計画を聞きながら、何度となく失神しそうになった。やがて王はとうとう席を立ち、導きを得るために祈らなくてはならないとつぶやきながら部屋を出ていった。

「明日はソロスに気をつけていてくれ、猊下」ウォーガンがエンバンに言った。「あれの信仰はヒステリックだ。演説のとき、ここでの話を暴露しようとするかもしれん。ソロスは年じゅう神と話をしているが、そんなことをすると人間は、ときに知性に曇りを生じる。ソロスに演説をさせないようにする手が何かないかな」

「合法的な手はありませんな」とエンバン。

「あとでソロスと話をしてみよう、ウォーガン」オブラー王が言った。「説得して、明日の議事には気分が悪くて参加できんことを納得させられるかもしれん」

「わかった。余が気分を悪くさせてやろう」ウォーガンが小声でつぶやいた。

エンバンが立ち上がった。

「さて、みなさんやることがおありのようだ。それでは取りかかりましょうか」

スパーホークが席を立ち、よそよそしくエラナに声をかけた。

「女王陛下、エレニア国領事館は包囲戦で破壊されてしまいました。いささか簡素ではありますが、パンディオン騎士館で我慢していただけますでしょうか」

「わたしのことを怒ってるのね、スパーホーク」

「その件については内密に話し合うのが適当かと、陛下」

「ええ」エラナはため息をついた。「じゃあ騎士館へ行って、しばらくあなたのお小言を頂戴することにしましょう。でもそのあとは口づけと仲直りよ。わたしが楽しみにしてるのはそっちのほうなの。どうせわたしを叩いたりはできないし——ミルタイがそばにいる限りはね。ところで、ミルタイとははじめてだったかしら」

「はい、女王陛下」スパーホークはエラナの椅子のうしろに控えている、寡黙なタムール人の女に目を向けた。ミルタイの肌は銅の色が混じった異国的な色合いで、編んだ髪は艶《つや》やかな黒だった。身体の大きさが普通だったら顔立ちは美しいと言えたろうし、やや吊《つ》り上がりぎみの黒い目も魅力的に感じるだろう。だがミルタイの身体の大きさは普通ではなかった。スパーホークと比べても、片手の幅ほどは背が高い。ミルタイは袖《そで》の長い白いサテンの上着と、スカートと言うより膝までの長さのキルトのようなものを身につけ、腰にベルトを締めていた。黒い革のブーツを履き、脇には剣を吊っている。肩幅は広く、腰はしなやかに引き締まっていた。その身体の大きさにもかかわらず、とても均整の取れた姿をしている。とはいえ、無表情な視線には不気味な感じがあった。スパーホークを見る目にしても、普通に女が男に向ける目ではない。ミルタイは相手を動揺させる種類の人間だった。

スパーホークは鋼鉄に覆われた腕を堅苦しいほど礼儀正しく女王に差し出して、通廊から大聖堂の外の大理石の階段へとエスコートした。広い階段の上まで来たとき、甲冑《かっちゅう》の背中を叩く音が聞こえた。振り向くとミルタイが、拳《こぶし》で甲冑を軽く叩いていた。腕にかけていたマントを広げ、エラナが羽織るのを待つ。

「あら、それほど寒くないわ、ミルタイ」

ミルタイは表情を硬くして、命令するようにマントを振った。

エラナはため息をつき、女巨人が肩にマントを羽織らせるのを許した。スパーホークはまっすぐに女の赤銅色の顔を見つめていたので、次に起きたことは見間違えようがなかった。ミルタイは表情を変えずに、ゆっくりと騎士に片目をつぶって見せたのだ。それだけのことで、なぜかスパーホークはずいぶんと気が楽になった。ミルタイとはうまくやっていけそうだと騎士は思った。

ヴァニオンは忙しかったので、スパーホークがエラナとセフレーニアとストラゲンとプラタイムとミルタイをサー・ナシャンの書斎に案内した。スパーホークは午前中ずっと、大逆罪ぎりぎりの辛辣《しんらつ》な言葉を考えつづけていた。

しかしエラナは子供のころから政治に親しんでおり、立場が弱いときには、拙速でもいいから、とにかく先手を取ることだと承知していた。スパーホークがまだドアを閉めきらないうちから、女王はもう口を開いていた。

「気に入らないみたいね。わたしはカレロスに用なんてないし、わたしが危険な土地に出かけるのを止められなかったことで、ここにいるみんなも責められるべきだ――だいたいそんなことを考えているのかしら、スパーホーク」

硬に反対したわ。でもわたしは女王で、反論を却下することができる。わたしにその権限があることは認めてもらえるかしら」エラナの口調は挑戦的だった。

「じゃあ話を簡単にしましょう。プラタイムとストラゲンとミルタイは、実際とても強

「そういうことなんだよ、スパーホーク」プラタイムがなだめるように言う。「ストラゲンとおれは一時間もかけて、声が嗄《しわが》れるまでわめきつづけたんだ。すると女王はおれたちを地下牢に放りこむって脅迫した。おれに対する恩赦を取り下げるとまで言ったんだぞ」

「おまえの陛下はとんでもない人だよ」とストラゲン。「笑顔を見せたからって信用しちゃいけない。そういうときがいちばん危険なんだ。いざとなれば権限を棍棒みたいに振りまわす。女王の居室に閉じこめることまでしたんだが、ミルタイに命じて扉を蹴破らせた」

スパーホークはあっけに取られた。「あの扉はとても厚いんだが」

「とても厚かったと言ってくれ。ミルタイが二度ばかり蹴とばすと、まん中で二つに割れちまったよ」

スパーホークは赤銅色の女に驚きの目を向けた。

「大したことじゃない」ミルタイが言った。その声は柔らかく音楽的で、ごくかすかに

異国ふうの訛《なま》りが感じられた。「建物の中の扉は乾燥しているから、正しく蹴れば簡単に割れる。破片は冬になってから、暖炉の薪に使える」その話し方には静かな威厳があった。

「ミルタイはとてもよく守ってくれるのよ、スパーホーク。この人がそばにいてくれれば何の不安もないし、それにタムール語を教えてくれてるの」

「エレネ語はがさつな言語だ」とミルタイ。

「それは気がついていた」スパーホークは微笑んだ。

「エラナにタムールの言葉を教えているのは、所有者がわたしに命令するたびに鶏の鳴くような恥ずかしい言葉でしゃべらなくてもいいようにするためだ」

「わたしはもうあなたの所有者じゃないのよ。あなたを買ったあと、すぐに自由にしてあげたでしょう」エラナがミルタイの言葉に反論した。

セフレーニアの目が怒りに燃える。「所有者ですって！」

「ミルタイの一族の習慣なんですよ」ストラゲンが説明した。「ミルタイはアタン族です。この種族は戦士で、指示を与える者が必要だとされています。タムール人は、アタン族には自由を使いこなす感覚が備わっていないと考えています。自由を与えると、とんでもない数の負傷者が続出するんですよ」

「自由にするなどと言ったのは、エラナがものを知らなかったからだ」ミルタイが静かに言った。

「ミルタイ！」エラナが声を上げる。「あなたがわたしの所有者になってから、何十人という人々がわたしを侮辱した。もしわたしが自由だったら、その者たちは全員死んでいただろう。あの老人、レンダ伯でさえ、一度自分の影をわたしに触れさせた。あなたがあの人を気に入っているのは知っていたから、殺したら後悔していただろう」ミルタイは哲学的なため息をついた。「わたしの一族にとって、自由とはとても危険なもの。そんなものに縛られるのは好まない」

「その話はまたあとにしましょう、ミルタイ。今はわたしの擁護者をなだめないとね」エラナは正面からスパーホークの顔を見つめた。「プラタイムやストラゲンやミルタイに怒るのはお門違いよ。三人はあらゆる手をつくして、わたしをシミュラに押しとどめようとしたの。怒るならわたしだけに怒ってちょうだい。だから二人だけで思う存分わめき合えるように、ほかのみんなは退出させてはどうかしら」

「わたしもいっしょに退出しましょう。二人きりのほうが、言いたいことが言えるでしょうからね」セフレーニアもそう言って、二人の盗賊と女巨人のあとからドアに向かった。ドアの前で足を止め、「最後に一つだけ。わめくのはいくらわめいても構いませんが、手は出さないこと。そして二人のどちらも、この件が片付くまで部屋から出てきてはいけません」教母は部屋を出て、背後でドアを閉めた。